水属性の
[illegible]法使い

第一部
中央諸国編
Ⅱ

久宝 忠 著

TOブックス

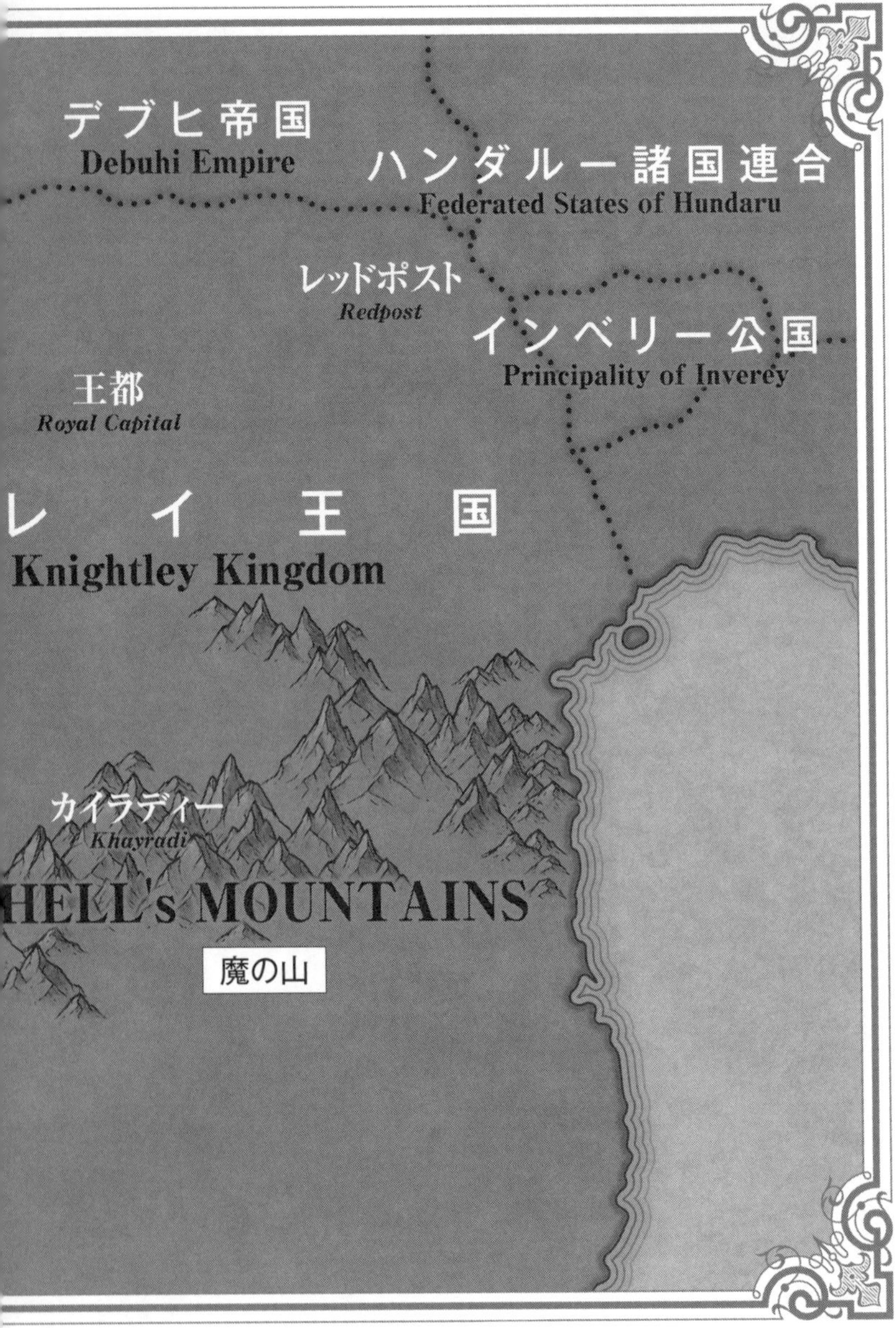
デブヒ帝国
Debuhi Empire
ハンダルー諸国連合
Federated States of Hundaru
レッドポスト
Redpost
インベリー公国
Principality of Inverey
王都
Royal Capital
レイ王国
Knightley Kingdom
カイラディー
Khayradi
HELL's MOUNTAINS
魔の山

帝都
Imperial Capit
中央諸国
CENTRAL COUNTRIES
ナ イ ト
トワイライトランド
Twilightland
アクレ
Acret
ルン
Lung
ウィットナッシュ
Whitnash

Characters/登場人物紹介

赤き剣

【アベル】

B 級冒険者。剣士。
パーティー『赤き剣』のリーダー。26 歳。
何か秘密があるようだが……？

【リン】

B 級冒険者。風属性の魔法使い。
『赤き剣』メンバー。ちびっ子。

【リーヒャ】

B 級冒険者。神官。『赤き剣』メンバー。
鈴を転がすような美声の持ち主。

【ウォーレン】

B 級冒険者。盾使い。『赤き剣』メンバー。
無口で、2m を超える巨漢。

・ナイトレイ王国・

【三原《みはら》涼《りょう》】

主人公。D 級冒険者。水属性の魔法使い。
転生時に水属性魔法の才能と
不老の能力を与えられる。永遠の 19 歳。
好きなものはお笑いとコーヒー。

十号室

【ニルス】

E 級冒険者。剣士。
ギルド宿舎の十号室メンバー。20 歳。
やんちゃだが仲間思い。

【エト】

E 級冒険者。神官。十号室メンバー。19 歳。
体力のなさが弱点。

【アモン】

F 級冒険者。剣士。十号室メンバー。16 歳。
十号室の常識人枠。

所属不明

【レオノール】

悪魔。とてつもなく強い。
戦闘狂で、涼との戦闘がお気に召した様子。

【デュラハン】

水の妖精王。涼の剣の師匠。
涼がお気に入りで、剣とローブを贈っている。

【ミカエル】

地球における天使に近い存在。
涼の転生時の説明役。

【ルウィン】

竜王。ロンドの森に棲む。

冒険者ギルド

【ヒュー・マクグラス】

ルンの冒険者ギルドのマスター。
身長195cmで強面。

【ニーナ】

ルンの冒険者ギルドの受付嬢。
ルンの冒険者にとってのアイドル的存在。

スイッチバック

【ラー】

C級冒険者。剣士。
パーティ『スイッチバック』リーダー。

・デブヒ帝国・

【オスカー】

火属性の魔法使い。
「爆炎の魔法使い」の二つ名で有名。
ミカエル曰く涼の前に
立ちはだかることになるらしいが……？
外伝「火属性の魔法使い」の主人公。

第一部　中央諸国編Ⅱ

イラスト――ノキト
デザイン――伊波光司+ベイブリッジ・スタジオ

第一部　中央諸国編Ⅱ

異変の兆《きざ》し

ここは、中央諸国の一つ、ナイトレイ王国。

その南部にある、辺境最大の街ルン。

水属性の魔法使い涼《りょう》と、そのルームメイト、ニルス、エト、アモンの四人は、公衆浴場で汗を流した後、冒険者ギルドの食堂で、夕飯を食べていた。

「そういえば、リョウは今日図書館に行くって言って出かけてたけど、何を調べてたの？」

剣士と剣士見習いである二人に比べると、エトは神官というだけあって、涼が何を調べたのか気になるようだ。

「錬金術です」

「リョウって錬金術もできるの？」

「いえ、全然やったことないのです。でも使えるようになって、やってみたいことがいくつかあるものですから」

最終的には、氷のゴーレムを作って、ロンドの森に田畑を開墾《かいこん》したいのだ。だが、それはまだ誰にも明かしていない、涼の秘めた思いだった。

「錬金術でポーションとかを作るって聞いたことがあるけど、かなりの魔力を消費するとか……」

「ええ。初心者向けのレシピ本を買ってきたのですけど、その本にもそんな感じのことが書いてありました」

「本を……買った……？」

剣士ニルスが固まっていた。

神官エトは苦笑していた。

剣士見習いアモンは、どれくらいのお金が動くのか理解できずに、凄いなぁくらいの顔をした。

「アベルの案内をした報酬……みたいなお金で」

「さすがアベルさん！　本を買えるほどのお金を報酬として払えるなんて！」

ニルスの中でアベルは、まさに憧れの英雄となっていた。

「リーヒャさん、本当に天使……」

なぜかアベルから、リーヒャを思い浮かべたらしいエトが、頬を染めながら呟いた。

「本って高そうですね」

アモンの反応はとても常識的なものであり、それを聞いて涼は安心できたのだった。

「そうだ、リョウ、明日アモンと組んで三人でダンジョンに潜《もぐ》るんだが……リョウも一緒にどうだ？」

「すいません、僕はやめておきます。地上でちょっとやりたいこともありますし」

涼は頭を下げて断った。

「ああ、うん、まあそう言われるだろうと思ってはいたから、気にすんな」

ニルスは頭を掻《か》きながら言った。

エトも苦笑している。

あまりにも実力が離れすぎているのだ。涼と三人では。

もちろん、ここ半年以上ダンジョンに潜り続けているニルス、エトと、まだ村から出てきたばかりのアモンの間にも、歴然たる差はある。だが、それでも、涼との差と比べれば微々たるもの。それほどの差があることは、ニルスもエトも分かっていた。いきなりD級登録できたということから、薄々気付いていたが、今日、ダンを一撃で沈めたのを見て確信していた。

ダンジョン探索は、強い冒険者がいれば確かに捗《はかど》る。捗るが、どちらにも無理が生じる。頑張って付いていく方にも、足手まといを連れていく方にも。そのため、同じ程度の実力でパーティーを組んでの探索を、ギルドも推奨《すいしょう》していた。

そんな中、涼だけこんなことになっているのは……普通は、冒険者登録したばかりの人間が、それほど強いなどということはないからだ。数少ない例外が涼であった。ギルドとしても、こんな人が宿舎への入居を希望するのは想定外だったのだから、仕方ないのかもしれない。

◆

翌月曜日。

「じゃあ、ちょっと行ってくるわ」

そう言って、ニルス、エト、アモンはダンジョンに潜りに行った。

三人を送り出して、涼は、街の外に出た。城壁の外を走ることにしたのだ。ギルドの屋外訓練場でもよかったのだが、自分が住んでいる所の周りがどうなっているのかも、少し興味があったので、城壁の外を選んだ。

そして、城壁の外を走りながら、両手に、微小な氷の東京タワーを構築していった。かつて、ロンドの森でやっていたように。

魔法制御と、持久力……両方を鍛えるのが目的。

魔法制御が上がると、魔法生成スピードも上がる。

昨日、威力を含め、多くの点でレオノールの魔法に負けていた涼であったが、生成スピードは、決して負けていなかった。剣戟《けんげき》中のレオノールの魔法を、生成途中で阻害できたことからも分かる。

だからこそ、もっと速く、もっと精密に、魔法を使えるようになっておきたいと思ったのだ。

勝っている部分は、もっと伸ばしていかなければ。

負けている部分は、もっと伸ばして負けないようにしなければ。

そんな中、圧倒的な差を感じたのは、やはり移動速度であった。数十メートルの距離を、一瞬でゼロにしたレオノール。

あれはおそらく、風属性魔法なのだろう。

そして涼は、水属性魔法しか使えない。

水属性魔法で、なんとかならないか……。

地球には、ウォータージェット推進というものがあった。主に水上艦艇が、水を吸い込み、後方に噴き出す……その反作用によって前方に進むというもの。

ウォータージェット……そう、すでに涼はものにしている。物を切断するために。あれを使えばいい。

実は、〈ウォータージェット〉で移動できることも、すでに経験済みだ。

それは海中から一気に海上に出るのに使った……。

かつて、ベイト・ボールとの戦闘で。そして、クラーケンとの戦闘からの脱出で。足の裏から〈ウォータージェット〉を噴き出して、直上に吹き上がって海中から脱出した。

あの時は、精神的にいっぱいいっぱいで、失敗した時のリスクなど考えている余裕は無かったが……ぶっつけ本番で、よく成功したものだ……。

だから、足の裏から〈ウォータージェット〉を噴き出すのは、現状でも可能だといえる。

だが、地上戦で使うのであれば、背面から出さねばならない。

背中から……？　確かに背中からも出さねばならない。だがそれだと、首が折れる気がする……。

ならば頭からも……？　確かに、背中と共に後頭部からも出さねばならない。だがそれだと、腕ぐりん、足ぐりんで、痛める気がする……。

つまり肩、上腕、太もも、ハムストリング、そして踵《かかと》からも……？

どうも、体の背部全面から出すことになりそうだ。

とりあえずのイメージはできたが……最初はできるだけ小さい勢いでやってみたい。

〈地面を〈アイスバーン〉で氷状態にすれば……上手くやれれば弱い勢いの〈ウォータージェット〉でも前に進む……？〉

そう考えて、早速試してみることにした。

「〈アイスバーン〉」

まず地面を凍らせた。

そして、体の背部全面から、〈ウォータージェット〉が噴き出るイメージを頭の中に描く。

「〈ウォータージェット256〉」

涼が現在生成できる〈ウォータージェット〉の最大数、二百五十六本が背面全体から出るイメージを浮かべる。そして、実際に出た、のだが……。

「進まない……」

ピクリとも、ではない。ほんの少しだけ動いた気がする、という程度に動いた。

涼は膝から崩れ落ち、両手を地面に突き、絶望のポーズとなった。

「負けた……」

何かに負けたらしい……。

一分後……。

「まあ、今はまだできそうにない、ということかな……。二百五十六が千二十四くらいまで使えるようになれば、いける可能性はある！」

涼は立ち直った。

そして、また走り始めた。

◆

ニルス、エト、アモンの三人は、ルンのダンジョン四層にいた。

この層から、ゴブリンが出てくる。ゴブリン一体一体はたいしたことはない。三層までに出てくるレッサーウルフと比べても、一体だけなら倒しやすいほどだ。

ただ、ゴブリンは武器を持ち、集団で襲ってくる場合がある。武器は、たいていは刃の欠けた剣や、折れた槍などであるが、弓を使うゴブリンも稀《まれ》にいる。さらに極稀《ごくまれ》に、魔法を使うゴブリンもいる。

そういった、レアなゴブリンを除けば、囲まれさえしなければ倒しやすい魔物。ただし、素材は何も取れない。何も買い取ってもらえないのだ。魔石以外は。

「剣士が一人多いと、狩りのスピードが違うな」

ニルスが、倒したゴブリンの魔石を採取しながら豪快に笑う。

「確かに。特にゴブリンだと、それが顕著《けんちょ》に出るね」

エトは、神官のため、戦闘中は回復に専念するが、素材の剥《は》ぎ取りや魔石の採取は手伝う。実は三人の中で、一番上手かったりする。

「レッサーウルフに比べると、ゴブリンは動きが遅いので倒しやすい気がします」

アモンは、ニルスやエトに比べると、まだ魔石の採取には慣れていない。それでも、少しずつ経験を重ねていた。

「よし、ちょっと休んでいこう」

ニルスの号令で、三人とも岩を背に休憩する。とは言っても、ここはダンジョン。体を休めているだけで、精神的な疲労は全く取れない。それでも、適度な休憩を挟むのは大切なこと。

ニルスは、かなり多めに安全マージンを取るタイプの冒険者だ。それは、ダンジョンに潜り始めたばかりのアモンにとっては、非常にありがたいものであった。

「アモン、水はもちろんだが、塩も舐《な》めておけよ」

そして世話焼きでもあった。

「そういえば、昨日走った後にも言ってましたね、塩」

「おう。汗かいた後は、水と塩をとっておくといいらしいんだ。俺の村の言い伝えだ」

「母なる女神よ　その癒しの手を差しのべたまえ〈レッサーヒール〉」

エトが、傷を負ったアモンの腕を治療していく。

「ふぅ、今のは、ちょっとやばかったな」

ニルスは弓持ちのゴブリンアーチャーから魔石を採取している。

そう、今倒した集団には、弓を使うゴブリンがいたのだ。

ここは、先ほどよりさらに進んだ五層とはいえ、ゴブリンアーチャーを擁《よう》する集団との遭遇《そうぐう》報告はない層である。

「いい傾向ではないよね。五層でゴブリンアーチャーとか。三体の集団だったからなんとかなったけど」

エトがアモンを治療しているうちに、ニルスは倒した三体から魔石を取り出した。

「よし、今日は、もう地上に戻ろう。ちょっと早いが、三人で分けてもいつも以上に稼げてるしな」

大笑いのニルス。

生き残ることが一番大事。アベルに言われるまでもなく、ニルスは命の大切さを知っていた。それは過去の経験から。

無理をしてはいけない。必ず余力を残して安全地帯に戻る。

その大切さをニルスは知っていた。

十号室の三人が五層から引き揚げた一時間後。

同じ五層で、E級パーティー「永久《えいきゅう》なる波濤《はとう》」は壊滅しつつあった。

「なんで五層にこんなゴブリンがいるんだ、ありえないだろ！」

「魔力が尽きます……もう無理……」

「うぐ……くそ……が……」

「助け……」

「……」

五人のE級冒険者は、永久の眠りについた。

◆

「に、ニーナさん……」

「あ、ニルスさんたち、おかえりなさい。今日は早かったですね」

「い、いつも、おうつくブへ」

しどろもどろで、危うく玉砕しかけているニルスの後頭部に軽くチョップを入れて、エトが黙らせた。

「早く戻ってきたのは、五層でゴブリンアーチャーが出てきたからです」

そう言って、エトはゴブリンアーチャーから取り出した魔石をニーナに見せた。

ゴブリンとゴブリンアーチャーとでは、魔石の違いは大きさにごくわずかな違いがあるだけ。だが、そこは受付嬢ニーナ。一目で、エトが出した魔石が普通のゴブリンの物ではなく、ゴブリンアーチャーの物であることを理解した。

「確かにこれはゴブリンアーチャーの魔石ですね……。五層での報告は、ここ数年は無かったはずです。すぐにギルドマスターに報告します。あとで掲示板の注意書きにも書いておきますね。よくお知らせくださいました。ありがとうございます」

そう言って、ニーナは受付を出て、ギルドマスターの元へ報告に向かった。

「あ、ニーナさん……」

ニルスはまだ呆《ほう》けていた。

「はぁ……。ニルス、行きますよ。魔石を買い取ってもらわなきゃ」

そういうと、エトはアモンと共に、魔石買取窓口にニルスを引っ張っていった。

ギルドマスターの執務室にノックの音が響く。

「入れ」

「失礼します」

ルンのギルドマスター、ヒュー・マクグラスはいつものように書類と格闘していた。

強面巨漢のヒューは、およそ書類作業とは縁のない人間に見えるが、それは大いなる誤解だ。

そもそも、辺境最大都市、ルンの冒険者ギルドマスターが、書類仕事ができないわけがない。人並み以上の処理能力を有していなければ、この巨大組織は回らないのだから。

「マスター、報告があります。先ほど、F級冒険者ニルスさん、エトさん、アモンさんのパーティーが、ダンジョン五層でゴブリンアーチャーと遭遇したことを受付に報告されました」

ニーナは、ヒューが書類に目を通しているにもかかわらず、そして特に合図をしたわけでもないにもかかわらず、報告を始めた。だがこれは、ルンの冒険者ギルド職員全員が行っている。ヒューがそうするように、と指示しているからだ。

「ゴブリンアーチャーと五層で？　あれは十層以下だよな、出てくるのは」

「はい、そうです」

さすがに書類を見るのを止め、立ったまま報告するニーナを見上げる。

「異変の兆しかもしれないな。今、街にいるB級パーティーは？」

「赤き剣と、白の旅団です」

「旅団は、フェルプスたち『一軍』がいるのか？」

「はい、一昨日遠征から戻ってきたので、まだいるかと」

ニーナは迷うことなく答える。

「よし、赤き剣と白の旅団、両方に来てもらえ。一時間後に、ここ、執務室で依頼する」

◆

「旅団もいるんだろう？　俺、苦手なんだよね……」

「ここまで来て何を言ってるの。そもそも小さい頃からの知り合いでしょ？」

「全く、アベルはいつまでもグチグチと。少しはウォーレンを見習ったら？」

「……」

もちろん、ウォーレンはいつも通り無言だ。

ここは、ギルドマスター執務室前の廊下。アベル、リーヒャ、リン、ウォーレンが、ギルドマスターの指名で執務室に向かっているところであった。

「はぁ……」

アベルはため息を一つつき、執務室の扉をノックした。

「入れ」

「失礼します」

そういうと、アベルは執務室に入った。

そこには予想した通り、ギルドマスターであるヒュー、白の旅団団長のフェルプスと副団長のシェナがいた。

「やあ、アベル」

フェルプスが気さくな調子で声をかける。

身長は、百九十センチのアベルとほぼ同じであるが、より細身だ。歳は二十四歳、金髪に青い目、そしてイケメン。

その人気は絶大。

アベルは男女ともに高い人気を誇るが、フェルプスは女性人気が異常に高い。もちろん、男性からも嫌われているわけではない……ただの、男たちの嫉妬《しっと》があるだけだ。ただし、冒険者としては、例外なく敬意を払われている。それだけのことを、これまで成してきている。

「こんにちはフェルプスくん」

渋い顔で挨拶をするアベル。

「必ずその挨拶だな、アベルは」

微笑《ほほえ》みながら答えるフェルプス。

赤き剣の四人が席に着くと、ヒューが口を開いた。

「赤き剣、白の旅団、共に来てくれたことに感謝する。職員から簡単な説明は受けたと思う。ダンジョンの五層で、ゴブリンアーチャーが確認された」

「マスター、その情報の確度は？」

「百パーセントだ。F級冒険者三人がアーチャーを含めた三体の集団を倒し、魔石を持ち帰った。受付でアーチャーの魔石だと確認された」

フェルプスの確認に、ヒューは百パーセントと答えた。

「F級でアーチャーを含めた集団を狩るとは、将来が楽しみだな」

アベルは嬉しそうに言った。優秀な後輩の存在は、先輩として嬉しいものだ。

「リーダーのニルスは、判断がしっかりしている。あれは息の長い冒険者になるだろう」

ヒューは太鼓判を捺《お》した。

「ニルス？　もしかしてその三人ってのはリョウのルームメイトか？」

「ああ、ニルス、エト、アモンの三人はリョウのルームメイトだな。なんだ、アベルは知っているのか」

「まあ、この前ちょっと話したことがあるだけだが……」

（生き残ることの大切さを知っているなら、いい冒険者になるだろうな）

食堂で会った時の様子を思い浮かべながら、アベルはそっと微笑んで小さく頷《うなず》いた。

「分かりました。情報は確定。で、我々への依頼は、具体的にどのようなことに？」

フェルプスが先を促す。

「うむ。赤き剣と白の旅団には、ダンジョンに潜って、『大海嘯《だいかいしょう》』の発生の有無を確認してほしい」

大海嘯の単語を聞くと、その場にいた全員に緊張が走った。

大海嘯とは、ルンのダンジョンで数年に一度発生する、魔物の爆発的増加現象。その前兆は、本来ならもっと深い階層にいるはずの魔物が、上階層で複数回見られる、というものだ。

ただ実際は、ソルジャーアントが一層で見られることがあるように、蟻《あり》系はダンジョン内に縦穴を掘って上階層に現れることもある。そのため、ソルジャーアントが一層に現れた報告は半年前からあったが、それは大海嘯とは結びついてはいなかった。

だが、今回はゴブリンアーチャー。本来なら十層以下にいるはずのゴブリンアーチャーが、五層で発見されている。十分に、大海嘯の前兆の可能性がある。

しかも、前回の大海嘯から十年が経とうとしている。現状、いつ大海嘯が起きてもおかしくなかった。

「報酬は前金で金貨百枚、戻った後で二百枚をそれぞれに支払う」

「ギルマス、もう一度確認だが、発生の有無を確認でいいんだな？」

アベルが依頼内容の念押しをした。

「ああ、発生の有無を確認してくれ」

「もし、発生していたら？」

今度はフェルプスが、以後の対応を確認する。

「発生を確認したら、即地上に帰還、報告。出張所には俺も詰めておく。ダンジョン入口は放棄し、地上で二重防壁を利用しての迎撃を、ギルドと辺境伯領騎士団とで行う。すでに今回の確認依頼と、その後の迎撃案は辺境伯に報告済みだ」

それを聞いて、全員が一層緊張した。

迎撃案まで辺境伯に報告済みということは、ヒューはすでに、大海嘯の発生そのものを確信しているということに他ならない。

「明日午前には潜ってもらうことになる。おそらく、明後日にはルンの街にいる冒険者全員に、ギルド待機をしてもらうことになるだろう。ギルド内の掲示板には、明日以降のダンジョン探索は禁止という張り紙をしてある。もちろん、ダンジョン脇にある出張所でも、明日以降はダンジョンに降りるのを止めることになっている」

ヒューは、打てる手は全て打っていた。

強面巨漢で、脳の中まで筋肉に見えるかもしれないヒューであるが、そこはルンの街のギルドマスターであり、元A級冒険者だ。脳の中も一流でなければ、やっていけない。

「赤き剣、白の旅団、この依頼、引き受けてもらえるか？」

「ああ、赤き剣はその依頼、引き受ける」

「白の旅団、依頼引き受けます」

大海嘯《だいかいしょう》

翌火曜日、九時過ぎ。

涼は、ダメもとで悪魔についての資料を求めて、南図書館に向かった。

涼と朝食を食べた後、十号室の三人はギルドの掲示板の前にいた。

ニルス、エトは、火曜は地上依頼をこなす日だ。そのため、アモンもそれに乗っかることにした。地上依頼もこなしていかないと、E級に上がるのが、かなり遅くなってしまう……。

それに、ダンジョンに二日連続で潜るのは、精神的な理由から、推奨されていない。

まあそういうわけで、地上依頼をこなそうとギルドの依頼掲示板を見に来たのだが……。

「ダンジョンに潜るの禁止、って書いてありますよね、あの注意書き」

アモンが、依頼掲示板の端に張ってある注意書きを読んだ。

「ああ……書いてあるな……」

昨日、受付嬢のニーナは、『ゴブリンアーチャーが五層で発見されたので注意を』という注意書きを張ると言っていたのだが……なぜかダンジョン禁止になっているのだ。


「あの後、何か追加で情報が入ったんでしょうかね」

エトも首をひねった。


同じ頃、ルンの街中央部にあるダンジョン入口。

その地上入口前に、赤き剣四人、白の旅団二十人が揃っていた。

「こんにちは、フェルプスくん。二十人とは、旅団の半分じゃないか。残り半分は潜らないのか？」

「おはよう、アベル。今回の二十人は、全員C級以上の冒険者だ。危険であることが分かっている場所に、D級冒険者を連れていくことはできないよ」

白の旅団は、全四十人から成る、パーティーというよりも組織、集団、一種のクランである。

ただし誰でも入れるわけではなく、D級以上の冒険者で、なおかつフェルプスが人格的に問題無しと認めた者だけが、所属を許される組織だ。

その中でも、団長フェルプス、副団長シェナを中心とした最精鋭六人が、ヒューからは『一軍』と呼ばれている、全員B級で構成されたB級パーティーであった。

「お、もうどちらも揃っているな」

たいていギルド本部に詰めているヒューが、出張所から出てきた。

「珍しいな、ギルマスがこっちの出張所にいるとか」

アベルが非常に珍しいものを見た、という顔でヒューを見ている。

「お前さんたちが戻ってきたら、すぐ判断しなきゃいかんからな。今日はこっちの出張所に詰めておく。昨日言った通りだ。じゃあ、潜ってもらおうか」

そういうと、ヒューは門番に扉を開ける指示を出そうとした。

「待て、ギルマス」

「ん？　どうしたアベル」

「ちょっと嫌な予感がする。リン、風魔法の〈探査〉で一層を探ってくれ」

「りょうか～い」

そういうと、リンは扉の前に立って詠唱した。

「命の鼓動と存在を　我が元に運びたまえ〈探査〉」

リンから探査の波動が拡がっていく。

扉の向こう、百段の階段を下りた先、一層の大広間に波動がついた時、リンの顔色が変わった。

「一層大広間に、反応多数。数百では済まない数だよ」

「すでに大海嘯がそこまで来ているか」

「くそったれ。全員退避！　第一防壁の上に退避だ。騎士団本部、ギルド本部に連絡。大海嘯がすでに起きている。魔物が出てくるぞ」

出張所の職員を含めて、全員が、防壁の階段に向かう。騎士団本部に連絡する者は北へ、ギルド本部に連絡する者は南へ走った。

◆

「マスター、全員防壁内に避難完了。防壁入口封鎖完了しました」

その報告がされた瞬間、ダンジョン入口の扉が吹き飛んだ。

「来たな……」

元々、地球においては、大海嘯とはアマゾン川の大規模な逆流ポロロッカを指すことが多い。それは、何か多くの生き物が、一斉に川を遡《さかのぼ》っていくかのような、雄大で恐ろしい光景である。

この『ファイ』の、ルンの街における大海嘯も、恐ろしさではひけを取らない。あるいは、おぞましさでは圧倒しているであろう。

ダンジョン入口、二重防壁で囲まれた場所は決して狭くない。陸上競技場の四百メートルトラック程度はある。南北七十五メートル、東西百五十メートル程度の楕円に近い形状。

だが、そこ一面に魔物が溢《あふ》れつつあった。

立錐《りっすい》の余地《よち》もないとは、まさにこのこと。あまりの数に、赤き剣も白の旅団も、誰一人声を発しない。

そしてそれは、前回の大海嘯を実際に見たはずのギルドマスター、ヒュー・マクグラスも同様であった。

(なんだこの数は……。前回はここまではなかったぞ。しかも、まだ奥で詰まっていやがる)

想定以上の魔物の多さに、ヒューの背中を嫌な汗が伝った。

とはいえ、やることは決まっている。

魔物の殲滅《せんめつ》。

それができなければ、この魔物たちが街に溢れ、ルンの街は壊滅するのだから。

「できる限り遠距離攻撃で削る。魔法と弓矢で攻撃しろ。前衛は、奴らから飛んでくる矢を斬り落として、魔法使いと弓士を守れ」

冒険者を引退して九年、ほとんど書類との格闘に明け暮れているとはいえ、腐っても元A級冒険者だ。潜ってきた修羅場《しゅらば》の数は、ここにいる誰よりも多い。

赤き剣も白の旅団も優秀な集まりだが、ギルド内で明確な序列があるわけではない。そうであるなら、やはりギルドマスターが指揮を執《と》るのが、最も混乱が少ない。

指揮系統の一本化、それは戦うためには絶対に必要なプロトコルであった。

ヒューの号令の下、戦闘が始まった。とはいえ、戦闘と言うより、一方的な虐殺。十メートルはあろうかという防壁の上から、赤き剣と白の旅団が、魔法と矢で攻撃する。

散発的な反撃もある。大多数のゴブリンの中に、わずかにゴブリンアーチャーが混じっているのだ。だが、その弓矢のほとんどは防壁の上まで届かなかった。また、届いたとしても、剣士や盾使いたちが、完全にはじき返していた。

赤き剣と白の旅団が陣取っているのは、南側の防壁。北側は、別の者たちが防衛に当たる。

そして戦闘開始から十分後、北の防壁に待ちに待った援軍が現れた。ルン辺境伯領騎士団である。

「遠距離攻撃でできるだけ数を減らせ」

基本プランは冒険者たちと同じ。

もちろん、ギルドマスターであるヒューが、騎士団長ネヴィル・ブラックと前日に打ち合わせておいたからだ。

(忙しかったが、昨日のうちにやっておいてよかった……)

ヒューはしみじみと思った。騎士の栄誉とかでいきなり突撃されて、味方の数が減ったりしたら大変なことになってしまう。

(まあ、ネヴィルは、あんまりそういうことへの執着《しゅうちゃく》はないみたいだがな)

◆

ほんの少しだけ時間を遡る。

ダンジョン入口の異変が、冒険者ギルドに伝わった時、ギルドにはけっこうな人数の冒険者がいた。

今日、ダンジョンに潜ろうと思っていた者たち。

今日、地上依頼を受けようと思っていた者たち。

どちらも、異常な何かが起きているということは感じていた。それを他のパーティーと話し合ったり、情報の交換を行ったりしていた。

情報の重要性は、A級冒険者だろうがF級冒険者だろうが知っている。もっとも、現在、ルンの街には現役のA級冒険者はいないが……。

そんな中に、伝令が駆け込んできて叫んだ。

「大海嘯発生！　魔物が地上に出てくる」

その言葉だけで、躊躇《ちゅうちょ》なく動けたのは、C級、D級冒険者たちであった。すぐに武器を持ってギルドを飛び出し、ダンジョン入口に向かって走る。残されたE級、F級冒険者たちも、長く迷う必要はなかった。ギルド職員の声が響き渡ったからだ。

「大海嘯はダンジョンから魔物が溢れ出てくる現象です。これは最重要緊急クエストです。皆さんも、ダンジョン入口周囲にある防壁の上からの攻撃ならできるはずです。急いで向かってください」

どうすればいいか迷っていた冒険者たちも、それを聞いて一斉に動き出した。

ギルドで情報交換をしていたニルス、エト、アモンたちもダンジョン入口に向かうのであった。

防壁では、ギルドが備蓄している弓と矢が配られた。ギルド本部に置いておいても、かなりな量のため、先に移動しておいたのだ。

それが、今、ここで効いていた。

とりあえず、矢が尽きることを心配せずに放つことができる。これは精神的にも非常に大きかった。なぜなら、どれだけ倒しても、魔物が尽きる様子が見られなかったから……。

「くそ、全然減らねえな」

アベルは愚痴を言いつつも手を休めずに矢を放ち続ける。

本来剣士のアベルだが、このレベルの冒険者ともなると、近距離、中距離、遠距離全てにおいて、それなりの攻撃手段を持っている。当然、アベルの弓は、平均をはるかに超えたレベルであった。

またその隣では、神官のリーヒャも同様に矢を放っている。アベルには劣るが、そう遠くない位置にいるゴブリンを狙い撃ちながら言った。

「持久戦ね。でも、このゴブリンたちを倒さないと、大物は出てこないでしょ?」

大物……今回の大海嘯はゴブリンが中心らしい……ということは、最終的にはゴブリンジェネラルを倒せば終わると思われる。逆に、まだダンジョンから出てこないジェネラルを倒さない限り、終わらないとも言える。

「リン、まだまだ先があるからな。最後は、俺らや旅団が突っ込んでいって倒すことになるだろうから、魔力は温存しとけよ」

「りょうか～い」

「とはいえ、こいつらを一撃で一掃できる魔法があるなら、やっちゃってもいいぞ？」

「あるわけないでしょ！　分かってるのに言わないで！」

　風属性魔法使いのリンは、座り込んで魔力の回復に専念していた。魔法は、この状況ではどうしても弓矢に比べ、継戦能力で劣ってしまう……。

　赤き剣から少し離れた場所では、槍士である白の旅団団長フェルプスが、こちらも当然のように矢を放っていた。その横では、魔法使いの副団長シェナも矢を放っている。

　後から合流した旅団員二十人も揃って、全四十人が防壁の一角に陣取り、遠距離攻撃を仕掛けていた。そのうちの三十人ほどが矢を放っている。本職の弓士は五人だけだが、今は質より量が必要な場面だ。

「各自、水分補給は怠《おこた》るなよ。ゴブリンと、わずかなゴブリンアーチャーしか出てきていないんだ、先は長いぞ」

　矢を放つ手を止めることなく、的確な指示を出していくフェルプス。

　旅団員の中には、さすがに数十分も矢を放ち続けたためか、弦《つる》を引きしぼるのが困難になっている者も出てきていた。

　本職の弓士ではないため、やはり余計な力が変なところに入っているのだ。それを、神官が魔法で回復して、また前線に戻していく。

　だが……まだまだ終わりは見えなかった。

◆

　ヒューは指揮を執りながら、報告を待っていた。

（うちの優秀な職員たちなら、そろそろ戻ってくるはずだが……）

「マスター！」

防壁の外、街路からヒューを呼ぶ声が聞こえた。

「来たか！」

「街、南側にある全ての武器屋から、矢を調達してきました。その数、およそ八万」

「おぉ～」

ヒューの周りにいたギルド職員と、冒険者たちから感嘆《かんたん》の声が上がる。

「よし。さっそく冒険者たちに配ってくれ」

「マスター、北側の調達部隊も七万近い矢を調達。今、騎士団の元へ運んでいるとの報告が来ました」

「よしよし！　まだしばらくは遠距離だけで戦えるな」


この間、ニルス、エト、アモンの三人は何をしていたのか？

エトは、神官として防壁上のパーティーの間を動き回り、回復して回っていた。

ニルスとアモンは、矢を各パーティーに届けて回っていた。

「アベルさん、街の武器屋から調達した矢です」

ニルスは樽《たる》いっぱいの矢を二樽、赤き剣の元へ運んできた。

「おお、ニルスか。助かるわ。そろそろ矢が尽きかけていたからな」

アベルは、僅《わず》かにニルスの方を振り向いて頷く。

「あと、ギルドマスターからの伝言です。赤き剣は、最後に突っ込んでもらうからそのつもりで、だそうです」

それを聞いてアベルは大きく笑った。

「だろうな。了解している、とギルマスに伝えてくれ」

「はい。では、ご武運を」

そういうと、ニルスは踵《きびす》を返し、ヒューにアベルの返答を伝えるために走っていった。

「ほんっと、補給の大切さってのを、嫌でも考えさせられるぜ」


戦闘開始から四時間、ようやくゴブリンの波が途切れ始めた。

だが、ほぼ同じタイミングで、冒険者の矢も、騎士団の矢も尽きようとしている。どちらも、街中から集めてきた矢だ。これ以上の補充は無い。

いよいよ、防壁を降りて、近接戦での決着をつけなければならない状況が迫っていた。

「先頭は、赤き剣と白の旅団。ゴブリンメイジも出てきているから気を付けろ」

ヒューが指示を飛ばす。

ゴブリンメイジとは、攻撃魔法を放つことができるゴブリンで、極《きわ》めて稀に生まれてくる種だ。

「赤と白が切り拓《ひら》いた道に、C級、D級パーティーが突っ込んで広げていくぞ」

「マスター、北の防壁が！」

ヒューは、ギルド職員が指し示す北側の防壁を見た。防壁内へ降りる扉を開き、ゴブリンへと近接戦を仕掛け始めたのだ。

「チッ。騎士団はもう矢が切れていたのか。よし、こっちも行く。野郎ども、大海嘯を叩き潰すぞ！」

「おぉ！」

冒険者たちから大歓声が上がる。

必要であると理解はしていた。それでも、ずっと遠距離攻撃だけではフラストレーションも溜《た》まるというものだ。やはり最後は近接戦！　そういう冒険者は非常に多い。

そうして、南側防壁の扉も開き、アベルとフェルプスを先頭に、赤き剣と白の旅団が、ゴブリンの群れに突っ込んだ。

アベルが剣を合わせることも無く、一刀の下にゴブリンを屠《ほふ》っていく。

フェルプスが槍の突きと薙《な》ぎで、広範囲にゴブリンを打ち減らしていく。

ウォーレンが盾をゴブリンに打ちつけ、シェナが貫通力の高い炎の槍で、アベルとフェルプスが突き進む道を作り出す。

「もうすぐゴブリンが切れます。メイジが来ます」

リーヒャの指示が飛ぶ。

そして、ゴブリンの波が切れると同時に、ゴブリンメイジが放った〈ファイアーアロー〉が飛んできた。

これは、風魔法の〈ソニックブレード〉のような、範囲攻撃に使われる魔法だ。発射された一本の炎の矢が、途中で五本の矢に分裂し、相手を襲う。

三本がアベルに、二本がフェルプスに。

ウォーレンがアベルの前に出て、その巨大な盾によって炎の矢を防ぐ。

「土よ　盾となりて悪しきものを防ぎたまえ〈クレイウォール〉」

炎と土という二属性を操ることができる副団長シェナの土の壁が、フェルプスの前に生成され、こちらも炎の矢を防ぐ。

その時、ゴブリンメイジらのいるダンジョン入口付近に到達できていたのは、赤き剣と白の旅団だけであった。先に近接戦に移行していた騎士団は、近付くことができずに足を止められている。

アベルがその状況を認識した時、ダンジョン入口から出てくる巨大なゴブリンが目に入った。

「ゴブリンジェネラル……」

他のゴブリンと違って、ジェネラルは将軍と名の付く通り、個体の戦闘力が異常に高い。

B級冒険者でようやく、一対一で戦える……。


だが……。

「ゴブリンジェネラルが三体……」

副団長シェナが呟く。

実は、初めてその声を聞いたアベルは驚いたのであるが、ここでシェナの方を振り向くわけにもいかない。

「ゴブリンジェネラルが複数体いるということは……」

「ああ、奥にキングがいるってことだ」

フェルプスの確認するような言葉に、アベルが答える。

ゴブリンキング。数十年に一度、中央諸国でも存在が確認されることのある、ゴブリンの突然変異種。数万のゴブリンを率いて、都市を滅ぼした記録も残る。

今回のゴブリンも、万を超える数であったから、まずキングの存在を想定するべきであった……だが、これまでに、ダンジョンでゴブリンキングが生まれた記録は無い。

「正直、キングの強さは分からん。分からん以上、奴が出てくるまでにこのジェネラルたちは倒しておきたい」

「同感」

アベルとフェルプスが、お互いの考えを確認する。

「俺とフェルプスが一体ずつ、残り一体を他全員で頼む」

アベルの指示で、ジェネラル三体との戦闘が開始された。

近接戦闘だけであれば、アベルもフェルプスも、ジェネラルを圧倒している。だが、そこにタイミングよくゴブリンメイジの魔法が飛んでくる。そのため、なかなかジェネラルに致命傷を与えられない。

ジェネラルが振り降ろす剛剣を、アベルは剣で受けずにかわす。そして、かわしたところに魔剣を叩き込む。

「ギシャァァアアァァ」

ジェネラルの叫びが、辺りに響き渡る。

戦況は、アベルだけではなく、フェルプスも押していた。

(いい感じだ)

しかし次の瞬間、嫌な予感を感じて、アベルはダンジョン入口を見た。

そこには、ジェネラルをすら超える巨漢のゴブリンが……。

そいつは、腕を振るった。


(ヤバい!)

剣士の勘で叫ぶ。

「伏せろ!」

赤き剣も白の旅団も、なんのことか理解はできなかっただろう。

だが、そこはいくつもの修羅場をくぐってきた者たち。全員が、とっさに地面に伏せた。

その瞬間、三体のゴブリンジェネラルたちの胴体が上下に切断され、切断した何かが、伏せた冒険者たちの頭上を通りすぎていった。

(ジェネラルごと俺たちを殺そうとしたのかよ)

アベルは戦慄《せんりつ》した。

不可視の風属性攻撃魔法〈エアスラッシュ〉……だがキングが放ったのは、〈エアスラッシュ〉以上のスピード、〈エアスラッシュ〉とは比べ物にならない切断力、〈エアスラッシュ〉とは違って詠唱していなかった。

(もしかして魔法じゃない……可能性もあるか? 腕を振るっただけだったからな……どちらにしても距離

はとれん）

「俺とフェルプスで突っ込む」

そういうと、アベルはキングに向かった。間髪を容れずに、フェルプスも続く。

アベルは近距離、フェルプスは槍で中距離からの攻撃。キングは剣と盾を構え、極めてオーソドックスな近接戦を展開する。

オーソドックスでなかったのは、一撃の重さであった。

「ぐぉ」

思わずアベルが声を漏《も》らす。

あまりの剣の速度に、かわし切れずに受け流そうとしたら、剣の重さに声が漏れたのだ。

だが、アベルが剣を交えている間にも、フェルプスが槍を突き刺してダメージを与えている。アベルの剣同様、赤く光る槍で。

魔槍。

赤き剣と白の旅団の中で、魔剣や魔槍の類《たぐい》を持っているのはアベルとフェルプスだけだ。アベルが、その二人で攻撃をすると言った理由はそこにあった。

おそらく、普通の武器では攻撃が通らないと踏《ふ》んだのだ。

それは、キングよりも格下のジェネラルと戦っていて感じていた。

アベルやフェルプスの攻撃は通っていたが、他の者たちの攻撃はそこまで深いダメージを与えていなかった。であるならば、ジェネラルの上位互換ともいえるキングなら、なおさらその傾向が強くなるであろう。

そして、それは正解であった。

矢を含め、普通の武器では、ゴブリンキングの肌には一切ダメージを与えることができていない。アベルの魔剣、フェルプスの魔槍、これで戦うしかなかった。

形勢は、二人がほんの僅かに優位とはいえ、たった一つのミスで簡単にひっくり返る程度の優位さだ。

そして、そのミスが出た。

アベルが踏み込んだ瞬間、足が滑る。

「しまっ」

なんとか片膝をついて、体勢が完全に崩れるのは防いだ。

だが、それに合わせてキングはバックステップして距離をとる。

そして、腕を振るった。

「伏せろ」

アベルは叫びつつ、自分はキングに突っ込んだ。

「アベル！」

驚いたのはフェルプス。

だが、すでに自分は地面に伏せている。

いったいなぜ……。

「剣技：絶影《ぜつえい》」

アベルは剣技を放った。

絶影……魔法を含めた全ての遠距離攻撃を、最小の動きでかわす技。これにより、キングが放った不可視の攻撃をかわす。

……完全に間合いに入った。

「闘技：完全貫通」

本来なら、喉か頭に突き刺すのが確実なのだが、キングの巨体だと届かない。そのため、下から心臓付近に突き刺した。


「グガァァァァァァ」

痛みからか、怒りからか、キングが叫ぶ。

だが、タフなキングはまだ死なない。

「それは想定内だ。リン、俺ごと撃ち抜け！」

アベルが叫んだ。

「〈バレットレイン〉」

ウォーレンの盾の蔭に潜んでいたリンが、最後のトリガーワードだけを発した。

百を超える不可視の風の弾丸が、アベルとキングに向かう。

「剣技：絶影」

そして、再びの剣技：絶影。

味方の遠距離魔法をもかわす。

だが、深手を負ったキングはかわすことができない。

「グギィ……」

普通の武器では傷一つつかないキングの皮膚。

だが、風属性魔法の中でも最上級、恐ろしいほどに詠唱が長く、およそ使用は現実的ではないとすら言われる〈バレットレイン〉なら別。

このとどめのためだけに、リンは防壁から降りて以降、一つも魔法を放たなかったのだ。ほとんど執念《しゅうねん》と言えるだろう。

ほぼ無敵の貫通力を誇る最上級の風属性攻撃魔法。これはさすがに、キングと雖《いえど》も、耐えきることはできなかった。

無数の風の弾丸が体を貫通し……ゴブリンキングは息絶えた。

赤き剣と白の旅団が、ゴブリンキングを倒したのと時を同じくして、広場の各地でゴブリンの殲滅が完了しつつあった。

◆

「回収した魔石の数は三万二千百三十三個か……ゴブリンのとはいえ、これはかなりの数だな。とても、ルンの街だけでさばききれる数じゃない」

ヒューはため息をついた。

アベルがゴブリンキングを倒した瞬間は、ガッツポーズまでしたヒューであったし、なんとか大海嘯を乗り切ったことについては素直に嬉しいと思っていた。

だが、ルンの街のギルドマスターとしての仕事は、まだ終わらない。というよりも、これからが本番なのだ。誰にも代わってもらえない、という意味において。

国と辺境伯への報告。さらに書類の提出。定期的に起こる大海嘯に対して、国は対策費を積み立てているため、それを卸してもらう申請。申請しても許可が下りるのは半年後になるため、それまでの冒険者たちへの報酬の立て替え。矢を提供してくれた武器屋への補償。犠牲になった者たちの遺族への見舞金。今回参戦した者たちのギルド考査のプラス査定。大海嘯で壊された設備、施設の復旧計画、その資金の調達、そして、ギルド職員たちへの一時金、などなど……。

少し考えただけで次々に出てくる、誰にも代わってもらえない仕事……。

(それにしても……)

ヒューは、手元のゴブリンキングの魔石を見る。握りこぶし半分ほどの、薄い緑色の魔石。

(これでも、十分大きくて、相当に高い価値を持つ魔

石だ。そう考えると、アベルたちが持ち込んだワイバーンの魔石はやはり、異常……というか、さすがワイバーンというべきか）

ワイバーンの魔石は、握りこぶし大で、濃い緑色であった。長く生き、多くの経験を積んだワイバーンたちだったのだろう。

色が濃い、というのはそういうことだ。

（今回のキングが、薄い色の魔石ということは、生まれてそれほど経っていないということになる。長らくダンジョンの奥で生きてきた魔物ではない、と）

大海嘯については、未だよく分かっていない。分かっているのは、定期的に起こり、その時、増加する魔物の種類も一種類ということくらいなのだ。

「ああ、しまった……研究させろと学者たちが絶対やってくるよな……。大海嘯後一カ月間は、ダンジョンは封鎖だ。その間に学者どもが来たらどうするか……」

ギルドマスターの苦悩は、尽きない……。


そんな悩めるギルドマスターのことなど誰も考えていない……ギルド食堂では、宴会が開かれていた。数年に一度の大海嘯を無事に乗り切ったのだ。しかも、記録されている中では最大規模の大海嘯をである。

これには、アルコール絶対禁止が明示されているギルド食堂も、今日だけは例外で酒が振る舞われていた。今夜だけは、食べ物、飲み物全てギルド持ち……というか、後で国の対策費の中から補填《ほてん》予定となっている。

どちらにしろ、今日の大海嘯に参加した冒険者も、様々な事情で参加できなかった冒険者も、あるいはそもそも大海嘯が起きていたことを知らなかった冒険者も、みんな参加の大宴会となっていた。

そんなところに、涼は図書館から帰ってきた。

元々は宿舎に直行しようとしたのだが、アルコール絶対禁止のはずのギルド食堂から、明らかに酔っ払いたちの声が聞こえる。不思議に思って、こっそりと入口から中を覗《のぞ》くと、案の定、大宴会の真っ最中……。

樽ごと買い込んできたらしく、好き勝手に酒樽から自分のジョッキに注いでいる。そして厨房からは、次々と料理が運ばれていた。

そんな光景にあっけにとられていると、奥の方で涼に向かって、おいでおいでをしている十号室の三人を見つけた。涼は、大宴会の中央部を避け、隅の方を抜けて三人の元へ到達した。

「リョウ、おかえり……」

以前お酒に弱いと言っていたエトは、半分眠りこけながら挨拶をする。

涼においでおいでをしていたアモンは、未成年ということでジュースを飲んでいる。

「リョウさん、宴会間に合いましたね！　食べ放題、飲み放題らしいですよ！　ギルド持ちで」

アモンは、嬉しそうに言うと、ビュッフェよろしく食べ物が並んだテーブルから、自分の皿に大量の食べ物を持ってきていた。

決して裕福ではない冒険者成りたての者にとっては、まさに天国であろう。

「リョウ、遅かったな。あそこの皿とジョッキを取って、好きなだけ飲み食いしていいそうだぞ」

ちょうど、自分の皿に山盛り載せてきたニルスが涼に説明した。

「これは……いったいなんの宴会なんですか？」

「ああ……やっぱ知らなかったのか。大海嘯だよ。今日、大海嘯が起きたんだ。ほら、初心者講習で習ったろ？　数年に一度起こる、あれ」

「なるほど……で、大海嘯を無事に乗り切ったから、大宴会と。まあ、まずは自分の分を取ってきますか」

「おお、取ってこい取ってこい。一週間分くらい食べておかないとな！」

そう言って、ニルスはひとしきり笑うと、猛烈な勢いで食べ始めた。その横では、アモンも、地獄の餓鬼《がき》の食欲もかくやと言わんばかりに、十代の食欲を見せつけていた。

涼が、皿に山盛りの料理とジョッキにワインを注いで戻ってくると、ニルスもアモンもいちおう食べ終えていた。もちろんいちおうであって、この後、再出撃するのであろうが。

「本当に、アベルさん、凄かったんだぞ！」

ニルスは、大海嘯において、いかにアベルが大活躍だったかを説明しはじめた。

涼は食べながら耳を傾けている。

剣士でありながら、弓士顔負けの弓の腕前。近接戦に移行した後は、全冒険者の先頭を切り拓く活躍。そして最後はゴブリンキングをほぼ倒す大活躍。

「ほぼ?」

涼は食べながら小首をかしげるという、器用なことをしている。

「ま、まあ、正確にはリンさんの魔法がとどめを刺したんだけど、でもアベルさんが剣を突き刺してキングの動きを止めていたからこそ、だからな。俺ごと撃ち抜け、って言った時はいろんな意味で鳥肌立ったわ」

その光景を思い出して、何度もにやけるニルス。ちょっと不気味だ。

男が男に惚《ほ》れるというが、ニルスはちょっと惚れ過ぎな気もする。

「俺ごと撃ち抜け、って実際に撃ち抜いたら大変だったろうね。キングとか凄い硬そうだから、それを撃ち抜けるような風魔法でしょう?」

「ああ。なんか恐ろしく長い詠唱で、ほぼ戦場で使われることなどない、って聞いたぞ」

「あれは、風魔法の最上級魔法と言われる〈バレットレイン〉です」

バタン。

それだけ言って、またエトは眠りについた。

「〈バレットレイン〉……弾丸の雨か……かっこいいね」

「数十もの不可視の刃が襲い掛かる魔法らしいぜ。ほんっと、アベルさんに当たらなくてよかったよな」

「あれは、剣技でかわしたから当たらなかったんだぜ」

ニルスが驚いて振り返ると、そこにはジョッキ片手のアベルが立っていた。今回は、人が多いうえに、食べることに夢中になっていて、涼も気付かなかった。

「剣技?」

涼がアベルに尋ねる。

「ああ、剣技だ。闘技の上位、剣士専用の技だな。剣技:絶影。魔法を含めたあらゆる遠距離攻撃を回避する技だ」

「剣技：絶影。ハーピークイーンとの戦闘で使ったやつですね。カッコいいネーミングの！」

「リョウは、やっぱりそこかよ……」

その間、今まで以上に憧れの存在となってしまったアベルが突然やってきたので、ニルスは完全に固まったままだ。

「ニルスが、アベルは凄かった凄かったって、もの凄く褒めてましたよ」

「よせやい、照れるわ。けど、ニルスたちだって、矢の補給で休む間もなく走り回ってくれてたんだ。そのおかげで最終的に勝てたんだからな。胸を張っていいんだぜ」

その言葉で、ようやく意識の戻ったニルスであったが、憧れの人に褒められたためにやはり固まってしまった。

「それにしても……リョウがいれば、もっと楽に勝てたんだぞ。いったいどこに行ってたんだ」

アベルが自分のジョッキの酒を飲みながら、涼に絡《から》む。

「ええ、図書館に……」

さすがにちょっと申し訳なかったな、と涼も感じていた。

もちろん、涼にはなんの責任も無い。だから、あの場に参加していない冒険者も、なんらのペナルティも与えられない。だが、ペナルティがないとしても、冒険者全員が駆り出されるような大ごとに参加しなかったというのは、心にひっかかってしまうのだ。

「ああ、図書館か……。じゃあ、しょうがないわな」

「アベルの大活躍の場を奪わなくてよかったです」

「ぬかせ！」

そういうとアベルは大声で笑った。

「ああ！　アベル見つけた」

「ほらね、やっぱりリョウのところにいたでしょう？」

リンとリーヒャがアベルを探していたらしい。

「アベルはリョウのことが、大のお気に入りなのよね」

微妙に嫉妬が混ざっているような、ほんの少し危険な棘《とげ》が含まれたリーヒャの言葉であった。

「いやお気に入りというわけではなくて……リョウが

いればもっと楽だった、と文句を言っていたところだ」

そういうと、アベルはうんうんと、自分の発言に頷いた。

「まあいいわ。ギルドマスターから伝言よ。明日、辺境伯に報告に行くから、その時一緒に行ってくれ。お昼十二時の鐘までに、執務室に来るように、だそうよ」

「うげ……」

「大活躍したご褒美ですね」

最後の涼の皮肉に、一層顔をしかめるアベル。

「とどめを刺したの、俺じゃなくてリンなんだけど……」

「ああ、ダメよ、逃げようったって。そもそも私の〈バレットレイン〉だって、アベルがキングのほぼ心臓に剣を刺してたから当たったようなものなんだから」

それを聞いて、顔をしかめるだけではなくて、さらに俯《うつむ》いてしまうアベルであった。

「そうだ、私、リョウに聞きたいことがあったのよ」

そういうと、リンは、アベルに向いていた体を、勢いよく涼の方に向けた。


「うん？」

ようやく、大量にとってきた料理を食べ終えた涼は、ジョッキのワインを飲みながらリンに向き直った。

「アベルが言ってたんだけど、リョウって、〈アイスウォール〉を空中高いところに生成できるって本当？」

「ええ、できますよ。だいたい、四十メートルくらいの高さまでかな」

涼はその光景を思い浮かべながら答えた。

「ホントにできるんだ……」

「あれ、ものすごく難しくて、できるようになるまでに、かなり時間かかりましたけどね」

「いや、普通はできない……」

そう呟いたリンの言葉は、誰の耳にも届かなかった。

初めての錬金術

大海嘯が鎮圧されて五日。

王都から冒険者ギルドに監察官が到着し、様々な検分が行われていた。監察官一行の世話はギルド職員が行うため、ただでさえ忙しいギルド職員は、一人の例外も無く疲労困憊《ひろうこんぱい》の極にあった。

ダンジョンが、最低でも一カ月封鎖されることは、ギルド内だけでなくルンの街全体に告知されている。その間、冒険者は、地上依頼を引き受けるしかない。ダンジョンが封鎖されているからといって、ゆっくり休んでいられるのは、かなり蓄えのある冒険者くらいで、その数は決して多くはない……。

その日の掲示板には、いつもなら一つ二つは残る討伐依頼も、全く残っていなかった。

そして、F級冒険者に回ってくる依頼は、常時張り出してある薬草採取や、鉱物採取くらいのものだ。それなのに……。

「参ったなぁ……」

頭をガシガシ掻きながら、ニルスは掲示板から目を離した。

なんと、常時張り出してあるはずの薬草採取、鉱物採取の依頼すら、依頼停止になっているのだ。

「ごめんなさいね、ニルスさん。昨日、一昨日でE級、F級の冒険者たちが、こぞって採集してきたらしくて……買取部門からストップがかかったの」

「は、はい！　いえ、ニーナさんのせいじゃないですから！　悪いのは買取部門で、でで で……」

憧れの受付嬢ニーナがすぐ側に来ていたことに気付かず、ニルスはぼやいてしまったのだ。

それを、声を出さないでクスクスと笑っているエト。

その横で苦笑しているアモン。

三人とも、今日、明日の食い扶持《ぶち》も無いほど困窮《こんきゅう》している、というわけではない。だが、最低でもダンジョンに潜れない状況が一カ月続くと宣言されている以上、蓄えはできるだけ切り崩したくはなかった。

そんな三人の元に、購買部から出てきた涼が通りかかる。

「あれ。三人とも、依頼は？」

「採取依頼すらも、停止になってしまったよ」

ニーナとお話しして、まだ固まったままで他の人に反応できていないニルスに代わって、エトが肩をすくめながら答えて、さらに言葉を続けた。

「リョウは何か探し物？　購買部から出てきたみたいだけど」

「ええ。錬金術の練習に使う鉱石が売ってないか見に来たんですけど、売ってなくって……。街の雑貨屋にもないし、錬金工房はなんか閉まってるし……。ダンジョンに潜れば、五層で簡単に手に入る予定だったので重視してなかったのですが……困りました」

「五層ってことは、魔銅鉱石？」

「ええ、それです」

涼は、うんうん頷いている。

「あれって、街中で売ってるの、かなり高いでしょ……」

「以前雑貨屋で見た時、握りこぶし大のやつで五十万フロリンでしたね」

「金貨五十枚……」

涼とエトのやり取りを横で聞いていたアモンが唖然《あぜん》とする。

「ダンジョン五層で産出するんだけど、冒険者ギルドでは買取をしてくれないんだよね、あれ。街中の錬金術ギルドと仲が良くないからだとか言われてるけど。だから、ここの購買部にも置いてないし、街中でもびっくりする金額になるんだ」

エトが、高い理由を説明した。それを聞いて、涼はなるほどと言って考え込んだ。

そして少し考えた後、口を開いた。

「三人で、僕の依頼を受けませんか？」

「え？」

未だ再起動しないニルスを除く二人が、異口同音に驚く。

「ダンジョン以外だと、この付近で魔銅鉱石が採れる可能性があるのって、確か……」

「うん、ルンの街の西、歩いて半日の距離にあるルーセイ村の廃坑《はいこう》」

「一人金貨四枚、三人で金貨十二枚。これは採取できなくともお支払いします。握りこぶし大の魔銅鉱石一個当たり金貨二十五枚。大きければ割り増し、小さければ……まあその時に応相談。条件は、三人揃って無事にルンの街に戻ってくること。どうでしょうか？」

「よし、乗った！」

いつの間にか再起動していたニルスが答える。

「まあ、いい条件だけど、リョウはそれでいいの？」

「ええ。トータルでも金貨三十七枚。街中で買うよりも、かなり安いです。しかも、今、品切れ中。ギルドを通さないので、成果にはならないですけど……」

「問題ない！」

三人は保存食を買い込むと、すぐに出発した。

涼が、自分で行っても良かったのだが、まあ、金は天下の回りものだ。稼ぎが無い三人の横で、自分だけまともな食事をするのはさすがに気が引ける……。かと言って、奢《おご》るのも……たまにならいいが、それが何日も続くとさすがにいかんでしょう、と涼も思うわけなのだ。

もちろん、お金をなんの理由も無くあげるのは、もっとよくない……。ルームメイトとしての越えてはならない一線のような気がする。だが、きちんとした依頼であれば問題ない。三人は働き、必要なものを採取してきて、涼が対価としてお金を渡す。とても健全。

涼はワイバーン魔石のおかげで、かなり裕福なのだから。

『お金で時間を買う』

現代地球で、富裕層と呼ばれる人たちが実践していた行動。涼は、一ミリも触れたことはなかったが、『ファイ』において、現在のところはそれの意味するところを経験できていた。三人が採取してきてくれる間に、調べものもできるし、手近で購入できた材料で別の実験もできる。

涼は涼で、有意義な時間を過ごせそうな予感がしていた。

◆

十号室の三人がルンの街を出た頃、街の北側にある図書館に、リンはいた。

南図書館が一般向け、入門者向け書籍が充実しているのに比べて、北図書館は専門書ばかりが揃っている。

その中でも、出入りが厳しく制限された場所がある。

それは、禁書庫と呼ばれる区画。

辺境伯の特別の許可を受けた者、貴族、冒険者の場合はB級以上の者だけが閲覧《えつらん》を許される特別な区画。

そこには、一般人には見せない方が良いとされている様々な書籍、資料がある。例えば、水属性魔法の上級魔法書、ならびに最上級魔法書。

リンが見ていたのは、それら通称『禁呪《きんじゅ》』と呼ばれる類のものが載った魔法書であった。

「やっぱり載ってない」

だが、望みの魔法を見つけることはできなかった。

もちろん、最初から無いだろうと思ってはいたのだ。自分からかなり離れた場所に氷の壁を生成する魔法など……。

中央諸国において、魔法使いが使う魔法は、全て魔法書にまとめられている。その魔法を生成する呪文と共に。

初級、中級、上級、そして最上級。

リンがゴブリンキングを倒すのに使用した〈バレットレイン〉も、風の最上級魔法書に載っている。およそ現実的ではない、長大な呪文と共に。

上級魔法や最上級魔法は、相当な魔力を持ち、魔法に体が慣れた魔法使いでなければ使用できない。

力の足りない魔法使いが呪文を詠唱すれば、魔法が暴走するか、魔法使い自身が魔法に飲み込まれ消滅する。それゆえに、上級、最上級の魔法書は、この禁書庫のような、一般人が見ることのない場所に置かれている。

その上級、最上級魔法の中にも、涼が使ったと思われる魔法は載っていなかった。

つまり、

「オリジナル魔法……」

それは、魔法の本質的にありえないもの。

魔法というものは、決められた呪文を詠唱することによって、決められた魔法が生成され、魔法現象が起こる。

魔法適性のある人間が、自分に合った属性の呪文を唱えれば、誰でも決められた魔法を生成できる、初級魔法なら。中級、上級と上がっていくと、体が魔法に慣れることによって、生成できるようになる。

そういう風に、きちんと枠が決められているのが、魔法なのだ。

だが、その枠外となるオリジナル魔法。そもそも、詠唱以外でどうすれば魔法が生成されるのか不明なのに、オリジナルも何もあったものではない。

以前であれば、何かの間違いと、リンも切って捨てていたであろう。

だが、現在の中央諸国には、オリジナル魔法らしきものを操る、有名な魔法使いがいる。

「まるで『爆炎の魔法使い』の水属性版ね……」

魔法使いたちが、見たことも聞いたこともない高威力の魔法を操る、火属性の魔法使い。

ついた二つ名が『爆炎の魔法使い』。

リンがため息をついた瞬間、声を掛けられた。

「あら、リン、お久しぶりね」

魔法書から顔を上げると、そこには絶世の美女がいた。

大きめの緑色の目、プラチナブロンドの髪、小さなリンより頭一つ以上大きい百七十センチほどの身長、そして抜群のプロポーション。

背中まであるプラチナブロンドの髪を後ろで束ねている関係で、特徴的な耳が露《あら》わになっている。ほんの少しだけ先の尖った耳……エルフの特徴。

彼女は、アベルが言うところの、ルン在住唯一のエルフ。B級パーティー『風』の唯一のメンバー。

「こんにちは、セーラさん」

リンは、セーラがちょっと苦手であった。特に何かされたわけではない。ただ、セーラと相対すると、いろいろな劣等感を感じてしまう……。

同じ風属性魔法使いとして。

同じB級冒険者として。

そして、同じ女性として。

「珍しい所で、珍しいものを見ているわね」

陰で、北図書館の主とすら呼ばれるほどに、セーラは本の虫である。大閲覧室にいることもあれば、今日みたいに禁書庫にいることもある。リンが見ているものが、水属性魔法の最上級魔法書であることも一目で分かった。

「ちょっと調べものを。でも、結局見つかりませんでした」

「そう、それは残念ね」

一瞬だけ、リンはセーラに聞いてみたい誘惑に駆られた。

エルフの寿命は千年を超えると言われる。セーラが何歳なのかは知らないが、少なくともリンよりも魔法について詳しい。風の最上級魔法を生成できるリンよりも、詳しい。

だが、リンは聞けなかった。その理由がなんなのかは分からないが、なんとなく聞きたくなかった。聞いたのは別のことであった。

「セーラさん、王都での依頼で、ルンを離れていたんですよね」

「ええ。昨日ようやく帰ってきたの」

そういうと、セーラは少しだけ微笑んだ。リンには、その笑顔が眩《まぶ》しい……。

「あ、ごめんなさい、私、司書の方を待たせているの。じゃあ、またね」

そう言うと、セーラは身を翻《ひるがえ》して大閲覧室の方へと歩いていった。

リンは深いため息を一つつくと、本を返却し、図書館を出ていくのであった。

◆

冒険者ギルド宿舎。冒険者ギルドに登録後三百日以内の者たちが、入居することを許される宿舎。そのため、冒険者としては初心者が多い。もちろん、初心者ではあっても、冒険者になろうという者たちの多くは、気が強かったり、それなりに腕に覚えがあったりする……もちろん本人基準であるが。

そんな宿舎の十号室は、一階の一番奥にある。そこからは、冒険者ギルド屋外訓練場や、宿舎の中庭などが見える。

そんな十号室において、ニルスたちに採取を依頼したのとは別に、涼は錬金術の初歩を実験していた。

ロンドの森では結局、一度も見つけることができなかった解毒草、それをルンの街の薬草屋で見つけたのだ。しかもすぐ隣には燐花草《りんかそう》の葉も売っていた。この二つを錬金術で調合すると、解毒剤ができる……もうこれは神のお導きに違いない！

さっそく買って帰って部屋に引きこもり、『錬金術最初のレシピ集』に載っている魔法陣を紙に書き出した。

こんなこともあろうかと、街の道具屋で購入しておいた乳棒、乳鉢その他調合道具を机に並べ、磨《す》り潰す。磨り潰したら量《はか》り、混ぜ合わせ、そしていよいよ錬金術の魔法陣に魔力を通す。

だが、これが難しかった。

通す魔力は、多すぎても少なすぎてもいけない。

だがレシピ集にある表現は『ある程度の魔力』などという、あまりに曖昧な表現……。まあ、水や電気ではないから、数値化するのは難しいのだろうが。

その適切な魔力量を探し出すのに、一心不乱に取り組んで三十分。

一瞬、赤い光が発し、ポンッという可愛らしい音とともに、挿絵通りの解毒剤が生成された。

ようやく錬金に成功したのだ。

それは涼の、初めての、錬金術成功の瞬間であった。

「フフフ、勝ったな」

そう、涼は勝ったのだ……何に勝ったのかは、誰にも分からないが、とにかく勝ったのだ。

そんないい気分に浸っている涼の目の前、宿舎中庭において、何かトラブルが起きているようであった。

窓は開いているために、声は聞こえてくる。さきほどからやっていたらしいが、涼は集中していたために、その耳に入ってこなかったのだ。

「おい、てめえら、嫌がってんだろ。やめろや」

「俺たちは王国騎士団、俺たちの酌をすれば、今夜は楽しい夜を過ごせるぞ。なんなら、ルンの街にいる間、飼ってやってもいい」

「い、嫌です、離してください」

冒険者なりたての女性に、騎士団が手を出しているという場面らしい。

その女性も、どうみてもまだ未成年、女性というより女の子、アモンと同じくらいの年齢に見える。そして、その女の子を守ろうとしているのが、なんと一号室のダンとその取り巻きたちであった。

まあ、ダンたちが、最初にその女の子に目をつけていた可能性もあるわけだが……その辺りは、宿舎事情に詳しくない涼には判断がつかない……。

「女、宿舎にいるってことはまだ冒険者なりたてだろ？　たいした金もないだろうから、俺たちが奢ってやるってんだ、ありがたく酌をしろ」

「夜の相手もな」

そういうと、五人の騎士たちは下卑《げび》た笑い声を上げた。

「嫌です、お断りします」

「おら、嫌がってるだろうが。あんまり舐めた真似してると、はったおすぞ」

嫌がる女の子、そしてそれを救おうとするダン。ここに涼が飛び出すのは、あまりに無粋……。

とはいえ、どう見ても騎士たちの方が強そうに見える。おそらく、大海嘯の監察官のお供に付いてきている騎士たちだろう。

（街中ならそういうお店もあるだろうから、そこに行けばいいのに……物好きな騎士たちだ）

涼の感想はその程度であった。

だが、中庭では徐々に緊張感が増していく。

そして、涼がぼんやり見ている間に……ついに、一線を越えようとしていた。

「下郎《げろう》が……。冒険者のゴミども、礼儀というものを教えてやる」

そういうと、女の子の手を握っていた騎士は、女の子をダンの方に突き飛ばすと、剣を抜いた。

「殺しはしない。ちょっと礼儀を教えてやるだけだ」

そういうと、大きく一歩を踏み出し……滑って転んだ。

「ウグッ」

体重をかけた足の下に、一瞬だけ〈アイスバーン〉が発生したことに気付いた者は、騎士の中にも、ダンとその取り巻きの中にもいなかった。

「くそが……。そこを動くな。礼儀を教えて……」

（〈アイスバーン〉）

騎士はまた、滑って転んだ。

「ウゴッ」

「貴様、何をした！」

　他の騎士たちが、ダンに詰問する。

「いや、何もしてないだろうが。そっちが勝手に転んでいるだけだろ」

　ダンは当惑していた。いざとなれば戦おうと思っていたのだが、近付いてこようとした騎士が、いきなり転んだのだ。

　しかも二度も。

　もちろん取り巻きたちの方を見てみるが、全員首を横に振っている。誰も、何が起きたのか理解していない。

「この……くそどもがー！」

　起き上がり、もうゆっくり近付いて威圧する、などという方法は捨て去り、一気に間合いを詰めて斬る……斬ろうとしたのだが……再び滑って転んだ。

「ウゲッ」

　さすがにここまでくると、誰も偶然だとは思わない。

騎士たち全員の目には、憎悪と共に恐怖も宿っていた。

　目の前の冒険者たちに恥をかかされているのは事実。その憎悪。

　だが理解できない何かが起きているのも事実。その恐怖。

　その憎悪と恐怖が弾けようとした瞬間……。

「はい、そこまで」

　割って入った声があった。声の主を、涼は知らない。だが、ダンたちは知っていた。

「フェルプスさん」

　声の主は、Ｂ級パーティー白の旅団団長フェルプス。

「なんだ貴様は」

　騎士たちが、憎悪に満ちた目でフェルプスを睨《にら》みつける。

「王国騎士団ともあろうものが、何をしている。恥を知れ！」

　叱咤《しった》という言葉がある……大声を出して叱りつける。最後の「恥を知れ」はまさに、叱咤であった。

　騎士たち五人の憎悪は、一気に吹き飛び、怖《おそ》れが取って代わる。

「ぼ、冒険者風情《ふぜい》が、我ら王国騎士団に……無礼な」

　それでも、言わなければならなかったのは、虚勢であろうか。

「黙れ！　冒険者も何も関係あるか。騎士なら騎士らしく振る舞え！」

まさにぐうの音も出ないとはこのこと。騎士たちは、言い返すことすらできなかった。

それでも、最初に女の子の手を掴《つか》んでいた騎士、つまり何度も涼の〈アイスバーン〉によって転ばされた騎士だけは、なんとか口を開いた。

「我ら王国騎士団にたてつけばどうなるか。この街のギルドマスターごと、王国から追放することもできるのだぞ」

ここまで追い詰められても言い返す……いっそ天晴《あっぱれ》。だが、反撃も激烈なものであった。

「確かに、私は冒険者だ。だが王国貴族でもある。我が名は、フェルプス・A・ハインライン。ハインライン侯爵家の次期当主である」

「ハインライン……」

「ああ、確か前王国騎士団長は、アレクシス・ハインラインだったはずだ。ハインライン侯爵家現当主。我が父だ」

その言葉を聞くと、騎士たちは雷に打たれたかのように震えた。

『鬼』と言われるほど苛烈《かれつ》であり、同時にその公明正大さは王国中に鳴り響いていた前王国騎士団長。未だに、王国中枢への影響力は絶大。

そんな人物の息子、しかも侯爵家の跡取りに睨まれたら……。

一度、大きく震えた後、五人ともガクガクと震え始めた。

「王国騎士団の名を汚すな！　行け！」

鬼の息子、そう言われても納得できる威厳があった。見た目は超絶イケメン貴公子なのだが。

五人が去ると、真っ先にダンが口を開いた。

「フェルプスさん、ありがとうございました」

それは、先日十号室の三人を見下ろしていた人物と同じとは、到底思えない、丁寧な感謝の言葉であった。

それにつられて、ダンの取り巻きも女の子も、お礼を言った。

「いや、気にするな。私もさすがに、あいつらの行動にはムカついたからな。ダン、だよな、よく行動した。さすが冒険者だ」

そう言うと、破顔一笑《はがんいっしょう》、フェルプスは大きく笑った。

イケメンが笑うと、場も和《なご》む。フェルプスの笑いで、空気も柔らかくなった。

「さあ、その子を仲間の元に連れていってあげ」

そう言って、フェルプスはダンたちを中庭から送り出した。

そして、宿舎十号室の窓に向かって歩いてきた。

つまり、涼の方へ。

「やあ、こんにちは。君がリョウだろう？」

「あ、はい、初めまして。フェルプスさん？」

「うん、白の旅団の団長をしているフェルプスだ。アベルから聞いていたけど、本当に面白い魔法を使うね」

フェルプスは、ニコニコと笑いながら言った。つまり、涼が〈アイスバーン〉で転ばせたのを分かっているのだ。

「え～っと……」

「ああ、いや何も言わなくていい。私も何かを広めるつもりはない。少なくとも、騎士たちは勝手に転んだし、ダンたちも手を出してはいない。君のおかげだ。ルンの街の冒険者として、感謝する」

そう言うと頭を下げた。

「いやいや、頭を上げてください。まあ、ダンとはちょっと因縁があって、正直、素直に助けるのに抵抗があったから、ああいう方法をとっただけですから」

涼は頭を掻きながら言った。

「アベルが言う通り、君は興味深いな」

「アベル、一体何を……」

「大海嘯の後の宴会でね。リョウがいればもっと楽だったのに、という言葉を、呪文のように何十回も繰り返していたよ」

その場面を思い出して、フェルプスはまた笑い出した。

「アベル……」

「いや、アベルにそこまで言わせるのは凄いよ。アベルが魔の山の向こうから帰還することができたのは、君のおかげなのだろう？　ルンの街の冒険者が、もしアベルを失ったら、それは他とは比較できない損失だ。

本当に感謝している。ありがとう」

「いえ……」

「団長、そろそろお時間が……」

いつの間にか、フェルプスの後ろに現れた副団長シェナが囁《ささや》いた。

「ああ、そうか。リョウ、すまないな。また話そう。今日はありがとう」

そう言うと、シェナを引き連れて、フェルプスは去っていった。

「今のフェルプスさん、そして後から現れた女性、どちらも強いなあ。さすがルンの街、いろんな人がいる。でも……侯爵家の跡取りが冒険者とかやってていいのかな？」

◆

「珍しいな、一人で夕食とは」

ギルド食堂で、一人静かに夕食を食べている水属性魔法使いに絡む、B級冒険者の剣士がいた。

「ええ、三人とも、依頼で西の村にある廃坑に行ってるので」

絡んだ剣士は、そのまま魔法使いの前の席に座る。

「そんなところに座っても、奢りませんよ？」

「後輩に奢ってもらおうなんて思ってねぇよ！」

さすがに自分の分は、きちんとお金を出すつもりな、剣士アベル。

「先輩は、いつでも後輩に奢ってあげていいんですよ？」

「金持ちの後輩に奢るつもりもねぇよ！」

そういうと、アベルは日替わり定食を頼んだ。

「世知辛《せちがら》い世の中です……」

「このタイミングで言うセリフか……」

「そういえば、アベルこそ珍しいですね。こんな時間にギルド食堂で夕食とか。他のメンバーは？」

「俺は、ここの飯、好きだからよく食べているぞ？」

確かに、アベルは出てきた日替わり定食を、美味しそうに食べ始めた。

「いや、まあ、確かに美味しいですが……」

「パーティーメンバーだからといって、いつも一緒にいるわけじゃないからな」

きちんと飲み込んで、口の中にご飯が入っていない時にだけ、喋《しゃべ》っているアベル。なんとも器用な男だ。

「ははぁ～、アベルがこんな時間に一人で出歩いている理由、分かりましたよ」

「うん？」

「ここで腹ごなしをした後、花街とかに出かけるつもりですね」

「ば、ばか！」

そういうと、アベルは慌てて涼の口を両手でふさぎ、周りを見回す。

そのことを、知られてはいけない人がいるらしい。

「どこで誰が聞いてるか、分かったもんじゃないんだぞ」

「壁に耳あり障子《しょうじ》にメアリーですね」

「壁に耳ありは分かるが、ショウ・ジニー・メアリーって誰だよ……」

とにかく、聞かれてはならない人には聞かれていない、それを確認してアベルは安心した。

「別に花街に行くわけじゃねえよ」

「まさか特定の女性が……」

「ばか。それもちげぇ」

「アベル……リンに手を出すのは小児性愛者《しょうにせいあいしゃ》と言ってですね……」

「おい、こら、リンはウォーレンが……」

そこまで言って、アベルはハッと気付いた。

「今のは無かったことに……」

「すごいデコボココンビですね」

かたや二メートルを超える巨漢、かたや百五十センチ程度のちびっ子。

「まあ、愛があれば身長なんて……」

うんうん頷きながら、食べ終えた日替わり定食を、寂《さび》しげに見るアベル。

「つまり、アベルはリーヒャと……」

「ば、ばか、そんなんじゃねえって」

顔を真っ赤にして否定するアベル。中学生か！

（エトは、告白する前に失恋してしまったようです……残念です）

しかし……涼はふと自分を振り返って思う。

『ファイ』に来て以降、いわゆる性欲というものが全くなくなってしまった。それはつまり、女性にも男性にも、そういう方面で魅《ひ》かれることがないということだ。特にそれで困ることも無いので問題ないのだが……。

真っ赤に照れたアベルや、ニルス、エトなどを思い浮かべると、眩しく見えてしまう涼であった。

「アベル、一食で足りなければ二食食べてもいいのですよ?」

「いや、晩飯で二食分食べたら、さすがにちょっと……」

「食べた分、動けばいいのです」

「え?」

「夜のお仕事をすればいいだけです」

涼が重々しく頷きながら言う。

「夜の仕事ってのは、あれか? 花街の客引きとかそういうのか?」

「いいえ。悪徳商人のところに忍び込んで、不正に蓄財したお金を奪って、貧しい人たちに配り歩く、あのお仕事です!」

「うん、リョウ、それって、盗賊《とうぞく》だからな。義賊《ぎぞく》とか言っても、結局盗賊だからな」

「アベルが、エセ正義の味方面をしている……」

「エセとか言うな」

涼は唇を尖らせて不満の表情を表し、アベルは心外なことを言われて反論した。しかし、涼はすぐにいつもの表情に戻り、再びの疑問を呈する。

「で、結局、アベルがこんな時間にこんな場所にいる理由は何なんですか?」

「ああ……。そうだな、暇ならリョウにも手伝ってもらうか」

「嫌です」

「おい……」

「僕はこう見えて、すごく忙しいですから」

「……この後、何をするんだ?」

「部屋に戻って錬金術に勤《いそ》しんで、錬金術に勤しんで、錬金術に勤しんで……寝ます」

「うん、暇そうだから、やっぱり手伝ってくれ」

「くぅ……」

涼は悔しそうな顔をする。水属性魔法だけでなく、錬金術までも不遇な扱いを受けるのかと言わんばかりな表情で。

「確かにアベルから見れば暇そうに見えるかもしれませんけど……手伝うにしても、タダというわけにはいかないですね。僕の時給は高いですよ！」

「リョウが食べた晩御飯代を奢ろう」

「僕はアベルに一生付いていきます！　さすがはアベルですね。ついでなので、もう一食食べようかな……」

「待て！」

さすがに、晩御飯で二食食べるとおデブさんになってしまいそうなので、涼は追加で食べるのを諦めた。

「それで、結局何をするのか、さっさと言ってもらえますかね」

「リョウのせいだろうが……説明までたどりつけないのは」

アベルは一つ大きなため息をついた後、説明を始めた。

「実は、今、ルンに来ている監察官は古い知り合いなんだが、護衛に王国騎士団が付いてきているんだ。ただ、騎士団の中にはとんでもない奴がいるらしくてな……今夜も宿を抜け出したから、問題を起こす前に捕まえてほしいと」

「なるほど……」

涼は大きく頷いた。思い当たる節がありすぎる。そもそも、昼間、冒険者宿舎の中庭で見た光景がそれにあたるのでは……？

涼は、その時に見た光景をアベルに話した。

「ああ、そいつらっぽいな」

「っぽいってなんですか？　名前とか人相書きとかそういうのは……」

「おう、もらってない」

「あ……うん……僕は、アベルや名探偵みたいに、見ただけで犯人だと分かる能力は持っていないので、やはりお暇《いとま》しようかと……」

「今さら、ダメに決まってるだろうが。だいたい、俺だってそんな能力は持ってないわ」

「じゃあ、どうやって探すんです？」

「街に行って、騒いでいたらしょっぴけばいい。騒いでいるのがいなければ、そいつらはおとなしく飲んでいるということだから、問題ないということだ」

驚くほど適当である。本当にそんな程度でいいのかと、涼は考えたが……考えるのを途中でやめた。お金を出してくれるアベルがそれでいいと言っているのだから、それでいいのだ！

もらうお金以上に働くのは良くない。

そう、雇われる自分にとっても、雇う相手にとっても良くないのだ！　決して、適当に仕事をこなしてお金を貰おうとかそういうわけではない。ないったらない！

そもそも、涼へのお金は、晩御飯代で支払い済み。頑張っても貰えるお金は変わらない。

前払い制の弊害！

二人は、夜のルンの街に繰り出した。「繰り出した」という表現が適切かどうかは微妙だが。

「アベル、ちょっと聞きたいことがあったんです」

「なんだ？」

「南図書館では埒《らち》が明かなくて、明日は、北図書館に行きたいんですけど、利用制限とかあったりします？」

涼は、北図書館は普通の人は入れないという噂を聞いたのだ。どうせ明日行ってみるつもりだったとはいえ、アベルが知っていれば余計な手間をかけずに済む。

「ああ、南図書館と違って制限があるな。冒険者の場合は、D級以上なら利用できる。受付でギルドカードを見せると、入館証を渡されるから、中にいる間は、それを首から下げてた気がする……。冒険者の入館証は真っ黒いやつだったはずだぞ、確か」

アベルは上を見ながら、思い出しながら答えた。

「それなら僕も入れますね」

「ただ、禁書庫にはB級以上じゃないと入れないが」

「禁書庫！」

なんと胸躍《むねおど》る言葉であろうか！　何があるか分からないが、きっとおどろおどろしい書物があるに違いない。B級以上ということなので、まだまだ入れないが、いずれは入ってみたい……。

「な？　D級冒険者になっておいてよかっただろう？」

「ええ、そこは、アベルに感謝してますよ」

「うんうん、それでいいんだそれで」

アベルは満足そうに頷いた。

ルンの繁華街は、夜もけっこうな人出がある。錬金道具として最もよく使われているものの一つ、街灯のおかげで、夜間でも人の活動が盛んだ。この辺りが、街灯が常備されている大きな街と、村などとの違いだといえる。

さすが、アベルはルンの街で人気者であるため、多くの人たちが挨拶をしていく。そして、アベルの方も、冒険者は全員、顔と名前を憶えているらしく、親しげに挨拶を交わす。

「アベルは、ルンの街でどれくらいの人気者なんですか？」

「藪《やぶ》から棒になんだ？」

涼の問いに、若干照れながら返すアベル。だが、涼の視線は、あらぬ方向を見ている。

「アベル帰還感謝祭の時とか、けっこう入れ替わり立ち替わりで、多くの冒険者が来ましたよね。もしかして、ルンの街の冒険者ほとんどが、来たりしたんですか？」

「どうだろうな。まあ、かなりの割合の冒険者が来てくれた気はするな」

その間も、涼の視線はあらぬ方向に向いている。さすがに、そこまでくると、アベルも気になる。

「リョウ、どこを見ているんだ？」

「シッ。静かに」

涼は、人差し指を一本立てて口の前に持っていき、喋るなというジェスチャーをする。今さらな気もするが、アベルは従いつつ、涼が見ている方に意識を向けた。暗がりに、数人の冒険者風の男たちがたむろっている。

「あの人たち、アベル帰還感謝祭には来なかった人たちです。アベルの人気もたいしたことないですね！」

「べ、別に人気はどうでもいいんだが……。まあ、ルンは、中央諸国で唯一のダンジョンがあるから、王国外の冒険者が来ることもあるぞ？」

「彼らはそうなんでしょうね。見るからに怪しいですが」

「そうか？　俺には怪しさは分からんが……」

もちろん、涼の適当推論であるため、誰にも、その怪しさは分からない。だが、男たちは、涼とアベルの視線に気付いたのであろうか、二人の方を一瞬見ると、そそくさと移動し始めた。

それはさすがに、怪しい！

「わざと？　誘ってる？」

涼は小さく呟く。その呟きはアベルにも聞こえたのであろう。アベルも小さく頷いて言った。

「誘ってるな。四人だ。ルンの冒険者じゃない」

「良かったですね、ルンでのアベル人気に陰りが出たわけではなさそうで」

「そこは、関係ない気が……」

そう言うと、二人は歩き始めた。ほとんど無造作ともいえる歩き方で、暗がりの中に入っていく。だが、注意深い者が見れば、アベルと涼は綺麗に一列に並び、二人の歩くスピードが全く同じであることに気付いたかもしれない。

二人が暗がりに入ると……。


カキンッ。カキンッ。カキンッ。カキンッ。

四人は、涼とアベルに対して、問答無用で襲いかかってきた。だが、その剣は、涼が二人の周りに生成した〈アイスウォール〉によって弾かれる。

「〈アイシクルランス4〉〈アイシクルランス4〉」

四本の極太の氷の槍が、四人それぞれの鳩尾《みぞおち》にめり込み、四人の動きが止まったところに、後頭部に極太の氷の槍が衝突して、四人は気絶した。

おそらく四人は、何が起きたか理解できないままに気を失っただろう……。

「自分たちから誘っておきながら、不甲斐ないですね」

「いや、リョウが反則なだけだと思うぞ……」

アベルは小さく首を振りながら答えた。そして、四人の服をまさぐる。

「アベル、いくら襲ってきた相手とはいえ、気絶している人からお金を抜き取るのはどうかと思いますよ」

「ちげーよ！　こいつらの身分を表すものを探している……ん？」

アベルが取り出したのは、ギルドカードと、握りこぶしの半分ほどの大きさの、小さな箱であった。

「なんですか、それ」

「さあな。錬金道具の何かだとは思うが……」

「ほっほぉー」

錬金道具と聞いた瞬間、涼の目がキラキラと輝く。

「それは、ぜひ欲し……」

「ダメだぞ」

「なぜ！」

「証拠の品だからだ」

「むぅ……」

涼は顔をしかめた。とはいえ、さすがに証拠の品を盗むのは気が引けるために、諦めざるを得ないことは、認識している。理解している。納得して……頑張って納得しようとしてはいる。

「このギルドカードによると、連合のジェイクレア所属のC級冒険者、ガミンガムというやつらしいが……。ジェイクレアって、連合の首都か。だが……連合の冒険者？　なんか違和感があるんだよな」

アベルはそう呟くと、ギルドカードと男らを見比べて、何度も首を傾げた。残りの三人のギルドカードも、ハンダルー諸国連合ジェイクレア所属のC級冒険者となっていた。

ハンダルー諸国連合は、ナイトレイ王国、デブヒ帝国と並ぶ、中央諸国三大国の一つだ。

結局、大きくため息をついて、アベルは結論を下す。

「こいつらは、衛兵隊につきだそう。彼らが調べてくれるだろうさ」

それは涼も同意見らしく、一つ頷いて言った。

「アベルも、たまには良いことをしますね」

「いや、だいたいいつも、良いことをしているだろ？」

「でも大海嘯の宴会で、リョウがいればもっと楽だったって、ものすごく触れ回っていたと聞きました……そういうのは、良いことだとは思わないですよ？」

「なぜそれを知っている！」

答え：フェルプスが言ったから。

◆

涼とアベルが、本来の目的であったダメダメ騎士団員探索をほっぽり出して、怪しい一団を捕らえていた頃、白の旅団団長フェルプスは、街中のお気に入りの店で夕食を食べ、旅団本拠地にゆっくりと帰っているところであった。供も連れずに。一人で。

それを、店からずっとつけている影が五つ。

もし、昼間にギルド宿舎の中庭にいた者がいれば、つけている五つの影が、その時の騎士たちであることに気付いたであろう。

この状況……昼間の借りを返すために五人でフェルプスを襲う……フェルプスを亡《な》き者にしようとしている、それ以外には解釈のしようがなかった。

そして状況は、人通りがほとんどなくなった場所に差し掛かった時に動いた。五人が、ほぼ同時に剣を抜いてフェルプスを後ろから襲おうとした、その時……。

五人全員の体が硬直した。

「な、なにが……」

「体が動かない」

「むぐ……」

「何か刺さっている」

「針……」

五人の聞こえるギリギリ可聴域内に女性の声が聞こえた。

「せっかくフェルプス様が見逃してくださったのに……愚か者どもが。ゴミは燃えてしまえ」

聞こえたのはそこまでであった。

呪文詠唱は五人には聞き取れないほど小さく、だが確実に紡《つむ》がれていく。それは、五人にとっては死の宣告に等しい、そして恐怖を味わう長い長い時間でもあった。

「〈インフェルノ〉」

トリガーワードが聞こえた瞬間、業火《ごうか》が吹き上がり、騎士たちを燃やし尽くした。

街の人間が集まってきた時、そこにあったのは、ただの五つの灰の塊《かたまり》であった。

「ごくろうさま、シェナ」

フェルプスは後ろも見ずに、だが少しだけ微笑んで言った。

それを確認すると、白の旅団副団長シェナは、一礼して闇に消えた。

封鎖解除

次の日、涼の予定は朝から狂いっぱなしであった。

当初、午前中の早い時間から北図書館に行くつもりだったのだが、ギルド食堂で朝食を食べようとした時点で、計画は狂い始めた。

「もう品切れ？」

いつもと同じ時間、朝七時過ぎに食堂に来たのだが、なんと、すでに品切れ。

「すまねぇ、リョウ。王都から来た学術調査団とかのやつらが、朝食分を全部持っていっちまったんだ。昼以降の分は、これから市場回って材料買ってくるから大丈夫だが……他のやつらもすまねぇ」

いつも厨房の奥で楽しそうに料理している料理長が、申し訳なさそうに頭を下げた。

料理長も、もちろん元冒険者で、ギルドマスターより少し上の世代の元C級冒険者だ。若い冒険者たちからすれば、いつも美味い料理を作ってくれる父親みたいな存在。

その人が頭を下げれば、強くは言えない。

それどころか、そんな料理長に頭を下げさせる事態を引き起こした、学術調査団なる者たちへの印象は、この時点で、すでに最悪になっていた。

学術調査団とは、王国内でなんらかの異変が発生した場合に、その原因、経過、今後の見通しを調査するために、王都から送られる調査団である。王国中央大学の学者や、魔法大学の研究者、あるいは宮廷魔法団そのものが中心となって調査することもある。

今回は、中央諸国唯一のダンジョンでの、約十年ぶりの大海嘯、しかも過去に例を見ない大規模な大海嘯であったこともあり、学術調査団の規模も過去に例を見ないほど巨大なものとなっていた。

王国中央大学、魔法大学、宮廷魔法団の三組織が、出せる限りの人数を送り出したのだ。

その数、総勢五千人。

調査団など、普通は五十人程度、多くても百人を超えることはない。

それが五千人となると……完全に、街の宿泊施設はパンクした。泊まれなかった人々、多くの場合は調査団の中でも下っ端、荷物運びや護衛として付いてきている者たちであるが、彼らは街のすぐ外で野宿《のじゅく》する羽目《はめ》になっている。

◆

「いったいどういうつもりだ！」

ギルドマスター執務室に、ヒューの怒声が響き渡った。

ヒューの前にいるのは、今回の調査団の幹部三人。

王国中央大学総長クライブ・ステープルス。

魔法大学主席教授クリストファー・ブラット。

宮廷魔法団顧問アーサー・ベラシス。

いずれも王都の学術界においては、大物と言ってもいい面々。

特に、王国中央大学は、トップである総長自ら調査団を率いるという力の入れようだ。学者と官僚、両方の雰囲気を持つ総長クライブ・ステープルス。間違いなく、王都における学術界の頂点の一人であろう。

だが、そんなことはヒューには関係ない。いや、敵対すれば厄介なことになるということは理解しているのだが、それでもこれはあんまりである。

「到着早々、冒険者ギルドの食料を全て接収《せっしゅう》。しかも、今日からダンジョンに潜るから封鎖を解けだと？　さらに、その護衛に冒険者を出せときたもんだ。ふざけるのも大概《たいがい》にしろ！」

だが、ヒューの怒声は、三人の誰にも、大した効果を与えてはいないように見える。

総長クライブは冷ややかな表情を浮かべ、主席教授クリストファーはあらぬ方向を見て、顧問アーサーはやれやれといった感じで出されたお茶を啜《すす》っている。

「マスター・マクグラス、今回の調査において、国王陛下は内務卿ハロルド・ロレンス伯爵を調査団団長に任命されました。そして我々は、団長たるハロルド・ロレンス伯爵より、全権委任状をいただいてきております」

マクグラスとはヒューのファミリーネームだ。フルネームは、ヒュー・マクグラス。

総長クライブは封蠟《ふうろう》された手紙と、全権委任状を差し出した。

「全権委任状だと?」

それは文字通り、委任状を持ってきたものに全権を委任する……つまり目の前の三人は、団長ハロルド・ロレンス伯爵同様の、ひいてはそれを任命した国王同様に、蔑《ないがし》ろにしていい相手ではないということになる。

ヒューは、封蠟された手紙を見る。

封蠟は、蠟《ろう》で封印し、そこに印璽《いんじ》を捺して封とするもので、誰が差し出した物か、封蠟を見れば分かる。

そして差し出された封蠟は、確かに内務卿ハロルド・ロレンス伯爵によるものであった。

封蠟を割って、中の手紙を一読する。

「……確かに、貴殿らにできる限りの便宜《べんぎ》を図るようにと書いてある」

「理解していただけて良かった」

総長クライブは、どことなく冷たい感じではあるが、笑みを浮かべて答えた。

「だが、できることとできないことがある。ギルドからの食料提供は、できない」

ヒューは、それでも言い放った。

「マスター・マクグラス、便宜を図るの意味をご理解されていますか?」

「クライブ・ステープルス、できる限りの意味を理解しているのか?」

二人の睨み合いは、別の声によって遮られた。

「クライブ、ヒュー、二人ともやめんか。我らは同じ王国の重鎮《じゅうちん》ぞ。ギルドの食料に関しては、ヒューが言うのももっともじゃ。ギルド食堂から食料を接収したのはすまんかった。今後は、ギルド食堂に立ち入ったり、ギルドに食料の提供を迫ったりはしない。隣街のカイラディーかアクレから、食料を運んでもらうなり話をつけよう。それでよかろう?」

話をまとめたのは、この四人の中でおそらく最年長、宮廷魔法団顧問のアーサー・ベラシスである。

白い髭《ひげ》を長く伸ばし、魔法使いの灰色のローブを羽《は》織《お》り、大きな杖を持つ。見るからに魔法使い然とした、魔法使い。

「はい……ありがとうございます」

アーサー・ベラシスと言えば、今でも王国で十指《じゅっし》に入る魔法使いの一人。若い頃は冒険者として活躍していたこともあり、さすがに冒険者の大先輩の仲介は、ヒューも蔑ろにできない。

「分かりました。ベラシス顧問がそうおっしゃるのであれば、食料については譲りましょう。ですが、ダンジョン封鎖の解除、これは譲れません。そもそも解除してもらわねば、我々が来た意味がなくなりますからな」

総長クライブは、ダンジョン封鎖の解除だけは譲らなかった。

「中で何が起きているか分からない。そんな場所の封鎖を解けなどと……」

ヒューのわずかな抵抗を嘲笑《あざわら》うかのように、いや実際に嘲笑って総長クライブは反論した。

「何が起きているか分からないから調べるのだろう？そのための調査団だ」

これにはヒューも、リアルで「むぐぐ」と言ってしまった。

「……分かった。だが、ダンジョンに潜る際には、自己責任を徹底してもらう。何が起きても、ルンの街ならびに冒険者ギルドと冒険者は、一切の責任を負わない。そしてその件に関しては、三人連名で一筆《いっぴつ》入れてもらう」

「な、貴様っ」

「それが嫌なら、ダンジョンの封鎖は解除しない！」

またもクライブとヒューが睨み合う。

「クライブ、それは仕方なかろうよ。ヒューよ、冒険者を護衛として、正規の金額以上のものを払って雇うのは、もちろん問題なかろう？　冒険者なのだから、お金を稼ぐのは必要であろうが」

元冒険者の顧問アーサー……一方を受け入れ、別の方は相手に受け入れさせる。交渉の基本はきちんとできていた。ヒューとしては、それだけに厄介だ……。

「分かりました。それは、各冒険者次第です。ただし、これだけは忘れないでほしい。大海嘯後、ダンジョンの中がどうなっているかの資料は、ほぼない。今まで経験したことのないことが起こる、それは現役の冒険者たちにとっても同様です。くれぐれも、慎重に潜ってください」

　こうして、大海嘯六日後にして、ダンジョンの封鎖は解除されることになった。

◆

　ギルド食堂の朝食を食べ損ねた涼は、朝食が食べられる店を探して、通りを歩いていた。

　ダンジョンが開放されていた頃であれば、街中央にあるダンジョン入口に向かう通りには、数多くの屋台が軒《のき》を連ねていたのだが、大海嘯後は、数えるほどしか出ていない。

　これはダンジョン周辺の冒険者が減って、売れ行きが悪くなるからというのもあるが、それ以上にダンジョン産の魔物肉の供給が減ってしまったからという理由が大きい。ダンジョンの四、五層はゴブリンのために肉は使えないが、十層までの他の階層からは、なかなか美味な肉が獲れていたのだ。

　そして、ダンジョンが封鎖された現在、ごくわずかに出店している露店も、さすがにこの時間では準備すらできていなかった。そのため、涼が探していたのは通り沿いの料理屋だったのであるが……それらも、まだ開いていない……。

「これは……もしや朝食抜き……？」

　朝食は大切だ。

　一日の活力は朝食からである。

　食べなきゃやっていられない！

　そう思いながら、開いている店を探しているうちに、黄金の波亭の前に着いた。ここは、アベル帰還感謝祭が開かれ、涼が飲み潰れた場所。味は保証付き。

　そして、アベルたち、赤き剣の定宿でもあった。

　黄金の波亭は、入口から入ると、まず正面に宿のカウンターがある。そして右手に、食堂がついた形になっている。

「うそ……赤き剣がもういない？」

「はい、先ほど……三十分くらい前だったでしょうか、パーティーで出て行かれました。宿を引き払ったわけではないので、遠くへの依頼などではないと思いますが……」

宿のカウンターでは、宿の女将と客らしい人物が話している。

客は、背はリンと同じ程度で低く、リンと同じような黒い魔法使いのローブを羽織り、リンと同じような大きな杖を持っている。声を聞く限り、まだ成人前の女の子のようだ。だがその女の子は、赤き剣がいないということを聞き、目に見えて落ち込んでいた。

「もしかして、冒険者ギルドとかに行けば会える可能性が……？」

「そうですね、可能性はあるかもしれませんね」

そう言うと、女将は入ってきた涼に気付いた。

「あら、リョウさん、いらっしゃいませ」

その声を聞いて、女の子は後ろをぐりんと振り返って、涼を見た。そして涼の元に走ってきて、腕をつかんで言った。

「お兄さん！」

「お兄さん!?」

女の子の呼びかけを聞いて、女将さんが素《す》っ頓狂《とんきょう》な声をあげる。

「いや、違いますから」

どこかで生き別れた兄妹だと思われたのかもしれないが、もちろん涼は一面識もない女の子だ。

「お兄さん、冒険者ですよね。私、冒険者ギルドに、今すぐ行かないといけないんです。連れていってください」

「え……」

涼は、はたして朝食にありつけるのだろうか……。

もちろん、女の子のお願いを無視して、黄金の波亭の美味しい朝食を食べてもいいのだが、基本的に涼はお人好しである。そのため、魔法使いの女の子を連れて、さっき歩いてきた大通りを、今度は逆方向に歩いていた。

「さっきも言った通り、この通りを南に行けばギルドはあるんだけど……」

「はい。でも、もし見逃してしまったら大変なことになります。私、この街に来たばかりで、本当に右も左も分からないものですから」

魔法使いの女の子の名前はナタリー。

学術調査団の中の、宮廷魔法団付きとして、昨晩、王都からやってきたばかりだと言う。宮廷魔法団は、黄金の波亭などその周辺数軒に分散して宿泊しているが、ナタリーは黄金の波亭とは別の宿に泊まっていたそうだ。

「私の魔法の先生の先生、つまり大先生の方から、赤き剣のアベルさんに直接手渡すようにと手紙を預かってきたのです。そのために冒険者ギルドに……」

「なるほど、いろいろ大変ですねぇ」

そんな話をしているうちに、二人は冒険者ギルドに到着した。

そのタイミングは絶妙だったと言えよう。到着したその時、ギルドから、アベルたち赤き剣の面々が出てきたのだから。


「アベル、ちょうどいいところに」

「リョウ、どうした」

「こちらのお嬢さんが、アベルに渡したいものがあるそうです。大丈夫、ファンレターではありませんよ」

「ファンレターってのが何か分からないが、もの凄く馬鹿にされている感じを受けるのは気のせいだろうか」

アベルはそういうと、ナタリーの方を見た。

「あ、あの、これ、王都のイラリオン先生からです」

そういうと、ナタリーはアベルに封蠟された一通の手紙を渡した。

イラリオンからと聞いて、アベルだけでなく風属性魔法使いのリンも驚いている。

「ここで読んでいった方が良いだろうな。ちょっと食堂で、座って読もう。リョウと君も……えっと」

「ナタリーです」

ナタリーという名前を聞いて、リンがさらに驚いていたが、それに気付いた者は誰もいなかった。

「そう、ナタリーも一緒に。もしかしたら、返信を渡すことになるかもしれないからな」

そういうと、赤き剣と涼、ナタリーの六人は、ギルド食堂に入った。

そう、現在、食べるものが何もない食堂に……。

アベルは、イラリオンからの手紙を一読すると、頭を掻いて、手紙をリーヒャに渡した。

その間に、リンがナタリーに質問している。

「ナタリーって、ナタリー・シュワルツコフ？」

「はい、そうですが……」

「シュワルツコフ家と言えば、水属性魔法の大家《たいか》よね……」

そこまで言って、リンは少し考えこんだ。

（水属性の魔法使い……僕以外の水属性の人に会ったのは初めてかも……）

涼が、内心、ちょっとだけワクワクしたのは秘密である。

「私自身の魔法の腕は、まだ全然でして……毎日研鑽《けんさん》に励んでおります」

そう言うと、ナタリーは顔を伏せた。


イラリオンからの手紙は、リーヒャからウォーレン、そしてリンに渡っていた。

「そう……」

リンの短い言葉が、ナタリーに対してのものだったのか、それとも手紙に対してのものだったのか……涼には判然としない。

「要するに、宮廷魔法団がダンジョンに潜るのをサポートしてほしいということだな」

「ダンジョン？　封鎖されているのに？」

涼が当然の疑問を口にする。

「ああ。そこは、調査団のお偉いさんたちが交渉するんだろう。ギルマスも、最終的には許可せざるを得んだろう。調査団は、国が送り込んできたものだからな。そうなると、調査団は当然、ダンジョンに慣れた冒険者たちを雇うことになる……だから先に、個人的なコネクションで唾《つば》をつけとこう、というのが今の手紙だ」

そういうと、アベルは今まで以上に困った表情になった。

「アベルがそんな表情になるってことは、大海嘯後のダンジョンは相当に厄介ってことですか？」

「半分正解だ。そもそも、大海嘯後はダンジョンに潜ること自体が禁止される。その慣例《かんれい》は、数十年前に、当時のA級パーティーが、大海嘯後のダンジョンから戻ってこなかったことに由来する。しかもただのA級じゃない。リーダーは、S級にすら届くと言われた人外《じんがい》の剣士。それすらも戻らなかったことからできた慣例なんだ」

「厄介じゃないですか……どうして半分正解？」

「A級が戻ってこれなかったことも含めて、未だに、大海嘯後のダンジョンで何が起きているのかは誰も知らない。何が起きているか分からないところに行くのが嫌、ってのが残りの半分さ」

そういうと、アベルは肩をすくめた。

（うん、これは近付かないのが吉ですね）

涼は、しばらくはダンジョンに近付かないことを固く心に誓ったのであった。

「では、僕は朝食を食べてきます」

そう言うと、涼は立ち上がった。

「ん？　ここで食えばいいんじゃ……そう言えば、誰も食ってないな……」

アベルは周りを見回して首をひねった。

席に座っている者もまばらではあるが、全員水を飲んでいるだけという、食堂としては異様な光景が広がっている。

「今朝、調査団によって、この食堂の食料は全て接収されたのですよ」

「なっ……」

さすがにこれには、アベルを筆頭に、リーヒャ、リン、ウォーレンはいつも喋らないが、みな絶句した。

そして涼が驚いたことに、ナタリーも絶句している。

そして、慌てて説明を始める。

「きゅ、宮廷魔法団は、魔法団付き料理人と糧食を自前で持ち込んでいますので……まさかそんなことになっていたとは知りませんでした……」

自分たちの責任ではないと理解してはいても、やはり申し訳なさそうだ。

「しかし、このことがギルド内に広がっていると、調査団が冒険者を雇うのはかなり大変になりそうだな。感情的な部分の起伏が、冒険者は大きいからなぁ」

「そう、食べ物の恨みは大きいよ」

アベルの冷静な指摘と、リンのどこの世界でも通用する真実。

どちらにしろ、ダンジョンに近付かないと決めた涼には関係の無いことではあったが。

「アベル、ダンジョンの封鎖を解除するということになるなら、今日の狩りは中止ね」

リーヒャがアベルに確認する。

「そうだな。おそらくこの後、ギルマスが主要パーティーを集めて説明すると思う。そう考えると、俺らは少なくとも、連絡のつく街の中にいた方がいいだろう。B級パーティーなら確実に呼ばれるだろうし」

「うちと、白の旅団ね。あとはC級パーティーが、二十程は街に滞在していたはずよ」

「あ、そういえば、セーラさんが帰ってきてた」

リンが思い出したように言った。

「おお、風のセーラか。確か、しばらく王都に行っていたよな」

涼は立ち上がったまま、食堂を出るタイミングを無くしていたが、ここで踏ん切りをつけた。

「じゃあ、僕は行きます」

「お、おう。黄金の波亭なら飯にありつけるぞ」

「ええ。そのつもりだったのです……」

「えと、すいませんでした……」

涼から朝食を食べる機会を奪ってしまったことを理解したナタリーが、顔を真っ赤にして頭を下げた。

「いや、急いでいたみたいだし、仕方ないよ。それじゃあ」

そう言うと、涼はギルドを出て、朝食を求め、黄金の波亭に旅立っていった。

「リョウさん、黄金の波亭に、朝食を食べに来ていたんですね……それを私、ここに連れてきてしまって……」

涼が出て行った後にも、ナタリーが申し訳なさそうに言った。

「気にするな。リョウはそんなこと気にしねえから」

そういうとアベルは笑った。

「そうだ、ナタリー、水属性魔法の大家であるシュワルツコフの人間として尋ねるのだけど、〈アイスウォール〉を、空中高く術者から離れた場所に生成する魔法って、水属性魔法にある？」

「え？　いえ、私が知る限り、そんな魔法はありません」

「そう……やっぱりそうよね」

リンの問いに、ナタリーは戸惑いつつも淀みなく答えた。

「なんだリン、まだそれを気にしてたのかよ」

「当たり前でしょ！　魔法使いとして、これが気にならない人なんていないわよ！」

なあなあな感じで言ったアベルに対して、リンはもの凄い剣幕《けんまく》で言い返した。

「〈アイスウォール〉を、術者から離れた場所に生成する魔法がある、ということですか？」

ナタリーが恐る恐る尋ねる。

「ええ。でも、私は見てないの」

「じゃあ誰が？」

「そこにいるうちのリーダーが見たの」

「はい、ここにいるうちのリーダーです」

そういうと、アベルは片手を挙げてちょっと首を傾げて見せた。

「そんなことは……ありえないと思うのですが……アベルさん、確かですか？」

「確かに、魔法使いなら誰でも気になるか……。ナタリーでもこんな食いつきだもんな」

ナタリーの食いつきに苦笑するアベル。

「あ、す、すいません。でもそれが本当なら、ぜひ見てみたいですし……。それ、どこで見たのですか？」

「旅の途中で……」

「ああ……それじゃあもう見られないのですね」

ナタリーは目に見えて落ち込んだ。旅の途中で見かけただけなら、ただの見間違いという可能性もあるし……。

「いや……。ああ、そうだなぁ……ナタリー、この話題、ここだけの話にしてくれるか？　家族にすら話してはダメだ。それが約束できるなら続きを話すが……」

「え……も、もちろんです。誰にも話しません。契約魔法で縛ってもらっても構いません！」

「いや、そこまでしなくとも」

そういうと、アベルは少しだけ考えた後で、言葉を続けた。

「氷の壁を空中に生成して、それを落としてゴーレムを潰したんだ。その魔法使いは、さっきそこにいた、リョウだ」

それを聞いたナタリーの目は驚愕《きょうがく》に見開かれ、しばらく閉じられなかった。

「リョウは規格外だ。リーヒャ、リン、ウォーレンにも言っておく。リョウとは絶対に敵対するな。俺たち四人がかりでも瞬殺される。もし敵対することになったら、素直に降参しろ。そうすれば、あいつは命まではとらない。いいな、これは真面目な話だ。パーティーリーダーとしての命令だ」

「はい」

「分かった」

ウォーレンは頷いた。

「アベルさん……それほどなんですね……リョウさんの実力……」

ナタリーは真剣な表情のアベルを見た。

「ナタリー。もし、どうしても誰かに助けてほしい状況になった時に、その時に俺たちがいなかったなら、その時はリョウを頼れ。ここの宿舎の十号室か図書館にいるだろうからな。その時は、決して騙《だま》すな。嘘はばれる。嘘がばれたら殺されると思え。真摯《しんし》に、正直に、全てを話して協力を取り付けろ。あいつは、お人好しでいい奴だから、その方が助けてくれる可能性が高い」

涼が朝食を求めて黄金の波亭に去り、一時間後、ギルドマスターによる召集がかかった。

ルンの街にいるD級以上のパーティーリーダーに対して。もちろん、無視しても特に問題は無い。だが、普通ギルドマスターによる召集を無視する冒険者はいない。

とはいえ、本人の元に召集が届かなければ集まれないわけだが……。

例えば、黄金の波亭から北図書館へ向かう大通り上にいたD級冒険者であり、水属性魔法使いである男、涼みたいな場合である。

セーラとの出会い

涼が、北図書館に着いたのは、十時過ぎであった。

南図書館が、巨大ともいえる石造り三階建て並みの入口であったのに比べれば、北図書館の入口は決して大きくはない。同じく石造りではあるが、壁一面にレリーフが彫られ、南図書館の重厚さに対して、北図書館は美しさすら感じさせる。

しかし、その入口には誰もいない。南図書館は、いつでも司書が三人以上いて、入館料を徴収していたのだが……。

この北図書館には、紙が一枚……『席を外しております。しばらくお待ちください』

誰かが、戻ってくることにはなっているらしい。

たっぷり十五分ほど経った頃、片眼鏡《モノクル》をかけた若い男性が戻ってきて言った。

「お待たせしました」

涼は入館料を払い、冒険者用の黒い入館証を首から下げて、大閲覧室に入っていった。

南図書館の大閲覧室は、それこそドーム球場一個分ほどの広大な空間であったが、北図書館は、そうではなかった。

ヨーロッパの古い大学図書館、といった印象を涼は持った。書架はかなりの高さがあり、作り付けの移動梯子《はしご》に乗って、高い場所の本を取る形式。

涼は一目で気に入った。

広大な南図書館は、その圧倒的スケールが気持ちいいが、膨大《ぼうだい》な数の書籍と一体感を得られるこの北図書館の雰囲気は、また格別なものであった。

涼の視線は、最初はそんな感じで、大閲覧室の雰囲気そのものを感じていたのだが、ふとした瞬間……ある一点から、目を離すことができなくなっていた。

高い窓から降り注ぐ柔らかな光。

照らし出される一人の女性。

周りの空気が光を纏《まと》って、目を逸《そ》らすことができない。

プラチナブロンドの髪、透けるような白い肌、すっと通った鼻立ち、形の良い唇……本来なら最も目立つはずの少し先の尖った耳……だが、最も印象的なのは緑色の大きな瞳。

あまりにも現実離れした光景。

一幅《いっぷく》の絵画かという色彩。

涼がぼぅっと見つめていたのは、どれくらいの時間だっただろうか。

その女性はふと顔を上げ、涼の方を見た。

しばらく見た後、大きく目を見開き、驚いた表情を見せた。

そこで、涼はようやく我に返った。ずっと、その女性を見ていたことに気付いたのだ。

女性は席を立つと、涼の方に歩いてきて言った。

「こんにちは。君も冒険者だな。私はセーラだ、よろしく」

そう言って、手を差し出してきた。

「はい、冒険者の涼です」

そう言うと、涼は握手した。

その間も、その女性、セーラは涼を見ていた……だがその視線は、涼の顔などではなく、涼のローブに注がれている。しばらくローブを見た後で、ようやく、涼の顔を見てにっこり微笑んだ。

「今、この図書館の司書たちは、全員、学術調査団に引っ張られていってここにはいない。だから、探している本があるなら私が手伝おう。だいたいの本の場所なら分かるから」

「ああ、だから入口に、誰もいなかったのですね……」

「片眼鏡をかけた若い男性が来たろう？　彼は司書じゃなくて、管理のためだけに城から派遣された子だから、本の場所とか分からないんだ」

セーラは、残念、といった感じで唇を固く結んで首を傾げた。

(悪魔について、セーラさんに聞くのはちょっと……正直、どんな反応が返ってくるか分からないから今日

はやめておこう）

涼は、そう考えると、自分の趣味に走った。

「えっと、錬金術についての本を探しているんです。中級向け……では多分足りないのでしょうけど……すぐではないのですが、最終的にゴーレムを動かすための錬金術関連を」

これにはセーラも驚いたらしく、大きな目をさらに大きく見開いた。

「ゴーレム！　それは遠大《えんだい》な野望だな……。う～ん、さすがにゴーレムに関して直接書かれている錬金術の書物は無いが……いくつかそれに繋がりそうな本はあったはず。付いておいで」

それから数時間、二人はゴーレムに繋がりそうな錬金術関連の書籍を片っ端から調べた。

かなりの数の書籍ではあったが、涼にとっては、とても居心地のいい時間を過ごすことができた。

元々、地球にいた時から、涼は読書が大好きであった。だが『ファイ』に来て、ロンドの森で生活している間、本と呼べる物は『魔物大全　初級編』と『植物大全　初級編』だけ。ロンドの森で生活している間は、それで特に困ることもなく、活字への欲求が沸き上がることもなかったのだが……。

ルンの街に着き、南図書館で書籍に囲まれた時間を過ごす間に、涼の中で失われた活字中毒者の素養が復活していたらしい。

そんな涼にとって、北図書館の適度な広さ、膨大な数の書籍、静謐《せいひつ》な空間……その全ては気持ちのいいものであった。

しかも今は、絶世の美女も手伝ってくれている。

本当に幸せなひと時だった……。

◆

涼が北図書館で幸せなひと時を過ごしていた頃、冒険者ギルド三階の講義室は、荒れていた。

「納得できません！　なんであんなやつらに顎で使われなければならないのですか！」

「俺らの食い物奪っておいて、どんな顔して雇おうってんだ」

「大海嘯後のダンジョンって、別の世界と繋がってるんでしょ？　そんなところに行きたくないわ」

「国の意向？　俺たちゃ国の奴隷じゃねえぞ！」

「勝手に潜ればいいだろ。知ったこっちゃねえよ」

「でも正直、お金が入ってくるのはありがた……」

最後の意見は、本当に消え入るような小さい声で……周りの冒険者に睨みつけられ、最後まで言い切れなかった。

喧々囂々《けんけんごうごう》の議論の場、というより、冒険者たちの不満表明の場。

朝の、調査団によるギルド食堂からの食料接収は、ほとんどの冒険者の知るところとなっていた。そういう情報の回りは早い。その情報もあって、九割方は反調査団という状態であった。

ギルドマスターとして召集をかけたヒューとしても、冒険者たちの気持ちは痛いほどよく分かった。そして、食料を奪っていった調査団のダンジョン調査に協力しろと言われて、はいそうですかという返事が来ないことも理解していた。

だが、立場上、決まったことは伝えなければならない。

「みんなの気持ちは分かる。ああ、すげー分かる。だから、調査団を手伝うのはあくまで依頼としてだ。依頼内容に納得いかなければ、受ける必要はない。それは冒険者としての大前提だろ？」

正直、ヒューは大切な仲間である冒険者たちを、この時期のダンジョンに潜らせるのには未だに反対だ。

しかも一緒に潜るのは、学者バカたちだ。仲間の命よりも、場合によっては自分の命よりも、調査の方が大事だ、と断言するような連中なのだ。

一カ月、何もないまま過ぎてくれるのが一番いい、正直、そう思っている。

「言うまでもないが、冒険者は自己責任だ。自分とパーティーの命が懸かっている以上、安請《やすう》け合いはするな」

それを聞いて、多くの冒険者が、頷いた。

「だが、これだけは最初に言っておく。他の冒険者が依頼を受けたからといって、そいつらに裏切り者だなんだと辛く当たるのは、俺が許さねえ。いいな！」

依頼を受けた冒険者たちが、依頼を拒絶している冒険者たちからいろいろ言われるのは分かりきっている。

だからこそ、ヒューはあえて言ったのだ。

そしてそれをダメ押しする声が上がる。

「ギルマス、ちょっと皆に言っておきたいことがあるんだが、いいか」

手を挙げたのはアベルであった。

「アベルか。いいぞ」

「俺ら赤き剣は、宮廷魔法団の護衛としてダンジョンに潜る」

その言葉の意味を理解すると、冒険者たちからのざわめきが増した。

「昔なじみからの頼みでな、断るという選択肢はない。宮廷魔法団は、調査が主の面々が来ているとはいえ、調査団の中での純粋な戦力としては最も強力だ。戦場に出る連中だからな。だから、おそらく最も早く下の階層に下りていく。その都度、情報はギルドに上げるので、それを有効に使ってほしい。以上だ」

（さすがアベル。これで、依頼を受ける奴らが、いろいろ言われることはなくなったか）

ヒューは、絶妙のタイミングでの、アベルの情報開示に感心した。さらに、赤き剣から上がってくる情報は、この先、非常に有効であろうことも理解した。

「ダンジョンの封鎖解除は、明日の朝七時だ。情報はギルドの掲示板に随時上げていくので、各自で目を通しておくように。以上。解散」

ギルドマスター執務室に戻ったヒューは、受付嬢ニーナを呼んでいた。

「ニーナ、明日はE級とF級の連中に説明をする。九時に講義室に来るように手配してくれ」

「かしこまりました。E級、F級にも潜る許可を与えるのでしょうか？」

「いや、それはない。あいつらは一カ月が経過した後からだということを念押しする」

◆

その日の夕方、涼はギルド受付のソファーに座っていた。

そろそろ、十号室の三人が、ルンの西にあるルーセイ村の廃坑から戻ってくるはずの時刻。行き半日、魔銅鉱石掘りで半日、戻り半日。

そんな涼に声をかける女性がいた。受付嬢ニーナだ。

「リョウさん。ニルスさんたちは、今日戻ってくる予定ですよね？」

「ええ、その通りです」

ギルドを通していない依頼なのに、帰還日程を把握している辺り、さすがのニーナであろう。

「明日、朝九時から、E級とF級のパーティーに、ダンジョンについての説明をギルドマスターが行います。ですので、講義室に来るように伝えてもらっていいですか」

「分かりました。伝えておきます」

そう言って、涼は頷いた。だが、そこで終わりではなかった。

「リョウさんは、今日のお話には参加されてなかったのですよね？」

「お話？」

「はい、今日はD級以上のパーティーリーダーに、ダンジョンについての説明をしたのですが……」

「すいません、それは知りませんでした……」

叱られている気分だ……。

「いえ、そういう場合もありますから。リョウさんはD級ではありますが、冒険者登録してまだそれほど時間も経っていないので、明日ニルスさんたちと一緒に話を聞いてくださるといいと思います」

「分かりました。僕も出席します」

「お願いします」

そういうと、ニーナはにっこり微笑んで、受付の奥に戻っていった。


十号室の三人が、疲労困憊の態《てい》でギルドに戻ってきたのは、そのすぐ後であった。

「ニルス、エト、アモン、おかえり」

三人は疲労困憊ではあったが、やり遂げた感ありありだった。

「リョウ、俺たちはやったぞ！」

そう言うと、ニルスは倒れそうになったが、涼がそれを許さなかった。

「ニルス、部屋に帰りつくまでが遠征です」

そういうと、三人を十号室まで先導した。

部屋にたどり着くと、三人は文字通り、ベッドに倒れ込んだ。

エト、アモンに至っては、到着して以降、一言も喋ることができないほどの状態だ。とりあえず、涼は、氷製のコップに美味しい水を入れて三人に渡す。そして三人が飲むのを、ゆっくり待った。

「ふぅ、美味いな。よし、どうせエトとアモンは疲れすぎて話せないだろうから、俺が報告する」

そういうと、ニルスはバッグから拳大《こぶしだい》の魔銅鉱石を二個取り出した。

「これが依頼の品、魔銅鉱石だ。拳大のが、運良く二個手に入った」

「おぉ、これは凄いですね！」

涼はその二個をかわるがわる眺め、確かに魔銅鉱石であることを確認した。

「それで、報酬の方なのだが……二個なので、少し色を付けてもらえたりするのだろうか……いや、ルームメイトだし、同じ冒険者であるし、無理を言うつもりはないのだが……」

「もちろんです。想定以上に努力し、予想以上の成果を出したのですから、報酬の上乗せがあってしかるべきです。そうですね、諸々《もろもろ》経費も入れて、二個で九十万フロリンでどうでしょうか？　一人三十万フロリンです」

「ひ、一人三十万……金貨三十枚……」

ニルスは声に出して驚き、他の二人は疲労で声が出ない上に、驚きでも声が出なかった。

「ダメですかね？　さすがにそれ以上となると……」

「いや、もちろんOKだ。OKだよな、エトもアモンも」

ニルスの問いかけに、エトもアモンも何度も頷いた。

「良かった、交渉成立ですね。ではこの後、ギルドに行って僕の口座から、三人の口座にそれぞれ三十万フロリンずつ振り込んでおきますので、確認してください。本当に、お疲れさまでした」

そういうと、涼は立ち上がり、三人に対してきちんと頭を下げた。

こういう時、親しき中にも礼儀ありというのは大切なことである。

「いやいや、こちらこそ、稼がせてもらったのだから……感謝するのは俺らの方だ」

ニルスも頭を下げ返した。座ったまま。立ち上がるだけの体力は無かった……。

◆

「そうそう、三人に伝えておかなければならないことがありました」

三人が、ようやく疲労困憊から少しだけ回復し、ベッドから起き上がれる状態になった頃、涼は思い出したように言った。

「明日から、ダンジョンの封鎖が解かれるそうです」

「何！」

それは驚くであろう。最低でも一カ月は封鎖、出かける前はそういう発表だったのだ。大海嘯からまだ七日しか経っていないのに、封鎖解除とは……。

「ただ、これは王都から大海嘯の調査に来た学術調査団がダンジョン内に入るための措置で、基本的に調査団に護衛などで雇われた冒険者だけは、入れる。しかも、それはD級以上のパーティーだそうです」

「学術調査団……そんなものが来てたんだ……」

ようやく声が出せるようになったエトが呟いた。

「D級以上ってことは、俺らは無理か」

「仕方ないですよね」

落胆するニルスと、やむを得ないと納得するアモン。

「それで、D級以上のパーティーには、今日説明があったらしいのですけど、E級とF級には、明日九時から説明があるので、講義室に来るようにと言われています。ちなみに、僕も今日のやつは知らなくて出ていないので、明日のに参加するように言われました」

苦笑《にがわら》いしながら涼は告げた。

「出ていないって……リョウはいったい何をしてたんだ……」

「図書館で、ずっと調べものをしていました」

涼は、図書館で過ごした時間を思い浮かべ、微笑んだ。

「なんか、優雅だな……」

「これがD級とF級の差ですね……」

ニルスとアモンは、少し疲れたように言う。

エトは、そんな三人を見ながらクスクス笑う。

そんな、いつもの十号室であった。


ニルスたち十号室の三人が戻ってきた翌日、朝七時。

ダンジョン入口には、アベルたち赤き剣と、宮廷魔法団の先発隊十人が揃っていた。

ダンジョン入口にあったギルド出張所は、大海嘯で破壊されたその時のまま。未だに、王都からの監察官が調査中のため、修理にとりかかれていなかった。

本来であれば、ダンジョンは一カ月封鎖する予定であったので、それでなんの問題も無かったのだが、調査団のために封鎖解除することになり、状況が変わってしまっていた。

とりあえず、仮のギルド出張所として、仮設テントが設置される予定ではある……。


「よし、じゃあ潜るか」

アベルの号令で、赤き剣と宮廷魔法団の魔法使い十人が頷く。

「だが、まずは探査してもらおう。リン、頼む」

「りょうか～い。命の鼓動と存在を　我が元に運びたまえ〈探査〉」

前回、大海嘯の時、扉を開ける前にアベルは嫌な予感がした。だから、リンに風属性魔法の〈探査〉を発動してもらったのだ……そしたらすでに、一層の大広間まで魔物に覆い尽くされていた。結果、いち早く大海嘯の異変を察知できたために、冒険者による迎撃態勢を整えることができた。

今回は、嫌な予感はしないが、慎重の上にも慎重にことを進めたい。誰も知らない、大海嘯後のダンジョンに潜るのだから。

「うん、一層の大広間まで、生き物の反応なし！」

「よし、では扉を開けてくれ」

その合図で、ギルド職員によって、ダンジョンの封鎖が解かれ、扉が開けられた。

アベルを先頭に百段の階段を下りていく十四人。リンが言った通り、一層の大広間には、何もいなかった。

リンの〈探査〉は、探る広さに応じて消費魔力が変わる。例えばダンジョンの五階層分を探るとすると、せいぜい七回が限度となる。そう何度も使えるわけではない。

「よし、とりあえず、一層をきっちり調べよう。昨日協議した通り、今日一日で、最大でも三層までしか下りない。ゆっくり、確実に探っていくぞ」

「はい」

宮廷魔法団先発隊の十人が、声を合わせて返事をした。

◆

赤き剣と宮廷魔法団が、ダンジョンをじっくり探索している頃、涼を含めた十号室の四人は、ギルド三階の講義室に来ていた。

昨日に続いて、今日はE級、F級パーティーに、ギルドマスターからの説明が行われる。昨日は、パーティーリーダーだけであったが、今日は全員。

九時の鐘と同時に、ルンの街のギルドマスターである、ヒューが講義室に入ってきた。

「おはよう。集まってくれて感謝する。さっそくだが、現状の説明をさせてもらう」

ヒューの口から出たのは、調査団がダンジョンに入って調査をすること。これは国が支援していること。護衛などに冒険者を雇う予定であること。正式な依頼として雇うため、雇われた者への中傷を行ってはいけないこと。など、そこまでは、昨日のD級パーティー以上への説明と同じであった。

「ただし、E級、F級パーティーは、護衛として雇われてダンジョンに入るのは、極力避けてほしい。理由は、大海嘯後のダンジョンでは、何が起きているかわからないからだ」

ヒューは、そこで一度言葉を区切った。

冒険者たちの反応と表情を見るためであったが……

特に不満に思う冒険者はいないようだ。

「アベルたち赤き剣を筆頭に、先に潜っている冒険者たちから、情報が逐一《ちくいち》上がってくることになっている。

それらは、ギルド内の掲示板に随時張っていくので、各自目を通しておいてほしい。あと、調査団が、ダンジョンに潜る護衛としてではなく、地上での支援として諸君らを雇う可能性はある。それらは、いつも通りギルドからの斡旋《あっせん》もある。例えば、白の旅団は周りの街からの食料調達の護衛を引き受けている。そんな感じで、仕事はいろいろあるから心配するな」

（なるほど。見かけないと思ったら、白の旅団は街の外に行ってるのか）

涼の脳裏には、白の旅団団長フェルプスの強烈な印象が残っていた。

だが、フェルプスに一喝《いっかつ》された王国騎士団の五人の騎士たちが行方不明になり、監察官一行が必死に探していることを、涼は知らない。

もし知っていたら……素直に、消されたな、と思ったかもしれないが。

いくつかの質疑応答の後、誰も手を挙げなさそうだったので、涼は質問してみることにした。

「マスター、大海嘯のことで質問があります」

「リョウか。なんだ？」

「大海嘯で倒した魔物の魔石、特にゴブリンキングやジェネラルなどの魔石の色は、濃かったのか薄かったのかを知りたいのですが」

涼の質問を聞いて、ほとんどの冒険者たちは首を傾げた。あるいはお互いに目を合わせ、首を横に振る。質問の意味が理解できなかったのだ。

だが、問われた人物だけは違っていた。

「ああ、そうだよな、そうなんだよ。リョウ、その通りだ。調査団だなんだと偉そうに言うなら、まずそこに疑問を持つべきだよな！」

ヒュー一人が興奮していた。

「それだというのに、あいつらと来たら、誰一人として、その確認に来やしねえ！」

そこまで言って、ヒューは他の冒険者たちが、涼の質問の意図を理解していないことに気付いた。

「あ～、そうだな、初心者講習じゃ教えねえ範囲か。まあ、冒険者としては、知っておいた方が良いだろう」

ヒューはそう言うと、説明を始めた。

「魔物の魔石ってのは、その魔物の属性によって色がついている。風なら緑、土なら黄色ってな具合にな。だが、その色にも『薄い』『濃い』という濃淡《のうたん》があって、長く生きて多くの経験を積んできた魔物の魔石は、濃いんだ」

　そこで、ヒューはいったん言葉を切り、自分が言ったことが理解されているか、座っている冒険者たちの顔を見て確認する。

「で、さっきリョウが質問した内容に繋がる。大海嘯で倒した魔物の魔石の色は濃かったか、薄かったかと。濃ければ、長い間ダンジョンで生きてきた魔物であると。だが薄ければ……いろいろと難しい話になる。ダンジョンの下層から上がってきたわけではなく、つい最近発生した魔物ということになると。そして、今回の大海嘯で倒したキングやジェネラル、あるいはメイジなどもそうだが、全て魔石の色は薄いんだ」

　言葉の意味が、全員に浸透するまでヒューは少し待った。

「つまり、あのキングたちは、ダンジョン下層で長く生きていた奴らではなく、最近発生した。ダンジョンが発生させた……のかどうかは分からないが、少なくとも最近までは存在しなかった奴らなのは確かだ」

　誰一人として、声を発する者はいなかった。

「確かに、ダンジョンはその内部で魔物を生成している、という説がある。だがそうだとしても、あれだけの魔物を、短期間に生成したのだとしたら……その力はどこからやってきたのか、そういうことになると思うんだよな」

　かつて涼がロンドの森にいた頃、考察したことがあった。この、魔法で生成した水はどこから来たのか、と。

　その時思い浮かべたのが、アインシュタインの$E=mc^2$だった。

　物質からエネルギーを発生させることが可能ですよ、という式である。

　だが、それは同時に、エネルギーから物質を生じさせることも可能ですよ、という式でもある。

　ダンジョンが、物質である魔物を生成するというのであれば、それを可能にする膨大なエネルギーはどこから供給されているのか。

大海嘯が、大量の魔物を生成する現象だというのであれば、それを可能にするあまりにも膨大なエネルギーはどこからやってきたのか。

（考えれば考えるほど分からなくなる。こういう時の解決法はただ一つ！　考えない！）

涼が心の中で、そう結論付けたところで、ヒューも結論を述べた。

「まあそんなわけで……キングたちの魔石の色は薄かった、というのが答えだ」

講義室での説明を終え、解散となった。

ヒューは自分の執務室に戻り、お茶を飲んでいた。

「ふぅ。後は、問題なく一カ月が過ぎてくれればいいんだが……」

言葉に出しているが、どうせ何か問題が起きる、絶対に起きる……ヒューはそう思っていた。その点に関しては、とっくの昔に諦めていた。

「それにしても、リョウは目の付け所が良いな。誰一人確認にも来ない調査団の連中なんかより、はるかに調査に向いているんじゃないか？　さすが、アベルが目をかけるだけのことはある」

涼の知らないところで、いつの間にか涼の評価が上がっていた。

涼が、魔石の色の濃淡について疑問を持ったのは、ロンドの森からの旅の途中で、アベルから話を聞いていたから。長く生き、多くの経験を積んだ魔物の魔石は、濃いと。

「魔石の色が濃ければ、難しくはなかったんだ。下層、それも未だ誰も探索したことのない三九層以下の未踏破領域から上がってきた、その可能性が高いわけだから。だが、色は薄かった。三万を超える魔物が、つい最近生み出された……そんなことがあり得るのか……だが、そう考えるしかない」

そこまで考えて、ヒューは髪をぐちゃぐちゃに掻き毟《むし》った。

「分からん！　分からんし、知らん！　そこを考えるのは俺の仕事の範囲じゃない！」

そう言うと、今日のこれからの予定を思い浮かべた。

「この後は辺境伯への報告か。ついでに、ネヴィルと相談しておくか。もしもの時には、騎士団を動かしてもらえるように」

ルン辺境伯領騎士団長ネヴィル・ブラック。

大海嘯の時、北側防壁で陣頭指揮を執った男で、ヒューの目から見ても非常に優秀な男だ。優秀な男であるが、非常に酒が好きな男でもある、そのため……。

「手土産には酒がいるな……秘蔵の三十年物のシングルモルトでいいか。こういう時に使わないとな」

もちろん、お互い仕事なのだから、手土産など持っていかなくとも、きちんと仕事をしてくれる。それは分かっている。

だが、それは人の半分、理性の部分においてだ。

残りの半分、感情の部分も味方につけておけば、鬼に金棒。

酒一本で味方につけられるのなら、安いもの。

これが現代地球なら、賄賂《わいろ》になるのかもしれないが、『ファイ』においては問題ない。

しかもここは辺境。

賄賂ではなく、物事をスムーズに運ぶための潤滑油《じゅんかつゆ》。

こういうちょっとしたことが、人間関係を上手く回していけるかどうかの分水嶺《ぶんすいれい》になることがある。

ヒューはそのことを知っていた。

◆

涼には気になることがあった。

それは、大海嘯と、悪魔の関係だ。

大海嘯が地上に出てくる二日前、ルンの街で日食が起き、涼は悪魔レオノールと亜空間らしき場所で戦った。レオノールは封廊と呼んでいた。

この二つの出来事は、偶然というにはできすぎている。

悪魔が大海嘯を起こしたのかどうかは分からない。

大海嘯が起きるのを知って、やって来ただけかもしれない。あるいは、悪魔ではなく日食の方が関係するのかもしれない。

その辺りはもちろん分からない。もちろん分からないのだが……気になるのだ。

（図書館で調べられるかなぁ……）

そんなことを、ギルド食堂でお昼を食べながら考えていた。

もちろん一人ではなく、十号室の四人で、である。

「リョウさん、何か考えごとですよね……」

「魔銅鉱石を使った錬金術に関しての何かかなぁ……」

「い、今更《いまさら》、やっぱりお金返してとかは無理だぞ。いくらリョウでも、無理だからな！」

アモン、エト、ニルスの順の発言だが……最年長二十歳のニルスの発言が、一番……残念。

「言いませんよ、そんなことは」

苦笑しながら首を振る涼。あからさまにホッとした表情を浮かべるニルス。

涼は、そんなニルスのチュニックのポケットから、金の鎖が出ているのを見つけた。

「ニルス、そのポケットに入っているのは……」

「お、おう、いちおう冒険者としてこれくらいはな」

そういって取り出したのは、懐中時計であった。

この世界には、すでに時計が存在している。広場の塔には大時計が設置され、三時間ごとに鐘の音が鳴り響く。市民の多くは、それを頼りに生活しているが、冒険者はけっこうな割合で懐中時計を持っていた。

これは、依頼主との面談や、集合などに遅れたりしては困るからだ。どんな世界においても、どんな仕事であろうとも、時間を守れない人間は、それだけで低評価となる。

時計そのものは、水時計、砂時計など、一定の速度をもって動き続けるものを使うことによって時間を計るものなので、本来、全く複雑なものではない。

問題なのは、それを携帯できる大きさ、携帯できる機構にしようとした場合に、厄介な部分が出てくるというにすぎない。

地球においては、その厄介な部分は、十六世紀にゼンマイが発明されることでクリアされた。

だが、この『ファイ』においては、地球に無かったものが存在する。

それが魔法であり、錬金術。

特に、錬金術を使って一定の間隔で時を刻む機構は、はっきり言って難しくない。

　そのような技術があれば、携帯できる時計が生まれ出るのは、それほど難しい話ではなかった。とはいえ、それでも懐中時計は、一個一万フロリン以上はする。

　普通の市民にとって、一万フロリンというのは決して安い金額ではない。ものすごくつつましい生活を送るなら……半月くらいは生きていけるかもしれない金額だ。

　だが、一攫千金《いっかくせんきん》が夢ではない冒険者なら……千金を得てはいないが、ニルスのように買える。おそらく涼が支払った三十万フロリンの中から買ったのだろう。

　もちろん、一個一万フロリンというのは最低ラインであり、魔法や錬金術を全く使わない完全機械式の懐中時計というものも存在する。こちらは、最低でも数百万フロリンからと、目が飛び出るような金額となる。

　さらにその中でも最高峰と言われる、永久カレンダー、ミニッツリピーター、トゥールビヨン、スプリットセコンド、均時差表示、自動巻きなどの機能がある懐中時計は億を超えるのだとか……。この世界にも、天才時計師ブレゲみたいな人がいたのかもしれない。

「懐中時計ですか。これでもう、ニルスも遅刻しませんね」

「いや、俺、遅刻したことないけど……」

　そこに、受付嬢ニーナがやってきた。

「お食事中すいません、ニルスさん、エトさん」

「は、はい！　な、ななななんでしょうか！」

　ちょっと憧れているニーナに声を掛けられたために、一気にテンションマックス……を通り越して緊張でガチガチになっているニルス。

（最初、宿舎に案内してもらった時は、ここまでガチガチになってなかったと思うんだけど……ニルスの、ニーナへの憧憬《どうけい》の進行度が激しい）

　涼は、そんな酷いことを思っていた。

「ニルスさんとエトさんは、先日の大海嘯における功績によって、E級冒険者となりました。おめでとうございます」

　そう言って、にっこり微笑んだ。

「い、E級……」

「やった。ありがとうございます」

「ニルスさん、エトさん、おめでとうございます」

「二人ともおめでとう！」

言葉が続かないニルス、素直に喜びを表すエト、そして称賛するアモンと涼。

「つきましては、後ほどギルドカードの更新を行いますので、受付まで来てください。その際に、パーティー登録をすることができるようになるので、登録する場合はパーティー名を決めておいてくださいね」

そういうと、ニーナはギルド受付の方へと帰っていった。

「パーティー名？」

涼はエトに尋ねた。

ニルスはもちろん固まったままで、使えないからだ。

「うん。E級からは、パーティーとして登録が可能なんだ。今までは三人ともF級だったから、パーティーとしては登録されなかったけど、E級が一人でもいればE級パーティーになる。そしてE級パーティーからは、パーティー名をギルドに登録することができるようになる。まあ、初心者は卒業ですよ、という意味合いらしいよ」

エトはニコニコと答えた。そして、「何がいいかね〜」と考えている。

「ぼ、僕も頑張ってE級にならなくちゃ」

アモンも、もちろん大海嘯に参加したので、その分の評価は上乗せされたはずだが、まだ冒険者登録したばかりということで、E級に上がるにはもう少し時間が必要なのであろう。

（アモンは、ニルスやエトとパーティーを組んでいる。この先、アモンもE級用の依頼、受けられるだろうから、そのうちE級に上がるでしょう）

涼は、全然心配していなかった。

◆

午後、十号室の三人は、ギルド屋外訓練場で訓練をしていた。

午前中、講義室に集合させられたために、今から依頼を受けるのも中途半端な時間となるからだ。同じようなE級、F級冒険者もけっこうおり、訓練場はいつもより盛況であった。

もちろん、その中に涼はいない。

三人と別れて、北図書館に来ていた。朝のうちは、三人が採ってきてくれた魔銅鉱石を使った錬金術をしようと思っていたのだが、どうしても大海嘯と悪魔、日食のタイミングが気になってしまったからだ……もうこれは、仕方ない。

北図書館の受付は、昨日来た時とは別の人物であった。二千フロリンを払い、冒険者用の黒い入館証を首から下げて、涼は大閲覧室に入った。

昨日、エルフのセーラが座って本を読んでいた場所には……誰もいない。

涼は少し落胆した。

もちろん、セーラに会いに来たわけではないのだが……誰しも、美しいものは好きである。そして、本を読むセーラは間違いなく美しかった。

大閲覧室を見渡しても、涼以外、誰もいない。

ここで涼は気付いてしまった。


(司書いないし、昨日一緒に調べてくれたセーラさんもいない……僕はどうやって日食や大海嘯の過去の記録を調べればいいんだ……)

そう、全くその辺りを考えていなかったのだ。どこにどんな本があるのか、全く知らない。しかも二千フロリン払って入った後で気付く辺り、ダメダメであろう。

調べる方法に頭を悩ましていた時、後ろから声が聞こえた。

「ん？　リョウじゃないか。昨日ぶりだな」

そこに救いの女神が現れた。涼が後ろを振り向くと、天上の女神もかくやという、美しい女性が立っていた。エルフの冒険者、セーラ。

「セーラさん！」

涼の言葉に、嬉しさが混じっていたからであろう。名前を呼ばれたセーラは驚いた。

「ど、どうした？」

そこで涼の諸々の説明。

司書がいないことを忘れて、北図書館に来てしまったことも含めて。

ちょっと絶望に暮れていたことも含めて。

それを聞いてセーラは小さく笑った。図書館だしね。小さくね。

「私で役に立てるのならお安い御用だ。過去の日食の記録と、大海嘯の記録か」

ここでセーラは意味深に、日食と大海嘯を強調した。

「リョウは、日食と大海嘯が関係していると思っているんだな」

その言葉を聞いて、涼は驚愕した。

(セーラさんは鋭い。鋭すぎる)

「確かに、今回、大海嘯で魔物が出てくる二日くらい前に、大きな日食があったらしい」

大きな日食とは、おそらく今回の皆既日食のことであろう。

「実は結論から言うと、ルンのダンジョンの場合、日食と大海嘯は、関係がある可能性が高い」

セーラはあっさりと答えた。涼は驚いたまま二の句が継げなかった。

「正確には、大海嘯が起きる前には、必ず日食が起きている。ただ、今回のような大きな日食ではなくて、たいていは部分日食だけどね」

地球のある一地点において、皆既日食または金環食といった、太陽のほとんどが月に隠れてしまうような日食というのは、数十年に一度という頻度になる。

だが、部分日食の場合には、数年に一度、短い場合は二年に一度程度の頻度でも起こる。そう考えると、日食と大海嘯が重なるのは偶然だったとしてもあり得ないことではない。

「なぜ、関係があると……?」

「それはもちろん、以前、私が調べたから」

セーラの笑顔がはじけた。非常に破壊力のある笑顔。

(うわ、綺麗……)

「でも、リョウがその二つの関連性に着目した理由に興味があるな」

「あ、いや、なんとなくで……」

さすがに、悪魔と戦闘してとは言えない……。

もしかしたら、エルフだから悪魔に関してなんらかの情報を持っているのかもしれないが……まだこのことは、他の人には話したくなかった。

「フーン……」

涼は、美人にジト目で見られるのは、あまり経験がない。

「せ、セーラさん、魔石の色の濃さの理由って知っていますよね？」

必死に話題を逸らして誤魔化そうとする。

「まあ、誤魔化しに乗ってあげよう」

セーラは笑顔でそう言った。

「もちろん知っている。長い時を生きた魔物の魔石の色は濃い、というやつだな」

「今回の大海嘯の魔物の魔石の色がどうだったかは……？」

「もしかして……薄かった？」

「ええ。薄かったです。どうして……」

セーラは頷きながら答えた。

「どうして薄いことを知っているのか？　それは、過去の大海嘯で討伐した魔物の魔石も薄かった、という記録を以前見たことがあるから。この図書館の中でも、保管状態があまりよくない記録で、しかも羊皮紙だから、司書でも知らない人がほとんどじゃないかな。リョウも見てみる？」

「はい、ぜひ！」

「じゃあ行こう。付いてきて」

そういうと、セーラは歩き始めた。

◆

ダンジョン封鎖が解かれて三日目、アベルたち赤き剣と宮廷魔法団の調査団は、ダンジョン七層に達していた。

ここまでは何も問題無し。問題無しというか、一切の魔物に遭遇していなかった。

一層がコウモリ、二層、三層が狼系、四層と五層が今回大海嘯を起こしたゴブリン。

アベルたちは、四層、五層まで潜れば、なんらかの手がかりを得ることができるのではないかと考えていた。

だが、何もなかった。

そして、何もいなかった。

「しかし……これほどまでに何も出ないというのは予想外じゃったな」

アベルの隣でぼやいているのは、宮廷魔法団顧問アーサー・ベラシス。

若い頃は冒険者だった顧問アーサー。ダンジョンに潜って、自分が最前線で指揮を執るのは当然と考えていた。

宮廷魔法団の調査団は、百人。

そのうちの半数が、地上で上がってきた情報の分析を行うチームで、残りの半数が、ダンジョンに潜って情報を収集するチーム。その五十人がダンジョンに潜り、昨日から情報の収集を行っているのだが……これまで、ほとんど何も出ていなかった。

「何かがどこかにあるはずだ。魔石の色は薄かったのだから」

アベルは呟くように言った。

それは、昨日アベルの耳に聞こえてきた情報だった。

ダンジョンから戻り、ギルドに報告を終えたアベルの背後に近付く影が一つ……。

そして囁いたのだ。

「アベル、合言葉は、魔石の色は薄かった、です」

その水属性魔法使いは囁いた。

「は？」

「合言葉は、魔石の色は薄かった。僕の後に続けて言ってください。はい、魔石の色は薄かった」

「……魔石の色は薄かった」

涼に言われて、アベルは訳が分からずに繰り返した。

「そう。魔石の色は薄かった」

「魔石の色は薄かった」

アベルが繰り返したのを確認すると、満足したかのように、涼は去っていった。

その後、アベルが、ギルドマスターのヒューに、大海嘯の魔物から採れた魔石の色を確認しに行ったのは当然であった。それでようやく理解したのだ。魔物たちは、下層で生きてきたものたちではない。最近になって、発生したものたちであると。

「ゴブリンが大量に混じっていたことを考えると、十五層までの上層のどこかで発生したものだと考えるべきだろう」

十六層より下、便宜上中層と呼ばれている区画は、上層に比べて比較にならないほど強力な魔物が増えてくる。それらがいる階層をゴブリンが突破できるとは思えない……が……そうは言っても数の暴力は恐ろしい。

中層以下から来たという可能性も、完全には排除できないのは確かであった。

「十五層まででゴブリンが元々いる階層は、四層と五層、あとは十層と十一層じゃな」

「ああ。四層と五層には何もなかった。魔物も、罠も、何もなかった。そしてここまで見つかった唯一の痕跡は……」

「うむ。数日前に、大規模な魔力の集中が起きたその痕跡がある……もう少し下の層で。それだけじゃな」

「もう少し下……十層からのゴブリンの階層……タイミング的にも大海嘯に関連している可能性がある……」

アベルはそう言いながら、調査団が手に持っている魔道具を見た。涼が見たら、金属探知機を真っ先に思い浮かべるような形だ。

「しかし凄いな、あの錬金道具は。数日前の残存魔力を検知できるのだから」

「うむ。あれが拾った情報を、地上の分析班に送り、そこで解析をしているそうじゃ。風魔法の〈探査〉を錬金術に落とし込んでなんちゃら言っておったが、さっぱりじゃったわい。王立錬金工房と魔法大学が共同で作り出した物らしい。二人の天才錬金術師の合作じゃと聞いたぞ」

「錬金術……」

「なんじゃアベル、錬金術に興味があるのか？」

顧問アーサーが、アベルがそんなものに興味があるとは思わなかったと言わんばかりの表情で見ている。

「いや、ない。俺はないのだが、俺の友人が、もの凄く興味があるらしくてな」

「アベルに友人。それは驚いたな」

顧問アーサーは、心底驚いたようであった。

「なんだ。俺にだって友人くらいはいるぞ」

「ふむ……まあ、冒険者になって良かったのかもしれんな」

アーサーはそう呟くと、少しだけ微笑んだ。

◆

ダンジョン封鎖が解かれて四日目。

赤き剣と宮廷魔法団の調査団は、八層と九層を調査していた。そして明日、本命と思われる十層の調査をする予定だ。

そんな、アベルたちが九層を調査している横を、王国中央大学の調査団が進んでいった。その中には総長クライブ・ステープルスの姿も見て取れた。

「中央大学の連中、やけに足が速いな」

宮廷魔法団の調査団は、各階層に到達すると、階層中に広がり大海嘯の痕跡を探して回っていた。そのため、探索のスピードが非常に速いというわけではない。

だがそれを差し引いても、王国中央大学の調査団のスピードは異常であった。まるでこの層には何もないから調査する必要はない……そう決めつけているかのようだ……。

そんなアベルの疑問に、隣にいたリーヒャが答えた。

「中央大学は、今回の大海嘯の魔物は、三十八層よりも下に生きていたものが出てきた、と考えているみたいよ」

「そうなのか？」

「ええ。昨日、調査団にいる元同僚に聞いたから確かよ」

そう言うと、リーヒャはにっこり笑った。

「同僚……王都中央神殿時代のか。けど、そんな機密をペラペラしゃべって、そいつは大丈夫なのか？」

「大丈夫よ。神官はどこでも引く手あまただから」

腕のいい魔法使い自体が、決して多くない。その中でも、各パーティーに絶対必要とさえ言える回復要員、光属性魔法を使える神官は、常に需要が供給を上回っている状態であった。

「それと、さっきの中央大学の護衛たち、見たことない人たちだったでしょ？」

「ああ、この街の冒険者じゃないな」

それはアベルも気付いていた。

中央大学は、総勢三千五百人を超える規模の調査団で乗り込んできている。

その中には、護衛としての冒険者や、荷物持ちも入っているが、それ以外にも現地、ここルンの街で冒険者を雇っていた。だが、先ほど下りてきた中には、この街の冒険者は一人もいなかった。

「王都から連れてきた冒険者らしいの。ルンで雇った冒険者は、ほとんどD級冒険者だったらしく、基本的に、地上との連絡確保と、調査団全体の食料確保の仕事をさせられているそうよ」

「無駄な使い方な気もするが……王都の冒険者じゃ、ダンジョンに慣れてないだろうに。まあ、ルンの街の冒険者たちが、変な危地に置かれないで金を稼げる、というのならそれはそれでいいか」

アベルは肩をすくめて言った。

考えようによっては、やりがいは無くとも危険は少ない依頼、と言えるからだ。何が起こるか分からない大海嘯後のダンジョンに、好き好んで潜りたい冒険者はあまりいないだろう。

「アベルよ、クライブたちがサクサク行きよったぞ。あのまま十層に突っ込んだりはせんじゃろうな?」

部下たちを見回った後、顧問アーサーはアベルの所に戻って来てぼやいた。

「リーヒャが言うには、彼らは今回の魔物は三十八層より下から来たと想定しているらしいので、さっきの勢いのまま十層に入るんじゃ？」

「なんと……」

さすがに顧問アーサーも絶句した。

しかしそこは百戦錬磨《ひゃくせんれんま》。すぐに思考を切り替えた。

「まあ、それならクライブに、鉱山のカナリアになってもらうかの」

そう言うとニヤリと笑った。

◆

王立中央大学総長クライブ・ステープルス率いる調査団は、九層を調査する赤き剣と宮廷魔法団を尻目に、十層へと足を踏み入れようとしていた。

「クライブ様、この十層がゴブリンたちの層になります」

「関係ない。あの魔物共はもっと下層からやってきたのだから。さっさと進みます」

秘書の報告も、クライブにはどうでもいいことであった。

（大海嘯の謎を解いて、なんとしても次期学術長にならなければ）

学術長とは、王国における学問行政のトップともいえる立場である。財務における財務卿、軍事関連における軍務卿などと同様に、学問分野それぞれへの国家予算の割り当ての権限などを持つ、国家中枢を担う非常に高い地位の一つといえる。

根回しは十分に行ってある。あとは、誰からも後ろ指をさされないだけの研究実績を積み上げればいいだけだ。

そう考えると、この大海嘯の原因について大きな発表をすることができれば、まず間違いなく学術長の椅子を手に入れることはできるであろうと思われた。

そのために、わざわざ王都からこんな辺境にまで出向いたのだ。

「しかし、研究職の者を含めて多くの者のスタミナが……」

「む……。学究《がっきゅう》の徒《と》だからといって体を鍛えなくていいというわけではないでしょうに。仕方ない。今日はこの十層までにします。十層で野営すると後ろに連絡を」

中央大学の調査団は、地上に戻らず、三十八層まで野営を重ねて下りていくつもりであった。そのために、テントなどの野営設備、食料、歩哨《ほしょう》の交代要員など、潤沢《じゅんたく》な資源を投入している。その準備があったために、封鎖解除後、四日経ってのダンジョン探索開始となったのだった。


『門』


翌日。

前日に、九層までの探索を終えた赤き剣と宮廷魔法団の調査団は、いよいよ本命ともいえる十層の探索に臨もうとしていた。

「やはり、昨日のうちに中央大学の調査団は十層に入っていたようだ」

「ふむ。それなのに問題が起きたという報告は上がってきておらんようじゃな。十層は何もないのかのぉ」

アベルと顧問アーサーは、話しながら十層に足を踏み入れた。

「まあ、うちはうちでやることは変わらん。残留魔力の検出をさせるわい」

「俺は、十層に罠が発生していないか見て回る」

そういうと、顧問アーサーとアベルは別れた。

ある程度より深いダンジョンを探索する場合、パーティーに必ず必要な人材がある。それが、斥候《せっこう》と呼ばれる、罠を見つける人材だ。

ルンの街のダンジョンの場合、十層以下から、罠の存在が知られている。つまり、十層より下に潜るのであれば、斥候が必要になってくるということだ。

だが、赤き剣に斥候はいない。

剣士アベル、神官リーヒャ、盾使いウォーレン、魔法使いリン。この四人だけ。しかし、過去に、赤き剣は三十層以下まで探索したことがある。

では、その時、罠はどうしたのか？

アベルが罠を発見し、場合によっては解除しながら下りていった。斥候のいないパーティーなのだから仕方ない、とアベルは諦めているが、これは非常に器用だと言わざるを得ない。

もちろん、本職の斥候ではないため、全ての罠を解除できるわけではない。そのため、パーティーでのダンジョン探索の際にも、基本は罠を避けて進む、という形であった。だが、ここ二年程は地上依頼ばかりのため、罠解除の腕も鈍っている……とアベル自身は思っている。

さて、ダンジョンに、なぜ罠が存在するのか。

この問題に対する答えは、学説として確定してはいないが、主流の考えとして、「なんらかの理由により、ダンジョンが罠を生成している」というものである。

ごく少数の考えとして、ダンジョンの魔物が作り出しているという学説もあるが、最近はほぼ淘汰《とうた》されつつあった。

どちらにしろ、毒、落とし穴などがルンのダンジョンでは非常に多く、十層以下を探索する場合には、斥候は必須とさえ言われていた。

（十層にも毒が噴き出る罠があったと思うんだが……全く無いな）

赤き剣の四人は、十層を歩き回っていた。

「罠も無く、魔物もいない……」

リンも首をかしげながら話している。

「中央大学の調査団も、魔物には出会わなかったらしいから、この十層ではなく次の十一層が本命になるのかしら？」

リーヒャは、昨日も元同僚から、情報を集めてきたらしい。

「連中は、十一層に移っているんだろう？」

「ええ。午前中のうちに、十一層に移動したみたいよ」

宮廷魔法団が準備している携帯食を食べながら、四人は十層を回っている。

「このまま何も起きなければいいんだがな……」

アベルは呟いた。

◆

その頃、王立中央大学の調査団約千人は、十一層の終わり、十二層に下りる階段前に到達していた。元々、大海嘯の原因は三十八層以下にいた魔物、と考えている総長クライブ率いる中央大学の調査団である。十一層の調査も本格的には行わず、先を急いでいたのだ。

だが、この階段前で、さすがに無視できないものを発見していた。

「やはり、これは別の空間に繋がっていると？」

「はい。それは間違いありません。ただ、どこに繋がっているのかは、詳しく調べてみないことには……」

総長クライブの問いに、魔法学部の研究者が答えた。

「分かりました。これが大海嘯発生に関係している可能性があります。便宜上『門』と呼ぶことにします。機器を設置して、この『門』を徹底的に調べてください」

総長クライブの指示に従い、運ばれていた機材が下ろされ設置されていく。

クライブが『門』と命名したものは……ダンジョン

の壁に生じた、黒い入口であった。高さ約五メートル、幅約四メートル。漆黒と呼ぶべき色であり、中の様子をうかがい知ることはできない。

魔法学部の研究者たちが、いくつかの魔法と錬金道具を使って調べた結果、別の空間に繋がっていることは分かった。

少なくとも過去に、中央諸国においてこのようなものが存在したという記録は無い。そうであるなら、この『門』が大海嘯に関連したものである可能性は非常に高い。

総長クライブら中央大学の調査団の当初予想とは違うものではあるが、クライブは決して無能ではない。自分らの予想が間違っており、この十一層が大海嘯の発生になんらかの影響を与えている。その中心に、この『門』がある。それらの事実を受け入れるのにやぶさかではなかった。

(想定とは違いましたけど、先を急いだ甲斐はありました。他の調査団よりも先に、これの調査に取り掛かれたのは大きなアドバンテージでしょう)

総長クライブが、他に先駆けて見つけられたことに満足している間にも、後ろから続々と機材の搬入、研究者の流入が続いていた。

そんな中。

破局は、突然訪れた。それも、バカバカしい理由によって。

その一部始終を、総長クライブは視界の端で捉えていた。

疲労困憊の態で、二人で重そうな機材を運んでいた荷物運びの片方が、足を滑らせた。なんとか転ばないように壁に手をついて体を支えようとしたら……その壁がちょうど『門』であった……。

文字にすると、ただそれだけとなる。ただそれだけなのだが……起きた事象は激烈なものであった。一瞬にして、クライブたち中央大学の調査団は全員、その場から消えた。十一層にいた人間が、全員消えたのだ。

そして、十一層だけではなく、十層の人間たちも、同じように消えていた。

その時、十層には、赤き剣と宮廷魔法団の調査団がいた。

◆

大海嘯の学術調査団は、三つの組織から送り込まれている。

総長クライブを頂点とする王立中央大学の調査団。

顧問アーサー率いる宮廷魔法団の調査団。

そして、主席教授クリストファー・ブラットが指揮する魔法大学の調査団。

魔法大学の調査団は、前二者に比べ、決して早い行動を取ってはいない。未だに、調査団の人員誰一人としてダンジョンに潜ってすらいない。

だが、クリストファー教授の元には、大海嘯調査における、多くの情報が集まってきていた。彼は、中央大学と宮廷魔法団、両方の調査団内に、すでにスパイ網を確立していたのだ。

そもそも、今回の調査団において、最も意欲的であったのは中央大学総長クライブである。それはもちろん、王国学術長の地位を手に入れるため。そのことは、魔法大学も宮廷魔法団も理解していた。そして別段、問題とはしていなかった。

クライブが、学術長の地位に就きたいのであれば就けばいい。

ただ、中央大学の調査団のトップとして総長クライブが出てくると、魔法大学も宮廷魔法団も、それなりの地位の者をトップに据えて調査団を送り出さねばならなくなってしまう。

そこに頭を痛めていた。

たいした力の無い者をトップに据えて送り出せば……総長クライブにいいようにこき使われることは目に見えている。

こき使われるだけならまだしも、魔物との戦闘において矢面に立たされ、人的資源を失うことになっては目も当てられない。どう考えても、中央大学の人材よりも、魔法大学と宮廷魔法団の人材の方が戦闘経験が豊富であることを考えると、そういう使い方をされてしまうであろう……。

それを避けるために、二陣営は頭を悩ませた。

そして出された結論。

宮廷魔法団は、魔法使いとしての実績、経験において著名な顧問アーサーをトップに据えた。アーサーであれば、総長クライブと雖も軽々《けいけい》に扱うわけにはいかない。それほどの国の重鎮。

一方の魔法大学は、総長クライブにも比肩《ひけん》する腹黒さ……もとい、清濁併《せいだくあわ》せ呑む人物であり、次期魔法大学学長に最も近いと言われるクリストファー主席教授を送り出した。

そんな意図で送り出されたクリストファー教授であるからして、至上命題は人材を失わないこととなる。運よく、大海嘯に関するなんらかの調査結果を手に入れることができれば重畳《ちょうじょう》。クリストファーの心の中では、その程度に割り切りをされていた。

情報収集の手法に関しても、先に入った二陣営からの横流し……人材の損耗が一番なさそうな手法なのは確かだ。

情報提供をしてくれる者に対しても、後の魔法大学への転籍をちらつかせたり、研究室を準備しているなど、若い研究者にとっては喉から手が出るような条件を提示していた。

もちろん、それらの約束を反故《ほご》にするつもりはない。きちんとリクルートするつもりであるし、その地ならしもすでにしてある。クリストファーは、清濁併せ呑む人物であるし、決してきれいごとにこだわるわけではないが、約束したことは守る男だ。

また、学内の権力争いにおいて、敵対勢力には容赦《ようしゃ》しない男だが、純粋に研究だけに没頭する研究者たちに、何かを要求するようなことはなかった。研究費の分配も、研究内容と実績に基づいて行っていたために、純粋な研究者たちからの人気も高い。

何も無理をしなくとも、次期学長の座を確実視されているのには、理由があるのだ。

そんなクリストファー指揮の下、魔法大学の調査団がいよいよダンジョンに潜ろうとしていた。

このタイミングで潜る理由は、もちろん中央大学の調査団が発見した『門』の情報が上がってきたからである。

（調査そのものは中央大学にさせて、我々は近くにいるだけでいいだろう。さすがに、ずっと地上にいたままのはずの魔法大学が、どうしてそんな詳細なことを知っているのか、とか言われたら厄介だしな）

クリストファー教授は、誰にも気付かれないほど、ほんのわずかに笑った。

魔法大学の調査団員の数は千人を超える。

だが、ダンジョンに潜るのは、大学関連は五十人ほど。残りは、ルンの街で雇ったC級冒険者たちが百人ほどだ。この百人というのは、現在ルンの街にいるC級冒険者、ほぼ全員。

この魔法大学の調査団がC級冒険者を先に雇ったために、中央大学はD級冒険者しか雇えなかったという事情があったりもする……。

その、中央大学に雇われたD級冒険者たちが、ダンジョン入口から十一層まで配置され、物資の輸送路が確保されていることも、クリストファー教授は把握していた。

つまり、このダンジョン入口から十一層まで、ノーリスクで行ける。

魔法大学の労力によらずして。

「では潜るか」

クリストファー教授を先頭に、魔法大学の調査団がいよいよダンジョンに潜ろうとした時、事件は起きた。

目の前にいたD級冒険者たちが、一瞬にして消えた。

「なに……？」

「き、消えた……」

「何が起きた？」

ダンジョン内にいた人間が消えた。

入口近くにいた冒険者も、階段を少し下ったあたりにいた冒険者も、一瞬にして……。

「全員後退。ダンジョンから離れろ」

決して大きくないクリストファー教授の号令によって、決して機敏な動きではないものの、魔法大学の調査団は後ずさりしながらダンジョンから離れる。

（これはまた……何が起きた……？）

クリストファー教授はため息をついた後、空を見上げた。

「厄介な調査になってしまった……」

呟いた言葉は、誰の耳にも届かなかった。

◆

ダンジョン入口の周囲、二重防壁に囲まれた内側には、いくつもの大型天幕が設営されている。その中には、大海嘯時に破壊された、冒険者ギルド出張所の代わりとなっているものもある。

そんな出張所代わりと比べても一際大きな天幕、それは宮廷魔法団の分析班の天幕で、そこは魔道具である残留魔力検知機から送られてくる情報を収集し、分析する分析魔道具が設置され、多くの研究者が詰めている。

その天幕の中には、イラリオンからアベルへの手紙を届けた水属性魔法使いナタリーもいた。

宮廷魔法団付きの魔法使いとして今回の調査団に加わっているものの、未成年のナタリーは、分析の補助……読み上げられるデータを紙に記入したりする仕事……をすることが多かった。


この日も、そんな仕事をしている時に、事件は起きた。

「あれ？」

それは決して大きな声ではなかった。

だが、ナタリーは読み上げの聞き取りをしていたために、聞こえた。

「検知機が消えた……」

この天幕で検知機といえば、ダンジョンに潜った班が使っている残留魔力検知機のことだ。風属性魔法の〈探査〉を使って、ここの分析装置と繋がり、常に情報を送ってくる。

その検知機が、消えた？

「あ、反応が……四十層？　あれ？　なんでそんなところに……ああ、また反応が消えた」

その時、天幕の外から一際よく通る声が聞こえてきた。

「急いでギルドに知らせろ」

その声は、魔法大学のクリストファー主席教授の声。

確か今は、ダンジョンに潜ろうとしていたはず……。

指示を出しながら、その声の主は、ナタリーのいる天幕に近付いてきた。そして入口を開けて入ってきた。

「私は魔法大学のクリストファー・ブラットだ。現在の、ここの責任者は誰だ？」

「はい、私です」

先ほどまで検知機の反応を探っていた男性ロッシュが手を挙げた。

「よし。これは調査団の幹部として、また国王陛下より全権委任された一人として尋ねるが、先ほど、ダンジョンの中でなんらかの異常が発生しなかったか？」

「そ、それは……」

さすがにこれは答えていいのかどうか、非常に難しい質問であった。

確かに、一つの学術調査団として派遣されてきているが、それぞれの出身組織ごとに明確に分かれて調査を行っている。調査団の幹部とはいえ、その命令に答えていいものかどうか……。

「君の立場は分かる。まず、こちらが掴んだ情報を提供しよう。先ほど、ダンジョン内で人が消えた」

「えっ！」

ロッシュの目は驚愕に見開かれた。

彼が見ていた検知機も消えたのだ。検知機だけが消えたと考えるよりも、使用している人たちにも何か起きたと考えた方が自然だ。

「その表情だと、こちらでも消失を確認したわけだな」

「は、はい……」

事ここに至っては、情報を隠すわけにはいかない。

そんな場合ではない何かが、ダンジョンの中で起きたことを、ロッシュも感じていた。

「魔法団がいたのは十層だな？」

クリストファー教授の問いは、ただの確認。彼はスパイ網によって、魔法団が十層、中央大学が十一層にいたことを把握していた。

「魔法団が使っている検知機は、我が魔法大学も製作に関わっている。そのために私も中身を理解しているのだが……」

隠す必要はない、正直に答えろという圧力だ。

「風属性魔法を使って、常時情報を送ってきているはずだ。場所の情報も含めて。消えた後、何か反応が無かったか？」

「一瞬だけありましたが……すぐに消えて、現在は接続が切れています」

「一瞬あった？　その時の場所は？」

「表示は、四十層と……」

「四十だと……」

さすがにクリストファー教授も愕然《がくぜん》とした。

過去の冒険者は、三十八層までしか到達していない。もちろんそれは、三十九層以下への到達が絶対不可能というわけではない。不可能というわけではないが……そもそも三十層より下は、B級パーティーでも探索が困難となる階層だ。

クリストファー教授の手元にいる冒険者たちは、C級冒険者百人……宮廷魔法団が消えたということは、同行していたB級パーティー『赤き剣』も消えたであろう。

そうなると、このC級冒険者百人というのは、現在、ルンの街における実質的な最高戦力。だがそれですら、四十層となると、確実に到達できるかどうか不明……。

「とりあえず冒険者ギルドに使いをやってある。すぐにギルドマスターもこちらに来るだろうから、その時は、君も今の件を報告してくれ」

「はい、分かりました」

ロッシュは弱々しく答えた。

クリストファーを含めて、そこにいる誰しもが、この先どうすればいいのか……絶望に打ちひしがれていた。

いや、ただ一人、顔を上げ、動き出した人物がいる。

ナタリー・シュワルツコフただ一人が、天幕を出て、大通りを南に走っていった。

◆

ノックも無く、乱暴に扉は開けられた。

「マスター大変です」

飛び込んできたのは、受付嬢ニーナであった。

ニーナを含め、ギルド職員がノックもせずにギルドマスター執務室に入ってくる場合は、本当に緊急な、そして非常に厄介なことが起きた場合だ。

「報告を」

だが、そういう場合だからこそ落ち着かなければならない。

それはギルドマスターであるヒューも、そして報告者も。あえてゆっくりと、そして落ち着いた声音で、ヒューはそう促す。

ニーナは、一度深呼吸をしてから報告した。

「ダンジョン内にて、なんらかの問題が発生し、調査団が消えました。ギルドマスターには、すぐにダンジョン入口まで来てほしいと、魔法大学のクリストファー主席教授からの報告です」

「調査団が消えただと……」

想像外の報告にヒューが呆けたのは、ほんの一時であった。

「すぐに行く。職員はこのまま待機。連絡員だけダンジョンの出張所に向かわせろ。まだギルドに残っている冒険者には知らせるな。何か言ってきたら、あとで俺が説明するとだけ伝えておけ」

そういうと、ヒューはマントを羽織り、執務室を出る。

(消えたってなんだよ、消えたって。一体何が……いや、それより今ってまさか、アベルたち潜って……るよな……やっぱり……ああ、くそ、海に続いて今度はダンジョンで行方不明かよ……すぐに見つかってくれるといいんだが……二度と行方不明の報告なんてしたくないぞ……)

ギルド連絡用馬に跨《また》がってダンジョンに向かいながら、ヒューの心は千々《ちぢ》に乱れていた。

ダンジョン入口にあるギルド出張所の天幕に着いた時も、まだヒューの心は乱れたままであった。とはいえ、そこは百戦錬磨のギルドマスター、強制的に心を落ち着かせる術を持っている。

一つ大きな深呼吸をして心を落ち着けると、天幕の中に入っていった。

天幕の中には、魔法大学のクリストファー教授と、宮廷魔法団の次席研究部長、中央大学のなんとかいう教授が揃っていた。

それぞれの調査団の中で、連絡の取れる最上位の地位の者だと思われる。

「クリストファー教授、詳しく聞かせてください」

ヒューは真っ先に、クリストファー教授に説明を促す。

クリストファー教授の説明は簡潔であった。

ダンジョン内にいた者たちが、全員、同時に消えた。

数人は、自分たちの目の前で消えた。十一層には総長クライブを含む中央大学約千人、十層には顧問アーサーと赤き剣を含む宮廷魔法団約五十人が潜っていた。

また、入口から十一層まではルンの街で雇われた冒険者を含めた者たちが補給路確保のために配置されていたが、彼らも消えたと思われる。ただし、正確には、彼らと十一層の者たちがどうなったかは分かっていない。

十層の魔法団の者たちは、使用していた魔道具の反応によって、消えたことが確認されている。その魔道具は、一瞬だけ、四十層で反応が確認された。

「四十層……だと」

これには、さすがのヒューも驚かざるを得なかった。

ヒューも、ここにいるC級冒険者百人が、ルンの街に残る、ほぼ全戦力であることは理解している。その全戦力を投入したとしても、四十層というのは、普段なら到底たどり着けない場所であった。

そう、普段なら、である。

「一層から十一層まで、魔物は一匹もいなかったという報告を聞いたのだが、事実か」

そうなのだ。もし、大海嘯の影響によって十二層以下にも魔物がいなくなっているのであれば……四十層への到達も決して不可能ではない。三十層以下の地図は、冒険者ギルドにも残っていないため、そこから下の階層への階段の発見には時間がかかるだろうが、そこは人海戦術でなんとかなるのではないかと思っている。

「そう、それは事実です。そのため、十二層より下にも魔物がいない、という可能性は確かにあります」

そう、可能性なのだ。

いない可能性はある。だが、いる可能性もある。

「ですが問題は、なぜ消えたのか、その理由が全く分からないということです。そして、また同じことが起きる可能性がある、というよりその可能性は高い。飛ばされた先で、飛ばされた者たちが生きているのかどうかも分からない。申し訳ないが、そんな不確定な状況では、私は部下たちを指揮して潜ることはできません」

クリストファー教授は言い切った。

そう言うであろうことは、ヒューも予想していた。

ヒューが同じ立場であっても、同じ判断をしたであろうから。

「ああ、そうだろう。魔法大学の人間への命令権は俺には無い。だから俺が望むのは、魔法大学が雇った、このルンの街のC級冒険者たちとの契約を解除してほしいということだ」

「まあ、そこは仕方がないでしょう。我が魔法大学は、気持ちよく、彼らとの契約を解除します」

「助かる」

そう言って、ヒューは頭を下げた。

『門』の先で

アベルは、何が起きたのか分からなかった。

ある瞬間、体が浮いた感覚と、すぐに地面に着地した感覚とが襲ってきた。次の瞬間には、目の前の景色が変わっていた。そこは、どこまでも続く草原……。

左右に、リーヒャ、リン、ウォーレンがいるのを確認して少しだけ安心する。さらに、アーサーと宮廷魔法団の調査団も、近くにいるのが目に入った。

「リーヒャ、リン、ウォーレン、無事だな？」

「ええ」

「うん」

ウォーレンは頷いた。

「アーサー、そっちは大丈夫か」

少し離れた場所にいる顧問アーサーに向かって、アベルは声をかけた。

「うむ。魔法団のメンバーも、同じように飛ばされたようじゃな」

「飛ばされた？」

アーサーは、周りを確認して、答える。

「昔、西方諸国のダンジョンで経験した、転移とそっくりな感覚じゃった。ダンジョン内の別の階層か、あるいはもっと別のどこか分からんが……強制的に転移させられたのじゃと思うぞ」

アーサーは、アベルたちの方に近付いてきながら説明した。

それに伴って、周辺の魔法団の団員たちも、自然と集まってくる。何人かの手の中には、残留魔力検知機があった。

「検知機は正常に動いておるのか？」

「はい、動いています。おそらく、地上の分析班に、この場所の情報などを送っているのではないかと思いますが……」

「なら、助けに来てくれるかもしれないのね！」

リンが嬉しそうに言う。

「さて……それはどうかのう……」

顧問アーサーは懐疑的《かいぎてき》な表情を浮かべる。

「なんだ、気になることがあるのか？」

「うむ。この空間じゃ。リーヒャ、この空間、何かに似ておらんか？」

問われて、神官リーヒャは空中を見上げながら考えた。

しばらく考えた後、思いついた。

「〈聖域方陣《せいいきほうじん》〉に似ている……」

〈聖域方陣〉とは、高位の神官のみが行使することができる、神の奇跡とも言われる『絶対防御魔法』のことである。その防御は、全ての魔法攻撃、全ての物理攻撃を弾くという凄まじい効果であり、まさに神の奇跡の名にふさわしいものだ。

だが、この状況が〈聖域方陣〉に似ているということは……。

「つまり、俺たちは、なんらかの結界の中に閉じ込められているということか」

「その可能性は高いわね」

アベルの問いに答えるリーヒャ。

「ただ、結界の境界がどこにあるのかも分からないくらいに巨大だけどね」

少なくとも、厄介な場所に閉じ込められたらしいということは、アベルにも理解できた。

とりあえず、周囲の状況を探らねばならない。

「リン、悪いが〈探査〉で周囲に何かいないか探ってくれ」

「りょうか～い。命の鼓動と存在を　我が元に運びたまえ〈探査〉」

空気を伝って、リンの探査が広がっていき、情報が手に入った。

「向こうの方、距離約五百メートルの地点に、生き物の反応多数。人間は千人くらいかな？　他に五十くらい、経験したことのない生き物の反応」

「千人の人間……」

「まあ、一番あり得るのは、クライブたちも飛ばされてきた、というところじゃろうのう」

アベルの呟きに、顧問アーサーが答えた。

「カナリアが巻き込まれ、我々も逃げる暇もなく巻き込まれたようだな。やれやれ……。とりあえず、そっちに向かうしかないと思うのだが……」

「まあ、仕方あるまいて」

こうして、赤き剣と宮廷魔法団の調査団は、中央大学の調査団が飛ばされたと思われる方角へと歩き始めたのだった。


アベルたちが向かう先には、中央大学の調査団たちがいた。

だが、彼らには、周囲の状況を確認する余裕は与えられなかった。

何が起きたか理解していない彼らに向かって、数十もの火属性魔法が飛んできたのだ。

「うがぁぁぁぁ」

「熱い熱い熱い」

阿鼻叫喚《あびきょうかん》。

その言葉が、これほど当てはまる状況は滅多にないだろう。

彼らはあくまで研究者だ。しかも、全員が魔法関連というわけではない。むしろ、魔法を使えない者の方が多い。なぜなら、魔法に秀でた研究者は、中央大学ではなく魔法大学で研究を行うのが主流だから。

そして、戦場に出た経験を持つ者もほとんどいない。

そんな彼らが、突然の攻撃に対応できるわけがない。

対応できたのは、冒険者たちであった。

「魔法使いは、〈魔法障壁《まほうしょうへき》〉を展開しろ」

〈魔法障壁〉とは、一種の無属性魔法であり、多くの攻撃魔法を弾くことができる、非常に優れた防御魔法だ。初級の魔法使いでも使うことができ、冒険や戦場に出る魔法使いたちが最初に覚える魔法の一つだとさえいえる。

ただし、耐久力が高いとは、決して言えない。

そのため、ある程度上級の魔法使いになると、相手の攻撃魔法に自分の攻撃魔法をぶつけて消し去る、対消滅と呼ばれる方法を使うことが多くなる。

だが今回のように、多くの非戦闘員を守らねばならない状況となると……〈魔法障壁〉以外に選択の余地が無いのも事実であった。

「くそ、あれはいったいなんなんだ」

「分かりません。これまで見たことのない魔物……魔物ですよね、尻尾あるし」

体長二メートル、直立二足歩行、鎧らしきものを着ているモノや、ローブらしきものを着ているモノなど、遠目からなら人間にすら見える。

だが、人間との大きな違いは、爬虫類《はちゅうるい》のような大きな尻尾が生えている点だ。そして顔も、よく見ると人間とトカゲの中間といった感じ……。

ある種、異形のモノと言うべきなのかもしれない。

冒険者の疑問に、他の冒険者も明確に答えることはできなかった。

だが、目を大きく見開いたまま立ち尽くす人物が一人。それは、総長クライブ。そして、クライブは呟いた。

「あれは……デビル……」

その呟きは非常に小さいものであったが、近くにいた冒険者には聞こえた。王都から、護衛を兼ねて雇われた、C級冒険者のリーダーである。

「クライブさん、今デビルと言いましたか？」

「あ、ああ……。私も文献で読んだだけだが、そこにあった特徴にそっくりだ……」

クライブは答えつつも、デビルたちから目を逸らすことはできなかった。

「くそっ……五十体のデビルとか冗談じゃねえぞ」

リーダーも、デビルの言い伝えは聞いたことがあった。

曰く、神と天使への敵対者。

曰く、魔法が効かない生き物。

曰く、人では勝てない存在。

曰く……そこにあるは絶望。

中央大学調査団に雇われた冒険者たちは善戦していた。〈魔法障壁〉で調査団を守りつつ、タイミングを合わせて攻撃魔法での反撃。だが、言い伝え通り、全ての魔法が弾かれる。

そうなると、取れる方法は一つしかない。

近接戦。

だが、デビルたちが近付いてこない以上、冒険者の方から討って出るしかない。彼我《ひが》の距離は百メートル程。距離を詰めるのに、十数秒はかかる。その間、デビルたちの魔法に当たらないように近付かねばならない。

魔法をかわすか、魔法で防ぐか、あるいは盾で弾くか。

それぞれのパーティーで、攻撃魔法をかいくぐって近接戦に持ち込むノウハウというのは、確立している。遠距離攻撃魔法主体の魔物というのはいるし、場合によっては、それらを狩る依頼もあるからだ。

「野郎ども、いくぞ！」

「おぅ！」

そして走り出す冒険者たち。

魔法使いは、〈魔法障壁〉で非戦闘員たちを守っている。

神官は、傷ついた者たちの回復を行っている。

前衛たちが、乾坤一擲《けんこんいってき》、デビルたちに近接戦をしかけるのだ。

距離百メートル、時間にして十数秒。せいぜい、二、三発の攻撃をしのげば懐に飛び込める。

そして想定通り、多くの前衛がデビルたちに近接戦を仕掛けることに成功した。

成功したのだが……。

「おら、死ね！　グフッ」

だが……デビルたちは近接戦も強かった。

冒険者たちが、受けた剣ごと切り裂かれた。

力自慢の盾使いが、盾ごと弾き飛ばされた。

高速の槍はかいくぐられ、剣を突き立てられた。

その間にも、デビルたちの後衛から、調査団に対して攻撃魔法が容赦なく降り注ぐ。〈魔法障壁〉は何度も張り直され、魔力切れの魔法使いたちが地に臥《ふ》していく。

魔法戦で圧倒され、近接戦が通じない。

完全にジリ貧であった。

この頃には、総長クライブを含め、調査団内の魔法を使える者たちも、全員〈魔法障壁〉を展開している。

だが……戦線の破綻《はたん》は、すぐそこにまで迫っていた。

◆

アベルたち赤き剣と宮廷魔法団が到着したのは、そんなタイミングだった。

中央大学の調査団は、前衛が砕かれ、後衛も魔力切れとなり、押し潰されるのは時間の問題。

ようやく、敵を視認できる距離に到達し、確認した敵……。

「まさか……デビル……」

神官リーヒャが思わず呟く。

「うむ、まさにデビルじゃな。なんとも珍しいが……。向こうの調査団はほとんど倒れておる。あの〈魔法障壁〉を支えているのはクライブじゃろう」

顧問アーサーは、中央大学調査団を守る最後の〈魔法障壁〉を展開しているのが、クライブ一人であることを見て取った。魔法は使えるが、そもそも非戦闘員であり、学者でしかないクライブであるが、そこはさすが中央大学総長。その地位に恥じない姿を見せていた。

「横撃を加える。魔法団、三射合一《さんしゃごういつ》用意」

顧問アーサーの号令に従い、宮廷魔法団の団員たちが、遠距離攻撃魔法の呪文を唱える。

「撃て！」

魔法団から放たれた、貫通力の高いジャベリン系の魔法が、今まさに総長クライブの魔法障壁を砕かんとしていたデビルの集団に突き刺さる。

その一撃で、十体を超えるデビルを戦闘不能に追い込んだ。

「凄い……デビルには魔法が効かないのに……」

神殿でデビルについて学んだリーヒャが、目の前に展開された信じられない光景に驚愕した。

「それは正確じゃないわい。三人一組で、敵の一体を狙えばデビルの障壁を打ち破ることは可能じゃ。これがワイバーンのような風の防御膜じゃと、無理なのじゃがな」

顧問アーサーはそう言って小さく笑った。

（倒せはする。倒せはするのじゃが……数が多すぎる。魔力を馬鹿食いするジャベリン系は、せいぜい放てて四発……全ては倒し切れん。最後は近接戦が必要になるか）

笑って見せながらも、心の中で、顧問アーサーは指揮官として冷静な計算をしていた。


その後、少しずつ距離を詰めながら繰り返された三射合一。合計四度の攻撃で、デビルを三十体以上は倒していた。

だが、アーサー以外の魔法団の団員たちは、全員魔力切れで気を失っていた。中央大学調査団も、ついに最後のクライブも魔力が尽き、倒れようとしていた。

残った戦力は、残り魔力僅かの顧問アーサー、そして赤き剣の四人だけであった。

翻ってデビルの側は、まだ二十体近くが残っている。

しかもその集団の後方には、頭一つ大きな体躯《たいく》の、そして桁違いの存在感を放つデビルがいる。

「なんかヤバそうなのがいるな。よし、あとは近接戦で削る。ウォーレン、単縦《たんじゅう》突撃で突っ込むぞ」

アベルが指示すると、ウォーレンは巨大な盾を構えて走り始めた。

その盾と体に隠れるようにして、アベル、リン、リーヒャが一列で続く。デビルから見ると、巨大な盾が近付いてきているように見えるに違いない。

ウォーレンはその巨大な体格と、巨大な盾の装備から、動きが鈍いと思われがちなのだが、決してそんなことはない。トップスピードはアベルにも匹敵し、持久力はほぼ無尽蔵。腕力は、巨大なオーガすら上回る。冒険者でありながら、王国一の盾使いと言われるのは伊達ではないのだ。

もちろん単縦突撃では、アベルだけではなくリンとリーヒャもついてくるため、スピードは抑えている。それでも百メートル無い距離なら、二十秒もかからずに詰められる。その間のパーティーへの攻撃は、全てウォーレンの盾が弾く。

デビルの集団に到達すると、その勢いのまま、盾でデビル前衛を吹き飛ばした。

吹き飛ばして穴が開いたところに、ウォーレンの後ろから躍り出たアベルが切り込む。

さらに、リンとリーヒャが即席「二射合一《にしゃごういつ》」とも言うべきか、同じ標的に向けて近距離魔法を叩き込む。

そうやって開いた穴に再びウォーレンが入り込み、盾でデビルを吹き飛ばして橋頭保《きょうとうほ》を確保し、広げていった。

赤き剣は、ウォーレンを中心に、右にアベル、左にリンとリーヒャが展開。背後を取られないように、切り込んだ地点から扇のように開いていく。

その中で、殲滅速度はアベルが最も速い。デビルの剣をまともには受けずに流し、相手の体勢が崩れたところで首を跳ね飛ばす。だが、中には、異常に剣の扱いに習熟した個体もいて、手こずることもある。今まで戦ってきた魔物の中では、トップクラスに厄介な相手。

赤き剣が突撃してきた後は、デビル後衛たちの魔法の標的は、中央大学のクライブから、赤き剣と魔法団のアーサーに替わった。さらに、前衛が破られると、攻撃はアベルたちに集中した。

さすがに魔法をかわしながらの近接戦となれば、アベルでも相当な負担を強いられる。

魔法使いのリンと神官のリーヒャであれば、なおさらだ。〈魔法障壁〉を展開しながら攻撃魔法を放つ、ということはできない。

どこぞの水属性魔法使いならできるのかもしれないが……いや、そもそも、その水属性魔法使いは〈魔法障壁〉というものを使ったことがないが……中央諸国においては、魔法の同時発動の手法は確立していない。

となると、短時間で障壁と攻撃を切り替えながら戦わざるを得ない。しかも今回は即席の二射合一。普通はすぐに破綻するのだが、リンもリーヒャもこれまでの数えきれない程の戦闘によって、鍛えられていた。

B級パーティー『赤き剣』の名は伊達ではなかった。

単縦突撃からの近接戦で、十二体のデビルを葬った四人であったが、彼らにも限界が近付いていた。

最初の破綻は、やはり魔力切れであった。

リーヒャの〈ライトジャベリン〉に合わせて、リンが〈エアジャベリン〉を放った瞬間、リンが倒れた。

「リン！」

目の端でその光景を捉えていたアベルが叫ぶ。

「リンは魔力切れ。ウォーレン、カバーして」

リーヒャはそう叫ぶと、リンの体を引っ張って退がる。

そこにウォーレンが体ごと盾を入れ、追撃されないようにしている。

『赤き剣』が持っていたマジックポーションはすでに底を突き、リンの魔力も底を突いた。リーヒャの魔力もほぼゼロになっており、〈魔法障壁〉一回分の魔力すらも残ってはいない。

残りのデビルは六体。そのうち一体はボスらしき個体。直立二足歩行で、爬虫類のようなしっぽがある点は、他のデビルと同じだが、他よりも頭一つ大きい。そして、その頭には二本の角がある。しかも、魔物のくせに理知的な雰囲気すら漂わせている……。あるいは余裕というべきであろうか。

だがそんなボス以外にも、三体、これまで倒したデビルよりも明らかに雰囲気の違うモノたちがいることにアベルは気付いていた。

「ボスとその取り巻き三体、雑魚が二体か……」

「アベル……あのボス、もしかしたら魔王子かもしれない……」

ウォーレンの盾の後ろから、リーヒャが囁いた。

「……は？」

何を言っているんだリーヒャ、そんなわけないだろう、デビルというだけでも厄介なのに、魔王子とか、何を言っているんだリーヒャ、あっはっはっはっは。

現実逃避して、そんなことを言いたくなったアベル。

だが、リーヒャが冗談を言っているわけではないことは、理解している。

「左右の眼の色が違う……あれは魔王子の特徴の一つ」

確かによく見ると、右目が赤で、左目が金色。

「魔王子ってあれだよな、覚醒前……。魔王じゃなくて、魔王子？」

「ええ。アベルが言う通り、魔王子は、魔王への覚醒の可能性があるデビル。同時に四体しか存在しない。その中の一体が魔王になる。神殿ではそう教わったわ」

「聞いたことはある。強い……よな？」

「勇者以外が倒した記録は無い……わ……」

そこまで言って、さすがのリーヒャの声も震えた。

今代の勇者は、西方諸国にいると言われているが……詳しい話は中央諸国には伝わってきていない。

勇者は、一つの時代にただ一人。

「とりあえず、魔王子以外を倒す方向でやってみる。心配するな……と言っても無理かもしれんが、何か想定外のことが起きて、この結界みたいな空間が割れたりとか、そういうことが起きるかもしれないしな。希望は捨てるなよ」

「アベル……」

すがるような声を出すリーヒャに、アベルはにっこり笑って、デビルたちに向き直った。

普通のデビルが二体、強いデビルが三体、そして魔王子らしいデビルが一体。

三体いる強いデビルですら、アベルは一対一で勝てるとは思えなかった。

ましてや魔王子は……力の底が全く見えない。

絶望的……。

（いや、グリフォンに目の前に立たれたあの時に比べれば、まだましなのか……）

ロンドの森からの帰還の途中、突然目の前に舞い降りたグリフォン……あの状況よりはましなのだとアベルは思うことにした。

すると、余計な力が抜けていくのを感じた。

「まずは雑魚二体から……」

アベルは、通常のデビル二体に向けて一気に踏み込んだ。

デビルが横薙ぎに剣を振る。それを、今まで以上の前傾姿勢になってかわすと、そのまま懐に入って、下から心臓を突く。

魔石を砕いた手ごたえを感じた。

先ほどまでの戦闘から、心臓付近に魔石があることは確認してある。そして他の魔物同様に、魔石を砕けば消滅することも分かっていた。

突いた剣を抜き、抜いた勢いのまま体を一回転させて、倒したデビルを置き去りにし、その勢いのまま、二体目のデビルの首を刎《は》ねる。デビルを一撃で倒すなら、魔石を砕くか首を刎ねるか。アベルは経験からそう学んでいた。

そしてようやく、最後の試練に立ち向かうことができる。

だが、そこでアベルの想定外のことが起きた。

魔王子が手を前に上げたかと思うと、魔法を放ったのだ。

標的は、ウォーレンの盾。ウォーレンは盾ごと、そして後ろにかばっていたリーヒャとリンも後方に弾け飛んだ。

「リーヒャ！」

アベルが思わず叫ぶ。

「大丈夫！　三人とも大丈夫だから」

リーヒャが叫び返す。

なぜ魔王子がそんなことをしたのか。すぐに理由は判明した。魔王子が、取り巻き三体を抑え、剣を携《たずさ》えて前に出てきたのだ。アベルと一騎打《いっきう》ちを望んでいるらしい。

「その場所を確保するために三人を弾き飛ばしたってか。デビルってのは乱暴だな」

言葉が通じるとは思えないが、アベルはあえて口に出す。

魔王子が、ほんの少しだけ、ニヤリと笑った気がした。

まあ、下等な生物が一騎打ちをしようなどと思うわけはないので……強そうな相手への敬意なのか、ただ単に暇だから遊ぼうとしているのか、それはアベルには分からない。

だが……。

（まさに僥倖《ぎょうこう》。本来なら取り巻き三体を倒さないと届かなかった魔王子と、いきなり戦えるのだからな。勝てるかどうかは、別問題なんだろうが……）

アベルは油断なく剣を構える。

魔王子は、右手に剣を持ち、その手は下ろしたまま。

しかし、油断しているわけではないことはアベルに

は分かっていた。今までのデビルたちが振り回してい
た剣とは違い、細い。決して巨剣ではない。刃の長さ
も一メートル程度であり、デビルの膂力《りょりょく》を考えれば、相
当なスピードで振るわれるであろうことが想像できる。
しばらく続いた静寂《せいじゃく》を破ったのは、魔王子であった。
彼我の距離を一瞬で詰め、右下から剣を切り上げる。
(速い!)
想定以上のスピードであったため、かわしきれない
と踏んだアベルは、切り上がってくる魔王子の剣を上
から押さえつける。
いや、押さえつけようとしたのだが、体ごと吹き飛
ばされた。
(人外のスピードに人外のパワー。これは厄介だ)
押さえきれないと判断した瞬間に、自分から後方に
跳んだためにダメージは全くない。ダメージはないの
だが……倒せるイメージも全く湧かない。
今度は、魔王子は上段に構えた。
(いやいや、さっきは切上げだったから、後方に跳ん
で衝撃を逃がしたが、上から叩かれたら力を逃がすこ
とができないだろ)
構えだけで相手を絶望的にさせる……。普段なら、
アベルがそちら側だ。
(技そのものが凄いというよりは、スピードとパワー
を活かしきった剣。だが、足の運びなどからも素人の
それではない。取り巻きを抑えて一騎打ちを挑むだけ
あって、自信はあるということか)
アベルも剣を構え、じりじりと距離を詰める。
だが、その瞬間、魔王子に向かって、横から十を超
える魔法が放たれた。
中央大学調査団に雇われた冒険者の魔法使いたちが、
休んでなんとか溜めることができた魔力の全てを込め
た魔法。それを、敵のボスらしい魔王子に向けて一斉
に放ったのだ。
魔王子も油断していたのだろうか、あるいはアベル
との一騎打ちに集中していたからなのか、放たれた全
ての魔法が魔王子に命中した。
魔法使いたちは、再び完全な魔力切れとなり、放っ
た瞬間に全員が気を失う。

これは、結果を知ることが無かったという意味において、幸せだったのかもしれない。なぜなら、この魔法攻撃は、全くなんのダメージも与えることはできなかったから……。

「全ての魔法が弾かれた……」

ウォーレン共々、魔法団の辺りにまで吹き飛ばされていたリーヒャは、その光景を見て思わず呟いた。

「普通のデビルなら三射合一で倒せるが、あやつは魔法では無理かもしれん……」

魔力切れ寸前の青白い顔をしながら、顧問アーサーは思わず口にした。

デビルたちの反応は激烈なものであった。

取り巻き三体は、次々と火魔法による遠距離攻撃を中央大学調査団に加える。

「くっ……」

すでに〈魔法障壁〉を展開する魔力は、誰にも残っていない。中央大学調査団はもちろん、魔法団にも、赤き剣にも……。

デビルたちの攻撃を止める術を持たないアーサーは、唇を噛んで耐えた。

リーヒャは膝から崩れ落ち、その目からは、とめどなく涙があふれた。

そんな悲惨な状況ではあったが、アベルの意識の内には、ほとんど入ってきていなかった。目の前の戦闘に集中しきっていたのだ。上段に構えた魔王子は、間違いなく突っ込んでくる。ただ一度のチャンスしかない。

そして、それは来た。

先ほどよりもさらに速い踏み込み。だが、それは想定内。

魔王子の、踏み込み以上に速い打ち下ろしがくる。

それがアベルの狙い。

「剣技：零旋《れいせん》」

突っ込んでくる敵の攻撃を、ゼロ距離で、右足を軸に四五〇度回転してかわし、その勢いのまま敵の左側面に剣を突き刺す技。

まさに、必殺という言葉がこれほど似合う技は無いだろう。

回り込み、魔王子の左から突き刺したアベルの剣……。

だが、空を切った。

魔王子が、上体をわずかに後ろに逸らし、かわしたのだ。

「馬鹿な……」

思わず漏れる言葉。

それは剣戟において、致命的な隙となる。

魔王子が、剣を持っていない左手の甲でアベルの顎を下から殴った。

裏拳のように入った左手を、とっさにアベルは避けたが、ギリギリ顎をかすめる。

脳が上下に揺らされる。

当たる直前、上体を逸らすと同時に後方に跳んだため、なんとか距離は取れたが、完全に脳震盪《のうしんとう》であった。

人間の脳の構造上、鍛えてもどうにもならない弱点。

跳んだ先で……立ち上がることはできない。

辛うじて剣は手放していない。

地面に片膝をついたままではあるが、アベルは剣を構えて、ゆっくりと近付いてくる魔王子を睨みつけた。

「アベル！」

遠くからリーヒャの呼ぶ声が聞こえる。

（すまんリーヒャ、これはさすがに無理かもしれん……）

だが、ここで三度《みたび》戦況が変わる。

天井が割れ、岩の塊が落ちてきた。

さすがに、何事かと上を見上げる魔王子と取り巻き三体。

アベルが向けた視線の先には、天井から下りてくる一人の水属性の魔法使い。

輝く氷の欠片を身に纏ったかのような涼のその姿は、ある種、幻想的ですらあった。

そして、懐かしい声が響いた。

「〈アイスウォール10層〉」

涼の本気

少しだけ時を遡る。

ダンジョン入口に設置された魔法団の天幕から走り出て、ナタリーは冒険者ギルドに向かった。正確には、冒険者ギルドに併設されている宿舎に向かった。そのスピードは、常人からすれば大したスピードではないのだろうが、ナタリーにすれば一世一代、空前絶後、全力全開のスピード。

ナタリーの頭の中では、かつてアベルが言った言葉が何度も繰り返されていた。

「ナタリー。もし、どうしても誰かに助けてほしい状況になった時、俺たちがいなかったなら、その時はリョウを頼れ」

今がその時。

ナタリーがギルド宿舎十号室に飛び込んだ時、中にいたのは涼だけであった。

涼は、他の三人が採取してきてくれた魔銅鉱石を使った錬金術実験をしていた。そして、中級ポーションの生成に初めて成功したのだ。キズグチ草をベースに、魔銅鉱石を使って生成するポーション。

最初に涼がこのレシピを見た時には、「飲むものに鉱石混ぜるの?」と思ったものだが、あくまで魔銅鉱石は触媒《しょくばい》であり、最後にポーションから取り出さねばならない……この部分の厄介さも、ポーションを自作する冒険者がいないことの理由であった。

そんな成功の余韻に浸っている所に、ナタリーが飛び込んできた。

「リョウさん、助けてください!」

息も絶《た》え絶《だ》えとはこのこと、ナタリーはようやくそれだけ言うと、ナタリーは両手を膝について浅い呼吸を繰り返した。

「な、ナタリー?」

何事かと扉を振り返った涼は、最近知った顔の、そして自分自身以外で唯一知っている水属性魔法使いの女の子であることを認識した。

「とりあえず、水を一杯飲んでから話して」

そういうと、右手に、水を満たした氷のコップを生成して、ナタリーに渡した。とても普通ではない光景なのだが、今のナタリーにそれを理解する余裕はない。

一息で飲み干すと、少し落ち着いたのか、深い呼吸もできるようになる。

「リョウさん、アベルさんたちがダンジョン内で行方不明になりました。探すのを手伝ってください」

ナタリーのその言葉を聞くと、涼はすぐに立ち上がり、いつものローブ、マント、ミカエル謹製ナイフ、そして村雨を腰に差した。

「話は移動しながら聞く。行こう」

そういうと、早歩きで宿舎を出ていく。

さすがにダンジョン入口からここまで全力疾走してきたナタリーは、疲労困憊であったが、ここで足を引っ張るわけにはいかないと、文字通り歯を食いしばりながら涼に付いていく。

だが……大通りに出たところで、足がもつれて転んだ。

「ああ、ごめん、ずっと走ってきたんだね。配慮が足りなかった。これに乗って。〈台車〉」

涼はそういうと、長さ二メートル程の氷の荷車を生成した。

かつて、海に打ち上げられていたアベルを乗せて、家まで運んだ〈台車〉である。ルンの街の道路ほど平らであれば、問題なく使用できる。

「え、えっと……」

だが、ナタリーはいろいろ戸惑っていた。

何よりも、ものすごく目立っている。

子供たちが、目をキラキラさせながらその〈台車〉を見ている。

女性たちは、〈台車〉がキラキラ輝いているのをうっとり見ている。

光を反射してキラキラと輝く〈台車〉。

そこに乗るのは、相当に勇気がいる。だが、連れは待ってくれない。

「乗る体力も無いみたいだね」

そういうと、後ろからナタリーの腰を両手で掴み上げ、そのまま〈台車〉に乗せた。

「え……」

あっと言う間の出来事。

そして涼は走り出した。当然、それを追って〈台車〉も走り出す。そういう魔法だ。

「きゃぁぁぁぁぁぁぁぁぁぁ」

突然の出来事に、ナタリーは叫んだ。

移動中、ナタリーの説明はしどろもどろであった。無理もあるまい。突然こんな台車に乗せられ、高速移動しているのだから。だが、最低限のことは伝えることができた。

赤き剣と宮廷魔法団の調査団合計五十四人が、ダンジョン内で、転移によって飛ばされたこと。魔道具の機能により、転移先は四十層の可能性が高いこと。

同時に、十一層で調査していた千人を超える中央大学調査団も転移した可能性が高いこと。ただし、こちらの転移先は一切の情報が無いこと。

「うん、だいたい分かった」

ダンジョン入口に着き、涼は〈台車〉を消した。同時に、ナタリーは地面にへたり込んだ。

「そういえば、ナタリーはどうして僕の所へ来たの?」

涼にはそれが疑問であった。

ナタリーは、涼以外の水属性魔法使いとして気にかけてはいたが、はっきり言えばそれだけだ。アベルへの手紙の仲介を手伝っただけ。それ以来、一度も会っていない。それなのに、ナタリーは、真っ先に涼の所に来たのだと言う。

「以前、アベルさんがおっしゃったのです。もし、どうしても誰かに助けてほしい状況になった時に自分がいなかったら、リョウさんを頼れと。リョウさんなら必ず助けてくれるからと」

「なるほど、アベルが……」

涼が発した言葉はそれだけであったが、なんらかの決意をしているのは、ナタリーにも分かった。

「よし、では潜ってくるよ」

そういうと、涼はダンジョン入口に向かった。

ダンジョン入口は封鎖されていた。当然であろう。中で何が起きたか分かっていないのだから。

入口には、ギルドの依頼を受けた冒険者二人が歩哨のごとく立っている。

「通ります」

だが、そんなのはお構いなしに、涼は通ろうとする。

「いや、ダメだ。ダンジョンには誰も入れるなと言われている」

「僕はD級冒険者だ。〈アイスウォール〉」

そういうと、涼は、自分と冒険者の間に〈アイスウォール〉を張って捕まらないようにし、ダンジョンへの道を確保した。

「な、なんだ、透明な壁？　こら、お前、ダンジョンに入るな」

そんな声を置き去りに、涼は一層への百段の階段を小走りに下りていった。


一層の大広間。

「〈アクティブソナー〉」

周囲の水分子を伝って、『刺激』が広がっていく。そして、物に当たって反射してくる。

「確かに何もいない」

九層まで何もいなかった、というのは前日までの情報で流れてきていた。〈アクティブソナー〉は、あくまでその確認に過ぎない。

魔物はいなくとも、ダンジョンの各階層は非常に広い。下の階へ下りる階段の配置も、けっこう時間を食う配置だ。そもそも、三十層より下の階層については、ギルドにも地図は無く、階段の位置も完全には把握されていない。

それを四十層まで下っていては辿り着くのにどれほどかかるか……。

そこで涼が考えていたのは、階層の底を抜く方法であった。

アニメや漫画でよくある……涼も何かの作品で見た記憶がある！

問題は、ダンジョンの壁や底が異常に硬い、あるいは再生能力が凄まじい場合であったが……ソルジャーアントを思い出したのだ。

一層でソルジャーアントを見た話をした時、アベルは「ソルジャーアントが縦穴を掘って一層までやってきているから」と答えていた。

蟻が穴を掘れるのなら、人間だって掘れるはず！

普通の人には難しいかもしれないが、涼ならやれる。

そう、なんといっても水属性の魔法使いなのだから。

「〈アブレシブジェット6〉」

直径二メートルほどになるように、正六角形の頂点

の位置に〈アブレシブジェット〉で穴を穿《うが》つ。そして
それらを、時計方向に六十度回転させると……。
底が抜けた。
直系二メートルの穴が開き、涼は躊躇なく飛び込んだ。
高さは十メートル程……そのまま落ちても、きちん
と受け身を取れば怪我はしないと思うが、足を痛める
可能性がある。
ならばと、地面に着く瞬間、足の裏から〈ウォータ
ージェット〉を噴き出し、ほんの僅かな浮力を得る。
もちろん簡単ではないが、背面全体から〈ウォーター
ジェット〉を噴き出して突貫するのに比べれば、簡単
だ。そもそも、足の裏からの〈ウォータージェット〉
は、これまでにも何度も涼の命を救ってきた技術だ。
主に海中の魔物との戦いから、ではあるが。
この方法で、順調に三十九層まで涼は下りていった。
その途中、一匹の魔物にも出会わなかったのは、本
当に奇妙なことであった。
「とはいえ、考えるのは僕の仕事じゃない」
涼が今やるべきことは、アベルと合流し、無事地上
に連れて帰ること。
「この下が四十層……ならば〈アクティブソナー〉」
三十九層全体に『刺激』が広がっていき……四十層
への階段にまで到達。階段を下りようとしたところで、
広がりが途絶えた。
「ん？　結界みたいなのがあるのかな……」
ここで、ナタリーが教えてくれた情報を涼は思い出
した。
一瞬だけ四十層からの反応があったが、すぐに途絶
えたと。
「何が起きてるか分からないのは不安だけど、仕方な
いですね……」
そう呟くと、今まで通りの魔法を唱える。
「〈アブレシブジェット6〉」
三十九層の底が抜け落ちる。
開いた穴に涼は飛び込んだ。
穴を抜ける際、ほんのわずかな抵抗を感じる。それ
と、世界が反転したような感覚。
(悪魔レオノールとの戦闘を思い出させる感覚……封

廊と言っていたかな？　でも、あの時のより、なんというか濃度が薄い感じ？　でき損ないの封廊かな？）

　結界らしきものを抜け、下を見ると、異形のモノが膝をついたアベルに迫っているところであった。しかもそのアベルは、膝をついたまま剣を構えている。

（アベル、立ち上がれない？　とりあえず、仕切り直してもらいましょう）

　涼は唱えた。

「〈アイスウォール10層〉」

　アベルと異形のモノとの間に〈アイスウォール〉が生成され、二人を分ける。

　涼自身は、異形のモノと焼け焦げた数百体の死体の間に降り立った。

（あれは……中央大学の調査団かな……ひどいものです）

　それだけ思うと、アベルの方へと歩き出した。

　その間、異形のモノたちを含めて、誰も何も言葉を発することはなかった。

「アベル、怪我はないですか？」

　涼でも、常識的なセリフを吐くことはある。

「ああ……。どうしてリョウがここに……」

「助けに来たに決まっているでしょう。というか、怪我してないのに立ち上がれないって……ああ、脳震盪とかその辺ですね。アベルともあろうものが、脳震盪で殺されそうになっていたとは……まだまだですね」

　涼の言葉に、アベルは泣き笑い一歩手前の表情になりそうなのを、なんとか堪《こら》えた。

「うるせー。ちょっと足を滑らせただけだ」

「剣士が足を滑らせる……いや、まあよくありますか」

　涼は、師匠たるデュラハンとの剣戟を頭に浮かべ、湿地帯ってけっこう足元悪いよね、というのを思い出していた。

「とりあえず、いろんな人が心配しているみたいなので帰りましょう」

「帰りたいのは、やまやまなんだが……」

　そういうと、アベルは異形のモノの方を見た。

「あれは僕が倒しておきます。問題ないですよね？」

「いや、リョウ、待て。あれは魔王子だぞ！」

慌てて涼を止めるアベル。

「魔王子？　魔王の子供？　まあ、そんな冗談は別の時に言ってください。魔王関連が、あんなに弱そうなわけないでしょ」

「魔王子は、将来魔王になる魔物……みたいなやつらしい。それに強い！」

「なるほど、やっぱり魔王の子供みたいなのですか。どうりで弱そうです」

微妙に話がかみ合っていないが……涼は、魔王子に向き直った。

そこで、ようやくデビルたちも我に返ったらしい。

一騎打ちを邪魔する者に対する制裁。先ほど、魔法で邪魔をした中央大学調査団の冒険者たちを焼き尽くしたように、その制裁は容赦なく実行された。

魔王子の取り巻き三体から、涼に向けて六本の炎の矢が飛ぶ。

〈アイシクルランス6〉

その全てを、氷の槍で個別に迎撃する。

魔法を他の誰かに習ったことのない涼は、〈魔法障壁〉というものの存在自体を知らない。

そのため、〈アイスウォール〉や〈アイスシールド〉で弾くか、水属性の攻撃魔法をぶつけて対消滅させるかで迎撃してきた。今のように。

〈ウォータージェット3〉

迎撃し、間髪を容れずに、反撃。

取り巻き三体それぞれの首の後ろから発した〈ウォータージェット〉が、その首を横から薙ぐと……三つの首が転げ落ちた。

同時に、取り巻き三体の体が、首から血を噴き出しながら倒れる。取り巻き三体が炎の矢を放ってから、ほんの数瞬の間の出来事であった。

何が起きたのか、認識できた者はいない。

超一流の剣士であるアベルですら、認識できなかった。

（リョウがいつもの氷の槍で迎撃したのは辛《かろ》うじてわかったが……その後、何をした？　なんでデビルたちの首が落ちている？　意味が分からん！）

意味が分からなかったのは、もちろんアベルだけではなかった。

一番納得できていなかったのは、魔王子だったのかもしれない。

ただ、なんらかの方法で、部下たちが一瞬で倒されたことだけは理解できたらしい。

その目に浮かぶ憎悪。

一般デビルたちがどれほど倒されようと、全く表情を変えなかったが、取り巻き三体がやられたのはさすがに頭にきたようだ。

そんな、激しい憎悪のこもった眼を、涼に向ける。

だが、涼は……。

「その手の視線には、もう慣れましたよ。右手に持っているのは剣？　ふむ……」

いちおう、涼も村雨を腰から抜き、氷の刃を発生させた。

それを見て、魔王子が一瞬表情を強張《こわば》らせたように見えた。

「ほら、魔王子とやら、かかってくるがいいよ」

言葉は挑発的だが、構えに隙は全く無い。

それは、魔王子も理解したらしく、上段に振りかぶったまま、容易には動けなくなっていた。

魔王子が上段に構えたまま動かないのを見て、涼も上段に構える。

滅多にやらない構え。

涼が最も得意とするのは正眼……中段に剣を置き、攻撃にも防御にも移行しやすい基本中の基本の構え。

だが、上段に構えれば、それは完全攻撃型となる。

実際に構えてみれば分かるが、相手の攻撃を、剣で受けることはできない。剣で流すこともできない。つまり、剣を使わずにかわすしかない。

防御力ゼロ。だからこその完全攻撃型。

その完全攻撃型に構えたまま、じりじりと、すり足で間合いを詰める涼。

最初は、わずかだけ後ろに下がったが、下がるのをやめて迎え撃つ決断をする魔王子。

そして……。

魔王子は一気に間合いを詰め、打ち下ろした。

「遅い」

涼は、魔王子の打ち下ろしを、半歩だけ右足を斜め前に出してかわすと、体勢の崩れた魔王子の横に回り、首を後ろから斬り落とした。

魔王子の飛び込みも、打ち下ろしも、十分に速い……だが、涼が想定していたのは……。

「レオノールはもっと速かった……」

そう、悪魔レオノールの飛び込みは、まさにブレイクダウン突貫と言うべき、おそらく風魔法を使っての音速に届くかのような飛び込み。

かつて、あの片目のアサシンホークも見せた飛び込み。それを想定していた涼にとっては、魔王子の飛び込みは遅すぎた。

アベルは、あっけにとられていた。

(なんだそれは……)

アベルが身に付けている剣術とは、根本的に何もかもが違う。

足の運びも、重心の移動も、もちろん剣そのものも!

だが、涼の剣が尋常《じんじょう》なものでないことは分かった。

天性のものではないのだろう……膨大な練習、考えられないほどの鍛錬《たんれん》、そして恐ろしいほどの実戦訓練、それらを経て身に付けた剣術。

ただ一太刀《ひとたち》であったが、アベルほどの剣士であれば、そこに詰まった膨大な情報を理解するのは、難しくなかった。

アベルが我に返ったのは五秒後。

我に返り、もう一度何があったかを理解した後、アベルは涼の方を向いた。

そして、涼にありがとう、と声を掛けようとして、気付いた。首を斬り落とされた魔王子が、倒れていないことに。

そして、それは、涼も気付いていた。

「首を斬り落としても死なないとか……ちょっと厄介ですね」

後方に跳んで、距離を取る涼。

「その耐久力は凄いですが……。ですが、魔王というものは、もっと強いものです。少なくとも、あなたみたいに弱いものではない。とは言っても、言葉が通じないですよね」

涼が言ってる間にも、魔王子は落ちた首を拾い、元あった体の上に置いた。

繋がった首回りが、シューシュー言っている。

「その再生能力は、まあまあですが……そうですね、どこまで再生できるか試してみましょう。〈アブレシブジェット256〉」

魔王子の周りに発生させた、氷研磨材入り二百五十六本の水の線が乱数軌道で動き、空間ごと切り刻む。

かつて、悪魔レオノールを（おそらく）切り刻んだ、現在における涼の奥の手。あの時は、レオノールの尋常でない再生スピードに、決定打とはならなかったが……。

今回は、乱数軌道の途中で、涼の耳に「パキン」という何か硬質なものが割れた音が聞こえた。

その瞬間、細分化《さいぶんか》されながらも、そこから再生しようとしていた魔王子の体は、完全に崩れ落ち、二度と動くことはなかった。

「魔石を割った……」

硬質な物が割れた音は、魔王子の魔石が割れた音であった。

◆

魔王子の魔石の回収には失敗したが、取り巻き三体は首を落として倒してあるので、魔石は回収できそうである。それを確認すると、涼はアベルに歩み寄った。

「ありがとうリョウ。助かった」

素直に頭を下げ、感謝するアベルの姿があった。

「いえいえ。感謝の気持ちは、食堂での晩御飯一回分で十分伝わりますよ？」

「分かった分かった。一週間くらいは毎日奢ってやるよ」

そういうと、アベルは笑いながら涼の肩を叩いた。

「痛い痛い。アベル馬鹿力です。一週間っての、忘れませんからね！」

その頃には、赤き剣の他のメンバーと、顧問アーサーもアベルの元に来ていた。

「アベル……良かった……」

リーヒャが泣きそうな顔で、アベルに抱きついた。

抱きついた瞬間、泣きじゃくった。

その横では、まだ気絶したままのリンを、ウォーレンが両手に抱えて、涼に頭を下げた。

「わしは、宮廷魔法団調査団の代表をしておる魔法団顧問のアーサー・ベラシスじゃ。ご助力、本当に感謝する」

そう言って、アーサーも涼に頭を下げた。

「あ、いや、気にしないでください。そもそも僕が来たのは、魔法団のナタリーさんに言われたからです。間に合ってよかった。まさかこんなことになっていたとは、夢にも思いませんでした」

涼の視界に入っていたのは、まだ魔力切れから完全には回復できていない宮廷魔法団員たちと、デビルたちに焼き尽くされてしまった中央大学調査団の遺体であった。

「むこうのは、中央大学調査団の人たちですよね……」

「うむ……力及ばず、じゃ……」

「遺体は無理だとしても、何か遺品とか持って帰った方がいいでしょうか？」

「もうすぐ、うちの魔法団の奴らも目覚めるじゃろうから、そうしたら遺品の回収にとりかかるかのう」

顧問アーサーは、魔法団の方を見ながら答えた。

「リョウ、俺らはデビルの魔石を回収しよう」

泣きはらしたリーヒャを伴って、アベルは魔石の回収を提案した。

「売り上げた分のいくらかを、遺族に渡るようにしてやりたい」

(全く……アベルは冒険者に向いてませんね。生き残った俺たちが、死んだお前らの分まで使ってやるぜ！とかそういうセリフの方が冒険者っぽいです)

冒険者としては、かなり後輩のくせに、やけに、上から目線の涼である。

(まあ、そこがアベルらしい、と言ったところでしょうか)

最後まで、上から目線の涼である。

しかし、口に出したら怒られそうなので、心の中だけにとどめておいた。

だが、そこで聞き捨てならない言葉を聞いたことに気付いた。

「今、デビルと言いましたか？　さっきのやつらが、デビル？」

涼は戦場を見回しながら、あちこちに転がっている異形のモノたちを見た。

「ああ。俺らも、デビルに遭遇するのは初めてだ。そもそも、中央諸国にデビルが現れたのも、数百年ぶりとかそれくらいなはず……なんでこんなところにいるのか分からんがな」

（やっぱり悪魔とデビルは別物だった……。ミカエル（仮名）が『魔物大全』に追記してくれたのは、デビルではなくて悪魔だったわけです。ミカエル（仮名）が「強さ：ピンからキリまで（キリの方であっても、単体で都市一つを消し飛ばすことなど朝飯前）」などと書いていたのも納得な……あのレオノールとの戦闘も、封廊じゃなかったら、ルンの街にかなりの被害が出ていたはずだし）

そこまで考えて、涼はふと思い出した。

「そういえば、さっき三十九層で探査系の魔法を使った時に、変なものがあったんですよ。三十九層との階段の所なので、戻る時に見てみましょう。それが、今回の件と何か関係あるかもしれません」

涼が魔王子を倒した後、四十層を覆っていた結界らしきものは無くなっていた。

（結界というより、でき損ないの封廊という感じだったっけ……。ルンの街に現れた封廊は、おそらく日食を利用して存在していたのでしょう。あの悪魔レオノールも、自分でもどうにもならない制約だと言っていた……あれは亜空間……ルンと別のどこかが繋がった時の橋渡しとかそういうのだと勝手に思っていたのですが……うん、まだ情報が足りませんね、よく分からないや）

よく分からない時は考えるのを諦める。それも一つの解決方法。涼はそう思うのだった。

魔力切れの気絶から起き出してきた魔法団は、王国中央大学調査団たちの遺品を回収し、赤き剣、顧問アーサーと涼は、デビルたちの魔石を回収していった。

「魔石の色……黒ですね……」

涼が発した言葉は、決して大きくはなかったが、この中で最も経験豊かな、顧問アーサーが反応した。

「わしも、デビルの魔石を回収できたのは初めてじゃが……黒じゃったとはな……」

「アーサーさん、その言い方ですと、デビルそのものは以前見たことがある、あるいは戦ったことはある、という風に聞こえるのですが？」

「うむ、リョウよ、その通りじゃ。冒険者時代に、西方諸国で戦ったことがある……じゃが倒せなんだ」

顧問アーサーは、在りし日を思い浮かべるかのように遠い目であった。

通常、魔物の魔石は、その魔物が属する属性の相当する色になっている。火属性なら赤、水属性なら青といった感じに。

それが『黒』ということは……闇？

（でもあの三体、火の矢を放ってこなかったっけ？）

戦闘を思い浮かべて、涼はよく分からなさが加速していた。

「リョウ、中央諸国においては、デビルとの遭遇そのものが約二百年ぶりです。魔石の情報なども、神殿にすら残っていません」

神官リーヒャがデビルの魔石について補足した。

「デビルは、ある日突然、そこに現れると言われています。そのため、時空魔法を使えるのではないかという研究が、神殿の中で議論されていたくらいです」

「時空魔法！」

時空魔法と言えば異世界ものの定番！

（いや、だけどミカエル（仮名）は、魔法は、火、水、風、土、光、闇の六属性と無属性って言っていた……その中に時空魔法なんてなかった……よね？）

「時空魔法というのが存在するのですか？」

涼は、誰とはなしに問う。

「時空魔法として知られるのは、〈無限収納〉と〈転移〉だな。どちらも読んで字のごとくだ」

答えたのは、意外なことにアベルであった。

「それは素晴らしいですね！　ぜひ使えるようになりたいですが……」

涼がそう言うと、アベルはものすごくバツが悪そうな顔になった。

「ああ……時空魔法を使えるのは、知られている限りで、この中央諸国においてただ一人。帝国のハーゲン・ベンダ男爵だけだ」

「ほっほぉー。〈無限収納〉があれば、狩った獲物は魔石だけじゃなくて素材丸ごと持って帰れるし、〈転移〉があれば簡単に狩場に移動、あるいは家に帰るとかできるから便利でしょうね」

　涼は、その光景を思い浮かべて、楽しそうに言った。

　だが、アベルの顔は、さっき以上にバツが悪い顔になっている。

「ああ、冒険者ならそうだな。だが、ベンダ男爵は帝国の人間だ……帝国が、そんな能力を持った人材を自由に活動させるわけがないんだ……」

「え？　それはどういう意味……」

「ベンダ男爵は、帝国軍付きとして、帝国軍の武器、糧食の移動に常に従事している。一種の、とても便利な道具扱いだ……」

　さすがにそれは、涼から見ても哀れであった。

　確かに、軍隊という組織を考えた場合、〈無限収納〉や〈転移〉は喉から手が出るほど欲しいであろう。だが、だからといって全く自由が無いというのは、あまりにも不憫《ふびん》だ。

「〈無限収納〉も〈転移〉も、ベンダ男爵しか使えない。先代のベンダ男爵が、その二つの魔法が使えたのだが、その間は息子のハーゲン、現ベンダ男爵は使えなかったそうだ。先代が亡くなった瞬間から、現ベンダ男爵が〈無限収納〉と〈転移〉を使えるようになったらしいから、魔法というより呪い的な何かなのではないかと言われている」

「なるほど。一子相伝どころか、今代で使えるのはただ一人……確かに呪いみたいな感じですね」

　涼が言った言葉に、ふとアベルは手を止めた。

（今代でただ一人……最近どこかで思い浮かべたフレーズ……）

　アベルは、少しだけ考えて、思い当たった。

（ああ……勇者がそうだったか）

◆

ルンの街からはるか西方。直線距離にして四千キロメートル以上。

そこでは、七人のパーティーが完全武装で、ことが起こるのを待っていた。

「来たぞ！」

男性魔法使いの言葉に、全員が武器を構える。

七人の前方から、五十メートル程離れた空間が、長方形に黒く塗りつぶされる。高さ五メートル、幅四メートル。そこに、ナイトレイ王国中央大学の学術調査団のメンバーがいれば、総長クライブが『門』と名付けたものにそっくりであることを指摘したかもしれない。

その『門』から出てきたのは、一人の美女。

身長一七五センチのスタイル抜群の美女……だが、よく見ると小さなツノらしきものがある。そして黒くて細い尻尾。

悪魔レオノールであった。

「ふむ……何か変わったものがあるなと思って寄ってみたのだが……人工の『祭壇』であったか」

そう言うと、レオノールは『祭壇』に向かって歩きはじめた。まるで、そこにいる者たちなど、目に入らないとでも言うかのように。

「待て、魔王。貴様にはここで死んでもらう」

そう叫んだのは、七人パーティーのうちの剣士。おそらく、パーティーの中では最年少……十九歳ほどであろうか。だが、その剣士が、ある意味リーダーでもある。

「ん？　魔王？」

無視するつもりであったが、レオノールは聞き捨てならない単語を耳にした。

「おぬしら、我を魔王と呼んだか？」

そうして、初めてレオノールは七人パーティーに向きなおった。

「多くの犠牲を払って作り上げた『祭壇』。そこに火を掲げれば、魔王が降臨するのは良く知られたこと！」

そう叫んだのは、聖職者と思われる壮年の男性。

「して……わざわざ魔王とやらを降臨させたおぬしらは何者ぞ？」

その問いに、先ほどの若い剣士が答えた。

「俺は勇者ローマン。魔王を討伐する者だ！」

「ゆうしゃ？　勇者か。おぉ、勇者か！」

そういうと、レオノールは笑った。

凄絶、という言葉がぴったりな笑い。

「勇者ならば強いのであろう？　我を楽しませてくれ。さあ、さあさあさあさあ。いざ戦おうぞ！」

こうして、はるか西方の地にて、いくつかの誤解と偶然の産物によって、悪魔レオノールと勇者パーティーとの戦闘が開始された。

「〈聖なる鎧〉」

「〈エンチャンテッドウェポン〉」

「〈風の守り〉」

「〈イビルレジストアップ〉」

「〈身体強化〉」

……。

次々と魔法が唱えられ、勇者ローマンが強化されていく。レオノールは、うっすらと笑いながらそれを見て言った。

「人間は遠距離の魔法戦ばかりだ、つまらん、と聞いていたのだが……おぬしらは、その勇者に全てを懸けるのかえ？」

「魔王を倒せるのは勇者のみ。ローマンがあなたを倒します！」

魔法による強化に携わらない斥候が、レオノールの問いに答えた。

「なるほどなるほど。そうじゃな、やはり互いに刃を交えるのが楽しかろうの」

レオノールの頭の中では、いつか封廊の中で戦った魔法使いとの戦闘が蘇っていた。

（リョウ、だったな……あれは楽しかった。まさか細《こま》切《ぎ》れにされるとは思わなんだわ。さて、勇者はどれほどのものか）

レオノールが涼との戦闘の思い出に浸っている間に、勇者の準備が整った。それを見て、レオノールはどこからともなく剣を取り出して言った。

「さて、勇者とやら、そろそろよいかな？　我の準備は整っておる。いつでも打ちかかってくるがよい」

そういうと、右手に剣を持ち、空いた左手でクイクイと指を曲げて挑発した。

「なめるな、魔王！」

若い勢いのまま、勇者ローマンは一気に間合いを詰めて、そのまま突いた。だがレオノールは、その渾身の突きを難なくかわす。その後も、縦横無尽に振るわれるローマンの剣を、全てかわす。自らの剣で受けることなく、全てかわす。

「クッ」

さすがにここまで剣を振るって、全く当たらないというのは、ローマンにとって初めての経験である。

「ふむ……」

悪魔レオノールは小さく呟くと、ローマンの右薙ぎを、初めて剣で受け、そのまま弾き返した。

「うぐ」

体勢を崩されたローマンだが、すぐにレオノールの追撃の横薙ぎを、なんとか上体を反らしてかわし、大きくバックステップして距離を取った。

「攻守交替」

そう言うと、レオノールは一瞬で距離を詰め、そのまま剣でローマンの腹を貫いた。

「あれ？」

素っ頓狂な声を出したのはレオノールであった。

勇者の一手目が、飛び込みからの突きだったために、それをなぞって自分もやってみただけなのだが……ただの牽制の突きが、刺さってしまったのだ。

「これは……つまらなさすぎであろう」

そう言うと、ローマンの腹から剣を抜き、一度振って血を払った。

「き、貴様……」

「ああ、我を攻撃しても良いが、そうなると我も反撃するぞ？　今は、その勇者とやらを助けるのが先であろう？」

そういうと、レオノールは、もはや勇者パーティーに一ミリの興味もなくなり、人工の祭壇に向かった。

祭壇には、人の頭大の大きな水晶のようなものが飾られている。

「うむ、これはよい宝珠じゃ。戦いはつまらなかったが、これを手に入れたのであれば無駄足ではなかったな」

宝珠に手をかざすと、宝珠は消えた。

「待て、魔王……」

聖職者による回復魔法の効果であろうか、勇者ローマンは立ち上がれるほどには回復していた。

「そう、それじゃ。いちおう訂正しておくが、我は魔王などではないぞ」

「世迷いごとを。それだけの強さを持ちながら……魔王以外の何だと言うのですか！」

叫んだのは女性の魔法使い。

「何かと言われても……なあ。魔王ではないとだけ言える。おそらく、おぬしらの力を合わせれば、今の魔王くらいは倒せるのではないか？　それに、我程度の強さを持つものは、人間にもいるぞ？　うむ、あの戦いは楽しかった。また、ああいう戦いをしたいものだ」

レオノールは、再び、涼との戦闘を思い浮かべて、微笑んだ。

「魔王じゃ……ない、だと……」

勇者ローマンはうめいた。

「さよう。我が名はレオノール。勇者とやら、もっと強くなるがよいぞ。最低でも、人間の中では最強にならぬとな。せっかくの勇者なのだから」

「私より強い人間がいる……」

「おぬしの一万倍くらいは強いな。まだまだ精進するがよい」

そういうと、レオノールは『門』に入っていった。

それと同時に、『門』は消え、後には勇者パーティーと、宝珠を失った祭壇だけが取り残された。

◆

「何か近付いてきますね」

それに、最初に気付いたのは、涼であった。その言葉を聞き、魔石採取の手を止め、再び戦闘態勢を取る、赤き剣と顧問アーサー。

「人間です。魔物ではないですが……けっこうな人数です……」

涼がそう告げてから、三分後、アベルたちもそれを視認した。

「あれは……ルンの街の冒険者じゃないか？」

「そうね。冒険者みたい。でも、他の街の冒険者も混じっているわね」

アベルとリーヒャは、近付いてくる集団に、ルンの街のD級冒険者が多いことを見て取った。

「おそらく、クライブたちがこの街で雇った冒険者じゃろう。地上から十一層までの通路を確保しておったはずじゃ」

顧問アーサーには、その冒険者たちに心当たりがあった。中には、王都から中央大学の調査団の護衛として来ていた者たちもいるようだ。

「飛ばされたのは、十層と十一層だけじゃなかったってことか……」

そういうと、アベルは立ち上がって手を挙げた。近付いてくる冒険者たちはそれを認識すると、おぉ～と歓声をあげた。ここに来るまで戦闘などは無かったようだが、どことも知れない場所にいきなり飛ばされ、不安だったのであろう。その不安を吹き飛ばすかのような叫びであった。


合流した約百人の冒険者の手も借りて、デビルの魔石の採取と、中央大学調査団の遺品を回収した一行は、ようやく帰路に就くことができた。

涼がダンジョンに突入し、実に三時間ほどが経過していた。

「他に、この階層に飛ばされた冒険者がいないかどうか確認した方がいいのだろうが……」

アベルはそう呟き、リンの方を見る。だが、その視線を受けて、リンは首を横に振った。

「ごめん、もう少ししないと〈探査〉で調べるのは無理」

「じゃあ、僕が水属性魔法で調べてみましょうか？　少し使いにくいのですが、多分なんとかなるはずですから」

「すまん、頼む」

涼の申し出に、アベルは頷いた。

「〈アクティブソナー〉」

四十層の空気中に含まれる水分子を、涼の『刺激』が伝わっていく。しばらくすると、その『刺激』が四十層の壁まで行って跳ね返ってきた。

「いませんね。ここにいるのが、全員です」

〈ただ……三十九層との階段にあった変な反応のやつ……死んじゃった？　活動停止した？　さっき〈アクティブソナー〉で探知した時の反応と、全然違う……う～ん、ここで言ってもしょうがないし、みんなで見てみるしかないかな〉

その変化については、今は言わないことにした。

「よし、じゃあ出発しよう」

アベルの号令と共に、一行は地上に向かって歩き出した。

四十層から三十九層に上がる階段。

そこにあったのは、人の頭大の真っ黒な水晶玉……ただし亀裂入り、みたいな物であった。その脇には、何かが砕け落ちたかのような砂の塊。

「初めて見たわい、なんじゃこれは」

顧問アーサーの言葉が全てを表していた。そこにいる誰も、それがなんなのか全く理解できなかった。十層から転移した時に一緒に持ってきた残留魔力検知機の反応を見ると、確かに、つい今しがたまで魔力を発していた形跡がある。

「まあ、結界も無くなったし、今読み込んだ情報も地上に転送されているであろうよ」

そういうと、アーサーはその黒水晶のような玉を、袋に入れた。

何があるか分からないものをそんなに簡単に袋に入れて、しかも地上に持ち帰っていいのかと涼は思ったのだが……。

「これは結界袋というてな。中と外で、魔力の遮断を行うものなのじゃ。地上に持って帰るのは……まあ、唯一の証拠みたいな感じじゃからな」

という、理由としては非常に脆弱なことを言って、煙に巻いた。

その後、魔物のいないダンジョンをひたすら地上に向かって歩く一行。

十二層から階段を上がり、十一層にたどり着くと、そこにはギルドマスター、ヒューの依頼を受けたC級冒険者二十人が待っていた。

「アベルさん！　おかえりなさい！」

一際大きな声をあげたのは、アベルを兄とも慕う剣士ラー。

「お、おう。ラー、悪いが魔法団の荷物を運ぶの、少し手伝ってもらっていいか」

「もちろんです！　任せてください！」

そう言うと、ラーと彼のパーティー『スイッチバック』は、魔法団の中でも一際大きな荷物を抱えている集団の加勢に向かった。


C級冒険者二十人を加えた一行は、さらに地上に向かって歩き続ける。

そんな中、集団の先頭付近を歩く涼の横を、いつの間にかアベルが歩いていた。

「リョウ、今回は本当に助かった。ありがとう」

アベルは囁くような小さい声で涼に言った。

「アベル……もうその話は、一週間分の晩御飯で終わってますよ」

涼はそう言いながら、ゆっくりと首を振った。

「いや、分かっているんだが……」

「分かっているのなら実行しましょう。あ、そうだ、もし本当に感謝しているのなら、僕にとって非常に重要な情報をください」

「お、俺で分かる範囲なら……」

涼のいきなりの要求に、焦るアベル。

「ルンの街に戻る前に寄ったカイラディー。あそこでカレーを食べたじゃないですか？」

「カレー……ああ、カァリィーか。覚えている」

やはり、やけに綺麗な発音。

「アベルは、ルンの街にもカレーの美味しい店があると言っていました。それをぜひ教えてください！」

「そんなことでいいのなら、お安い御用だ。連れていって奢ってやるよ」

「おぉ～！　絶対ですよ？　約束ですよ？　もしその約束を破ったら、さっきのデビル以上に細切れにしちゃいますからね！」

「笑えねぇ……」

細切れになった魔王子の光景を思い浮かべて、アベルの頬は引《ひ》き攣《つ》った。

「アベルが約束を破らなければ、大丈夫です」

涼はそう言いながら、大きく頷いた。それを見て、アベルは微笑んだ。


ダンジョン入口では、ギルドマスターのヒューをはじめ、魔法大学のクリストファー主席教授など主だった者たちが、一行が戻ってくるのを待っていた。

実は、涼が魔王子を倒した瞬間に、四十層を覆っていた結界が解かれ、残留魔力検知機からの情報が地上に届くようになっていた。それによって、一行の無事と、地上への移動が確認されたのだ。

「皆、帰還ご苦労さま。飲み物や食べ物を用意してある。とりあえず、ゆっくりしてくれ。細かな報告は、後日受ける」

ヒューはよく通る声でそう言った。

だが、心の中では、こんなに落ち着いてはいなかった。

(もう、ほんっと、マジで、アベル、帰ってきてくれてよかった……マジでマジで。うん、今度こそ、もう俺はダメかもしれないと思ったね！　行方不明とか、なんでこんなに行方不明になるのさ。前回は密輸船、今回はダンジョン……もう、ダンジョンも潜らなくていいんじゃないかな？　そう、十分実績あるしB級だし、いろいろ大丈夫だから、地上依頼のみでいいよ。俺が許す！)

千々に乱れたヒューの心。

そんなヒューが、涼を見つけた。一気に近付き、肩に手をがっしりと置く。

「リョウ。門番の制止を振り切ってダンジョンに潜るとはどういうことだ……」

「う……すいません……」

そこは事実なので、涼は全く反論できない。

「ヒューや、そう言うな。リョウが来てくれたおかげで、わしらはこうして生きて帰れたのじゃ。少し大目に見てやってくれんか」

ありがたい、顧問アーサーの助け舟。

「え？　あ、そうだったのですか……。そうか、それは……よくやった……いや、しかし罰を完全に免除するというわけにもいかんし……だが……」

「よし、わしが詳しい報告をしてやろう。ヒューや、ちょっと天幕へ行くぞ。そういうわけで、リョウはもう行ってよかろう?」

「いや、あの、ああ……。リョウ、い、いちおう何か追って沙汰をするけど……うん、まあ助けてくれたのは感謝する、ありがとうな」

そう言いながら、顧問アーサーに引っ張られて、ヒューは奥の天幕に連れていかれた。

「アーサーさんに助けられた……よかった」

余計な小言に巻き込まれずに済んだことを、涼はアーサーに感謝した。いなくなっても大丈夫そうだと判断した涼は、さっさと冒険者ギルドに向かって歩き出したのだった。

◆

天幕にて。

「アーサーさん、詳しく話してもらいますよ。四十層でいったい何があったのか」

ヒューは、自分とアーサーのコップに水を注いで渡すと、椅子に座った。

「そうじゃのぉ。まあ、転移したところから話すか」

アーサーは水を一口飲むと、話を切り出した。

「わしらは突然四十層に転移した。同時に、十一層で作業をしていたらしいクライブたちも、転移した。しかも、クライブたちは、デビルの集団の前に転移した」

箇条書きのように、あえて短文の連続で報告するアーサー。

「でびる? デビルか。え? デビルって、神殿の話に出てくる、あのデビルですか?」

「そうじゃ、あのデビルじゃ」

驚くヒュー。

当然だ。この二百年ほど、中央諸国でのデビルとの遭遇例は無い。

二百年と言えば、八世代も昔。おじいちゃんの、おじいちゃんの、おじいちゃんの、おじいちゃんの時代……気が遠くなるほど昔の話だ。そんな時代の話など、ほとんど伝説と同じ……。

辛うじて、神殿が教え広める『お話』の中に出てくるために、デビルという名称だけは知っているが、その程度の認識しかない。

「しかもそれが五十体、さらに強い個体が三体、そして極めつけは魔王子がいた」

「魔王子って……いずれ魔王になる個体ですよね？　よくそんなのに遭遇して生きて帰れましたね……いや、失礼しました。アーサーさんとアベルたちだからこそ、ですね」

普通なら絶対無理、と思いながら首を横に振りつつヒューは言った。

だが、それに対して、顧問アーサーも首を横に振って否定した。

「いや……確かにアベルは凄かった。さすがじゃ。あれがいなかったら、わしらは早々に全滅しておったじゃろう。じゃが、そんなアベルですらも、魔王子に殺される直前じゃった……」

「え……？　それでどうして……まさか……」

「うむ、そこにリョウが現れたのじゃ」


涼が四十層の天井をぶち抜いて、空から下りてきた光景は、さすがのアーサーすらも唖然とさせるものであった。

まず、ダンジョンの床を抜く、などというのが聞いたことない。しかも、後で聞けば、四十層まで全てその方法で下りてきたという……。

馬鹿な！

そう、馬鹿な、なのだ。

アーサーの知り合いの中にも、一流の水属性の魔法使いがいる。複数いる。だが、その誰も、おそらくダンジョンの床を抜くなどということはできない。火属性でも、風属性でもできない。

実は、土属性でもできないのだ。かつて、試して上手くいかなかった現場に立ち会ったことがあるから、確かだ。わずかに削ることは可能だが……それとて、しばらくすれば再生する。

ダンジョンの床、壁というのは、そういうものだ。

それを……聞いたことも無い、見たことも無い水属性魔法を操る青年は、とんでもないことを平気でやっていた。

「ヒューや。あのリョウという青年は、いったい何者なのじゃ……」

涼とデビルたちとの戦闘中、ずっとアーサーの中に存在し続けた疑問。だが、もちろん満足いく答えは出なかった。

「何者と言われましても……アベルを魔の山の南から連れ戻してくれた者としか……」

そうして、ヒューは、アベルの帰還について顧問アーサーに話して聞かせた。

「なるほど、あれがアベルの友人か……」

「ああ、確かに二人は仲がいいですね」

幼い時分からのアベルを知るアーサーには、アベルが独立した後で友人を持ったというのは、非常に特別なことであった。

それと同時に、なんとなく嬉しくもあった。

アベルにとって、リーヒャやリン、ウォーレンは、もちろん最も大切な仲間である。何物にも代えがたい仲間であろう。だが、それでも友人ではない。

友人というのはあくまで、対等の関係でなければならない。

残念ながら、様々な事情を知るあの三人は、アベルとは対等の関係にはなれないし、なろうと思ってもいないであろう。

王都には、わずかにいる……だが、彼らとて、どこまで友人と言っていいのか……。

アベルは、後輩たちから敬愛されてはいるが、それも友人ではない。

もしかすると、B級パーティー白の旅団のフェルプスは友人となりえるのかもしれないが、おそらくフェルプスがそれを望まない。気安く接してはいても、フェルプスにとってアベルは、本質的には戴《いただ》くべき相手なのだ。

そんな中、アベルが友人だと言った涼という青年。

それはアーサーにとって、非常に好ましいものであった。

しかも、その青年はべらぼうに強い！

この世界において、いやどんな世界においても、強さは正義だ。どれほど正しいことを述べても、その正しさを押し通す強さが無ければ、認められない。相手の強さによって覆される。

善い悪いの話ではなく、そういうものなのだ。

そこまで考えて、アーサーは小さく首を振って、思考を止めた。

「リョウは恐ろしく強い。いや、恐ろしく強かった。どれくらい強いかというと、魔王子を瞬殺するくらいに強かった」

「……は？」

ヒューは理解が付いていかなかった。

涼が強いのは知っている。アベルも言っていたし、それ以外からも話が入ってくる。だが、魔王子を瞬殺……？

「それは……そんなことが可能なのですか？」

「やってみせたのだから、可能だとか不可能だとか、そういうのは無意味じゃ」

アーサーの言うことはもっともなのだが……ヒューとしては、簡単に受け入れられないのもまた事実。

「ついでに、魔王子の取り巻き三体も、瞬殺しとった。三体同時に。どうやって倒したのか、わしには全く分からんかったわい」

そこまで来ると、アーサーとしても笑うしかない。

戻ってくる途中でアベルにも聞いたのだが、アベルにもあれは見えなかったと言われていた。

「アベルが言うとったよ。リョウは規格外じゃと」

「そんな言葉で済ませていいのかどうか……」

「とはいえ、他にどうしようもあるまい？　わしとしては、あの規格外の魔法使いが、アベルと仲が良いために、我が国に敵対しないでいてくれそうなことこそ、最も大切なことじゃと思うておる。ヒューの立場であっても同じであろう？」

「同じ理由で、ルンの街とも敵対しないでくれそう、ということですな」

そういうと、ヒューは大きなため息を一つ吐いた。

「アベルに対する個人的な友誼《ゆうぎ》から、味方じゃと言えるが、馬鹿な貴族などがリョウに手を出したら面倒なことになる。じゃから、リョウの件は報告書にはあえて書かんつもりじゃ。よいな」

「分かりました。こちらの報告書にもリョウの名前は入れないようにします」

こうして、涼が貴族たちの権力争いに巻き込まれるのは、いったん回避されたのであった。


アベルたち一行が、ダンジョン四十層から帰還した翌日。涼は、朝から街の外を走っていた。

もちろん朝食はしっかり食べた。

なんとなく、昨日の戦闘でモヤモヤしたままだったので、それを振り払おうと走ったのだ。最初は、十号室の他の三人も涼に付いてきて走っていたのだが……徐々に離され、最終的には三人ともダウンしていた。

「ほらニルス、前衛がそんなに早くダウンしてどうするのですか。ゆっくりとでもいいから、走り続けましょう」

「いや、リョウ……お前いったい……どんだけ体力あるんだよ……」

他の二人は完全にダウンしていたが、剣士で前衛のニルスはほとんど意地で、ゆっくりとではあるが走り始めた。

「そうそう、ゆっくりとでもいいから、動き続けるのが大切です」

そういうと、涼はスピードを上げて先に行ってしまった。

「お、おう……」

街の外では、ニルスの言葉は、誰にも届かない。

演習場で

お昼過ぎ。

三人は異口同音に、「無理。まだ無理」と言って、食べることができなかった。

仕方なく、涼は一人で食堂を探したのだが……どうもパッとしない。これが食べたい！　という欲求が沸き上がってこないのだ。

お腹はけっこう空いている。さすがに朝から走りっぱなしだったので当然であろうが……。今、涼のお腹は何を求めているのか……。いつも歩く大通りでは、これと言ったものを見つけられず、東門に近い、普段は入らない裏通りを歩いてまわる。

そんな感じだったので、その香りにたどり着いたのは完全に偶然であった。

カルダモンとコリアンダーを中心とした、いくつもの香辛料の香りが絡みあった、あの蠱惑的《こわくてき》な……。

カレー！

その香りに導かれ、涼は一軒の店に入った。

そこは、決してカレー専門店というわけではなく、店内のディスプレーには、ハンバーグやスパゲッティなども飾ってある。

「いらっしゃいませ～」

店の奥から中年女性の声が聞こえてきた。店内を見渡すと、食事時を少し過ぎたからであろうか、客は一人だけであった。

プラチナブロンドの髪に、緑色の瞳……その瞳を大きく見開き、その客は涼の方を見ている。

しばらくすると、その女性は動いた。右手にスプーンを持ち、カレーを口に持っていきながら、そのエルフの女性は、左手で涼の方に、おいでおいでをし始める。

その手に誘われるように向かっていく涼。

「せ、セーラさん……こんにちは」

「うん。リョウもこのお店を知っていたとは……」

「いえ、偶然です。そのカレーの香りに誘われて」

「おぉ！　分かってるね！　ルンでカレーを食べるなら、このお店。とりあえず、隣にお座りよ」

そういうと、セーラは隣のイスをポンポンと叩いて涼を呼び込んだ。

涼が座ると、セーラは再び食べ始めた。

しばらくすると、女性が水を持ってきた。

「お待たせしました。ご注文は？」

「カレーをください」

「辛さはいかがいたしましょうか」

「か、辛さ？」

まさか辛さの設定までできるとは……。

「甘口、中辛、辛口と三段階ございます」

「じゃあ、中辛で」

涼がそういうと、隣でセーラが大きく頷いて言った。

「女将さん、私も中辛をもう一つ！」

「はい、中辛二つ～」

そういうと、女将さんは厨房の方に戻っていった。

おかわりを注文したセーラを、驚きの眼差しで見つめる涼。それに気付いたセーラは、慌てて言い訳をした。

「え、エルフは燃費が悪いんだ。私が、食い意地が張ってるとかそういうわけじゃないから！」

「誰もそんなことは言ってません……」

美人が、慌てて言い訳をする絵は、可愛らしかった。

ゴホンと、わざとらしく咳ばらいをし、セーラは強引に話題を変えた。

「ところで、リョウはどこに住んでいるのかな？」

話題を変えるなら住んでいる場所。王道だ。

「冒険者ギルドの宿舎に住まわせてもらっています」

「宿舎？　冒険者登録して三百日以内なら住めるというあれだな？　だが北図書館を利用できたということはD級以上……だよね？　もしかして、もの凄いスピードで依頼実績を積み上げてスピード昇進したとか？」

「いえ……ランクアップ登録とかいう制度で、D級登録させてもらっただけです」

なんの実績も無くD級登録しているのが、ちょっとだけ気恥ずかしかった。

「ランクアップ登録か。それは凄いな。うん、見るからにリョウは強そうだからね。いきなりD級も納得だよ」

なぜか納得して、何度も頷くセーラ。

「見るからに強そうとか……初めて言われたんですが……」

「そうか？　それは周りに見る目がなかったんだな。仕方がない」

そんなことを言っていると、あの蠱惑的な香りが近付いてくるのが分かった。

「中辛カレーです。どうぞお召し上がりください」

涼の前に出てきたカレー……それは日本で食べていたカレーそのものであった。

インドカレーとかジャワカレーとかではない。様々な香辛料に、小麦粉が加えられ、とろみのついたあのカレー……ジャパニーズカレーそのもの！

「これは……」

無論、涼はジャパニーズカレーが大好きだ。インドカレーも悪くはないが、インドカレーはインドカレーという食べ物であって、涼の中での『カレー』とは別物だ。

そんなジャパニーズカレーに感動しながら、スプーンですくって一口食べる。

「美味しい……」

一口を飲み込むと同時に、思わず口から出てくる感嘆の言葉。

「そうだろうそうだろう」

横で、我が事のように嬉しそうに頷いているセーラ。

そこから先は、スプーンが止まらくなった。

もちろんがっつくわけではない。真摯にカレーと向き合う。その表現が一番近いのであろう。

美味いものを食べる時に、言葉は邪魔になるだけ。

ひたすら食べる二人。そして食べ終えると……二人の表情は、至高の、満足感で満たされていた。

「美味しかった」

「うん、美味しかった」

二人を彫刻にして、それに題名を付けるなら、「満足」という名前に違いなかった。

お会計を済ませて、二人は『飽食亭』を出た。今更ながら、涼は自分が入った店が『飽食亭』という名前であることを知った……。

◆

「そういえば、セーラさんって、冒険者なのにギルドで見かけませんよね？」

それは、涼が常々思っていた疑問であった。涼自身も、決してギルドに入り浸っているわけではないが、併設するギルド食堂はよく利用するために、セーラを見かけたことがないということに思い至ったのだ。

「ああ……けっこう最近まで王都に出張していたから。それに、私は長期依頼を受けているからギルドには行かないな」

「長期依頼？」

「ここの騎士団、ルン辺境伯領騎士団の剣術指南役」

「剣術指南！」

涼は驚いて大きな声を上げ、慌てて周りを見回してしまった。

「こう見えても、けっこう強いんだよ？」

そういうと、下から涼の顔を覗き込むように見上げた。非常に破壊力の大きい所作と表情……。

（やばい、ものすごく魅力的だ……）

意思の力で、必死にセーラから目を逸らす。

「そういうお仕事だから、騎士団宿舎に隣接する、領主様の館に住まわせてもらっている」

（領主、ルン辺境伯……そういえば、どんな人か全然聞いたことがない）

「そうだ、リョウ、この後、何か用事はあるかな？」

「いえ、特には……。宿舎に戻って錬金術の続きでもしようかと……」

「ゴーレム作製が目標だったか……。なあ、もしよければ、私と模擬戦をしてみないか？」

セーラの申し出は唐突であった。

「飽食亭に入ってきた時、リョウはすごく不満に満ち溢れていた。なんというか……心の中の戦闘意欲が発散されていない、的な」

まさに図星。昨日の魔王子との戦闘が原因なのは涼自身が理解している。そのために、今日もストレス発散で朝から走っていたのだ……だが、セーラも感じたということは、発散しきれていないのは明らかだろう。

「私が一緒なら、騎士団演習場を使える。演習場は、常時発生型魔法障壁もあるし、騎士団付きの優秀な神官もいるから怪我しても大丈夫だ。普通の冒険者はなかなか入れない場所なんだ。どうだろう、ちょっと行ってみないか？」

美女に「ちょっと行ってみない」なんて誘われたら、断ることなどできるわけがない。

「はい、行きます」

道すがら、セーラは騎士団についていろいろ説明をしてくれた。

本来の剣術指南役はマックス・ドイルであり、彼は王都の有名剣術流派ヒューム流の免許皆伝の腕前で、そのマックスがヒューム流で鍛え上げ、セーラが模擬戦で実戦経験を積ませる、という役割分担なのだとか。

「マックスは、教えるのがとても上手だから、初心者同然の子でも、騎士団に入って一年もするとかなりの腕になる。だから、この街の騎士団はレベルが高い」

「騎士団長ネヴィル・ブラックとギルドマスターはけっこう仲が良くて、時々お酒を持って相談に来ている。騎士団と冒険者ギルドは、街における武力の二大組織。他の街だと反目したりすることもあるけど、ルンの街はそういうのはない。すごく仲がいい、というわけでもないが……そう、ライバルみたいな感じか。上手く高め合っているのは、トップ同士の関係が悪くないからだろうな」

「騎士団と冒険者はそんな関係だから、冒険者でもある私が騎士団の指南役をしていても、風当たりが強いとかそういうことは全然ない。かなり、時間も自由になるから、図書館に行ったり飽食亭に行ったりできるのがありがたい」

セーラは、嬉しそうにいろいろ話した。

領主館と騎士団宿舎は、街の最北部にある。入口には、ルン辺境伯の紋章である『雌鹿《めじか》』が掲げられており、当然、厳重な警備がなされ、一般人の出入りは制限されている。

とはいえ、セーラは騎士団の指南役であり、領主館に住んでいるため、当然、顔パスとなる。

「おかえりなさいませ、セーラ様」

なおざりではない、心からの最敬礼で、守衛はセーラを迎えた。

「ただいま、ナッシュ。こちら、冒険者のリョウ。これから演習場で、二人で模擬戦を行う。手続きをしてくれ」

「かしこまりました。リョウ殿、ギルドカードをお願いします」

手続きをして、特に問題も無く、敷地に入ることができた。

騎士団演習場。訓練場も別にあるのだが、集団模擬戦を行う場合など、騎士団員が比較的自由に利用することができる施設。ローマのコロッセオの小型版、とでも言おうか。

ちょうど三時の鐘の音が鳴り響く中、セーラと涼は演習場の控室に入った。そこには、もしもの時のために神官が詰めている。

「すまんが、今から模擬戦で演習場を使う。神官の方々には待機をお願いしたい」

セーラは一言声をかけて、そのまま演習場の中へと進んでいった。

「リョウ、武器は、演習用の武器にしておこう。この模擬武器庫にある武器は、全て刃が潰してあるから好きなのを選ぶといい」

そう言うと、セーラは腰に下げた細剣に近そうな剣を選んだ。

涼がいつも使うのは村雨だ。剣というより刀であり、形は、実在する日本刀の中では、三日月宗近《みかづきむねちか》に最も近い。さすがに、刀はこの武器庫には無いが、長さとバランスが近いものを選んだ。

だが、そこでふと疑問に思うことがあった。

「セーラさん。どうして僕が武器を使うと？　どう見ても魔法使いのはずなんですが」

そう、涼は見えるところには武器を持っていない。ミカエル謹製ナイフも村雨も、腰に差しこそすれ、外からは見えない。それなのに、セーラは事の初めから、涼が武器を使った近接戦ができると踏んでいた節がある。あのアベルですら、ルンの街で涼が話して初めて、近接戦ができるということを知ったのにだ。

「それは、リョウの足運びと体の動かし方から……かな？　魔法と剣の両方使える人……私もその一人だからね」

そう、セーラはおそらく優秀な魔法使い……、多分、風属性の魔法使い。涼は、ファンタジーの王道として、「エルフは風魔法が得意」と勝手に思っているのだ。

「まあとにかく、始めようか」

演習場の中央、二十メートル程の距離を置いて、二人は向かい合った。

「リョウ、準備はいいかな？」

「はい、いつでもどうぞ」

「では参る！」

その言葉と同時に、セーラの姿が消える。

（速い！）

一瞬で涼の間合いに飛び込み、そのまま最速の打ち下ろし。

涼は下がることなく、逆に、前に剣を突き出してさばく。

最もスピードが乗るポイントに来る前、セーラの力が乗り切っていないポイントでさばく。そうしなければ、膂力のある相手の打ち下ろしでは、剣ごと折られることすらあるからだ。

さばき、セーラの手を狙って打つ。

だが、片手を剣から外してかわすセーラ。その片手のままで横薙ぎ。

重心を後ろにそらし、スウェーバックのようにかわす涼。

足の位置は変えないまま、重心を前に戻し、そのまま打ち下ろす。それを体ごとかわし、セーラは二連突き。

涼は、最初の突きをかわし、二連目の突きをかわしつつ、下から逆袈裟《ぎゃくけさ》に切り上げる。それを軽くバックステップをしてセーラはかわす。

この間、わずか数秒。

いったん仕切り直し。

「凄いなリョウ！」

喜色満面とはこのこと。心の底から嬉しそうな声を、セーラは涼にかけた。

「いや、セーラさん、速すぎでしょ」

そう、恐ろしいスピードなのだ。昨日の魔王子など足元にも及ばない飛び込み。悪魔レオノールや、片目のアサシンホーク並みの、音速の飛び込み。一瞬にして間合いを侵略する恐るべきスピード。

「でもリョウはかわしたじゃないか！　騎士団でも、あの飛び込みをかわせる者はいないぞ」

そういうと、セーラは周りを見回した。涼もそれにつられて周りを見回すと、観客席に、騎士団員らしき者が数十人いる。

「あれに反応したということは、過去に、あの速さの飛び込みを経験したことがある？」

「ええ……昔、ちょっと」

「なるほど……。ならば、次は完全に本気でいく！」

「ちょ……」

涼が言い終わる前に、再び……今度は超音速の飛び込み。しかも、そこから振るわれる剣の速さが……。

(さっきよりも速い！)

先ほどよりも、剣を振る速さ自体が五割増しくらいになっている。さすがに、このスピードをかわしきるのは不可能。さらに、前でさばくのも難しくなってくる。

スピードが最も乗るポイントで受けると、驚くほど重い剣であることが分かった。

(セーラさん、華奢なのに、なんだこの重さ……)

女性に言ったら怒られること間違いなしのセリフを思い浮かべる涼。

最初の剣戟では、さばいてからの反撃もできていたが、今では完全に防御優先となっていた。牽制の突きや薙ぎを放つことはあるが、それはあくまで牽制。

だが、防御に徹した涼は、まさに鉄壁だ。

片目のアサシンホークも、悪魔レオノールも、結局、涼の鉄壁の防御を破ることはできなかった。

防御に徹した涼はそれほどなのだ。

それほどなのであるが……。

(くぅ～これは厳しい。まるで師匠の剣を受け続けているかのような……)

そんな鉄壁の防御ですら、破綻しかけていた。

スピードだけで言うなら、ほんの僅かながら、妖精王と言われるデュラハンの剣速すら上回るかもしれない。

(これは、あれだな、風属性魔法だな)

もちろん、魔法使用禁止などとは決めていない。

だが、これほどの速度域での剣戟、普通は、魔法を使うタイミングなどない。ほんの僅かでも集中力を別のことに使えば、その瞬間に倒されてしまうから。涼の魔法生成スピードであっても、これほどの速度域では魔法を使うことは無理であろう。

だが……。

(だが、セーラさんは使っている。風属性魔法で、腕の振り、足の運び、あるいは体の移動すらも、全てのスピードを上げている……)

それは恐ろしいほどの魔法制御。

呼吸するように魔法を使う、ですら生ぬるい。完全に無意識下でも魔法が使える……何も考えなくとも心臓が常に動き続けているような……そんなレベルにまで高められた魔法制御。

明らかに、悪魔レオノール以上に風属性魔法と剣術とを融合して使いこなしている。剣すらも風属性魔法で威力を増しているため、斬撃が異常に重いのだ。

スピードとパワーで上回る相手……勝つためには尋常ならざる手が必要なのだろうが……だが涼はその方法はとりたくなかった。

せっかくのこれほどの剣の相手。貴重な体験……。

思えば、師匠デュラハンに、最後の稽古をつけてもらって以降、なまっていたような気がする。この剣戟で、自分の、その性根を叩きなおせるのだとしたら、まさに僥倖。

その変化は、ほんの僅かずつであった。一番その変化を感じていたのは、もちろん涼自身だ。

その変化とは、『完全な破綻へ』である。

これまでも、ギリギリしのいでいたが、さすがに限界が来ていた。無理な受けを繰り返したために、剣がまずい。

(これはさすがに厳しいか……)

さらに数十合受けたところで……。

カキンッ。

破局。

セーラの右薙ぎをさばく際、完全に余裕がなくなり、流すではなく受ける羽目になった。その瞬間、剣が折れ、次の瞬間にはセーラの剣が涼の首にピタリとつけられていた。

「参りました」

観客席からは歓声が聞こえるが、涼にはどうでもよかった。

「凄いよ、リョウ!」

そう言うと、セーラは涼に抱き着いた。

「え……」

さすがにいきなりのことで、涼の頭の中はパニックに陥った。

「あ、ごめん……」

顔を真っ赤にして、セーラは涼を離した。だが、すぐに両手を持ち、ぶんぶんと上下に振った。

「私の『風装』の剣をこんなに受けるなんて、リョウ、凄い！」

「いや、そんなのを使いこなすセーラさんが凄すぎでしょう」

涼の正直な感想だった。

風属性魔法を使って、体の動き全てを速める……発想は単純だが、まずできない。発想しても、それを形にするのがまず困難であり、さらにそれを実行するとなると、生半可な魔法制御では無理なのだ。

そもそも、普通の人の魔力量では、すぐに魔力切れになるに違いない。

「私のは、もの凄く練習したからね。そんなことより、リョウの鉄壁の防御だ。何あれ！　もの凄い努力を重ねて身に付けたというのは分かるけど……一体どうやって」

「僕の剣は、師匠に鍛えてもらったんです」

「師匠？」

「ええ。このローブをくれた……」

それを聞くと、セーラの瞳はいつも以上に大きく見開いた。

「妖精王が、剣の師匠？」

「え……どうしてそれを？」

セーラが、妖精王のローブを知っているのが、涼には驚きであった。

「ああ……えっと、エルフというのは、半妖精みたいなものなのだ。だから、そのローブが妖精王のローブだというのは、種族特性的に理解できてしまう。妖精王が、涼のことをもの凄く気に入ってるのは分かっていた……そんなローブをあげるくらいだからね。でもそれは、魔法を気に入っていたんだと勝手に思っていたよ。まさか剣の師匠……。妖精王から、魔法ではなく剣を習うというのも、なんか面白いな」

「昔、全く同じことを言われた記憶があります……。そんなに変かな？」

かつて、ドラゴンのルウィンも同じように言って笑っていた。

「変というか……そもそも妖精王自体が、すでに伝説の存在だから……。まあ、いい」

セーラはなんとも言えない困った表情をした。

そしてさらに何か言葉を続けようとしたところで、観客席から声をかけられた。

「セーラ様、アルフォンソ様の稽古のお時間が迫っております」

声の方を見ると、若い女性が精一杯の大声を出してセーラを呼んでいるところであった。

「ああ……もうそんな時間か。リョウすまない、ちょっと仕事をしてくる」

そう言うと、セーラは先ほど大声でセーラを呼んだ女性に向かっておいでおいでをしていた。

「アルフォンソ様って……?」

「領主様の孫。去年成人したかな。領主様はお子さんが全員亡くなられているから、アルフォンソが次期領主の予定だ。以前は、全然ダメ男子だったから私が躾《しつ》けたのだが……。強引に手籠めにしようとしてきたから、剣を突き刺して肩を砕いてやった」

恐ろしいことを平気で言うエルフが、ここに一人……。

「次期領主なのでしょう……?」

「大丈夫だ。最初に雇われる時、領主様に、館でそういうことがあったら殺しますから、って言ってある。命があるだけでも御の字だろう」

とても素敵な笑顔……その笑顔だけ見れば、言ってる内容を想像するのは不可能に違いない。

言動には気を付けよう。

そこまで話したところで、セーラを呼んだ女性がなんとか演習場の中央にまで来ていた。

「レイリッタ、こちら冒険者のリョウ。大切な人だから、間違いなく外まで送り届けてくれ。じゃあ私は稽古をつけに行ってくる」

そう言うと、風魔法を使ってだろう、セーラはひとっ飛びで出口に着き、そのまま演習場を出て行った。

残された涼とレイリッタ。

レイリッタは先ほどのセーラの紹介から、ずっと驚きで目と口が開いたままになっている。

「あの……」

「ハッ！　すいません」

涼が声をかけて、ようやくレイリッタが再起動した。

「わたくし、館でメイドをしております、レイリッタと申します。どうぞよろしくお願いいたします」

「冒険者の涼です。こちらこそよろしくお願いします」

「では、門までご案内いたしますので、どうぞこちらへ」

そう言うと、レイリッタは歩き始めた。だが、何やら小さく口の中で唱えている。

「たいせつなひとたいせつなひと……」

涼の耳までは届かなかった。

◆

演習場を出て、門に向かう途中、追い抜いていった馬車が涼たちの前で止まった。

扉が開き出てきた男は……。

「リョウじゃないか。珍しいところで会うな」

「ギルドマスター……」

そう、領主への報告を終えてギルドに戻ろうとしていたヒューであった。

「宿舎に戻るんだろう？　ちょっと話があるから乗っていけ」

「え……」

昨日の件があるので、正直乗りたくはないのだが……。

「そこのお嬢さん、リョウは俺が間違いなくギルドまで送り届けるから、そう伝えておいてくれ」

そこまで言われては、断る術はない。

「レイリッタさん、ありがとうございました。ギルドマスターの馬車で戻りますので、これで」

「はい、ではそうお伝えしておきます」

そう言うと、涼は馬車に乗り込んだ。

馬車の中には、ヒューだけであった。

「失礼します」

「おう、そっちに座ってくれ」

涼が座るのを確認すると、ヒューは馬車の壁を叩いた。それを合図に馬車は走り出した。

「で、話ってのは、まあ分かってるんだろうが、昨日の件なんだが……」

「はい……」

昨日は、顧問アーサーが救ってくれた。だが今日は無理であろう……涼はいろいろ覚悟を決めていた。

「いや、そんなに身構えるな。アーサー殿からいろいろ聞いて、お前さんが間に合わなかったら全滅してたってのは理解したから。それには、俺も感謝してるんだ。この通り、ありがとうな」

そう言うと、座ったままではあるが、ヒューは頭を下げた。

「いえ、勝手に行っただけですから……」

予想外の展開に慌てる涼。

「それでもだ。お前さんには、アベルの命を二回も救ってもらっている。とはいえ……門番の制止を振り切って入っていったのはダメだ。ギルドに所属する者として、それが大っぴらに通るようになるとちょっとまずいんだ。だから、罰として、依頼を受けてもらおうと思っている」

「依頼ですか？」

「ああ。お前さん、登録してから一度も地上依頼、受けてないだろ？」

考えてみると、一度も依頼を受けていない。まあ、考えるまでもなかったが。

「受けてない可能性がありますね」

「おう、可能性じゃなくて受けてねぇから」

ヒューは断言した。領主館に上がる前に、ギルドで確認しておいたから断言できるのだ。

「とはいえ、緊急に受けてもらいたい依頼があるわけでもないから、これから二カ月の間に、三つの依頼をこなせ、という形にする。どの依頼を受けるのでも、それは自由だ。それくらいの罰ならいいだろ？」

予想以上に軽い罰だ。

「えっと……僕が言うのもなんですが……そんな軽い罰でいいんですか？」

「いいんだよ。これなら誰も損はしない」

ギルドは、依頼をこなしてもらえるから得。

涼は、実績を積めるから得。

アベルたち救われた者たちも、普通に依頼をこなしているだけだと思う……可能性があるから得……？

まあ、損にはならない。

「そういえばリョウは、なんで領主館なんかにいたんだ？」

「ああ、ちょっと模擬戦を……」

軽い気持ちで答えた涼であったが、その瞬間、目を見開いたヒューの顔が視界に入った。

「し、施設を壊したりとかしてない……よな？　大丈夫だよな？」

「嫌だなぁ、僕がそんなことするわけないでしょう」

冗談だと思って軽く受け流す涼。

冗談ではないと思って全く笑っていないヒュー。

「剣での模擬戦ですから、そもそもそんなことにはならないですよ」

「そ、そうか……。無事ならそれでいいんだ、うんうん」

心から安堵した表情で頷くヒュー。そこまで言ったところで、ようやく馬車はギルドに着いたのであった。

◆

デブヒ帝国帝都郊外、第三魔法演習場。


そこでは、現在、皇帝魔法師団による模擬戦が行われていた。二十人ずつに分かれての演習。もしその光景を、ナイトレイ王国の宮廷魔法使いたちが見ていれば、驚き、顔をゆがめたであろう。

まず、誰も詠唱していない。

しかも、攻撃魔法一つ一つの威力が、王国の魔法使いたちが知る魔法とは、桁違いの威力。さらに、止まったまま魔法を発動するのではなく、移動しながら魔法を発動している。走りながらファイアーボールを撃ち込んだり、向かってきたファイアーボールにエアスラッシュをぶつけて対消滅させたり……。

それを見守るのは六人。

皇帝魔法師団長フィオナ・ルビーン・ボルネミッサ。

皇帝魔法師団副長オスカー・ルスカ。

フィオナの副官、マリー。

オスカーの副官、ユルゲン・キルヒホフ。

それと、現在演習で戦っている二つの中隊の中隊長たち。

一際厳しい視線を演習に浴びせているのは、副長のオスカーであった。

「これが現状の最大限、か……」

ほんのわずかな呟きであり、誰に言ったわけでもないのだが、後ろに控えていた中隊長二人の背中には冷や汗が流れていた。思わず、申し訳ありませんと言いそうな雰囲気すらある。

「半年でここまで来たと思えば、そう悲観するほどではないと思うが」

師団長フィオナの言葉は優しいが、演習を見る視線は決して優しくはない。

「はい。他に二個中隊、合計四個中隊……。これでは『師団』という規模になるのにどれほどかかるのかと。とりあえず、今回の演習はこの辺りで終了といたしましょう」

「うむ、そうだな」

フィオナの言葉を合図に、オスカーの手から戦闘終了の、彩光弾とも言える三色の魔法弾が発射され、弾けた。演習中であった二個中隊は、戦闘終了の合図を確認すると、その場で直立し、観客席の方を向いた。

ただ一人だけ、ばてたのか尻もちをついた者がいた。

「馬鹿!」

誰が吐いた言葉であったか……。

瞬間、倒れた者の右頬をかすめて、極細の炎の矢が地面に突き刺さる。

「ひぃっ」

尻もちをついた隊員の口から、悲鳴がこぼれた。炎の矢は、副長オスカーの手から放たれたものだ。

「馬鹿者！　戦闘が終了したからといって油断をするな。終わったと思ったその瞬間こそが、最も気を引き締めておかねばならぬ時だ！」

「はい！」

全隊員が返事をした。

「師団長よりお言葉をいただく。全員傾注」

そう言うと、オスカーはフィオナに向かって小さく頷いた。

「皆の者、演習ご苦労であった。前回よりは上達していたが、及第点とはまだ言えぬ」

フィオナのその言葉を聞いて、一層、直立不動となる隊員たち。

「明日より、私と副長は皇帝陛下の命により、ナイトレイ王国の港町、ウィットナッシュに出向く。帰還予定は二ヶ月後。戻ったら再び、皆の演習を見せてもらう。その際、さらなる向上した姿を見ることができると信じている。以上」

「以上」の声と共に、全員が、握った右手を左胸にあてる帝国式の敬礼を行う。数は五十人ちょっとと、決して多くはないが、その全員が精鋭であると認識させるのにふさわしい光景であった。


師団長フィオナら幹部四人が師団長室に引き上げたあと、皇帝魔法師団員たちは、演習場の後片付けを行っていた。

ここで手を抜くような愚か者は、師団にはいない。日々の訓練がスムーズに行われることによって、自分の力が伸びる。その結果、戦場で生き延びることができる。ここにいる誰しもが、それを実体験として経験してきているからだ。

日々の訓練をスムーズに行うためには、常に演習場は整備されていなければならない。だが、その間の私語は、必ずしも禁止されていない。

「全く、終わった瞬間に座るやつがあるかよ」

「ああ。あの瞬間、死んだと思ったね」

先ほど、オスカーが放った、白い極細の炎の矢についてであった。

「お、俺だって、座りたくて座ったわけじゃねえよ……」

「でも副長、今日は優しかったじゃねえか。以前、同じように座り込んだ奴……第三中隊の奴って、確か両足射貫かれてたろ?」

「そうそう、太ももに刺さった炎の矢が、足を内部から焼いていたとか……痛そうだな」

その光景を思い浮かべて、団員たちは身震いした。

だが、この話には誤解がある。

両足を射貫いたのは事実だが、周りを焼かない炎の矢だったために、足の内部から焼かれてはいないし、すぐにその場にいた治癒師に治療させたために、射貫かれた団員は問題なく現在も訓練に励んでいる。とはいえ、この手の話というのは必ず尾ひれがつくものだ。

「まあ、訓練通りやってれば強くなるのは確かだし、強くなれば生き残れる。真面目にやるのが一番ってのは確かだよな」

「ああ、ちげぇねぇ」

「けど、実際のところ、副長ってどれくらい強いんだ？　今の俺たちなら、もしかしたら……」

「馬鹿、次元がちげぇよ。師団全員が束になってかかっても、瞬殺されるわ。てか、多分、師団長相手でも、俺ら全員仲良く死亡だぞ。その師団長ですら、副長の足元にも及ばないって仰ってたから……まあ、推して知るべしだろ」

「さすが……『爆炎の魔法使い』の二つ名は伊達じゃない……」


「それにしても……ウィットナッシュとは遠いな」

演習場の師団長室に戻り、中央諸国全域の地図を広げながら、フィオナは誰とはなしに呟いた。

「確か、五年に一度のウィットナッシュの開港祭に来《らい》賓《ひん》として招かれたのですよね」

フィオナの副官マリーが、お茶を淹れながら言葉を拾う。

「うむ。第三皇子であるコンラート兄様が名代《みょうだい》として赴くことになったのだが……皇帝陛下は、なぜか私にも付いていけと……」

解せぬ、という顔でフィオナはひとしきり考え込んだ後、いつもの自分の椅子に座っているオスカーの方を向いて言った。

「師匠、なぜだと思います？」

「殿下……その言い方はおやめくださいと何度申せば……」

「いつもの四人しかいないのです。良いではないですか」

ここにいるのは、師団長フィオナ、副長オスカー、それぞれの副官のマリーとユルゲンの四人。確かに、フィオナとオスカーが最も信頼する者たちではある。

オスカーは、大きいため息を一つ吐いた。

「そもそも、私に政治のあれやこれやは分かりません。私はただの魔法使いです」

ジーッとオスカーを見ていたフィオナは、大きく頷いて言った。

「違和感があると思ったら、その喋り方でした。師匠、どうしてそんなかしこまった喋り方をしているのです？」

「……この後、二カ月間、他の貴族や皇族の方とご一緒するのです。今のうちから丁寧な言葉に戻しておかないと……。私は殿下たちのように器用に切り替えるとかできませんから」

「それは……皇帝陛下を含め、皇族は皆、諦めていると思います」

フィオナが残念そうに言うと、オスカーは驚愕の表情でフィオナを見て、さらにマリーを見て、最後に自身の副官ユルゲンを見て、三人ともが同意見であることを見て取った。

「俺の努力が……」

「そうそう、師匠はそっちの方が似合っています。師匠が演習場で丁寧な言葉遣いとか、なんだか体が痒くなってしまいます」

「いや、昔はちゃんとしていたんだが……。今でも、帝城だと丁寧な口調になれるんだが……。演習場は無理だな。しかたない、諦めた」

そう言うと、四人全員爆笑した。

「まあ実際のところ、皇帝陛下のお考えはよく分からん。帝国には海が無いから、海ってのを見てこいというだけのこと……ではないんだろうが、やっぱり分からん」

「ふむ……。まあ、それくらいの認識でいいんでしょうかね」

フィオナは、小さな頭をひねりながらいろいろ考えている。

オスカーはそうは言ったものの、頭には一つの考えが浮かんでいた。

（陛下は、フィオナ殿下が帝国にいない間に、血なまぐさい何かを済ませてしまおうとしているのではないだろうか）

皇帝ルパート六世は、末の娘であるフィオナを溺愛している。

フィオナ・ルビーン・ボルネミッサ。皇帝魔法師団の師団長にして、現皇帝の第十四子。

ルパート六世には、三人の皇子と十一人の皇女がいる。十一人、いずれの皇女も美しいが、その中でもフィオナの美しさは、ある種際立ったものであった。今は亡き第一王妃の見事な赤毛を継ぎ、深く蒼い瞳。そして白い肌。身長は百六十センチ程度であるが、十八歳にしては見事なスタイル。

舞踏会などで人前に出ることは滅多になく、いつも魔法の修行と剣の修行に勤しんできた。腰には、皇帝ルパート六世より下賜された宝剣レイヴンを常に佩《は》き、自らにも厳しい訓練を課している。十七歳で皇帝魔法師団長に任じられてからは、師団の再生にその心血を注ぎ、今まで以上に舞踏会などに出ることはなくなった。

元々、皇帝魔法師団というのは、名誉職的な集団であった。かつて帝国軍や宮廷に仕えていた、第一線を退いた魔法使いたちが所属する集団。

二百年にわたって存在し続けたが、皇帝ルパート六世が、フィオナを師団長に任命する時に、全員を解雇。そして、戦える集団に再編するように命じた。

それから半年。

人数は、未だ百二十人弱と、帝国軍の基準で見れば師団どころか大隊規模に過ぎないが、強力な戦力であることを、すでに何度か示していた。

そんな皇帝魔法師団を率いるフィオナ。

十一人の皇女の内で、唯一、魔法を使う力が異常とも言えるレベルで発現したのは、彼女だけであった。しかも操る属性は、火と光の二属性。攻撃の火と、回復の光。そのいずれをも、現在では高度に操ることができる。

皇帝ルパート六世が、親として末の娘として愛し、皇帝として稀有な魔法戦力としても愛す。それは当然のことであったろう。

だが同時に、愛するが故に、フィオナにグロテスクな光景を見せるのを好んでいないとオスカーは思っていた。親が子にそんな光景を見せたくない、それは当然あるのだろうが、他の皇女たちと比べてもだ。

そう考えると、今回の訪問の間に、何か血を見るようなことを帝国内で行おうとしているのではないのか……例えば、帝室に反抗的な貴族たちの粛清など……。

オスカーはそう考えていた。

初めての護衛依頼

魔王子との戦闘から三日後。

涼を含めた十号室の四人は、ギルド食堂で朝食を取っていた。

「いよいよ、初めての護衛依頼だな！」

剣士ニルスがとても興奮していた。

「ほらニルス、今からそんなに興奮していたら、身がもちませんよ？」

涼が、興奮したまま、珍しく、なかなか食べ進まないニルスを注意している。

「でもよかったぁ。リョウが加わってくれるなら、何かあっても大丈夫だね」

神官エトが、なんとなく育ちの良さを感じさせながら食べ進めつつ、感想を口にした。

「他のパーティーの人と組むのも、私は初めての経験です」

唯一のF級冒険者である、剣士見習い的なアモンも、多少の興奮を隠せていなかった。

「昨日の夜、アベルから聞いた通りにやれば、きっと大丈夫ですよ。あれでもB級パーティーのリーダーですからね。経験は豊富なはずです」

そう、四人は昨夜、たまたまこの食堂で会ったアベルに、護衛依頼のイロハを教わっていた。

「十人での護衛ってことは、護衛する馬車はおそらく五台。まあ、場合によっては七台くらいまで増えることもあるが、やり方は変わらん。先頭の馬車に三人、最後尾の馬車に三人、途中を四人でばらけて護衛、というのが一般的だ」

「馬車で休むことはできないのですね……残念です」

「うん、リョウはどうせ疲れ知らずだろ、歩き続けろ。当然、馬車は品物がいっぱいだから、護衛の冒険者が乗る場所なんてねぇ。さっき言った護衛の配置だが、メンバー構成によっては変わる場合もある。だいたい、神官の数とか、魔法使いや弓士みたいな遠距離攻撃職の数とか、そういうので変わる。今回組むのは、デロングなんだろ？　護衛依頼の経験は豊富だから、配置とかも全部任せて大丈夫だろ」

持っていく荷物などは、全員が初心者講習会で学んでいるため、特に問題はなかった。

「初心者講習会、マジ優秀……」

アベルのその呟きは、誰にも聞こえなかった。

朝食を終え、少し早いが護衛依頼の集合場所へ向かう四人。

「それよりも……本当に三人のパーティー名は、『十号室』でいいんですか？」

涼は、昨日から何度目かの同じ質問をしていた。

ニルスとエトがE級に昇進したため、パーティー名を付けることができるようになったのだが、そこで選んだパーティー名が『十号室』だったのだ。

「おう、もちろんだ。俺たちを表すのには、これが一番合ってるだろ」

自信満々にニルスが言う。誰の発案か、それだけで分かるというものだ。まあ、発言が無くとも、なんとなく理解できてしまうが。

それを見ながら、苦笑するエト。困った顔をしているが、否定はしていないアモン。なんだかんだ言いながら、ニルスを中心にまとまっている『十号室』であった。

パーティー名については、特に規定があるわけではない。例外的に、誰かや何かを誹謗中傷するものはダメらしい。

例えば「アベルの馬鹿」みたいなパーティー名は、きっと通らないであろう。あとは、「王の」や「王家の」みたいな王室関係のものがパーティー名の一部に入ると、ギルドから変更を迫られる。

現代地球における「Royal」という名称が、イギリスなどでは勝手に使えないのと似ているかもしれない。

そういう感じで、規定が比較的緩いため、ルンの街に所属する冒険者だけでも、なかなか多種多様なパーティー名があるようだ。

『赤き剣』

『白の旅団』

『赤き竜と蒼き狼』

『クライス様と仲間たち』

『鎧旅団』

『みんなで鍛冶師《かじし》になろう』

『コーヒーメーカー』

『スイッチバック』

『デビル』等々……。

一番最後のやつなどは、今回のダンジョン転移の件で、ギルド職員から少しだけお話を聞かせてほしいと、言われたとか言われなかったとか……。

もちろん、なんの関係も無く、パーティー名もなんとなく強そうだということで付けただけであり、パーティーメンバーにもデビル教徒みたいな人はいなかったらしいが。

そもそも、デビル教などというものがあるのかどうか、誰も知らない……。

そして今回、十号室が連携するパーティーは、D級冒険者デロングが率いる、『コーヒーメーカー』である。


集合時刻まで、まだ三十分以上あったが、南門近くの集合場所には、既に六台の馬車が並んでいた。

四人が近付くと、商人らしき男が近付いてきた。

「今回の護衛を引き受けてくださった冒険者さんですな。私、今回の商団の纏《まと》め役をしております、ウーゴと申します。どうぞお見知りおきを」

高圧的な商人だったらどうしようと、少し心配していたアモンが、小さくホッと息をついたことに気付いたのは、隣にいた涼だけであった。

「『十号室』のニルスです。エトとアモンにリョウです」

特に問題なく紹介は終わった。

そこに、後ろから声が聞こえてくる。

「お、早いな」

振り返ると、冒険者らしき六人が近付いてくるところであった。

「護衛をしてくださる『コーヒーメーカー』の方々です」

これまで何度か護衛をしてもらったということもあって、商人ウーゴは『コーヒーメーカー』とは面識があった。

「こんにちはデロングさん、またよろしくお願いしますね」

「ご無沙汰しています、ウーゴさん。こちらこそよろしくお願いします。で、君たちが『十号室』だな。アベルさんから聞いている。今回はよろしくな」

昨晩、あの後、アベルが何やら根回しをしてくれていたらしい。ああ見えて、こういう気配りというか根回しが、アベルは得意だ。

十号室の四人は、丁寧に挨拶をした。

「よろしくお願いします」

気持ちの良い挨拶は大切。

挨拶しておくだけで相手を友好的にできるのだから、挨拶こそ、至高にして万能なコミュニケーションツール！

◆

今回の商団の目的地は、ナイトレイ王国随一の港町、ウィットナッシュ。ルンの街から南西へ、荷馬車で片道二日。

今回の護衛依頼は往復であり、行きで二日、滞在九日、帰りで二日の合計十三日。滞在九日という部分が、普通の商隊に比べるとかなり長く、その結果、拘束時間が長くなるために、報酬も一人金貨五枚となっていた。

ただ、ウィットナッシュ滞在中は、護衛依頼が免除され、自由に過ごせる。そのため、決して大変すぎる依頼というわけではない。

D級、E級向けの護衛依頼としては、かなり良い案件と言えるだろう。

『十号室』の三人がこの依頼を引き当てたのは、かなり運が良かったからであるが、十人枠の最後の一人だけ空いたところに涼が滑り込んだのは、涼が久しぶりに海の魚を食べたかったからだ。

そもそも、ロンドの森にいた時、海の魚を手に入れるのは困難を極めた。

ベイト・ボールとの戦闘で死にかけ……巨大テッポウエビに撃たれて気絶し……クラーケンらしきものに殺されかけた……それが、涼の海の思い出。

（あれ？　もしかして僕って、海の魚を最後に食べたのは……地球にいた時……？）

涼は、恐ろしいことに気付き、血の気が引いた。

そんな涼に、『コーヒーメーカー』のデロングの声が聞こえてくる。

「リョウは、うちのガン、ジョンと一緒に、最後尾の馬車についてくれ」

いつの間にか、護衛の配置が終わっていた。

「それでは出発します」

先頭の荷馬車から、順に走り出した。とはいえ、護衛につく冒険者は歩きであるし、そもそも商品を運ぶ荷馬車は、非常にゆっくりだ。

「なあ、リョウって魔法使いだろ？　何属性なんだ？」

「水です」

最後尾に配置された涼は、『コーヒーメーカー』のガンに早速話しかけられた。

「水かぁ。珍しいよな、ギルドでも水属性の魔法使いってあんまりいない気がする……。ジョン、ルンの冒険者で水って誰かいたっけ？」

「いや……いねえんじゃねえ？　火、風、土……まあ回復は光だが……やっぱ水と闇はいねぇな」

「どうりで、自分以外の水属性魔法使いと会わないわけですね……」

涼がそう言うと、ガンとジョンは爆笑した。

「けど、リョウはすげえって、昨日アベルさんが言ってたから、俺らは期待してる」

「ああ。あの人が言うってことは相当だろ？」

アベルのおかげで、馬鹿にされているわけではなさそうだ。

（アベルは善い人です。今度ご飯でもおごり……あっ……一週間の晩御飯、奢ってもらう約束忘れられてないかな……）

涼は、ダンジョンでの約束を思い出していた……ずっと忘れていたのに。

「そういえば、この依頼って、向こうの街で九日間空きがあるじゃないですか？　すごく長いですよね」

「なんだ聞いてないのか？　ウィットナッシュの街で五年に一度開かれる、開港祭に合わせてこの商団は行くんだぜ。確か開港祭は七日間だから、その間、ずっと俺らは向こうに滞在することになるんだ」

「お祭り！　それは楽しそうですね！」

「おう。五年に一度ってことで、かなりでかい祭りだし、出し物も多くて各国から見物人が来るんだ。この依頼は向こうにいる間は自由だし、宿も商団が確保してるとこに泊まれるし、至れりつくせりの依頼だぜ」

ガンとジョンは上機嫌であった。

「だいたい、ルンとウィットナッシュの間は街道も整備されてるし、警備の巡回もあるから盗賊なんて滅多に出ないからな。ほら、だからこの依頼もD級、E級向けの依頼だったろ？」

「そんなにいい依頼なのにうちらが入れたのって……」

「ああ……拘束期間十三日間ってのがネックだな。ほぼ半月……。冒険者の多くはルンの街に宿をとったり、借りたりしてるだろ？　半月使わなくてもお金払うってのは……もったいない。だから、長い拘束期間の依頼はやっぱり人気無いんだ。そこにくると、リョウたちは宿舎住まいだから……」

「長くルンの街を空けても宿代で損をすることはない、と」

「そういうこと」

『コーヒーメーカー』は、六人で家を持っているから、長い護衛依頼でも問題ないのだとか。

（やるな、コーヒーメーカー……あ、そうだ）

「あの、皆さんのパーティー名って、コーヒーメーカーですよね……なぜそんな名前を？」

そう、コーヒーメーカーといえば、やはり現代地球においてコーヒーを自動で淹れてくれる、あの機械が思い浮かぶ。

しかも、そのパーティーリーダーの名前は『デロング』……涼の会社にあった、有名なコーヒーメーカーの名前に似ている……。いつも美味しいコーヒーを淹れてくれるそのコーヒーメーカーは、社員全員から愛されていたから、もちろん涼も知っているのだ。

「ああ、これは、リーダー一押しだな」

「そう。確かリーダーのお爺ちゃんが有名な冒険者だったんだが、その時のパーティー名が『コーヒーメーカー』だったはず……」

「お爺ちゃんの名前って……」

「デロンガ、じゃなかったかな？」

涼は深く頷いた。

ちなみに、涼が『ファイ』に転生して、いまだにコーヒーは飲めていない……。

◆

翌日、一行は、街道脇で何やら修理をしている一団に気付いた。先頭で、デロングから護衛依頼のポイントなどを教えてもらっていたニルスなどは、すわ盗賊かと身構えたのだが……。

「あれは、『鍛冶師』の連中だな。故障した荷馬車を修理してやってるんだろ」

「鍛冶師？」

ニルスは首を傾げて呟いた。なぜ、鍛冶師がこんなところに？

「ああ。ルンの街所属のD級パーティー『みんなで鍛冶師になろう』だっけ、正式名称は」

「聞いたことあります」

変わったパーティー名であったために、ニルスも覚えていた。

もっとも、『十号室』というパーティー名を付けたニルスが言える立場なのかと、涼などが聞いていたらつっこみそうであるが。

「おう！　先に行くぜ」

傍《かたわ》らを通り過ぎる際、デロングは街道脇の一団に、そう一声かけた。

「ん？　コーヒーか。ぬしらもウィットナッシュじゃろう？　素晴らしい船が進水するらしいから、ぜひ見るがいいぞ」

修理する手を休めることなく、一団の一人がデロングを見てそう答えた。

三台の馬車の一つの車輪が、大きく裂けているのを修理しているようである。心配そうに見てる商人たちの横で修理している五人は、いずれもガタイがいい……。

「あの五人が『鍛冶師』たちだ。神官一人以外は、全員前衛という極端なパーティー構成だが、それ以上に全員鍛冶の腕が凄い」

「冒険者でありながら鍛冶もやる？」

デロングの言葉に、ニルスは尋ねた。

「ああ、そういうことだ。船が進水するとか言ってたな。多分、その船を見に行く途中なんだろ。そうしたら、車輪が壊れて難儀している商隊を見かけたから、修理してやっている……って感じかな。あいつら、そういうの好きだから」

デロングはそう説明した後、続けて言った。

「ルンの冒険者にお人好しが多いのは、多分、アベルさんのせいだな」

そう言うと、デロングは微笑んだ。

◆

二日後、一行はなんの問題も無く港町ウィットナッシュに着いた。

『十号室』の初護衛は、無事、片道が終了したのであった。

「護衛の皆さん、こちらが、我々が泊まる宿です。三人部屋二つ、四人部屋一つで予約してあります。各自で受付をお願いします。ルンの街へは、開港祭終了の翌々日、十日後の朝九時に出発しますので、それまでご自由にお過ごしください」

商団纏め役のウーゴはそう言うと、商人仲間を連れて、早速商談へ向かった。

「そういうわけだから、うちが三人部屋二つ、ニルスたちが四人部屋一つでいいよな」

「ええ、それで」

「よし。あとはまた十日後にな」

そう言うと、『コーヒーメーカー』は受付へと入っていった。

「何事もなく着いてよかったぁ」

部屋に着くと、エトは大きく息を吐いた。

十号室の四人にとって、初の護衛依頼であったため、多少なりとも緊張した二日間だったのだ。もちろん、それは涼も例外ではなく、多少の疲労を感じていた。

「とりあえず、飯食いに行くついでに、外歩いてみるか」

ニルスのその一言で、食べに出ることになった。

明後日から開港祭が始まるということで、街全体が活気に満ちていた。大通りはもちろん、路地を一本入った裏通りすらも、露店が並んでいる。そんな中を、四人は買い食いしながら歩いていた。

「これは……やはりフィッシュアンドチップス。美味しい……」

涼が感動に打ち震えている横で、

「信じられない……これがデビルフィッシュの足だなんて……」

エトがタコの足を焼いた、タコ足の炭火焼きに舌《した》鼓《つづみ》を打っている。

「このコロッケ、エビを磨り潰したやつが入ってて美味しいです」

アモンがコロッケを堪能している傍らで、

「ミニクラーケンの姿焼きも、甘いタレで癖になるぞ」

ニルスが焼きイカを両手に持って悦に入っている。

結局この夜、十号室の四人は、料理店に入ることなく、露店の買い食いでお腹いっぱいになったのであった。

◆

翌日。

街全体が明日から始まる開港祭の最後の準備に追われていた。

祭りの見学や、各国からの来賓など、到着の最終組が続々と街に入っていく。その中に、一際目を引く一団があった。それは、デブヒ帝国帝都からの来賓。その一団の馬車の中でも、一際豪奢《ごうしゃ》な造りの馬車……ドアには帝室の紋章が描かれている。

「ランド、どうした。何か問題か？」

「申し訳ございません、殿下。先に入っているクファリス王国の馬車が、何やら手続きに手間取っておるようです……いかがいたしましょうか」

「我らの問題でないなら構わん。それぞれの国の事情、口を挟むことではあるまいよ。ゆるりと待つとしよう」

　そういうと、帝国第三皇子コンラート・シュタイン・ボルネミッサは馬車のソファーに深々と身を沈めた。

「これが海の香りか……何やら懐かしいな」

　馬車の窓から漂う潮の香りに、コンラートは呟いた。

（我が帝国には海が無いというのに、海の香りを懐かしいと感じるのは面白いことだ。海を手に入れるのは皇帝陛下の、いや数代前からの悲願ではあるが……手にしたら手にしたで、面倒ごとの種を抱え込むことになるのだろうな……）

　そこまで考えたところで、馬車が進み始めた。

「殿下、このまま直接、宿泊所となる領主館に向かいます」

「ああ、ランド、よろしく頼むよ。確か、そのまま領主との会談があったね」

「はい、その通りでございます。その後、領主主催による晩餐会《ばんさんかい》となります」

　帝国の代表として来ている以上、多くのスケジュールが詰め込まれている。

「まあ、仕方ないか」

　コンラートは、少しだけ寂しそうに笑った。

◆

　その夜、街中では前夜祭が行われ、領主館では領主主催の晩餐会が開かれた。

「すまないね、フィオナ。こういう場は慣れていないだろうに……疲れただろう？」

「お兄様、どうかお気になさらずに」

　第三皇子コンラートは、隣で挨拶を受ける第十一皇女フィオナに声をかけた。

「この後、領主のロクスリー殿が退出される。そのタイミングで自室に下がっても大丈夫だから。まだ明日以降もいろいろあるから、今夜はゆっくりおやすみ」

　そう言うと、挨拶をしようと寄ってきた各国の来賓たちを引き連れ、少し場所を移動した。それによって、フィオナは退出しやすくなった。この辺りは、コンラートの如才無《じょさいな》さと言えよう。

領主ロクスリーが皆に見送られて退出。そして、フィオナを含め来賓の幾人かが場を退いた。


「殿下、お帰りなさいませ」

自室としてあてがわれた部屋に退くと、フィオナはそのままベッドに飛び込んだ。

「殿下、はしたのうございます」

慌てて、副官マリーが注意する。この旅の間、マリーはメイドの役割を与えられている。軍での副官、皇女のメイド、両方を問題なくこなすことができる有能な人材なのだ。

「マリー……疲れた」

「ええ、それはもう、全身から疲労感が滲み出ていますので、言わなくとも分かります」

口ではそう言いながら、フィオナの体を起こし、ドレスを脱がせていく。

「コンラート兄様が下がっていいと仰ってくださってよかったわ……やっぱりわたくしには、ああいう場は向いていない。師団長室や演習場の方が、何万倍もいいわ」

フィオナは、ため息をつきながら部屋着に着替えていく。

本来であれば、部屋着を着る際にもメイドが手伝うのだが、いつも軍に身を置き、ほとんどのことを自分でこなしているフィオナにとっては、着替えを手伝ってもらう方がめんどくさい……。

「コンラート殿下は、昔からフィオナ様にはお優しいですから」

「そう、コンラート兄様は確かに優しいのだけど、今回のはそれだけではないと思うの。わたくしがいると、邪魔なのよ」

「そんな！　邪魔だなんて！」

思わず叫ぶマリー。

「ああ、言葉が足りなかったわ。今回の代表団、わたくしもお兄様の横に名を連ねて、帝室の名を背負っているの。つまり、わたくしも代表団の代表。そんな者が、もし何か不利益なことを言ってしまったら……言質をとられてしまったら面倒なことになるでしょう。だから、先に下がらせたのだと思うの」

「なるほど。コンラート様はそこまでお考えになって……」

「ほんと、わたくしとたった三歳しか違わないのに……凄いわ」

そう言うと、フィオナは小さく首を横に振った。

「フィオナ様には、他の追随を許さない剣と魔法がございます！」

マリーは敬愛する上官であるフィオナを励ました。

「剣と魔法が取り柄の女っていうのも、面白いわね」

そう言うと、フィオナは笑ったのだった。

開港祭

開港祭、一日目。

街中央の広場に設置されたメイン会場において、ウィットナッシュ開港祭開催が宣言され、七日間にわたるお祭りが始まった。

「あれは……どう見てもアベルだよね……」

「ええ、どう見てもアベルさん……」

「アベルさん、来賓席にいますね、なんか凄いですね」

「さすがアベルさん、すげ～っす！」

それぞれ涼、エト、アモン、ニルスの発言。

涼たちがいる立見観客席から来賓席が見えるのだが、その来賓の中に、どう見てもアベルと思われる人物が座っているのだ。ただし、服装はいつもの冒険服ではなく、正装なため、非常に凛々《りり》しく見える。

「馬子《まご》にも衣裳《いしょう》とはこのこと」

涼が失礼なことを呟いたが、周囲の喧騒に消されて、すぐ隣の『十号室』の面々にも聞こえていなかった。

「あの来賓席にいる女性、もの凄い美人ですね」

「ああ、あの赤毛の人だろ？　いいよなぁ」

アモンとニルスが来賓席を眺めながら論評している。

「さっき言ってたけど、帝国の皇女様だそうです。ニルス、ニーナさん以上に高嶺の花です」

エトが、無慈悲な情報をニルスに突き付けた。

「いや、ほら、付き合いたいとかそういうんじゃなくて、ただ美人だな～ってだけだ」

ニルスが大げさに首を横に振る。

「ニルス、もし付き合えるとなったら？」

「ああ、それなら付き合う」

涼のまぜっかえしに、乗ってしまうニルス。

ため息をつくエトと苦笑するアモン。

「い、いいじゃねえか、男に生まれたからには上を目指すのは当然だ！」

「ニルス、まずはアベルを超えないといけませんね！」

「いや、アベルさんはちょっと無理……」

ニルスがいきなり上を目指すのに挫折しそうになったところで、四人に声をかけてきた者たちがいた。

「あ～、リョウたちがいる！」

涼が振り返ると、『赤き剣』のリンがいた。その後ろから、リーヒャとウォーレンが現れる。

「こんな人混みなのに会えるなんて、凄いわね」

リーヒャの声が聞こえると、さっきまでため息をついていたエトが緊張する。

「り、リーヒャさん……」

「三人がいるってことは……あの来賓席にいるのは、本物のアベルなんですか？」

涼には未だに信じられないが、どうもあれはアベルらしい。

「ええ。アベルは、ルンのギルドマスターの名代として来ているの。まあ、明日にはギルドマスターも来るから、そうしたらお役御免になるけどね」

リーヒャが、アベルが来賓席にいる理由を説明した。

「時々あるのよ。B級冒険者になると、ギルドマスターの代理としてこういう場に出ることが。普段は、ルンの街の場合、白の旅団のフェルプスが代理になることが多いんだけど、今、白の旅団は糧食の輸送任務で忙しいから。それで今回はアベルになったわけ。表向きは」

「表向きは？」

「さすがアベルさん。かっけーっす」

細かいことにとらわれないニルスが、尊敬するアベルを絶賛している。

「ギルドマスターの本音は、私たちを宮廷魔法団のダンジョン任務から外したいのでしょう。この前みたいなことがあったから。王都にいるイラリオン様への意趣返しね」

赤き剣は、イラリオンという人の手紙で、魔法団の護衛についてダンジョンに潜ることになった。そして、デビルと戦闘する羽目になったのだ。貴重な戦力を失う羽目になりかけたヒューとしては、イラリオンに対して一言言いたいというのは、確かにあるかもしれない。

涼がそんなことを考えていたら、じっと来賓席を見ていたリンが唸った。

「むぅ～。やっぱり来賓席を覆っているあの障壁、風属性の障壁よね……もの凄く分厚い」

「え？　あれって風なんですか？　普通の魔法障壁じゃなくて？」

リンの呟きに、神官エトが反応した。

「そう、風ね。障壁というより防御膜の方が近いかも。ワイバーンが常時展開している風の防御膜、あんな感じ」

「ウィットナッシュの領主家に代々伝わる秘宝に、風の防御膜を発生させる宝物があったわね。ものすごく燃費が悪いから滅多に使わないって聞いたけど……。まあ、帝国の皇子と皇女が来てるところに、破壊工作とかあったら戦争起きちゃうから……燃費が、とか言ってられないでしょうね」

リンとリーヒャが凄いことを言っている。

（テロとか起きたら確かに大変だよね。皇子が殺されて戦争とか、第一次世界大戦じゃん。何も起きませんように）

心の中で世界平和を願う涼であった。

「けどあの皇女様って、帝国の皇帝魔法師団長でしょ？　ってことは、副長も来てるよね、きっと……」

「そうね、多分、来てるでしょうね……」

リンとリーヒャが意味深なやり取りをしている。

「その、副長ってのは厄介なのですか？」

涼は気になって二人に聞いた。

「うん、その副長が、帝国の誇る『爆炎の魔法使い』なんだよ」

「何それかっこいい」

涼の呟きは、二人には聞こえなかった。周囲の喧騒が増している。

「曰く、一撃で王国軍一千人を焼き殺した。曰く、一撃でワイバーンを爆散させた。曰く、一撃で反乱軍が立てこもる街を消滅させた」

「それ、聞いたことがあります。本当なんですかね？」

エトが、顔を紅くしながら話に乗ってきた。

「分からないわ。でも、本当だと言われているの。本当だとしたら……関わりあいたくない相手よね」

うん、二つ名はカッコいいけど、近寄らないようにしようと心に誓う涼であった。


アベルは、明日ヒューが来るまでは来賓として自由時間は無いとのことなので、赤き剣は三人でお祭りを回ると言って、去っていった。

十号室の四人も。

「よし、今日も張り切って食べるぞ！」

「おぉ！」

本来であれば、E級やF級の冒険者はそんなにお金を持っていない。だが、この十号室の面々は違う。

「ほんっと、リョウの魔銅鉱石の依頼、成功してよかったなあ」

そう、一人三十万フロリンの報酬を手にした、あの依頼のおかげで、お金がある。あの後、すぐにニルスは懐中時計を買ったが、それとて二万フロリン程度の出費であるため、懐は温かい。

「あ、失礼」

「いえ、こちらこそ」

歩き出そうと振り返った瞬間、涼は後ろから来た人とぶつかりそうになった。だが、お互いの超速反応により接触は回避された。

「ああ、副長、何やってるんですか。いっぱい買って、団長に持っていってあげないといけないんですから」

涼の耳に、そんな声が、後ろの方から聞こえていた。

◆

「いや、俺、人混み苦手なんだよ……」

「団長にそんな言い訳するんですか？　楽しみに待っ

てますよ、きっと。持っていかないと、我慢して来賓席に座ってたのに、副長は美味しいフィッシュアンドチップスすら持ってきてくれなかったって泣きますよ」

『爆炎の魔法使い』の二つ名を持つ副長オスカーと、その副官ユルゲンは、露店の美味しそうなものを買って団長フィオナに届ける役割を担っていた。

「いや、そんなことでは泣かないだろう……」

そう呟いたが、周囲の喧騒によって副官ユルゲンの耳には聞こえない。

「えっと、ミニクラーケンの姿焼き、薄々お好み焼き、ボウル焼き、は揃ったと……あと絶対に必要と言われたフィッシュアンドチップスは……ああ、あそこのですね。幸運にも、並んでる列が切れそうですよ。副長、行きましょう」

そう言うと、副官ユルゲンは露店の列に並んだ。

「ユルゲン……けっこうマメだよな……」

もちろん、美味しいものは好きだが、列に並んでまで食べようとは思わないオスカーは、こういうのは苦手だ。だが、この「任務」には、絶対にオスカーが必要だった。

「副長、先に買ったやつ、冷めないように温めておいてくださいね！　冷めたら団長が悲しみますから」

『爆炎の魔法使い』にとっては、買ったものを温めておくなど朝飯前だ。もっとも……『爆炎の魔法使い』をそんな使い方ができるのは、世界広しと雖も皇女フィオナだけであっただろうが。

◆

「おっと失礼」

「いや問題ない」

どこかで見たようなやり取りが、来賓席を降りた先でも交わされていた。

デブヒ帝国第三皇子コンラートと、ルン冒険者ギルドマスター代理アベルの間であった。

「ルンのギルドマスター代理の……アベル殿……ふむ……でしたか？」

「ええ。コンラート殿下。アベルです。少なくとも現在は、アベルです」

何かに気付いたかのようなコンラートと、意味深に断言するアベル。

「なるほど。失礼。以前お会いしたことのある、ある方に似ていたものですから」

「そうですか。それはきっと他人の空似でしょう」

「アベル殿は、ずっと代理で？」

「いえ……今日の初日と最終日だけです。なぜか途中だけ本来のギルドマスターが来ます。確か、二日目から六日目まで、個別会談と様々な会合があるとか？」

「ええ、各国の代表やギルドのトップ、あるいはこの辺りの領主が揃うことなど、滅多にないですからな。会談や会合がぎっしり詰まっていますよ」

コンラートは肩を竦めながら、小さく首を横に振った。

「それはご愁傷さまです」

「アベル殿もご実家に戻れば……あ、いや、失礼ただの独り言です。私の妹も来ているのですが、祭りを堪能するのは妹に任せています」

そういうとコンラートはにっこり笑った。

「先ほど来賓席にいらっしゃいましたね。皇帝魔法師団長、フィオナ殿下」

「アベル殿としては、やはりその肩書が気になりますか」

一瞬だけ、本当に一瞬だけコンラートの目の奥に鋭い光が走る。

だがそこはアベル、そのほんの一瞬の光も見逃さなかった。

「なんのことだかよく分かりませんが、団長が来ているということは、当然、副長も来られているのでしょう？　そう、『爆炎の魔法使い』の二つ名を持つ……」

「その辺りは軍の機密にあたるために、私からはなんとも」

最後だけ、はぐらかしたふりをしているが、もちろん『爆炎の魔法使い』オスカー・ルスカが来ていることを隠すつもりは、最初からない。

全てが駆け引きであり、全てが示威行動ですらある。帝国とはそういう国。

「お、領主殿がいらっしゃるようですね。それではまた」

そういうと、コンラートはアベルの元を離れていった。

「全く、やりにくい相手だ……。俺、こういうの苦手なんだよな」

小声で呟くアベルであった。

◆

「ふぅ、つかれたぁ」

そういうと、フィオナはベッドに倒れ込んだ。

「殿下、はしたないことはおやめください……二回目です」

副官でありメイドでもあるマリーは、昨晩に引き続いてフィオナの行為をたしなめた。

「だって、みんなに見られながら、お姫様然として座ってるのとか面倒よ？」

「殿下は紛れもないお姫様なのですが……。みんなに見られるのだって、いつも師団の皆に見られているでしょうに」

「師団はいいのよ。みんな知った顔だし仲間だし。でも、こう、不特定多数の人たちからの視線は……なんというか……」

「気持ち悪い？」

「こそばゆい」

「……うん、殿下の仰ることは、全く意味が分かりません」

そんな会話を交わしながらも、マリーはフィオナのドレスを脱がせ、皺《しわ》にならないように整える。フィオナも勝手に、着慣れた師団服に着替えていた。

「ああ、やっぱりこの服が一番ね。機能的だし、動きやすいし」

そんなことを話していると、扉がノックされ、買い出し組が帰ってきた。

「殿下、ただいま戻りました」

「つかれたぁ」

副官ユルゲンと、疲労感に苛まれた副長オスカーが戻った。

「副長までそんなことを……」

「ん～？」

「殿下も来賓席から戻ってこられた時に、同じことを仰ってました……」

マリーが首を振りながらお茶の準備を始める。

「お、俺は人混みが苦手なだけだぞ」

なぜか威張って言うオスカー。

「副長、さっき、めっちゃぶつかりそうになってましたもんね。なぜかぶつからなかったけど」

「おう。あれは危なかった。ぶつかってたら、持ってた食い物、落としてたかもしれないからな。だがぶつからなかったのは、俺じゃなくて相手がすげー反応で避けたんだよ。冒険者で、魔法使いのなりしてたけど、あれは相当やるぞ」

その時の光景を思い浮かべながら、オスカーは買ってきたお土産のいくつかを温め直していた。

「まあ、とりあえず、食べよう」

フィオナのその言葉をきっかけに、帝国皇帝魔法師団の茶話会が開始されたのだった。

◆

開港祭、二日目。

「港の方にもいいお店が出ているらしいんですよ」

アモンのそんなセリフから、十号室の四人は港の方に向かった。これまでは、大通り沿いの露店を中心に攻略したわけだが、今日はがらりと方向を変えてみたのだ。

とはいえ、海のものが中心であることに変わりはない。

「この塩焼きにかかっているものは、もしや……焦がし醤油……」

地球生活以来の醤油に感動する涼の横で、

「この小麦粉汁の包み焼……くれぇぷ？　甘い具が何とも言えません」

本邦初公開という看板の下、どこからともなく現れたクレープを堪能するエト。

「炙《あぶ》ったマグロの切り身と一口ライスの組み合わせって、凄いですね」

炙りトロの握り寿司っぽい食べ物を何個もお代わりするアモン。

「このリンドーに甘い汁をかけて固めた飴、これはいいぞ！」

まるでリンゴなリンドー飴を、両手に二本ずつ持って頬張るニルス。

途中、海のものとは関係無いものも買い食いしながら、四人は港に展示されている快速船「レインシューター」を見にきていた。

これは、涼がぜひ見たいと言って、三人を説得して連れてきたのだが、来るまではさほど興味の無かった三人も、その優美な外観に目を奪われていた。

「これは……美しいな……」

「変わった形だね」

「動いている所も見たいですね」

ニルス、エト、アモンも見惚れている。

そこで、ニルスは思い出したように呟いた。

「そういえばウィットナッシュに来る途中、凄い船が進水するって聞いたが、これのことなんだろうな」

全長三十メートル、外見はいわゆるトリマランという、三胴船。

中央の水に接する下部に大きめの船体が一つ、左右に並行して小さめの下部船体があり、下部船体が二つの双胴船に比べて、横揺れにも強くなっている。

この世界では、この三胴船はもちろん、双胴船すら聞いたことがない。そう考えると、このレインシューターは非常に画期的な船だと言えよう。

だが、涼の興味を引いたのはそれだけではなかった。

「帆が無い……」

涼の呟きに、エトが反応した。

「オールもないね」

帆船《はんせん》でも櫂船《かいせん》でもない。もちろんスクリューも無い。

「これ、どうやって動くんでしょうね」

アモンも首をひねっている。

三人が考えている間に、行動を起こしたのはニルスであった。

近くにいた船関係者らしき人を捕まえて、直接聞いたのだ。

「すいません、この船、どうやって動くんですか？」

「ああ。それ、よく聞かれます」

そういうと、その関係者はにっこり笑った。

「吃水線《きっすいせん》より上は風属性魔法を、吃水線より下は水属性魔法を後ろに噴き出して進むんですよ」

まさかの、ジェットとウォータージェットのハイブリッド！

「それって風属性と水属性の魔法使いが……？」

「いいえ、錬金術で、魔石を使ってなんかしているらしいです。詳しいところまでは私も知らないのですけど」

そう言うと、その関係者は去っていった。

「ほぇ～」

感嘆の言葉は、誰が吐いた言葉であったか……。

「動いているところ、見てみたいなぁ」

呟いたのはエト。

辺りをきょろきょろ見回したニルスが、一つの看板を見つけた。

「おい、ここに書いてあるぞ。明日の午後、来賓の前で走らせるらしい」

「おぉ～」

また一つ、楽しみなイベントが増えた四人であったが、ニルスがさらに何かを見つけて、読み始めた。

「どうしました、ニルス」

「ああ。明日午前、『第三十回二人乗りボート周回　冒険者の部』ってのがあるらしいんだが……今朝の段階で、まだ参加枠に空きがあるらしい……」

「なぜ冒険者？」

エト、アモン、涼が異口同音に言う。

「なになに……参加は冒険者（魔法は使用不可）に限らないが、後半、オールでの攻撃が許可されるため頑丈な人が望ましい……」

「なんというレース……」

涼は、思わず呟いた。

「受付は表のテントか……」

「ニルスさん、もしかして出る気ですか？」

アモンがニルスに声をかけている。

「優勝賞金、三十万フロリン、準優勝でも十万フロリン……」

「凄い！」

ニルスとアモンが、お金の魔力に負けようとしているのを、涼とエトは離れて見つめていた。

「リョウ……お金って怖いね」

「エト……二人の無事を祈りましょう」

この後、ニルス・アモン組は、最後の一枠に申し込むことに成功した。

「お、シャテキをやってるぞ」

「シャテキ？」

港から、海に浮かぶ的に向かって「射る」ゲームだそうだ。

（射的……でも縁日の射的とは規模が違いすぎる……）

最長だと、百メートル先の海上に浮いている的を狙うゲーム。相当難しいらしく、最も近い三十メートルの的には何本か矢が刺さっているが、百メートルの的には一本も刺さっていなかった。

「うちには……弓士が一人もいないんだよな……」

ニルスが他の三人の顔を一通り眺めてから呟く。

「そういえば、『赤き剣』は、アベルが弓を射れるとか……」

涼は、以前アベルが言っていたのを思い出した。

「ああ。大海嘯の時に見たけど、アベルさんめちゃくちゃ凄かったぞ！　本職の弓士じゃないかと思うほどに」

「いや、それほどでもないぞ」

突然背後から聞こえたアベルの声に、ニルスは固まった。エトとアモンも驚いている。

気付いていた涼だけは驚かなかった。というか、近付いてきていたのが分かっていたから、話を振ったのだ。

「アベルは一人なんですか？　他のメンバーは？」

「他は露店巡りをしているはずだ……。俺は、やっとギルマスが到着したから、ようやく来賓役から解放された……」

そう言ったアベルは、片手に、まるで焼きイカな、ミニクラーケンの姿焼きを持っている。

「あ、そのミニクラーケンの姿焼き、美味いっすよね！」

昨日、ニルスが食べていたのと同じもの。尊敬する人と同じ嗜好ということを知って、ニルスの声は弾んでいる。

「ああ、美味いな、これ。てか、美味そうなものがめちゃくちゃあるよな。金欠者がいっぱい出るんじゃないか？」

「そこでアベルが大盤振る舞いするのですよ！　俺の奢りだ、好きなものを食いやがれ！　って」

「うん、絶対やらねぇ」

そんな話をしている横で、エトとアモンが『シャテキ』に挑戦しようとしていた。

一回五十フロリンで、百メートルの的に当たれば五千フロリンの賞金。一番近い三十メートルの的でも五百フロリンの賞金となっている。

エトとアモンは、五本ずつ矢を買って、一攫千金、百メートルの的を狙う。

「ていっ」

気合と共に放つが……矢は全く届かず。

（そういえば、弓矢とか全くやったことない……。それを考えると、前に飛ばせるだけ、二人の方が僕よりは上手いや）

涼は、エトとアモンを感心して見た後、傍らのニルスに問うた。

「ニルスはやらないのですか？」

「ふふふ、聞いて驚け、俺は、弓には触ったこともないんだ」

「あまりにも想像通りで、逆に驚きました」

それを聞いて、アベルは横で笑いを堪えている。

「アベル、笑いすぎですよ」

「わ、笑わないようにしてただろうが。いや、すまん。馬鹿にしたわけじゃなくてだな、まるで昔の俺を見ているようだったから、ついな……」

「アベルも、昔は弓が苦手だったのですか？」

「苦手どころか、ニルス同様、触ったこともなかった。剣一筋だったからな」

そう言うと、背負った剣の柄を叩いた。

「けど、冒険者になるとそういうわけにもいかなくてな……特にうちのパーティーは弓士がいないだろ？　それで結構練習したわけだ」

そう言ってる間に、エトとアモンは、成果ゼロで戻ってきた。

「弓って難しいねえ」

「全然届きませんでした」

エトもアモンもあまりの不甲斐なさに沈んでいた。

「さあ、ここでアベルの出番ですよ。ちょっと後輩たちに、弓とはどういうものか見せてやってください」

涼が煽る。ものすごく嫌そうな顔をするアベル。

「いや、俺、剣士なんだけど……」

「アベルならいけるいける～」

アベルと涼がそんなやり取りをしている間に、なぜかニルスが矢を一本だけ買ってきた。

「アベルさん、どうぞ」

（一本だけって……一本で射貫けとか、ニルス、ハードル上げすぎでしょう）

涼ですら、ちょっとアベルが可哀そうに思えた。

だが、アベルは顔色を変えることもなく弓と矢を受け取る。

そして、静かに構え、一瞬だけ溜めてから、放った。

「おぉぉぉぉっぉおおぉぉぉ」

沸き上がる歓声。

見事百メートル先の的を射貫いたのだ。海に浮かんで揺れている的を、である。

「千両役者……」

涼も思わず呟く。

「すごいすごいすごい」

「これがB級冒険者……」

「アベルさん、まじすげーっす」

アモンもエトも、もちろんニルスも大興奮。射貫いたアベルが、一番落ち着いていた。

弓を的屋に返し、賞金を受け取る。すると、一層大きな歓声が沸き上がった。

「凄い歓声が上がってると思ったら、アベルがいるー」

「あら、アベル、もう解放されたのね」

赤き剣のリンとリーヒャ、そしてその後ろから、荷物をいっぱい抱えているウォーレンが姿を現した。

「お前ら……なんで、露店巡りでそんなに買い込んでるんだ……？」

ウォーレンが持たされている荷物を見て、顔を引きつらせるアベル。

「いろいろあるのよ、女には」

「そうそう、だいたいは、リーヒャのストレス発散だけどね」

リーヒャがつんとしながら、リンは苦笑いしながら言っている。

そして、リンが涼に小さく囁いた。

「アベルがいなくて、リーヒャの機嫌が悪かったの」

「なるほど……」

涼的に、ものすごく納得できる理由であった。

「じゃあ、ニルス、僕たちは向こうの方を回りましょう。アベル、いい腕を見させてもらいました」

「お、おう。またな」

そう言うと、アベルはリーヒャに腕を掴まれて大通りの方へと引っ張られていった。

「アベルさん、やっぱかっこいいな!」

「リーヒャさん……女神さま」

「僕も弓の練習しようかな」

ニルス、エト、アモンの発言であるが、どれが誰の発言かは、今さら言うまでもない気がする。

◆

「この蠱惑的な香りは……まさか……」

「いい香り。香辛料の、食欲を刺激する香りだね」

「そういえば腹減ったな」

「ニルスさん、さっきリンドー飴、両手に抱えていませんでしたか?」

通りの向かいから漂ってくる、あの蠱惑的な香りに惹かれる涼、エト、ニルス、アモン。

覗いてみると、果たして。

「シーフードカレー!」

涼が思わず叫ぶ。

「ああ、カレー。ルンの街にもあるよね、高いからあんまり食べたことないけど」

エトが鼻をクンクンしながら言っている。エトにしてはレアな光景だ。

「よし、ここで食おう。もうこれは、我慢ならん」

「確かにお腹が空く香りですね。カレーって、初めてです」

ニルスが席に着き、アモンも期待に胸を膨らませてメニューを見る。

「僕はシーフードカレーで」

「ん～、オリジナルカレーを」

「ビーフカレー大盛り！」

「シェフのお勧め超激辛カレー」

涼、エト、ニルスと順調に注文して、最後にカレー初挑戦のアモンの注文が、超激辛カレー……その言葉に、十号室の他の三人は戦慄した。

「あ、アモン、チャレンジャーすぎませんか……」

「激辛よりも辛い超激辛って……」

「アモン、骨は拾ってやるからな！」

涼、エト、ニルスはそれぞれの表現で応援する。

「僕、辛いの好きですから」

あっけらかんとした表情のアモン。


四人それぞれの前に届いたカレーは、非常に美味しそうであった。

ルンの『飽食亭』のカレーがジャパニーズカレーの権化《ごんげ》であるなら、このカレーは「若干ジャワ風なジャパニーズカレー」と言うべきか。

味は美味しい。標準以上のカレーは、どんなものでも美味しいのだ！

そして、最も心配されたアモンであったが……。

「これ、めちゃくちゃ美味しいですね！　辛さも適度に攻めてる感じで、いいですよ」

非常に好評であった。

それを見たニルスが、ちょっとだけ食べさせてもらったが……一口食べて撃沈した。

「ニルス、骨は拾ってあげるから……」

「凄く辛いんだね」

涼とエトは、その辛さに興味はあったが、見るだけにしておいた。

好奇心、猫をも殺す……まさに至言。

アモンは相当気に入ったようで、超激辛をおかわりして食べた。

それを見て、ニルスは震えていた。超激辛の凄さを、身をもって体験したからこそであった。

◆

その夜、ウィットナッシュの闇に蠢《うごめ》く影が三つ。

「首尾は？」

「上々。四日目以降ならいつでもいける」

「奴らが一番集まるのはいつだ？」

「最終日、夜の園遊会。領主館の中庭で行われる」

「屋外か、都合がいいな。その園遊会で決行する」

「了解した」

◆

開港祭、三日目。

ついに、ニルスとアモンの勝負の日。

朝から気合を入れていた二人は、『第三十回二人乗りボート周回　冒険者の部』の会場に向かった。

だが、そこで衝撃の光景が繰り広げられた。

「なんで、てめぇがいるんだ」

「あ？　それはこっちのセリフだ」

そこには、ギルド宿舎一号室のダンもエントリーしていたのだ。その光景は、観客席にいる涼とエトからも見えていた。

「やっぱり、あれはダンですね」

「ニルスがぶつかってるもんね」

ニルスの態度によって、二人は確信した。

二人から少し離れたところに、ダンの取り巻きたちもいた。取り巻きは全員男だったはずなのだが、その中に一人、女の子がいることに涼は気付いた。

（あれ？　あの子は確か……宿舎の中庭でダンが助けた子……そうか、ダンのパーティーに入ったのか。すごくダンを心配そうに見ているけど、まさかダンに惚れた……？）

涼は小さく首をひねった。

「どうかした？」

それを見て、エトが涼の視線を追う。

「ダンの取り巻き？」

「ええ、その中に女の子がいるでしょう？　以前、ダンが助けてやった子なんです」

「ほほぉ～。あれは、二号室のサーシャです。私と同じ神官なので知っていますよ。まだ十六歳のはずですが、けっこう優秀です。ただ、二号室の他の子たちは、です。サーシャも誘われていたはずですが……あの様子だと、ダンのパーティーに入ったのかな。あそこは、元々神官がいなかったから、サーシャが入ったなら、とてもバランスのいいパーティーになるでしょう」

エトはさすが、宿舎の内情にもいろいろと詳しかった。

そんなことを話している間に、『二人乗りボート周回　冒険者の部』が着々と準備を整えつつあった。

大会が準備するボートに、四本のオールを持って、二人一組で乗り込み、四百メートル沖合のブイを回って帰ってくるというシンプルなルール。ただし、沖合のブイを越えた瞬間から、他のボートへのオールによる攻撃が可能となる。

魔法の使用と共に、他のボートに乗り込むのは禁止。両足の踵からつま先までは、自分の船から外に出てはいけない。

また、オール以外の武器の使用は不可。ただし、己の肉体はその限りではない。

ルールがシンプル、それでいて暴力的。根強い人気を誇るイベントで、第三十回ということは、ざっと百五十年の歴史を誇る……。

全三十艘《そう》が位置に着く。

そして、鳴り響くスタートのファンファーレ！

一斉にオールを漕ぐ三十艘。

とにかくブイまでの前半は、他の船への攻撃は不可。ひたすらブイに向かって漕ぐ。

だが、ここで少し考えてほしい。

二人乗りのボート……実際に乗ったことがない人であっても、写真や動画で見たことがあるだろうか……漕ぐ人は、どんな向きで乗っている？

そう、進行方向に背中を向けて乗り、オールを漕ぐのだ。

そうじゃないのもある？　そんなボートは用意されていない！

これはエンターテイメントなのだから、観客が喜ぶ光景を……海上の格闘技的な光景こそが望まれる絵なのだ。

基本的に一人が漕ぎ、もう一人が方向を指示する……そういう風に説明され、それに適したボートが用意されるのだが……たいてい、そんなに上手くいくわけがない。

進む方向が見えないまま漕いでいけば……他の同じようなボートとぶつかる。

接触、乗り上げ、怒号……海上は阿鼻叫喚の渦巻く戦場となる。

この大会は、海中に落ちても、自力で船に戻ればそのまま再開できる。ただ、気絶状態で海中に投げ出されたりすれば、海中に待機している大会委員に救い出され、失格となってしまう。

なんとも恐ろしい絵が、海上に描き出されていた。

「お金に釣られなくてよかった……」

「エト、神官の力が必要じゃないですかね」

「あ～、我が力及ばず……残念です」

観客席の涼とエトは、うわ～とか言いながら、その地獄の光景に見入っていた。

そんな二人から少し離れた観客席で、やはり地獄の光景に見入っている帝国の四人がいた。

「聞きしに勝るハードな競技ね」

皇帝魔法師団長にして皇女であるフィオナは、目を大きく見開いたまま感想を口にした。

「魔法無しというのが辛いですね」

「魔法ありだったら、一瞬で終わってしまうだろ……」

副官ユルゲンと副長オスカーの会話は物騒であった。

「師匠……誰もが師匠のように強力な魔法を放てるわけではないのですよ？」

「いや、団長がやっても、結果は同じだろう？」

フィオナの指摘に、オスカーはいかにも心外だと言わんばかりに反論した。

誰が聞いているともしれないため、いつもの『殿下』ではなく『団長』と呼んで。

「いずれにしろ、攻撃はオールのみです」

副官兼メイドのマリーが不毛な会話を収拾する。

「それにしても、団長はそのくれぇぷ、相当気に入ったのですね。昨日も食べてましたよね」

団長フィオナが美味しそうにくれぇぷを頬張るのを見て、マリーが意外そうに言った。二年近く、フィオナのお世話をしているが、フィオナが食にこだわった姿を見たことがなかったからだ。

嫌いな食べ物はないが、好きな食べ物も特にない。そんな印象……。

「そう、これはとても美味しい。ぜひ、演習場でも提供できるように……」

「無理です」

言下に却下したのは、副長オスカーであった。

「し、師匠、そこをなんとか……」

「そもそも、演習場は訓練と演習を行う場です。食べ物も厳選して、健康にいいものだけを食堂で出しています。甘味は対象外です」

副長ではあるが、フィオナにとって、魔法の師匠でもあるオスカーの言葉は絶対だ。

絶対ではあるが、くれぇぷは諦めきれなかった。

「ならば、城にくれぇぷ屋を呼び寄せよう……」

そんな呟きは、オスカーの耳には届かなかった。それともあえて、届かないふりをしていたのか……。

「ま、まあ、本当に美味しい露店がいっぱいありますよね」

なんとかまとめたのは、副官ユルゲンであった……。

◆

海上では、戦いが佳境に入ろうとしていた。

ついに、先頭の二艘が、沖合のブイを越える位置に達した。

「あれは……ニルスとアモンですよね……」

「もう一艘はダンたちだね……」

観客席の涼とエトは、絞りたてオレンジジュースとリンドージュースを飲みながら海上を見ている。

因縁深きニルスとダン、この二人のボートが、先頭争いをしていたのだ。いや、そうなるように両者が頑張ったのではあるが。

アモンが漕ぎ、ニルスが船上に立ち上がる。

それに合わせて（?）ダンも船上に立ち上がった。

そして睨み合う。

ニルスが何か声を上げるのに合わせて、アモンがボートをダンのボートにぶつかるほどに寄せる。

そこから始まる、オールでのどつき合い。

叩く、突く、叩く、叩く、叩く……。

「ニルスもダンも、揺れるボートの上なのに凄いですね」

「さすがは剣士！」

涼とエトだと、ボケボケの組み合わせになるらしい。ツッコミ不在。

E級とはいえ、剣士同士のどつき合いは激しい。すでにオールは一本砕け、二本目のオールでの戦いとなっている。

その間も、戦う二艘は少しずつ前に進んではいるが、無駄な戦闘を避けた他の船に追い越されていく。

だが、観客席の歓声はニルスとダンが独り占めである。

「いいぞ～　ぶん殴れ～　突き落せ～」

「そこだ、右からフェイントいれて、一気に突け！」

「上から、叩け叩け叩け」

「船に穴開けて沈めちまえ」

「オールなんていいから剣で斬れ～！」

「動きから二人とも剣士と見た！　ならば、袈裟懸けからの無拍子切上げ、燕返《つばめがえ》しで倒してみせよ」

実に様々な歓声が飛び交っている。

そして、ついに叩きあった瞬間、二本目のオールが二人ともほぼ同時に砕けた。

「おぉ～！」

盛り上がる観客席。

お互い無手となれば……当然、殴り合いしかない！

だが……別々のボートで、別々の揺れであるため、見事なまでに拳が当たらない。

ニルスもダンも、さすがは剣士、それを理解したのであろう。

どちらからともなく、お互いの右手と左手を組み合って、力比べへと移行した。プロレスでいうところの、ロックアップだ。力自慢のレスラーが、リング中央でがっちりと組み合う様は、男と男の意地の張り合い。動きが無いのに、見る者を興奮させる不思議な熱量を持っている。

それは、この海上でも同じであった。

二人のロックアップは、優劣がつかない。だが、それを見る観客たちは、先ほどまで以上に盛り上がる。

「あ、先頭がゴールしてしまいました……」

「まあ、最下位か下から二位は確定ですね」

エトと涼は、ニルスとダンの力比べに全く熱くなっていなかった。

もちろん、パーティーメンバーとして、ニルスを応援しているのは揺るがない。だが……まあ、それだけと言えばそれだけなのだ。

そして、破局は突然訪れた。

組み合った手と、上半身は全く動かなかったのだが、足元は違った。

揺れる船上……船というよりボート……二人の踏みしめる圧力に、ボートが耐え切れず、割れた。

ザボンッ。

海中に投げ出される四人。

船が割れているため失格となる。そう判断し、すぐに大会委員たちが回収に向かうが……向かった先でも、つまり海中でも、ニルスとダンは組み合っていた……。


「大会委員会から、特別賞が、観客を沸かせた二チームに授与されます」

ニルスとアモンは、ダンのチームと共に、めでたく特別賞を受け取った。

一チームあたり一万フロリン。

「ニルス、アモン、おめでとう」

「無事に戻ってこられて良かったよ」

涼とエトも、心から拍手を送った。ニルスもアモンも、いろいろ不満もあったようだが……一万フロリンをもらうと、笑顔になった。

現金の力とは、かくも恐ろしいものらしい……。

◆

そして午後、三胴船レインシューターのお披露目航行が行われる。

十号室の四人は、ニルスとアモンが特別賞としてもらった一万フロリンも、さっそく食べ物に変え、準備万端で来賓席の横に場所を確保していた。

なぜなら、そこが一番、船が見える場所だから。

「なんでリョウたちがそこにいるんだ……」

来賓の中で、一番端の席に着いたルンの街のギルドマスター、ヒューは、ごく小さな声で問うた。

「ここが、一番いい場所だからです」

涼の答えは、とてもまともな、そして非常に正確な回答であるが、ヒューが問わんとしている意味からは全く外れたものでもあった。

「そ、そうか……」

前日からの会談、会合の連続に疲労を蓄積させているヒューは、力なくその回答を受け入れる。

「で……そっちのニルスは、何を涎を垂らしそうな感じで見ているんだ？」

ヒューは、来賓席の方を食い入るように見ているニルスが、そんな状態である理由を涼に尋ねた。

「あちらの、美人な皇女殿下を見ているだけです」

「そうか……。くれぐれも手を出すなよ。間違いなく国際問題になるからな」

「『爆炎の魔法使い』に焼かれますかね」

涼は、リンとリーヒャが言っていたことを思い出しながら尋ねた。

「よく知ってるな。『爆炎の魔法使い』は、あの皇女様の部下として、この街に来ている。名前はオスカー・ルスカ男爵。その功績により、平民から貴族に取り立てられた、元冒険者だ」

そんなことを話している間に、レインシューターが港湾内に入ってきて、来賓席の前をゆっくり走り始めた。

「おぉ」

「なんと美しい」

「まさに船の革命」

あちこちから称賛の声が漏れる。それは、十号室の四人も例外ではなかった。

「やっぱ綺麗だな……」

「流れるように進んでいるね」

「乗ってみたいですねぇ」

「なぜ、ジェットとウォータージェットのハイブリッドなのだろう」

ニルス、エト、アモン、涼それぞれ言葉は違うが、「感嘆」を表現している。

最後の涼の言葉も……ある意味、感嘆なのだ。

そして横から聞こえた、某ギルドマスターによるある種、無粋な言葉も、感嘆であるに違いない。

「建造費三千七百億フロリンは伊達じゃない……」

◆

開港祭の四日目。

その日の四人は、露店ではなく、ウィットナッシュに元からある店を中心に攻めていた。攻める……もちろんそれは、食べ歩くと同義だ。

お昼を食べ終え、満腹となった四人。ようやく、食べ物以外の店に目を向ける余裕が生まれていた。

表通りから一本入った路地も、あまり狭くはなかった。これはウィットナッシュの特徴で、大きめの荷車が荷物を載せたまま通れるように、どこもそれなりの広さとなっている。そのため、店の軒先に、品物を並べている店もかなりあった。


その中でも、四人全員の目を引いたのが……。

「弓矢専門店というのは、珍しいですよね」

アモンの言葉に、エトと涼は頷いた。

「よし、入ってみようぜ」

ニルスは扉を開けて、真っ先に入った。

中の品揃えは、「弓矢専門」の名に恥じない、数十もの弓、あるいは弩《いしゆみ》が飾られていた。客から見えやすい位置には、特に弓が多く置かれているが、奥の方にはかなりの弩があり、総数では弩の方が多いことに、涼は気付いた。

弩は、木製の台座の上に横倒しにした弓を設置した形の遠距離攻撃の武器だ。

弓に比べると、求められる技量が低く、誰でも撃つことができる。矢を置き、狙いをつけて引き金を引けば、だいたい狙った方向に飛んでくれる。

ただし、著しく不利な点がある。それは連射能力。しかも弓と違って、熟練者になっても、連射能力はそれほど高くならない……。いちいち弦を張るのが大変なのだから、これは仕方ないことであろう。

ニルス、アモン、そして涼の三人もそれなりに楽しそうに見て回っていたが、一人、かなり真剣に弩に見入る神官がいた。エトだ。

「エト？」

そんなエトに、涼は声をかける。

「リョウ、これだったら、私も役に立てるようになるかな？」

エトはずっと考えていたのだ。アモンとニルスが戦っている時、自分がどうやったら戦力になれるかと。

近接戦は難しい。攻撃魔法も限られている。となれば、中距離から遠距離の支援攻撃がいいだろう。だが、弓は扱えるようになるのに時間がかかる。先日、「シャテキ」で思い知った……。

しかし、この弩なら……。確かに連射能力は低い。だが、援護射撃というのは馬鹿にならない。特に、近接戦をしている時に、突然離れた敵から矢が飛んできたら……。しかも、一度それを意識させられれば、常に頭の片隅に残る。つまり、目の前の近接戦に集中できなくなってしまう。

そう、実際にダメージを与えるだけではなく、「くるかもしれない」と思わせて、集中力を削ぐことは、非常に有効だ。

「お兄さん方は、弩をお探しかな？」

それは店の奥から現れた、人のよさそうな老人であった。だが一目で分かる、職人の風格。それも、匠と呼ばれるレベルのオーラとでも言おうか。

「はい。中距離での支援に、使えないかと」

エトが頭を下げながらそう言った。やはり、エトの中には明確な支援の形ができ上がっているのだ。

「なるほど。神官の方の……。確かに、それなら弓よりも弩ですな」

老人は、頷きながらそう言った。そして、エトの体を上から下まで見ている。エトは、この四人の中では、最も華奢だ。

「おっと、失礼しましたな。わしは、この店の主、アブラアム・ルイと申します。実は、先ほど面白い試作品が完成しましてな。もしかしたら、お兄さん方にちょうどいいのではないかと。どうぞ、奥へ」

そう言うと、アブラアム・ルイは、奥に向かった。

四人も後に付いていく。

奥は、工房であったが、涼はそこに行く前に、ある物を見てしまった。それは時計。五つの懐中時計と、一つの……腕時計？　懐中時計も、ニルスが持っている二万フロリン程度の物とは格が違う。格が違うということが、一目で分かる傑作。しかも、錬金術不使用、つまり、完全機械式の時計に見えた……。

奥にあったのは、まるで弓道場であった。

「さすが弓矢専門店……」

涼のその呟きに、隣にいたエトは頷いた。

アブラアム・ルイが、傍らの机に近付き、置いてあった道具を手に取って持ってきた。

「これが、午前中にできあがった連射式弩です」

それは、腕に装着する形式の、肘から手首ほどの長さの小型の弩。その弩に、レバーのついた高さ五センチ、エトの腕と同じほどの幅の箱が乗っかっている。

「この箱の中に矢を入れることによって、それなりの速さで連射することができます」

アブラアム・ルイはそう言うと、小さめの矢を五本、箱に入れて自身の左腕に装着した。そして、十五メートルほど先の的に狙いをつけて、左手の引き金を引く。

見事、中心に刺さる。

そして、レバーを一回引き下ろす。全くきつくないらしく、右手で簡単に引き下ろした。やったのはそれだけ。

「レバーを引けば、弦が張られ、箱の中の矢が自動で設置されます」

「おぉ～」

アブラアム・ルイの説明に、四人は感心する。

そして、二射目を放った。

そして、今度はすぐにレバーを引き下ろし、三射目。またすぐに四射目、五射目と、立て続けに放った。

「凄い……」

エトは思わず感嘆の声をあげた。

「決して大きくないために、射程はこれくらい……十五メートルが限界でしょう。ですが、分解、組立も簡単にできて、普段はあまりかさばりません。何より連射能力は見ていただいた通りです」

「まさに連弩《れんど》……」

アブラアム・ルイが説明し、涼が地球の知識で呟いた。中国の歴史では古くから登場する連弩、あるいは諸葛弩《しょかつど》。ここまで小型の物は聞いたことがないが、ある種なじみ深いものでもあった。

「これ……ぜひ、欲しいのですが……おいくらでしょうか」

エトが、意を決してという表情で問う。

それを聞いて、アブラアム・ルイは笑顔になって頷いた。

「ありがとうございます。手前も、完成したその日に、お兄さん方のような弩をお求めのお客様が来られたのは運命ではないかと思いまして……。ああ、いえ、お値段でしたな。そう……試作品ということもありますので、実費で、金貨八枚、八万フロリンではどうでしょうか?」

「買います」

エトは即決。そしてお金を取り出そうとした。だが、すぐに横から、金貨二枚ずつ持った手が、三本、現れた。

「え?」

「パーティーのためだろ? これくらいはさせてくれ」

「一人二万ずつで、ちょうどですね」

「ここで二万使っても、またすぐにアベルから巻き上げるから大丈夫ですよ!」

エトが驚き、ニルスが当然な顔をし、アモンが頷き、涼が……ものすごく酷いことを言っているが、多分冗談なはずだ。きっと冗談だろう。おそらく冗談……だといいな……。


無事、『連射式弩』の購入が完了すると、アブラアム・ルイは、試射場での練習を勧めてくれた。弓に比べれば、初心者でも使えるとはいえ、多少のコツというものはある。エトは、熱心にアブラアム・ルイの説明を聞き、何度も練習し、三十分もすると、先ほどのアブラアム・ルイの試射と同じほどの連射速度で放てるようになった。

エト以外の四人は、横でそれを見ていた。涼はふと思い出して、傍らのアブラアム・ルイに尋ねる。

「すいません、こちらのお店は、時計も作られているのですか？」

「いえ、あれは手前の趣味でして」

涼の問いに、アブラアム・ルイは嬉しそうに答えた。

「実は、先ほど並べてあった五つの時計が見えたのですが……あれ、全部、錬金術を使っていない時計ですよね？」

「おぉ、分かりますか！　まさにおっしゃる通りです。完全機械式です」

アブラアム・ルイはそう言うと、工房に入って、一つの懐中時計を持ってきた。

「これが、手前の最新作です。永久カレンダー、ミニッツリピーター、トゥールビヨン、さらに耐衝撃装置パラシュートと自動巻き装置も入れることに成功したのです」

「おぉ……」

それはあまりにも美しかった。

握りこぶし程度の大きさの中に、宇宙を詰め込んだかのような……。

あるいは、世界の構造そのものを入れ込んだかのような……。

全てが完璧。

不完全なる人間が作ることができる完全なる機械。

いや……不完全なる人間だからこそ作ることができる、想像の極致たる完全なる機械。

まさに、天才の傑作だった……。

◆

開港祭の五日目。

午前中、四人はいつも通り買い食いをし、お昼を、ウィットナッシュの老舗の名店と言われるお店でたらふく食べた。

満足して店から出てきた四人の耳に、木材を叩く音が聞こえてきた。

「何か作ってるのかな」

「活気がありますね」

エトとアモンが、音の聞こえてくる方を見て言った。

そこでは、五人の男たちが、壊れた荷馬車の車輪を修理していた。

横には、荷馬車の主なのだろう、何度も頭を下げて感謝している。

「あれ？　そういえば、ウィットナッシュに来る途中の街道でも、修理をしている人たちがいませんでしたっけ？」

涼は目の前の光景から、過去に見た光景を思い出してそう言った。

「ああ、同じ人たちだ」

ニルスが頷いて答えた。そして、彼らの正体を明かした。

「ルンの街のD級パーティー『みんなで鍛冶師になろう』の方々だ」

「ああ、聞いたことがある」

「どうりで、手際のいい修理だと思いました」

「……みんな、パーティー名はスルーなの？」

ニルスの説明に、エトが頷き、アモンがその手際を褒め、涼が常識的な疑問を投げかけた。

涼が、最も常識人なのか……それとも、冒険者にとってはこの手のパーティー名は、ごく普通なのか……。

難しい問題だ。

「でも、鍛冶師なのに、木工もやるんですね」

鍛冶師といえば、鉄を扱って様々なものを作るイメージを涼は持っていたが、目の前の『鍛冶師』たちは、器用に車輪を作っている。間違いなく、木工に関しても人並み外れた技量を持った集団に見える。

「器用なんだろうな。そもそも、冒険者をしながら鍛冶もやるんだから……」

ニルスは涼の言葉にそう答えた。

「デロングさんが言うには、神官一人以外、全員が前衛らしい」

「確かに、五人とも凄い体格です」

ニルスの説明に、涼は頷きながら言った。

だが、ニルスのその説明に愕然とした人物が一人いた。

「あの中に……神官がいるの……？」

そう五人とも、凄い体格なのだ。神官も含めて。

同じ神官として、華奢なエトが愕然としたのも、また当然だったのかもしれない。

六日目は、十号室の四人で、露店ではなく店舗を中心に食べ歩いた。

およそ、めぼしい店舗はすべて食べつくした……。

そう言い切れるほどに、四人は食べ歩いた。

◆

そして、ついに開港祭の七日目、最終日。

この日は、街そのものは、最終日ということで、夜には後夜祭が行われ、盛り上がる。

領主館では、夜、中庭で園遊会があるため、朝から飾りつけなどで館への人の出入りは多かった。その中には、見慣れない業者も多く含まれていたが、そもそも各国代表が供の者を連れて来ている段階で、見慣れない者が数多くいる。警備にほころびが出てしまうのは、仕方がないことだった。

とはいえ、夕方まで特に問題も無く静かに時は流れた。もちろん、開港祭の喧騒を除けば、であるが。

十号室の四人がふと気付いたのは、この日のお昼を食べ終わった時だった。

「なあ……そういえば俺らって、この街に着いてから、一度も冒険者ギルドに顔出してないよな……」

ニルスが、恐る恐る切り出したのが最初。

「あ……」

「ギルドって、必ず顔を出さないといけないんですか？」

「そこらへんは、先輩諸氏に聞くしかないよね。僕とアモンは冒険者になったばかりだし」

完全に忘れていて絶句したエト、その必要性を知らないアモンと涼。

ギルドで受けた初心者講習会の中では、特に触れられてはいなかった。

「決まりというわけではないけど、ギルドを通して冒険者に通達するという場合もそれなりにあるんだよね。あと、行った先の街で冒険者としてなんらかの活動を行うのであれば、一言入れておいた方が、後々面倒ごとになりにくいというのは、確かにある……」

こういう時の説明は、ニルスよりもエトの仕事なのだ。

「しゃあない、今からちょっと顔を出すか。別に知り合いがいるわけでもないんだが……。ちょっと顔出して何も問題無ければ、また買い食いをしないとな！まさか北通りの一本裏側に、魚介パスタの美味い店があるとか完全に盲点だったぜ……」

「リンさんたちの情報に感謝感謝」

そういいながら、十号室の四人はウィットナッシュの冒険者ギルドに向かうのだった。


ウィットナッシュの冒険者ギルドは、かなり大きい。辺境最大と言われるルンの街ほどではないにしても、ナイトレイ王国随一の港町だけあって、冒険者の数と依頼も、多いからであろう。

「ルン以外では、これほど大きいギルドは見たことないかも……」

「ああ、なかなかだな」

エトとニルスもその大きさに感心した。

中に入ると、午後の時間だと言うのに、結構な人数がたむろしている。ルンの街なら、この時間のギルドは閑散としているのだが。

「お祭り期間中だから、ギルドも人が多いんですかね？」

涼が変なことを言っているが、誰もつっこまない……。

なぜなら、つっこみ役のニルスが、見つけてはいけない人物を見つけてしまったから。同時に、相手からもニルスは見つけられていた。

「なんで、てめぇがいるんだよ」

「ああ？　それはこっちのセリフだ、コラ」

どこかの不良たちのような会話を始める、ニルスとダン。

そう、ギルドには一号室のダンとその取り巻きたちもいた。

ニルスとダンは険悪な状態であるが、他の者たちは特にそんなこともなく挨拶を交わした。訓練場での一件は、いちおう、ニルスとダン以外の心の中では決着がついている……。

特に、『二人乗りボート周回　冒険者の部』に、ダンに連れられて出た一号室の斥候役は、同じくニルスに連れられて出たアモンと親しげに会話していた。最後、二人のロックアップに巻き込まれて船破壊、沈没、海中転落を味わった同士としての、絆《きずな》らしきものすら生まれているようであった。

そして……。

「やあ、確か二号室のサーシャだよね。久しぶり」

「あ、十号室のエトさん。ご無沙汰してます」

神官同士、挨拶をしていた。

残された涼ではあるが、特に他の取り巻きと知り合いというわけでもないため、挨拶だけして掲示板をぼんやりと眺めていた。

「あれ？　お前らボートの二人じゃん」

「ホントだ、あれは凄かったよね」

「おう、ここで喧嘩はご法度だぜ。そんなもんより、こっち来て飲め。祭り期間中、冒険者は飲み放題、食い放題だ」

だから、こんな時間でも冒険者が多かったのか。妙に納得した十号室の四人。

（ルンの街のギルド食堂は、アルコール絶対禁止だけど、ここはそんなのないんだ。場所によっていろいろなんだな）

そんな感想を持った涼も、ウィットナッシュの冒険者に連れられて、食堂に行く羽目になった。

だが、そこはさすがギルド食堂。

料理が上手い！

「うぉ、この塩でくるんだ魚、うまっ」

「このスープ、魚介の味が染み出てますよ」

「このおっきな貝、焼くといい香りがしますね」

「まさか伊勢海老が食べられるとは……」

外を食べ歩きする以上に海の幸を堪能している、ルンの街の冒険者たちが、そこにはいた。

「どうだ、決行できそうか」

「問題ない」

「帰ったやつはいないか？」

「ルンの街の冒険者ギルドマスターが、街を出た。代理が園遊会には参加するそうだ」

「よし、ならば計画通り実行する」

そんな怪しげな会話を繰り広げる者たちも……。

『爆炎の魔法使い』

陽も落ちて、夕方六時を回る頃、領主館では園遊会が始まろうとしていた。

「アベル殿。また交代ですかな」

「コンラート殿下。ええ、うちのギルドマスターは、いちおう今朝まではいたみたいですが、もうルンの街に帰ってしまいました。ですので、園遊会は、また私が代わりに出席します」

アベルは、首を振りながら、どうして俺が、と言外に言っていた。

それを見て第三皇子コンラートは微笑んだ。

「ですが、今日まで祭りを楽しまれたのでしょう？　私など、一歩も外に出られませんでしたよ……難しいと思っていましたが……それでも、少しは祭りを回れるのではないかと淡い期待を抱いていたのですが。残念ながら、無理でした」

そこまで言ったところで、コンラートに声をかける者がいた。

「お兄様」

コンラートが後ろを振り向くと、園遊会用に着飾った皇女フィオナが立っていた。

「ああ、フィオナ、紹介しよう。アベル殿、こちら……まあご存じのようですが、帝国第十一皇女フィオナ・ルビーン・ボルネミッサ、私の妹です。フィオナ、こちらはルンの街の冒険者ギルドマスター代理、アベル殿。B級冒険者の凄腕だよ」

そう紹介されると、フィオナとアベルは軽く挨拶を交わした。

「ではアベル殿、また後ほど」

そういうと、コンラートはフィオナと領主の元へと歩いていった。

アベルとしては非常に手持ち無沙汰であり、心細くもあった。それは腰に、いつもの剣が無いから。

もちろん園遊会である以上、武器を身に着けて参加する者はいない。この園遊会は、儀礼用の剣すら持てない決まりとなっている。

防御は「風の結界の秘宝」で万全だから……そう言われれば反論できるものなどいない。

「そう言えばリンが、ワイバーンの風の防御膜と同じくらいの強度、って言ってたっけ……。でも、あれ、リョウは極太の氷の槍で貫いたんだよな……」

かつて、ロンドの森からの帰還の途中に、ワイバーンの巣とも言える魔の山を越える際に、遭遇した出来事だ。

「まあ、何事にも完全ということは無い、と」

そこまで呟いたところで、ウィットナッシュの街の領主が壇上に上がった。

園遊会が始まった。

園遊会が始まって一時間ほど。

最初に異変に気付いたのは、風の結界の秘宝を管理していた、領主付きの魔法使いたちであった。

「あれ？」

「どうした？」

「突然、魔力が通らなくなりました」

「どういうことだ」

「分かりません。ですが、このままでは、結界が消えます……」

「馬鹿な！」

風の結界の秘宝への魔力供給線に細工がなされ、展開から一定時間が過ぎれば線が燃え尽きるという細工が仕掛けられていたことが分かるのは、全てが終わってから……。

この時は、ただパニックに陥っていた。

魔力の供給が途絶え、風の防御膜が消える。

注意して見なければ分からないほどの結界である。「膜」というほどなのだから。しかも、背景が夜空となれば、なおさらだ。

そして、園遊会に出席している者たちが、誰も気付かないうちに、破局は訪れた。

園遊会が開かれている中庭に向かって、館の外から大量の攻撃魔法、矢、あるいは投げ槍による攻撃が始まった。

「きゃあああああああ」

飛び交う悲鳴。そして怒号。

中庭には、ウィットナッシュ領騎士団の騎士たちもいたが、襲い来る攻撃になす術もなく倒されていく。

「机の陰に隠れろ」

そういう声も聞こえ、従ったものたちは、少しの間、命を長らえることができた。

だが、襲撃はそれだけでは終わらなかった。むしろ始まりであった。外からの攻撃が下火になると、次は直接的な襲撃が開始された。扉が開き、黒ずくめの男たちがなだれ込んできて、手当たり次第に斬りまくる。

騎士も、来賓も、執事やメイドも関係なく。

「くそ、なんだこいつらは。衛兵はどうした」

来賓たちの中には、そう叫ぶ者もいたが、誰も明確な答えを持っていなかった。

しかし……建物の中に入ればすぐに分かったであろう。

中庭以外の領主の手勢は、全て、すでに殺されてしまっているということが。中庭の園遊会出席者の誰にも知られることなく、すでに包囲が完成していた。殺された者は、領主の手勢だけではなく、来賓たちの部下も含まれていた。


「〈障壁〉」

他に比べれば、はるかに分厚い障壁……〈魔法障壁〉と〈物理障壁〉を同時展開しながら、皇女フィオナは皇子コンラートを守り続けていた。

最初の攻撃が運悪くコンラートに当たり、重傷を負ったのだ。

「兄様、向こうの東屋《あずまや》の壁を背にすれば、まだしばらくもちます。ゆっくりでいいので、歩けますか」

「ああ……大丈夫、フィオナに回復してもらったから、それくらいは大丈夫」

フィオナは、火属性と光属性を操ることができる魔法使いだ。光属性による回復は、上級の神官もかくやと言えるほどであるが、この先どうなるか分からない以上、多大な魔力を消費して、全力で回復するわけにはいかなかった。

障壁以外の魔力は、できるだけ使わないように。コンラートがそう指示したのだ。

そして、その指示は今のところ正しいようであった。外からの攻撃は止まったが、襲撃者が直接攻撃を決行した。わずかに生き延びた園遊会場の騎士たちと、襲撃者の剣戟が、会場のあちこちで起きている。

「これだけのことが起きても、襲撃者以外誰も扉からやってこないということは、館全体が制圧された可能性が高いね」

傷は塞がっても、失った血は戻らない。顔色が悪い状態のまま、コンラートは分析する。

「そんな……」

コンラートの言葉に、フィオナは小さく首を振った。

「フィオナ、部下たちと来ているだろう？　彼らと連絡を取る方法は無い？」

その言葉に、フィオナは弾かれたように顔を上げた。

「あります！　ただ……敵にもこちらの場所を知られますが……」

「それは仕方ないだろう。このままではジリ貧だ」

コンラートの答えを聞くと、フィオナは一度頷いて、魔法を生成した。右手から黒い魔法弾が五つ、空に上がると彩光弾となって五つの赤い魔法弾が空で大きく弾けた。

「見ていれば駆けつけてくれます。見ていなくとも、師匠が反応してくれます」

「師匠……オスカーか。彼が来るなら安心だな」

そう言って僅かに微笑むと、コンラートは壁に背をもたらせて座った。

二人が移動した東屋は、園遊会のメイン会場からは見えにくい場所であることもあり、騎士も来賓も、そして賊たちもいない。

(少しでもここで時間を稼げれば……師匠が来てくれる)

だが、そんな余裕は与えられなかった。

先ほどの彩光弾は、敵にも見えていたのだから。

「奴らだ！」

言った瞬間、その賊はしまったと思ったかもしれない。

コンラートの力強い視線が、その賊を射貫いていた。

「なるほど、この襲撃、狙いは我らか」

「我々が狙い……」

コンラートの言葉に、目を見張るフィオナ。

「フィオナ、生かしておく必要はない。全員殺すよ」

「はい、お兄様」

じりじりと近付く賊たち。

囁くように詠唱するコンラート。

賊が発動範囲に入ったところで、トリガーワードを唱えた。

「〈ストーンジャベリン〉」

地面から石の槍が賊に向かって撃ち出され、着弾直前に分裂し、複数の賊を葬り去る。

その瞬間、〈ストーンジャベリン〉の標的とならず無事だった賊たちが、一斉に二人に向かって走り出す。

「〈ピアッシングファイア〉」

フィオナの詠唱無しの魔法で、四本の白い炎の極細矢が、賊に向かって飛ぶ。

賊が正面からの炎の矢をかわすと、矢はUターンして、後ろから賊の首に突き刺さった。

その後、三度の〈ピアッシングファイア〉が放たれ、賊の前衛とも言える者たちを壊滅させた。

少なくとも見える範囲に敵はいない……が、小さく低い詠唱が聞こえる。

その詠唱を聞き、コンラートの顔色が一層悪くなる。

「馬鹿な、この詠唱は……。フィオナ、前方に全力防御。いや、絶対防御、〈聖域方陣〉を」

「〈聖域方陣〉」

フィオナが唱えた瞬間、小さな低い詠唱が終わり、魔法が放たれた。

「やはり……〈バレットレイン〉……」

リンが、大海嘯でゴブリンキングにとどめを刺す際に使用した、風属性魔法における最上級魔法の一つ。

その攻撃力は絶大であり、ゴブリンキングの防御すら紙のように突き破り、その体を穴だらけにした魔法。

普通の防御系の魔法では、防ぐのは不可能。だからこその、〈聖域方陣〉であった。

神の奇跡とさえ言われる絶対防御〈聖域方陣〉。

全ての魔法攻撃、物理攻撃を防ぐと言われる、究極の光属性防御魔法。神官の中でも、高位の者でなければ発動できないと言われる魔法であるが、フィオナは使える。それも幼少の頃より使える……。

だが、〈聖域方陣〉は他の防御系魔法に比べて、恐ろしいほどの魔力を消費する。

常人に比べ、数百倍の魔力量を誇るフィオナですら、〈障壁〉の連続使用、〈ピアッシングファイア〉の連続使用、極めつけが〈聖域方陣〉。

残存魔力がかなり少なくなっていることは、理解していた。

(〈バレットレイン〉を放つほどの相手が本気で向かって来れば……かなり厳しい戦いになる……)

そう思い、フィオナは身構えたが、唱えた魔法使いの気配は消えた。

そして、別の複数の気配が沸き上がる。

(三、四……五人？　気配は感じるけど、場所までは分からない)

「知らない魔法だ」

フィオナには聞き取れないほど小さな声の呪文の詠唱。

コンラートはわずかに聞き取ったが、コンラートですら聞いたことのない呪文。

「いや……これは土属性が混ざっている？　だが火属性爆発系の詠唱がメイン？　なんだこれは」

「土？　爆発？」

その瞬間、フィオナは、コンラートを見た。

そして、コンラートの座り込んだ地面に、魔法が構築されているのを感じ取った。

「兄様、危ない！」

フィオナはコンラートに体当たりして突き飛ばす。

同時に唱える。

「〈聖域方陣〉」

その瞬間、地面が弾けた。

まるで間欠泉のように吹き上がる炎と土。

それに吹き飛ばされるフィオナ。

だが、フィオナは吹き飛ばされながらも、園遊会場から頼もしい仲間たちが駆けつけてくれたのを確認していた。

「師匠、兄様をお願い……」

◆

フィオナが、赤弾五つの、緊急救出要請の彩光弾を空に放った時、副長オスカー、副官ユルゲン、副官兼メイドのマリーは、運よく屋外にいた。

そして、領主館の中庭から上がる赤弾五つを見た。

「赤弾五つ……緊急救出要請？　ユルゲン、マリー、このまま館に突っ込む」

「はい」

軍隊において、上官の命令は絶対。

普段は冗談を言い合う仲間ではあるが、戦場もしくはそれに類する状況となれば、上官と部下の関係となる。

館の門を守る衛兵は、いつも通りであった。

三人が皇女フィオナの側近であり、何よりもオスカーが『爆炎の魔法使い』であることは知らされているため、特に詰問されることもなく通ることができた。

問題は、扉を開けて館に入った後。

「なんだこれは……」

「死んでますね」

ユルゲンとマリーは、倒れている者たちを確認し、報告する。

「異常事態であることが確認されたわけだ。中庭に向かうぞ」

最初の角を曲がったところで、黒ずくめの、いかにも裏の仕事が専門の集団に遭遇した。

「〈ピアッシングファイア〉」

先頭のオスカーが、二十本を超える白い炎の極細矢を放つ。

特筆すべきは、その全てが賊の額に突き刺さった点であろう。

「相変わらずの精密制御……」

副官ユルゲンが呟く。

この〈ピアッシングファイア〉は、オスカーが冒険者時代から最も得意とする魔法だ。極細の、延焼しない白い炎の矢を額に一撃、脳まで達する攻撃で息の根を止める。

対象に与える傷は極小。

そのために、素材の買い取りも高値で引き取ってもらえていた。


いくつかの廊下を抜け、いくつかの集団を一瞬の遅滞もなく倒し、三人は中庭に到達した。

だが、そこに広がる光景は地獄絵図であった。魔法、弓、投げ槍、そして近接戦により殺された者たちの亡骸が、あちこちに散らばっている。

「まさか殿下は……」

マリーが声を震わせながら呟く。

「殿下が簡単にやられるか！　怪我されているかもしれん、探せ！」

オスカーが一喝し、マリーもユルゲンも探し始める……。だがそれらしい人は見つからない。

（大丈夫、ここに死体は無い。どこかで生きている……）

オスカーは、二人の前では平静を装っているが、心の中は狂おしいほどに焦っていた。

「副長、向こうから戦闘音が！」

ユルゲンが叫ぶ。

答える間も惜しいと言わんばかりに、オスカーが走り出す。それを追って、ユルゲンとマリーも走る。

垣根を超え、そして、三人が見た光景は……。

間欠泉のように吹き上がる炎と土に、吹き飛ばされるフィオナ。

その瞬間、オスカーの顔が絶望に染まる。

だが、それはほんの一瞬。

吹き飛ばされながらも、フィオナがこちらを見て唇を動かしたのが見えた。

「ユルゲンとマリーは、コンラート様の身を守れ。俺は、飛ばされた殿下を追う」

そう指示を出すと、オスカーは、全力で館の外に向かって走った。

◆

最終日の夜ということで、街では後夜祭が行われていた。

　これが現代地球であれば、花火の打ち上げなどが行われるのであろうが、『ファイ』においては、火薬はまだ一般的ではないらしい。

　少なくとも、涼は、『ファイ』に転生してきて以降、一度も見ていない。

　そうは言っても、広場には巨大なキャンプファイアが設置されている。祭りの間だけ使った装飾品を、薪代わりにくべたりしている業者もおり、参加者たちは、思い思いに後夜祭を過ごしていた。

　ウィットナッシュの冒険者たちからようやく解放された十号室の四人は、広場の焚火ではなく、海岸に設置された焚火の方に向かっていた。

　もちろん、向かう途中に様々な食べ物を調達しつつ……。

「俺はミニクラーケンの姿焼き四本だ」

「私はくれぇぷ四枚です」

「本当はリンドー飴が良かったのですけど売り切れで……たこやぁきとかいうの、試食したら美味しかったので、これを四セット買ってきました」

　それぞれが気に入ったものを持ち寄って交換しよう、エトがそんな提案をして、四人バラバラに買い出し、ここで合流したのだ。

「ん？　リョウだけ遅れてるのか」

「さっき、向こうの露店のリンドー飴屋さんにいた気が……」

「おぉ～！」

　エトの報告に、リンドー飴を諦めていたアモンが歓声を上げる。

　そんな中、ニルスが空を見上げていたのは、完全に偶然であった。

「あれ、なんだ？」

　ニルスはそう言うと、領主館の方から飛んでくる何かを指さした。

「どこ？」

「人？」

　エトは見つけることができず、見つけたアモンも疑問形。

「あれ……あの皇女さんだ」

そう言うと、ニルスは一人走り出した。飛んでいく先は、海岸。砂地とはいえ、下手な落ち方をすれば死ぬ可能性もある。

走り出したニルスを追って、エトとアモンも走り出した。

もはや三人の頭の中に、涼のことは欠片も無かった……。

冒険でも、これほど一生懸命に走ったことはない。それほど、ニルスは必死に走った。

砂地に足をとられながら、何度も転びそうになるのを必死にこらえ、できる限りスピードが落ちないように落下地点を目指す。

そして……。

最後はほとんど滑り込みながら……ギリギリでキャッチ。

「あ、危なかった……」

パッと見たところ、大きな怪我はない。


パーティーにでも出ていたのか、ドレス姿の皇女フィオナその人であった。

「ふぅ……ふぅ……。ニルスさん、皇女様は？」

「ああ、多分大丈夫だ。気を失ってはいるがな」

最初に追いついたのはアモン、少し遅れてエトも追いつく。

だが、追いついたのはエトだけではなかった。

「アモン！」

「ええ、見えています」

そう言うと、アモンは剣を抜いて、黒ずくめの男に斬りかかった。

本来は「何者か」と誰何《すいか》するべきなのだろうが、この場、この状況で現れた不審人物たちが、まっとうな者なわけがない……ニルスもアモンも、そう判断していた。

そして遅れて合流したエトも。

「全ての攻撃を防ぎたまえ〈物理障壁〉」

何の躊躇もなく黒ずくめの賊たちが放った短剣が、フィオナを襲う。それを、物理攻撃を防ぐ〈物理障壁〉でエトが防ぐ。

フィオナを抱えたままで、ニルスは動けない。

実質、アモン一人で、賊二人を相手にしている。

ただのF級冒険者であれば、数合ともたずに斬り捨てられていたであろう。

だが、アモンは足元の砂を蹴り上げての目つぶし、殺すのではなく戦闘力を奪うのを狙っての、執拗な腕への攻撃などで時間を稼いでいた。

そして、ついに神官エトの手から放たれる矢。

開港祭四日目に、アブラアム・ルイの店で購入した連射式弩。まさかの、三日後の実戦投入。

その連射式弩から放たれた矢が、賊の一人の首を射貫く。

突然の攻撃に、わずかに動揺したもう片方の黒ずくめの男。そのわずかな動揺に、アモンはつけ込んだ。体ごと押し込み、押し倒し、そのまま剣を首に突き立てた。

……。

しばらく、誰も言葉を発しなかった。


「上手くいって良かった……」

エトはそう呟いた。

アモンは、剣を収めてニルスの元に移動した。

まだ、追撃がある可能性もあるから。


そして、それは現れた。

「おい、その女性《ひと》から離れろ」


オスカーは、館を出た後、全力で走り続けた。

「海岸か。砂地であれば、怪我は少なくて済むはず」

通りから海岸に下りるところに、ご丁寧にも賊が配置されていた。一顧だにすることなく、〈ピアッシングファイア〉で射貫き、転がるようにして海岸に下りる。

そこには死体も転がっていたのだが、オスカーの目には全く入らなかった。

目に入ったのはただ一つ、敬愛すべき皇女を抱えた男たち。

その光景を見た瞬間、わずかに残っていた理性が吹き飛んだ。

ほんの僅かでも理性が残っていれば、その男たちが黒ずくめの賊とは、いでたちが違うことに気付いたであろう。

ほんの僅かでも理性が残っていれば、周囲に転がる死体こそが黒ずくめの賊たちであり、その男たちが賊を倒したことを理解したであろう。

ほんの僅かでも理性が残っていれば……その男たちを殺そうとはしなかったに違いない。

一歩ずつ近付きながら、オスカーは声を発した。

「おい、その女性《ひと》から離れろ」

だが、その男たちは何も言わないし、フィオナを放す気配もない。

当然である。それが賊である。

「その女性《ひと》は、お前たちが手を触れていい方ではない」

その瞬間、オスカーの手から〈ピアッシングファイア〉が放たれた。

近付いてくる「者」のヤバさは、全員が感じていた。

だがその中でも、エトが感じた危険度は、間違いなく、これまで生きてきた中で最上級。

（何これ……纏っている魔力も、集まってくる魔力も異常だ）

「その女性《ひと》は、お前たちが手を触れていい方ではない」

その「者」が言った瞬間、エトは反射的に唱えていた。

「〈サンクチュアリ〉」

緊急展開防御魔法〈サンクチュアリ〉……詠唱なく、一瞬で防御陣を展開する神官の奥義。

絶対防御である〈聖域方陣〉は、高位の神官しか使うことができないが、この〈サンクチュアリ〉は、神官ならほぼ誰でも使うことができる。

たった五秒間だが、ほとんどの物理攻撃、魔法攻撃を弾くことができる。

だが、その反動は凄まじい。

高位の神官ならともかく、E級冒険者に過ぎないエトが唱えれば……。

カキンッ。

〈サンクチュアリ〉は正常に発動し、三本の〈ピアッシングファイア〉を弾き返した。

三本は正確に、ニルス、エト、アモンの額に向けて放たれていた。それを確認した瞬間、エトは心の中で頷いた。自分の判断は間違っていなかったと。

「ゴホッ」

だが、〈サンクチュアリ〉の反動で、口から血を吐き、そして膝を地面につく。

「エト！」

「エトさん！」

アモンが急いでエトの元に駆け寄り、体を支える。既にエトの意識は朦朧《もうろう》としている。

だが、そんなやり取りなどには、なんの関心もないオスカー。

「さっさと、その女性《ひと》から離れろ」

そう言うと、オスカーは再び〈ピアッシングファイア〉を放った。

「〈アイスウォール10層〉」

今度は、透明な氷の壁が、オスカーの〈ピアッシングファイア〉を弾いた。

「なんだと？」

〈サンクチュアリ〉が〈ピアッシングファイア〉を弾くのは分かるが、氷の壁ごときが〈ピアッシングファイア〉を弾く？

ヒビは入った……。ヒビが入っただけだと？

「みんながどこに行ったかと探してみれば……死体も転がり、しかも戦闘中だし」

そこまで言って、涼はようやく、エトが血を吐いて、膝をついている光景を目にした。

仲間が血まみれの絵……涼の理性が吹き飛ぶには、十分であった。

「貴様……エトに何をした……」

「黙れ。はやくその女性《ひと》から離れろ」

そう言うと、オスカーは〈ピアッシングファイア〉を四本放つ。

（〈アイシクルランス４〉）

涼は、四本の炎の針を、四本の氷の槍で迎撃する。

「なんだ、それは……」

完全に理性を失っているオスカーですら、目の前の水属性魔法使いが異常であることは理解できた。自分の〈ピアッシングファイア〉四本を、氷の槍四本で迎撃など……自分並みの魔法生成のスピードがあるということの証明だ。

そんな人間に、オスカーは初めて出会った。

フィオナが相手の手中にある以上、大規模な破壊魔法は使えない。巻き込んでしまっては元も子もないからだ。

そうなると、取れる手段はおのずと限られてくる。

「まず貴様を殺す」

オスカーはそう言うと、理性を失ったままの瞳で涼を捉え、唱えた。

「〈炎槍連弾〉」

オスカーの手から〈ピアッシングファイア〉とは質の違う、貫通力を高めた炎の槍が十本、涼に向かって発射される。

(〈積層アイスウォール10層〉)

涼の前に、次々と〈アイスウォール〉が生成される。

それは、涼の前からオスカーに向かって、次々と重なり合っていった。

かつて、悪魔レオノールの〈業火〉にぶつけた魔法。

だが、さすがに〈ピアッシングファイア〉とは比較にならない、貫通力特化の〈炎槍〉。一撃で、涼が誇る〈アイスウォール10層〉すら撃ち抜いていく。

しかし、それを見越しての防御、貫通力が高い攻撃を動的に防御するための、〈積層アイスウォール〉だ。

悪魔レオノールの〈業火〉並みの破壊力でない限りは、今の、涼の防御を突破することはできない。

オスカーは〈炎槍連弾〉を、さらに四連射して突破を図る。

炎の槍が〈アイスウォール〉を貫きながら前進する……のだが、氷の壁を一枚貫くごとに、確実にそのスピードは弱まっていく。視認しにくいが、確実に。

そして、ついに突き破れない氷の壁にぶち当たり、消滅する。

それが数十回繰り返され……。

涼の〈積層アイスウォール〉は、オスカーの〈炎槍連弾〉を全て防ぎ切った。

「馬鹿な……」

オスカーは、自分が見ているものが信じられなかった。

オスカー特製の〈炎槍〉は、一発でも帝都の城壁を打ち破る。それを十連射、五回発動……合計五十本もの〈炎槍〉を発射したのだ。

それを全て防ぎ切られた？　そんなもの、ただの悪夢でしかない。

しかも相手は、魔力切れもしない。

「なんだ、もう終わりか？　ならば、次はこちらの番だな」

冷たい、涼の声が響き渡る。

だが、それを掻き消すようにして、別の声が割り込んだ。

「待て！　双方剣を引け！」

割り込んできた声は、涼には非常になじみ深いものであった。

だが……。

「アベル、お呼びじゃないです。邪魔をすれば、あなたも氷漬けにしますよ」

低い、本当に低い涼の声。

この中で、涼と最も長い時間を過ごしたアベルですら、聞いたことのないゾッとする声。

それだけに、涼の怒りが、とてつもなく大きいものだということを理解できた。

「す、少しだけ待て、リョウ」

冷や汗を流しながらアベルは涼に自制を求め、オスカーの方を向いた。

「そっちの白髪は、オスカーだな。デブヒ帝国皇帝魔法師団副長、オスカー・ルスカ」

名前を呼ばれて、ようやくオスカーは闖入者《ちんにゅうしゃ》を見た。

「貴様はなんだ」

「俺の名はアベル。ルンの街の冒険者ギルドマスター代理だ。あんたと対峙しているこの四人は、怪しい者じゃない。ルンの冒険者ギルドに所属する冒険者だ。俺のよく知る者たちで、園遊会で起きたことに加担しているような者たちじゃない」

園遊会という言葉を聞いて、オスカーはわずかに反応した。

「もちろん、あんたが、そこの皇女様の身を案じて行動していることは分かっている。だから、ちょっとだけ話を聞いてくれ」

そこに割って入る声。

「アベル、もう話は終わりましたね。では、そいつを殺します」

「いや、なんでだよ！」

涼の宣告に、怒鳴り返すアベル。

「エトをあんなにされて、そのまま、はいそうですか、で済むわけないでしょうが。なんなら、この女性を氷漬けにして返しますか？　とても美しいオブジェができあがるでしょう」

その言葉を聞いた瞬間、オスカーに戻りつつあった理性が弾け飛んだ。

オスカーは鬼の形相になって、魔法を発動する。

「〈天地崩落〉」

空から、無数の炎弾が降り注ぐ、広域破壊魔法……本来なら。

だが今回、その全ての炎弾は涼めがけて降り注いだ。

〈ウォータージェット２５６〉

降り注ぐ炎弾を、極太にした水の槍二百五十六本を扇形に発射することで、全て薙ぎ払う。見事なまでに、全ての炎弾を迎撃して対消滅させた。

「ふん、人間にしてはやるけど、その程度ですか。もう殺してもいいですよね、アベル」

「馬鹿野郎、いいわけないだろうが！」

冷や汗どころか、全身汗びっしょりになってしまっているアベルであるが、ここで引くわけにはいかない。王国と帝国の間で、戦争になるかどうかの瀬戸際だ。アベルは、ここに来てようやく、オスカー以上に涼をきちんと説得しなければいけないということを理解した。

先ほどから、煽っているのは涼なのだから。

「リョウ、お前の気持ちは分かるが、ここは剣を収めてくれ」

「アベルは、リーヒャが同じようなことをされても、説得されて剣を収めるのですか？」

「ああ、収める。なぜなら、リーヒャは、王国と帝国の戦争など望まないからだ」

アベルは、涼の質問に対して、はっきりと断言した。

それはもちろん、涼を説得するためでもあったが、同時に本心でもある。

涼は、たっぷり十秒間、何も言わない。アベルにとっては、胃が痛くなるような十秒間。

「……そうですか。分かりました。アベルの顔を立てて剣を収めましょう」

その瞬間、アベルが安心したのが傍目《はため》にも分かった。

「アベル、その皇女様を、あなたが、そっちの白髪褐色の人に渡してくれますか」

「ああ、分かった。ニルス、俺が引き取ろう」

そう言うと、アベルはニルスからフィオナを受け取り、オスカーの元まで運んだ。

オスカーはアベルからフィオナを受け取ると、ようやく落ち着きを取り戻したのであった。

それを見ながら、涼は考える。

（あれが『爆炎の魔法使い』でしょう……白髪に褐色の肌とか、どんな中二病キャラですか。魔法の威力は、レオノールには及びませんでしたが……魔法の生成スピードが異常ですね。もしかしたら僕以上に生成スピードが速い……レオノールと比べても、僕の魔法生成スピードは速かったのですけど……これは、もっと鍛えないといけませんね）

◆

翌日。開港祭が終了した次の日。

昨晩、神殿が運営する治癒院に入院したエトは、一晩でほとんど回復していた。

これはアベルの奔走……というよりは、『赤き剣』の神官リーヒャが、ウィットナッシュの神殿に手を回してくれたおかげであった。

ちなみに治療そのものは、最も腕のいいリーヒャが行ったのであるが、その間中ずっと気を失っていたエトは、そのことを知らなかった。目が覚めてそのことを聞くと、感動に身を震わせていたらしい。

「リーヒャは、アベルが好きなのだが……」

報われないエトの気持ちを思いながら涼は呟いた。

「憧れと好きは、別の感情なのです」

最年少十六歳のアモンが、囁くように言う。

驚く涼。

わずか十六年の生涯のうちに、いったい何を経験してきたというのか……。

とにかく、エトは回復した。

元々、外傷は全くなく、血を吐いたのも〈サンクチュアリ〉の反動によるものだ。神殿には〈サンクチュアリ〉の反動からの回復に関するノウハウが蓄積されている。

（この世界の魔法とはいったい何なのか……いや、この世界というか、王国の？　あるいは中央諸国の魔法というべきなのか？　僕が使う魔法とは違う……悪魔レオノールやエルフのセーラさんが使うものとも……そして昨日の『爆炎』のも違う……。いつか時間をとって調べてみたいな……）

祭りの後という、万国どころか全宇宙共通で、少し寂しい雰囲気に包まれるウィットナッシュの大通りには、それでもいくつかの露店が出ていた。

祭りのために流れてきて、祭りの間だけ露店を出すつもりだった店主たちが、居心地がいいからそのままウィットナッシュに住みつくこともままあるらしい。

涼たちが気に入ったいくつかの露店も店を開いており、まだしばらくはウィットナッシュにとどまるようだ。

ただ、残念ながら、くれぇぷ屋はすでに去っていた……。

そんな露店で、最後の買い食いとばかりに食べまくっている四人……いや、エトはさすがに回復したばかりということで、食べる量をセーブするように言われていたので三人＋一……に、後ろから声をかける者がいた。

「俺も……露店の食い物の方がいい……」

アベルであった。

「アベル、問題は万事片付きましたか？」

「リョウに言われたくない！」

昨晩、王国と帝国の関係が、戦争一歩手前にまで陥ったのは、間違いなく目の前にいる水属性魔法使いが原因の一つなのだ。

もちろん、仲間をやられて義憤に駆られて、という事情は理解できるが。

アベルの説明によると、皇帝魔法師団副長オスカーと、『十号室』の四人との戦闘は、双方不問ということで合意した。

目を覚ましたフィオナ皇女と、回復したコンラート皇子の元に、アベルが直接出向き、ニルスたちから聞いた話を説明した。同じ場所で聞いていた副長オスカー自身の謝罪もあり、この件は無事手打ちとなった。

だが、園遊会への襲撃についてはそういうわけにはいかなかったらしい。

「園遊会の方は、出席した来賓のかなりの人数が被害にあったからな……国レベルの外交問題として、この後いろいろありそうだ。まあ、間違いなくここウィットナッシュの領主家は大変なことになるだろうな……」

「風の結界の秘宝、とかで守られていたはずなんですよね？」

以前、リンとリーヒャが話していた内容を、エトは覚えていたようだ。憧れの人が口にした言葉は全て覚えている……可能性も否定できない。

「ああ。襲撃の直前に切れるように、細工をされていたそうだ。明確な失態だな」

アベルは、首を横に振った。

そこで何かを思い出したように、ハッとして顔を上げた。

「そうそう、ニルス、エト、アモン、お前たち三人に、フィオナ皇女から感謝の言葉があったぞ。地面に叩きつけられないように救い、さらに賊から身を挺して守ってくれたということで、金一封も出るそうだ。ギルドを通じて渡すということだったから、ルンの街に戻る頃にはギルドの口座に振り込まれているだろうよ」

「よっしゃ～！」

「それはありがたい」

「もらっちゃっていいんですかね」

ニルス、エト、アモンは喜んだ。

もちろん、褒賞目当てに助けたわけではないが、自分たちの行動が認められて、それを目に見える形で称賛されるのであれば、嬉しいのは当然であろう。

「ちなみに、リョウには無い」

「ま、まあ……僕が着いた時には、すでに賊は倒されていましたしね。なんか、変な火属性の魔法使いがいただけで」

「『爆炎の魔法使い』を、変な火属性の魔法使い呼ばわりできるお前がすげぇよ」

アベルは大きなため息をついた。

「そういえば、アベルも園遊会に出ていたのでしょう？　怪我とかしなかったのです？」

途端に挙動がおかしくなるアベル。

「も、もちろんさ。そそその程度、俺にかかれば問題ないさ」

「見るからに変な……」

「ですね……」

アベルのいかにも怪しい様子に、エトとアモンも疑いの目で見ている。

ちなみにニルスはと言うと、

「さすがアベルさん！　やっぱすげぇよ」

全く疑っていなかった。

「アベル……ほら吐いちゃった方が楽になりますよ。全部吐いちゃいなさい」

どこかの警察の取り調べか、飲みすぎた同僚にかける言葉か、涼はアベルに優しく声をかける。

もちろん、逃がしてやるつもりなどサラサラない。

「いや……最初は園遊会に参加していたんだが……途中で、この街のギルドマスターに捕まってな。離れの部屋で個別会談する羽目に……。遮音の魔道具を使ってたから、あんな状態になってるのに気付くのが遅くなった……」

「でも会談って、ヒューさんが全部こなした後に帰ったんでしょ？」

「そうなんだが……。要はルンの街がやってる冒険者の初心者講習会、あれをこのウィットナッシュでもやるんだ。で、その資料や講師の派遣は話し合って帰ったらしいんだが……その後、ウィットナッシュの講師候補たちを、ルンの街で実際にやっている初心者講習会に参加させてくれないか、というのが昨日の話でな。まあ、その希望を延々と語られた……」

偉い地位に就くと、いろいろ大変らしい。

代理ですらこれなのだから、正職ヒュー・マクグラスの苦労はいかばかりか……。

その後、十号室の四人は、ウィットナッシュのギルドマスターとの話し合いの内容を書き留めた手紙を、ルンのヒューに手渡す依頼をアベルから受けた。

「本当は俺が自分で手渡したいんだが、もう少し仕事があるからな……」

涼の目から見ても、とっても嘘っぽいアベル。ヒューから、いろいろ突っ込まれるのがめんどくさいだけに違いない。

どうせルンの街に戻ったら、いろいろ質問されるのだから、数日猶予ができるだけなのに……人はなぜ、問題の先送りをしてしまうのか……。

涼は何度も首を振り、先史からの人の業《ごう》について考えるのであった。

帰路

翌日早朝。

十日ぶりに、護衛依頼を受けた商団と合流した。連携して護衛をこなす、デロング率いる『コーヒーメーカー』の面々とも。

「よぉ。ニルス、お前さん、相当顔を売ったな」

開口一番、デロングが言ったのは、例のボート競技の件であった。コーヒーメーカーも、あの「対決」は見ていたらしく、その後もこの街の冒険者たちと興奮して語り合ったらしい。

「冒険者として名前が売れるのは悪いことじゃねえ」

デロングは大きく頷きながらニルスの肩を叩いた。

「よし、隊列は来た時と同じな。二日間、気を引き締めていくぞ」

「おぉ！」

そして二日後、来た時同様、一行は特に問題に遭遇することもなく、ルンの街に到着した。

◆

（私の名はアルフォンソ・スピナゾーラ。ルン辺境伯の孫だ。今年十九歳になった。両親が既に死去しているため、何事も無ければ、私がルンの次期領主となる。いや、それはどうでもいいことだ。今、私の前に横たわっている大きな問題は、ある一人の女性が、ここ数日不機嫌であるということだ。

その女性は、名前をセーラといい、私の剣の先生である。先生はエルフで、非常に美しい。美しいという言葉も陳腐に聞こえるほどに……そう、やはり美しい。

もちろん、美しさと剣の腕は全く関係ない。

かつて、私は過ちをおかした。先生を力づくで自分のものにしようとしたのだ。結果、私は肩を砕かれ、そこに、さらに剣を突き立てられた。そう、砕かれた後で、わざわざ剣を突き立てられたのだ。恐ろしかった……。

無論、私の愚かな行為の代償であるから、仕方のないことである……それ以来、私にとって先生は、畏怖と敬愛の対象となった。元々、ほとんど笑うことのない先生。言葉数も決して多くない。稽古以外の余計なことを話しているのを聞いたこともない。先生は騎士団にも指導をしているが、騎士たちも同じことを言っていたため、そういう方なのだろうと思う。

私の過ちは、騎士たちにも知られている……肩を砕かれ剣を突き立てられたことも知られているのだが……その後、特に誰からも、何も言われなかった……普通は軽蔑されるのであろうが……。

その件以降、私は心を入れ替えようとした。自分の愚かな行為を恥じ、次期ルン辺境伯として誰からも後ろ指をさされないような貴族になろうと努力した。もちろん、未だ達しているとは思えないが、努力は続けている。

自分語りはこのくらいにしよう。

大きな問題は、先生がここ数日、不機嫌なことだ。

もちろん、不機嫌だからと言って、理不尽な叱責や暴力があるわけではない。ただ、少しだけ、居心地悪く感じるだけで。

そしてそれは、私だけではなく、騎士団を含めた館の者たちのほとんどが感じていることなのである)

◆

(私は、領主館でメイドをしております、レイリッタと申します。主に、剣術指南のセーラ様のお世話をさせていただいております。

ただ、ここ数日、そのセーラ様は元気がございません。もちろん、剣術指南のお仕事もいつも通りこなされ、私たちメイドにも、優しく接してくださっています。ですが、毎日接するからこそ分かります、元気がございません。

私が尋ねても、大丈夫、いつも通りよ、としかお答えになりません。なので、正確な理由は分かりません。ただ……先日の演習場での模擬戦、これが理由に繋がっているのだろうと私は考えております。

私はただのメイドですので、剣も魔法もよく分かりません。それでも、セーラ様とお連れの……リョウ様と仰いましたか、お二方の戦いは凄いものでした。

場所柄、騎士の方の練習はよくお見かけしますし、セーラ様付きというお役目故、セーラ様と騎士の方の戦闘もよくお見かけします。ですが……あのお二方の戦いに比べると、大人と赤ちゃんくらいの差が……いえ、神様と蟻くらいの差があったように思います。

そして戦い終えた後、セーラ様はリョウ様に抱きついていらっしゃいました。すぐに離れましたが、あんなに興奮され、楽しそうなセーラ様を見たのは初めてです。しかも別れ際「たいせつなひと」と仰っていました……。

セーラ様はとてもお美しい方です……それこそ美の女神もかくや、と言わんばかりの。ですが、浮いた話などは全くございませんでした。もちろん、あれほどの美しさ、あれほどの強さをお持ちですので、騎士団はじめ、館の者たちからは憧れの目で見られています。ですが、ご本人はそれについては全く頓着されず……。

話が逸れました。

まあとにかく、セーラ様はここ数日、元気がございません。私たちメイド一同は、そのことをとても心配しているのです）

◆

その日、セーラは、久しぶりに冒険者ギルドを訪れていた。

ちなみに、ここに来るまでにたどった道順は、北図書館、『飽食亭』、冒険者ギルド宿舎十号室。

昨日、北図書館の禁書庫で、錬金術とゴーレムに関する書類を見つけた。本ではなく、かなり古い羊皮紙による十数枚の束であった。

北図書館の主とすら言われており、おそらくどの司書よりも蔵書に関して詳しいセーラですら、初めて見る羊皮紙束。

そのことを、ゴーレム関連の錬金術を探している涼に教えてあげようと思って、上の道順を辿ったのだ。

それと、ここ五日ほど、図書館でも『飽食亭』でも涼に会うことがなかったというのも、理由ではあった。

ギルドの扉をくぐると、いくつかの視線がセーラの方を向いた。そして、一度視線を外した後、次はしっかりとセーラの方を見た。

数多くの二度見が発生していた。

「おい、あれって……」

「風のセーラ……」

「セーラ様……」

「すげぇ珍しいな」

「え？　誰ですか、あの美人さん」

「馬鹿！　ソロでB級パーティー張ってるセーラさんだよ！」

そんな言葉など聞こえないかのように、セーラは一直線に受付に向かった。

「お久しぶりね、ニーナさん」

「いらっしゃいませ、セーラさん。今日はどういったご用件でしょうか」

セーラが挨拶した受付嬢はニーナであった。

「D級冒険者のリョウを探しているの。彼が探しているものの手掛かりを見つけたことを伝えたくて」

ギルドは、基本的に、冒険者への伝言や荷物預かりなどは行うが、冒険者の行動に関する情報は他者には与えない。その行動は、依頼に関連する場合もあるからだ。依頼に関連した情報の秘匿は、十分に注意されるべきものだ。

その辺り、B級冒険者であるセーラもよく分かっているために、先のような言い回しをした。「リョウに頼まれていた内容を伝えるために探している」と。

実際、完全に嘘というわけでもない。

「ああ……リョウさんたちは、依頼で、街にはいません」

「そう……じゃあ、また明日くるわ」

そう言うと、セーラは身を翻そうとした。

「あ、セーラさん待ってください」

慌てて止めるニーナ。そして近くに寄るように手招きをして、小さな声で告げた。

「セーラさん、リョウさんたちは依頼で別の街に行っているため、しばらく帰ってきません」

それを聞いた瞬間、セーラの顔を絶望が覆った。

その劇的な変化は、ニーナも気付いた。

「せ、セーラさん、大丈夫ですか？」

「あ、うん、大丈夫……大丈夫……。それで、しばらくってどれくらい……？」

「依頼の種類は『拘束期間：一週間以上』のものですので……正確なところは分からないのですが、おそらくあと一週間以上はかかるかと……」

ニーナは、ウィットナッシュへの往復の護衛依頼であり、ウィットナッシュ開港祭が終了してからの帰還になるであろうことは推測しているが、そこまでセーラに伝えることはできない。そのため、一週間以上とだけ伝えたのだ。

「そう……分かったわ。ありがとう」

そう言うと、セーラは受付から離れた。

その姿は、誰が見てもショックを受けている様子であり、冒険者たちは誰も声をかけることなく見送るのであった。

それから一週間、セーラの心は晴れなかった。

（ほんの一カ月前には、リョウの存在なんて知らなかったのだから、その頃に戻っただけ……そう頭では分かっているのだけど……。ああ……妖精王が、どうしてリョウを好んだのかよく分かる……)

一週間は帰ってこないと言われても、それでももしかしたらと思って、毎日、北図書館、『飽食亭』には顔を出していた。

だが、そこに望んだ姿はなく、いつもセーラは打ちひしがれて領主館に戻るのだった。


そして受付嬢ニーナと会った八日後。

午前の騎士団の訓練を終えると、セーラは北図書館に向かった。

図書館では、大閲覧室はもちろん、入ることはできないであろう禁書庫の中も、隅から隅まで見た……だが、やはりそこには求める人物の姿は無かった。

昨日まで以上に打ちひしがれた状態で、次の『飽食亭』に向かう。お昼を少し回った時間帯で、この時間はもうお客は少なくなっている。だが、以前涼と出会ったのはこの時間帯だった。


セーラは、『飽食亭』の扉を開けて中に入る。

そこには……美味しそうにカレーを食べる水属性魔法使いの姿が！

セーラは泣きそうになった。

理由は分からない。だが、それが素直な感情だったのだ。

一心不乱に、あるいは真摯にカレーと向き合う涼……その姿を見て、セーラはしばらく動けなかった。

ふと、涼は目を上げた。そして視界にセーラの姿を捉える。

右手でスプーンを持ったまま、左手でおいでおいでをした。

セーラはそれを認識すると、満面の笑みを浮かべて涼の元へと歩み寄っていった。

◆

そこは北図書館の禁書庫。

禁書庫には、冒険者はB級以上でなければ入れないため、涼は一人ではない。

隣には、背中までのプラチナブロンドの髪を軽く結んだ、美の女神もかくやというエルフ女性が座っている。セーラだ。

本来は、B級以上の付き添いがいたとしても、資格外の人物が禁書庫に入ることは許可されない。それでも、今回涼が入っているのは、セーラが直接、領主の許可を取り付けてくれたから。目的は、涼がウィットナッシュの街に依頼で出かけている間に、セーラがこの禁書庫で見つけた、とある錬金術関連の羊皮紙束を閲覧するため。

禁書庫内の書籍、書類、その他は書庫外に持ち出すことは許されない。そのため、その羊皮紙束を涼が見るためには、特別な許可を受けて、涼が禁書庫に入るしかなかったのだ。

涼は、一通り束に目を通すと、顔を上げた。

「実に興味深いですね」

「だろう？　そう思ってリョウに伝えに行ったんだ……」

「すいません、護衛依頼で出かけてて」

涼がウィットナッシュに護衛依頼で十三日間、街を離れている間に、セーラはわざわざこの束のことをギルドまで知らせに来てくれたという。

感謝の言葉しかない。

「いやいや、いいんだ、気にするな」

そう言った横顔は、涼にはちょっとだけ得意気に見えた。

「よし、じゃあちょっとメモを取りますね」

そういうと、涼は持ってきた紙束とペン、インクを机の上に並べだした。

「羊皮紙だと〈転写〉で写せないものな。紙に描かれていれば簡単だったのにな」

残念そうな顔でセーラは言った。

「……へ？」

「……うん？」

涼が変な声で聞き返し、それに対してセーラも聞き返す。

何か、意思の疎通に問題があったらしい。

「転写がどうとかって、今言いました？」

「転写がどうとかって、今言いました」

語尾を上げるか上げないかだけで大きく意味が変わる……言葉とはかくも難しきものである……。

「もし、これが紙に描かれているものであれば、〈転写〉とか言うのを使えば、すぐに別の紙に写せるのです?」

「うむ、写せる。リョウのその言い方は、〈転写〉の魔法を知らないということだな」

ようやく理解できて、セーラはにっこり微笑んだ。

(この笑顔を見るためなら、何度も「〈転写〉を知りません」って繰り返してもいい……)

涼の思考が乱れた。

だが意志の力で元に戻す。

「はい。〈転写〉の魔法とか知りません……」

「リョウって面白いな。いろいろ知っていそうで、いろいろ強いのに、基本的なことを知らなかったりする」

「〈転写〉って基本だったのか……」

そこまで聞いて、ようやく一つの謎が氷解した。

冒険者ギルドによく置いてある紙……冒険者登録した際にニーナが涼に見せてくれた説明書……それらは全て〈転写〉されたものだったのだ。

だから、大量に存在し得ていた!

『ファイ』においては、活版印刷の代わりに、魔法がその役割を担っている!

考えてみれば当然なのかもしれない。魔法というこの上なく便利な道具があるのなら、活版印刷など生み出されないだろう。

「その〈転写〉の魔法って、僕でも使えますかね?」

「う~ん、どうかな。無属性魔法だけど、あれって珍しいことに、向き不向きがあるみたいだから。司書の人たちは、使えるかどうかが採用試験になるくらいだから、みんな使えるらしいけど……。まあ、普通、街で商業活動する場合は、転写屋さんに頼むぞ」

この世界にも印刷会社があるらしい……。

「ハッ、誰でも〈転写〉できるなら、わざわざ高いお金で本を買わなくても……」

「うん、それは違法だ」

この世界にも著作権のようなものがあるらしい……。

「やっぱり本は、ちゃんと買って読んだ方がいい。それが作者さんのためだ」

「はい、そうします」

涼が素直に頷いたので、セーラはにっこり微笑んだ。

なんとか書き写し、一息ついたところで涼は以前から疑問に思っていたことをセーラに尋ねた。

「ずっと疑問に思っていたんですけど、セーラさんってよく図書館にいますよね？」

「うん、いるな」

「入館料の出費、かなりの額にのぼるんじゃ……」

「え……」

セーラは、スッと視線を逸らした。

「あ、あれ？」

「いや……ほら……私、館でお仕事してるから、入館料は無料に……」

「なんて羨ましい！」

涼の心の底からの叫びであった。

「さ、最初は払ってたんだぞ？　でも、ここの入館料収入の九割以上が、私が支払っているものだということを知った領主様が、それはあんまりだということで無料に……。あ、でもそれのおかげで、領主様が無理を聞いてくださって、リョウは禁書庫に入れたんだから……」

なぜか最後は「エヘン」という声が聞こえそうな、感謝してねという態度であった。

「もちろん、それは感謝しています」

それは本心。

「あ、そうだ、後でさっき言ってた〈転写〉の魔法、知り合いの転写屋さんの所に連れていって見せてあげよう」

強引に話を変えるセーラ。

「……ぜひお願いします」

涼もあえてそれに乗ることにした。

「僕は、魔法についてあまりにも知らなさすぎるので……」

「私も、人間の魔法というか、この中央諸国の魔法についてはは詳しくはないけど……まあ森を出てからそれなりの年月が経つから、いくつかはリョウの疑問にも答えられると思う」

（セーラさんって、実際のところ何歳なんだろう……）

「リョウ……今、何か変なことを考えたろう」

「い、いえ……」

セーラがジト目で涼を見ている。そんなセーラから視線を逸らす涼。

「私はだいたい、二百歳」

涼は驚いてセーラを見た。

「なに～？　何か意外だった？」

意地悪に成功した綺麗な女性、題名をつけるならそんな笑顔のセーラ。

「いや……二百年生きてるのに、そんなに綺麗なのは驚きだと……」

「め、面と向かってそう言われると、さすがに照れる」

顔を真っ赤にしてセーラは横を向いた。

◆

二人で、『飽食亭』で仲良くカレーを食べた後、セーラの知り合いだという転写屋に向かった。大通りから一本裏に入った通りではあるが、なかなか立派な店構え。

「転写速度は、人によってかなり違うから、速くできる人は自然と仕事量が増えて、儲かるらしい」

セーラは、立派な店構えの理由を話してくれた。

「じゃあ入ろうか」

そう言って扉を開けようとすると、中から人が出てきた。

「おう、セーラ」

「アベル、お久しぶりね」

転写してもらったらしい紙の束を抱えたアベルが、店から出てきた。

「アベルがお仕事とは珍しいですね」

「……リョウ？　いや俺だって仕事するぞ……って、なんでリョウがセーラと一緒にいるんだ？」

涼の軽口にアベルが驚いて反応した。

「セーラさんは僕の……いわば先生です」

「リョウは私の……いわば生徒です」

そういうと、二人は笑い合った。

「お前ら、仲いいな……」

アベルが二人の様子にあっけにとられていると、店の中から人が出てきた。

「アベルさん、扉を閉めて……あ、セーラさん、いらっしゃいませ」

出てきたのは三十代半ばの女性であった。

「おっと、時間をくった。じゃあ俺はこれ持っていくから。リョウにはいろいろと聞きたいことがあるから、その時にまたな」

そう言うと、アベルは去っていった。

「やあコピラス、久しぶり。リョウ、こちらは転写屋のコピラス。ルンの街一番の転写屋だ」

「いや、セーラさん、それは言いすぎ……。初めましてリョウさん、転写屋のコピラスです」

「冒険者の涼です」

コピラスと涼は挨拶を交わした。

「コピラス、実はリョウが〈転写〉の魔法自体を知らないと言うので、それを見せるのに連れてきたんだ。申し訳ないが、ちょっとだけ、転写するところを横で見せてもらえないだろうか」

「いいですよ。今の、アベルさんのは急ぎだったからあれでしたけど、ゆっくり請け負っているのがあるので、それを転写しているところを見ていってください」

そう言うと、コピラスは二人を店の奥へと案内した。


コピラスが見せてくれた転写の魔法は、効果はそのまま「ページをコピー&ペースト」であった。

左手を元ページの上にかざし、右手を転写先ページの上にかざす。

「我は願う　ペンと紙の奇跡により双子が生まれ出でんことを〈転写〉」

これによって、全く同じページが複製されるのだ。

その際、拡大縮小をすることはできず、転写先の紙の大きさいかんにかかわらず「そのまま」転写される。

現代地球のコピー機ほどのスピードは当然ありえないのだが、Ａ４一ページが、五秒程度で転写できるのだから、十分以上に実用的なスピードであった。

「これは凄いですね」

涼は心の底から思った。午前中、羊皮紙からの書き写しをしたから尚更だったかもしれない。

「うむ。この魔法は、人間の生活を大きく変えた魔法の一つだ」

「セーラさん、大げさ」

セーラが重々しく宣言した言葉に、コピラスが苦笑しながら答える。

「大げさなものか。凄い魔法だし、それを使いこなすコピラスたちは、本当に凄いと思う」

セーラのような物の見方ができるのは、涼から見ると非常に好ましい。そう、派手なものばかりが凄いわけではないのだ。

「コピラスさん、いいものを見せていただきました。ありがとうございました」

「いえいえ、こんなので良ければいつでも。リョウさんも、何か転写の必要があったら、ぜひうちを利用してくださいね」

涼とセーラは転写屋を出た。


だがそこで、唐突にセーラが涼に呼びかける。

「リョウ、話がある」

なんとも仰々しい切り出し方。

「え？　セーラさん？」

「そう、それ、そのセーラさんってやつ」

「え？」

「これまでは、私がB級だから、かしこまってさん付けなのかな、仕方ないかな、と思っていたけど……さっきのアベルには呼び捨てだった。だから私も呼び捨てがいい」

セーラはそう言うと頬を膨らませた。

ものすごく可愛らしい。

「そ、それは構いませんが……」

「はい、なら実行。セーラ」

「……セーラ」

「よし！」

そう言うと、セーラは嬉しそうに微笑んで歩き出した。

ニルスの不思議な村

涼には、冒険者ギルドに課された罰があった。

『二カ月間で依頼を三つこなす』

その一つ目が、『十号室』の三人ならびに『コーヒーメーカー』たちと行った、ウィットナッシュへの商団護衛だ。

実は、往復の護衛依頼というのは、往路と復路で別々の依頼扱いとなり、二回分の依頼をこなしたことになる。ギルドの内部処理的な話であるため、依頼者側が特に意識することはないし、不利益を被ることもない。

とはいえ、様々な理由から回数をこなさなければならない冒険者にとっては、非常に美味しい依頼であるのは確かなのだ。

そして涼は、そんな冒険者に該当していた。

つまり、あと一カ月半の間に、一つ依頼をこなせばいいだけになっていた。

そういうわけで涼としては全く焦っておらず、北図書館や『飽食亭』、あるいは模擬戦のために騎士団演習場に出入りしていたのだが……。

「リョウ、手伝ってほしいことがあるんだ」

「んん?」

その日、午後の騎士団演習場でのセーラとの模擬戦を終えて宿舎に戻ると、部屋にいたニルスが思いっきり頭を下げて頼んできた。

「手伝ってほしいこと?」

ニルスの説明を要約すると……。

ニルスが生まれ育った村が、冒険者ギルドに討伐依頼を出している。

依頼ランクはC級・D級依頼なので、E級パーティーの自分たちだけでは受けることができない。

D級の涼が臨時パーティーを組んでくれれば、D級依頼を受けることが可能になる。

討伐対象は、村の近くに出没するゴブリンとスケルトンである。

「ゴブリンとスケルトン？」

その討伐対象に、涼は少しワクワクした。

（ついに、ゴブリンと並ぶファンタジー世界の主役！　スケルトンの登場ですよ）

しかし、気になることもある。

「でも……なぜゴブリンとスケルトン？　変な組み合わせですよね？」

「そう。その二種は根本的に生息域が違う。まあ、スケルトンを生息と言っていいか分からないけどね」

そう答えたのは、エトであった。

神官であるエトにとっては、アンデッドたるスケルトンは不倶戴天《ふぐたいてん》の敵……だと涼は勝手に思っている。そのため、スケルトンに関して、この中では一番詳しいであろう。

「スケルトンの出現する場所というのは、墓地、打ち捨てられた神殿や祠《ほこら》、廃館、あとはせいぜい廃坑といったところかな。ニルス、村に、これらに該当する場所がある？」

「墓地はある。そこなのかもな。依頼書には、その辺りの詳しい説明が書いてなかったんだ。そもそもが、この討伐依頼は最初、カイラディーの街に依頼として出された。村に一番近いのはカイラディーだからな。だが、依頼は達成されないままルンの街に回ってきた……」

「ゴブリンとスケルトンの討伐なのに、カイラディーで達成されていないというのは一体……」

エトも頭をひねっている。

ゴブリンが弱いのは周知の事実だ。大海嘯は別として。スケルトンも決して強いわけではなく、一対一ならF級冒険者でも問題なく倒せるし、神官の範囲浄化魔法〈ターンアンデッド〉などがあれば、数十体を超えるスケルトンがいたとしても、後れを取ることはないであろう。

それだけに、「依頼が達成されていない」というのがよく分からない状況であった。

「まあ、そんなわけで、最初にカイラディーのギルドに寄って、状況を聞くことになるとは思う」

「その依頼は、移動時間とかどれくらいかかるのですか？」

「カイラディーまで一日、村まで一日、依頼で三日として、往復全部で七日くらいだと思う」

言った後で、ニルスはどうだろうか、受けてくれないだろうか、という顔で涼を見ている。

「受けるのは構いません」

「ホントか！　ありがたい！」

「ただ、明日、模擬戦の約束をしている人がいるので、これからその方に断ってきます。ですので、その後、ギルドに臨時パーティーの申請と依頼受諾に行くことになりますけど、いいですよね？」

涼としては深い意味は無かったのだが、キャンセルされる明日の予定を聞いた三人は驚いた。

「リョウと模擬戦をするって……」

「そんな人間がルンの街に？」

「人間とは限らないのでは……」

ニルスもエトも、そしてアモンも驚きすぎて、聞く人が聞けばとても失礼な言葉を呟いていた。

「ではちょっと行ってきます」

◆

ほんの一時間前に出てきた領主館の入口に涼は戻ってきていた。

驚いたのは守衛の騎士だ。

「リョウ殿、どうされたのですか」

いつの間にか、騎士たちは涼を『殿』付きで呼ぶようになっていた。

ここ数日ほど、毎日午後に騎士団演習場でセーラと模擬戦を戦っていたが、その戦闘の噂が騎士団内に広がっているというのは、涼も聞いていた。それが、『殿』な形で現れるようになったと思われる。

「すいません、明日もセーラさんと模擬戦の約束をしていたのですが、依頼が入って模擬戦をキャンセルすることになったので、そのことをお伝えに……」

そこまで言うと、守衛はとても残念そうな表情になった。

「明日は、私も観に行こうと思っていたので残念です」

「そ、それは、なんかすいません……」

「あ、いえ……セーラ様ですね、今は騎士団の訓練を演習場でされているはずです」

そう言うと、守衛は涼を中に入れて、演習場の方を指さした。

「え？　僕、勝手に入っちゃっていいんですか？」

「はい。リョウ殿は、演習場まで、いつでも立入の許可が出ております。どうぞ」

今、初めて聞いた……まさに、いつの間に？

演習場では……ほとんどの騎士が地に臥していた。みんな仲良く睡眠学習……では、もちろんない。

問題なく立っているのは、セーラだけ。どうやら、セーラ一人に叩きのめされたようだ。

そんな状況の演習場で、涼は立ち尽くしていた。

「これは……」

本当に小さな声だったはずなのだが、それに反応してセーラが勢いよく涼の方を振り向いた。

そして間髪を容れずに、一瞬で涼の前に移動してくる。

「リョウ、さっきぶりだな。何か忘れ物でもしたか？」

「いや、実はセーラに謝らなければならないことが……」

そういうと、涼は先ほどの依頼の件をかいつまんでセーラに話した。

「……ということなので、明日の模擬戦ができなくなったことと、しばらく街を留守にするので、それをお伝えしようと……」

以前、涼たちがウィットナッシュに護衛依頼で行っていた際、セーラが探していたということを聞いたので、今回はきちんと事前に説明をした方がいいと思ったのだ。

話を聞いたセーラは、少し落ち込んでいるように見えた。

（模擬戦、いつも楽しそうだったからなあ……しばらくできないとなると落ち込むよね……）

涼はそう考えると、戻ってきてからのことを提案してみた。

「戻ってきたら、いっぱい模擬戦つきあってください。それと、飽食亭にもカレーを食べに行きましょう」

そう言うと、セーラは目に見えて明るくなった。

「そ、そうか？　絶対約束だぞ？　絶対絶対約束だぞ？」

「え、ええ。約束します」

セーラの勢いに幾分気圧されながら、涼は何度も頷いた。

「よし。じゃあ、ルームメイトのためにも、頑張って行ってらっしゃい」

そう言うと、セーラは満面の笑みで涼を送り出してくれるのだった。

不機嫌にならなくて良かった……涼は心の底から安堵した。


再び、涼がギルド宿舎に戻ると、十号室の三人が部屋で待っていた。

ニルスが村の簡単な地図を描いて、いろいろ説明をしていたらしい。

「お待たせしました」

「リョウ、おかえり」

「おかえりなさい」

「模擬戦の相手は、怒り狂ったりしなかったか……？」

最後の質問は、恐る恐る聞いたニルスだ。

「ああ、大丈夫でしたよ。それより、ギルドに行って手続きをしましょう。お腹も減ったので、ついでに晩御飯も」

ギルドでの手続きは、問題なかった。

ただ、依頼を受諾した後、応接室に招かれたのが、いつもとは違っていた。

そして待つこと二分、ギルドマスターのヒューが入ってきた。

「おう、わざわざ来てもらって悪いな。ああ、挨拶とかいらん。座ったままでいいぞ」

慌てて立ち上がろうとした四人に向かって、そのまま座っているように指示を出す。

「来てもらったのは、この依頼がカイラディーからうちに回ってきた経緯を、一応説明しておこうと思ってな。気になるだろう？」

「ええ、気になります」

真っ先に言ったのは、やはりニルスであった。

当然であろう。彼の故郷の村に関する依頼なのだから。

「カイラディーからは、二度、冒険者パーティーが送り込まれている。一度目はE級、二度目はD級のパーティーだ」

「D級パーティーも依頼を失敗したと？」

ゴブリンとスケルトンの討伐……数が分からないとはいえ、D級パーティーが失敗するとは思えない。

「いやぁ……そのD級パーティーの報告書には、『村人の協力を得ることができなかった』とか『村人が敵対した』とか書いてあるんだよ……」

「……は？」

間の抜けた声を上げたのはニルス。

「そんな排他的な村じゃない……まあ、開放的とも言えないですが」

「う～ん、まあ報告書だけじゃあなんとも言えんわな。ただ、最初のE級パーティーは、メンバーに重傷者が出ている。スケルトンにやられたらしい。その時は二十体以上のスケルトンに遭遇したと書いてあったから、気を付けろよ。まあ、神官のエトがいるから油断しなけりゃ大丈夫だろ」

それを聞いて、エトが大きく頷いた。

「正直、俺としてはニルスたちが引き受けてくれたのはありがたい。やっぱ村とか、出身の人間の方がいいよな……。俺も小さな村の生まれだから分かる。とはいえ、カイラディーから回ってきた依頼ランクが『C級、D級』ってなってたからどうしたもんかと思ったが……リョウが入れば問題ないか。うん、よかったよかった」

ヒューは一人満足して、何度も頷いた。

「あと、カイラディーの冒険者ギルド宛に、今回の依頼の紹介状を書いたから持っていけ。ニルスが依頼元の村出身だというのも書いてあるから、情報面の協力をよろしくって記しておいた。まあ、悪いようにはしないだろ」

「ギルドマスター、何から何まで、ありがとうございます」

「おう、気にすんな。お前らは期待の若手だからな。無事に戻ってこいよ」

そういうと、ヒューは笑いながら応接室を出て行った。

「お腹が空きました。ご飯食べましょう」

ブレない涼の言葉に、ニルスは戸惑いながら頷き、エトは笑いを堪え、アモンは苦笑した。

腹が減っては仕事はできない。

◆

翌日。

いつもより早い時間にギルド食堂での朝食を終え、四人はカイラディーの街に向かった。

もちろん、歩きで。

ルンとカイラディーの間は、頻繁に人、物の行き来があるため、街道が整備されている。整備されているとはいっても、石畳が敷かれているわけではなく、地面が固められているだけではあるのだが……。それでも、道なき道を行くのに比べれば段違いに楽だと言えよう。

街道沿いには、時々直径一メートル、高さ五メートル程の円柱が立っている。

「あの、時々立ってる円柱ってなんですかね？」

その柱が気になった涼が、誰とはなしに聞く。

そして、こういった系統の質問に答えるのは、たいていエトだ。

「あれは退魔柱、魔物避けの柱だね。五百メートル間隔で立ってるはず」

「結界……」

思わず涼が呟く。涼の頭に浮かんだのは、ロンドの森の自分の家にミカエル（仮名）が設置した結界であった。

「結界と言えるほどの効果は無いけど……。まあ、よほどのことがない限り、魔物は寄ってこなくなるよ。王国の主要街道には、だいたい設置されているね」

ルンとウィットナッシュを繋ぐ街道にもあったらしいのだが、涼の記憶には残っていなかった。その時は、『コーヒーメーカー』たちの情報を引き出す方が大事だったのかもしれない。

この退魔柱と家にある結界は、やはり根本が違うようだ。

いつかは、家の結界の謎も解いてみたい……また一つ、涼の心に野望が芽生えるのであった。


そして、お昼。

ギルド食堂に作ってもらったお弁当を食べながら、四人は休んでいた。

「それにしても……ホント、何も起きませんね」

「リョウ……一体何を期待しているんだ……」

涼の独白に、呆れたような目を向けながら答えるニルス。

「いや、ほら、街の間の移動といえば……ひっきりなしに向かってくる魔物を撃退し、集団で襲ってくる盗賊を捕まえて、逆に貯めているお宝を奪う、的なのが王道かなと思うんです」

「それは、どこの人外魔境の話だ……」

そんなことが頻繁に起きていたら、国レベルでの経済活動なんて滞って仕方ないだろう。

そんなことをニルスが説明した。

そう、見た目、でっかいやんちゃ坊主な、剣士のニルスが説明したのだ。

涼は驚愕した。

「こらリョウ、お前、めっちゃ失礼なこと考えただろ」

「ソ、ソンナコトナイデスヨー」

横でクスクスと笑いを堪えられなくなって、エトはついに大笑いをしてしまっていた。

ひとしきり笑った後。

「ニルスは以前、アベルさんにその辺の話をしてもらったことがあって、それを覚えてたんだよね」

「エト、ばらすな！」

エトが事実を告げたことで慌てるニルス。

「やっぱり……」

「なんでそこで納得するんだ」

涼が大きく頷き、それに対してニルスが抗議した。

ずっと横で聞いていたアモンは、

「でも、そういう以前聞いたこと一つ一つが、きちんと身に付いているのは凄いですね。私も頑張ります！」

アモンはいい奴である。

その日の夕方には、何事もなく四人はカイラディーに着いた。

「依頼報告で、ギルドがごった返す時間帯だな。先に宿を確保しよう」

ニルスの提案で、冒険者ギルドに行く前に宿を確保した。野宿をすれば宿代はかからないのだが、せっかく街にいるのだからきちんとしたベッドで眠りたいではないか。

冒険者は体が資本なのであるからして。

宿を確保し、ついでに晩御飯まで食べた後で、四人は冒険者ギルドに向かった。

さすがに、その日の依頼報告のピークは過ぎ去っており、ギルド内には冒険者はほとんどいない。

受付係も、若い男性の受付が一人いるだけ。

「俺らはルンの街の冒険者だが、この街から回ってきたアバリー村の討伐依頼を引き受けた者だ。依頼情報を受け取りたい。あと、これがうちのギルドマスターからの紹介状だ」

ニルスはそう言うと、ヒューが持たせた紹介状を受付係に渡した。

「かしこまりました。少々お待ちください」

そう言うと、受付係は紹介状を持って奥の扉に入っていった。

「この後、奥から人が出てきて、僕らは街の冒険者とギルドの偉い人に絡まれて、一触即発の事態に陥るんですね。そして力ずくでその事態を解決するのです」

涼が、王道ラノベ展開を切々と語りだす。

「なんでリョウは、そんなに戦う展開に持っていこうとするんだ……」

「リョウは、模擬戦がキャンセルになって欲求不満なのですか？」

「以前リョウさんが言っていた、ジョーザイセンジョーというやつですね！」

ニルスが呆れて、エトは首を横に振りながら、そしてアモンは難しい言葉を使っていた。

だが残念ながらというか、当然というか、そんな展開にはならず四人は奥の応接室に通された。

「この件に関しては、サブマスターが説明をするそうなので、こちらでしばらくお待ちください」

そう言われて、応接室で待つこと五分。

サブマスターとは、ギルドマスターを補佐する、ギルドで二番目に高い地位の人物で、ある程度以上の規模のギルドになると、たいてい置かれている。

だが、辺境最大の規模を誇るルンの冒険者ギルドには、なぜかサブマスターが存在しない。そのために、ウィットナッシュに、代理としてアベルがヒューの代わりに派遣されたりしたのであるが。

入ってきた男性は、三十代半ば、元魔法使いというイメージを抱かせた。

涼と同じ程度の身長、エト並みに華奢な体格、アモンのように柔らかな表情を浮かべた、一目で話しやすそうな印象を受ける男性。

「ルンの街の冒険者だね。私は、このカイラディーの冒険者ギルドサブマスター、ランデンビアです。よろしく」

「私がパーティーリーダーのニルスです。パーティーメンバーのエト、アモン、そしてリョウです」

普段の物言いとは違い、丁寧な言い回しで説明をするニルス。

ＴＰＯは、社会人の基本です。

「そうか、君が依頼元の村出身のニルスだね。マスター・マクグラスからの紹介状に書いてありました。それと、このパーティーは期待の若手パーティーだと。あのマスター・マクグラスが期待するパーティー……そういうパーティーがあるというのは少し羨ましいですね。カイラディーは、最近は若手パーティーがあまりデビューしないものですから……」

「期待の若手……」

「マスター・マクグラス……かっこいい響き」

三人の喜びの声以外に、若干一名、変なところに食いついているが、それが誰なのかはあえて触れまい。

決して、どこぞの水属性魔法使いである、などとは言うまい……。

「うちのギルドマスターって、もしかして有名人？」

エトの呟きに、サブマスター・ランデンビアは驚いた。

「もしかして、英雄マクグラスを知らないの……？」

「英雄？」

四人とも異口同音。

「もう、その辺りを知らない世代が冒険者になる時代なのか。かつては、王国の冒険者でマスター・マクグラスの名を知らない者などいなかった。それくらいの人物なんだよ。十年前に起きた、王国と連合の戦争、ただ『大戦』と呼ばれているその戦争の英雄が、マスター・マクグラス。この依頼が終わってルンの街に戻ったら、先輩冒険者に教えてもらうといいよ。マスター・マクグラスという人の英雄譚《えいゆうたん》を」

「はい、そうします」

未だに驚きから回復できていなかったが、ニルスは大きく頷いて答えた。

「よし、では今回の依頼について説明をしよう。とはいえ、あまり情報が無いというのが、正直なところだけどね」


カイラディーからは、E級とD級のパーティーが一回ずつ派遣された。

最初のE級パーティーは、スケルトンと戦闘になり、五人中、重傷者二人。撤退。

次のD級パーティーは、一部村民から協力を得られず、調査不能。撤退。

その後、村長らがカイラディー冒険者ギルドに謝罪に訪れる。

だが、依頼を受けるパーティーはその後現れず、依頼は辺境最大のルンの街に回された。

「あまり情報が無くて申し訳ない。当時、これらのパーティーから聞き取りをした職員は、すでにギルドを辞めていてね。何か質問はあるかな？」

「討伐依頼書には、ゴブリンとスケルトンと書いてあったと思うのですが、ゴブリンの確認はできているのでしょうか？」

エトが質問をした。

確かに、今までの報告では、ゴブリンのゴの字も出てきていない。

「いや、冒険者は確認していない」

ランデンビアは首を横に振って否定した。

「E級パーティーがスケルトンに遭遇したのは、西の墓地ですか？」

村の地理に詳しいニルスが質問をする。

「いや、墓地ではなく、東の森と報告されている」

「東の森？」

その答えに、ニルスは深く考え込んだ。

その後は、質問が出ることもなく、ランデンビアによる説明は終了した。

「では健闘を祈るよ」

そういうと、ランデンビアは立ち上がり、十号室の四人を送り出したのだった。


翌朝カイラディーの街を出て、目的地のアバリー村に着いたのは昼過ぎ。

「けっこう早く着きましたね」

「俺らの歩くペースが速かったからだ。普通は丸一日かかる……」

涼の感想にニルスは苦笑しながら答えた。

四人とも、特に持久力は重点的に鍛えているために、こういう長距離の移動時間はかなり縮まる。

高いパフォーマンスをどれだけ長く持続できるか……それは、アスリートだろうが冒険者だろうが、とても重要な要素であった。

持久力万歳。

住居は村の中心に集まっているらしいのだが、開墾《かいこん》された畑が村の外、かなり広範囲に広がっていた。

そこでは、幾人かの村人が働いていたが、四人を見かけると近寄ってくる。

理由は、村に帰ってきた剣士にあった。

「ニルスか？　おぉ、ニルスじゃないか！　久しぶりだな！」

「ニルス～、おかえり～」

にこやかにニルスに手を振る村人を見て、涼は安心したような表情を浮かべて言った。

「ニルスは、村人に嫌われて追放されたわけじゃなかったのですね。良かったです」

「なんで、俺が追放されるんだよ」

怒ってというより半ば呆れた口調で、ニルスは言い返す。

「だってニルスって、見るからにガキ大将というか暴れん坊というか……やんちゃだったでしょ？」

「うっ……それは否定しないが……」

「そういう人は、たいてい村から追い出されて、冒険者に身をやつすものだと相場は決まっているのです」

「リョウが断定している……」

「リョウさんは、そういう知り合いがいるんですかね」

涼のラノベ的知識による断定口調に、エトとアモンが囁くような声で会話する。

「と、とにかく、まずは村長と、ばば様のところに挨拶に行くぞ」

強引に話をぶった切ると、ニルスは大股で村の中心に向かって歩く。

他の三人も、その後に付いていった。

村の中心の広場。そこに隣接するように大きめの家が建っている。

建物自体は木造であるが、中はかなり広そうだ。

「ブーラン、いるかぁ」

扉を開けながら、ニルスは遠慮することなく勝手に中に入っていく。

とはいえ、さすがに、三人は躊躇した。ニルスは、勝手知ったるなんとやらなのかもしれないが、三人は違う。扉の外から、頭だけ中を覗き込む形になった。

そこは、集会場として使われているかのような、とても広い空間になっている。

数秒ほど待っていると、家の奥からニルス並みの大きな体と、分厚い筋肉を纏った五十代くらいの男性が出てきた。

「おう、誰だ……って、お前、ニルス？　本当にニルスか？」

何か信じられないものでも見たかのように、ブーランと呼ばれた男は、ニルスを頭の先から足の先まで何度も何度も見なおした。

「おう、俺だ」

「本当にニルスか……見違えたぞ」

そう言うと、二人はがっしりと抱き合った。

「見違えたって……まだ村を出てから一年も経ってないだろうが」

「まあそうなんだが……なんというか立派な感じが……。村を出た頃は、暴れん坊なだけだったからな」

「ぶっ」

それを聞くと、後ろの三人が一斉に噴き出してしまった。

「だぁぁぁ、ブーランそれを言うな。そうそう、こっちの三人、エト、アモン、リョウが俺のパーティーメンバーだ」

「よろしくお願いします」

三人は一斉に頭を下げ、挨拶をした。

「おう、よろしくな。俺は村長のブーランだ。まあ、立ち話もなんだ、座ってくれ」

ブーランに促されて、四人は座った。

ちょうどそこに、奥からブーランと同年代と思われる一人の女性が、お盆にコップを載せて出てきた。

「ニルス、おかえり。みなさんもいらっしゃい」

「ランラン、ただいま」

ランランと呼ばれた女性は、にっこり微笑んで、何か飲み物の入ったコップを置いてすぐに引っ込んだ。

「でだ、ニルスがこのタイミングで来たってのは……」

「ああ。村がギルドに出した依頼を、俺らが受けた」

「そうか……。ん？　だが、あの依頼はカイラディーの冒険者ギルドで……しかも、結構なランクの依頼になってただろ？」

「カイラディーでは、もう誰も引き受けないってことで、ルンの街に回ってきたんだ。ランクも、まあ、なんとか背伸びして受けることができた」

ニルスがそう言うと、エトとアモンは苦笑した。

「そうか……まあ、村の事情を知らない奴らより、ニルスたちの方がいいな」

そこまで言うと、ブーランはコップの水を一口飲んだ。

それを見て、ニルスは尋ねた。

「ブーラン、二度目に来た冒険者たちに協力しなかったという話を聞いてきたんだが、どういうことだ？」

「ああ……それが、まあ、今回の依頼の核心になるんだよな……。正直、どっからどう説明すればいいか分からんから、最初から説明するな。ちと長くなるかもしれんが」

そう言うと、ブーランは話し始めた。

「最初にスケルトンを見かけたのは半年前。東の森の……ところでだ。そして三カ月前に、ゴブリンを見かけた。これも東の森……の中では少し南寄りなところだな。これは俺が見かけたんだ。だが、実はその後は一度も見ていない。他の者が見たのであれば、何かの見間違いだったのではないかと思うくらいに、探しても見つけることができなかった」

そこで一度話を切り、水を飲んだ。

「スケルトンは、森の少し開けたあたりにいつもいた。ようやく、依頼する金も都合できたから、討伐依頼を出したんだ。まあゴブリンもついでに討伐してもらえればいいなと思って、そっちも書いた。で、最初のパーティーが来たんだが……結果は聞いてるか？」

「ああ。重傷者二人」

「そうだ。二十体以上のスケルトンに囲まれたらしい。で、そのパーティーは街に帰った。問題は、その戦闘場所なんだ」

ブーランは顔をしかめた。

「もしかして東の森の……奥に入ったのか？」

ニルスは当たりをつけていたのだろう。ズバリ聞いた。

「ああ。戦闘で、森の奥を穢《けが》しちまった。だから、二度目のパーティーが来た時、追い出そうとした村人が出てきたんだ。生き死にが懸かった戦闘だ、場所を選べと言ってもそれは無理ってのは分かる。同時に、村の人間にとってはむやみに入っちゃならねえと、何代にも渡って言い伝えられてきた場所で戦闘が起こり、しかも血で穢れちまったら追い出したくなるのも、これもまた分かる。難しい話だ……」

「ああ、そうだな……」

そこまで言ってニルスは、他の三人の方をふと見た。

そして、三人共、理解できていないことを確認した。

「すまん、理解できないよな。とはいえ、これは村の秘事に関する部分だから……ばば様と総会の許可を得ないと話せないんだ。もうちょっとだけ待ってくれ」

　そう言うと、ニルスは三人に頭を下げた。


　その後、四人は村の中のニルスの生家に移動した。

　現在は、ニルスが家督を譲った弟夫婦が生活しており、ニルスの帰還を、涙を流して喜んだ。

　そしてニルス以外の三人は、ニルスが村人たちを説得するのを、その家の中で待つことになった。その間、ニルスの弟君ニロイとお嫁さんサナが、三人をもてなしてくれた。

「つまり、ニロイさんが成人、十八歳になった後、家督と農地を譲って、冒険者になるために村を出たんだ？」

「はい。兄さんは小さい頃から農業が好きではなかったのですが……兄さんの成人直前に両親が亡くなったものですから仕方なく継いで……。本当なら、成人直後に村を出ていく予定だったんです。でも、僕を育てるために残ってくれていたんです」

　弟ニロイは、顔立ちはニルスに似ていたが、体の大きさも性格も似ていない、とても温和な青年であった。

「ニルスはああ見えて、世話焼きだからね」

「ニルスさんには、もの凄く良くしてもらっています」

　エトとアモンがニルスを褒めた。

　もちろんニルスは、ここにはいない。

　いたらきっと、顔を真っ赤にして否定したに違いなかった。

「今、ニルスって……」

「村長宅で、村人の総会が開かれています。多分そこで、いろいろ説明をしているのかと……」

　先ほど、涼たちが村長ブーランと話をしたあの空間で行われているようだ。

「村だと、しきたりとか伝統とか、いろいろありますからね……」

　村育ちで、つい最近村を出てきたアモンがしみじみと語った。

「ええ。ただ今回は、兄さんと兄さんが信頼する人たちが討伐隊として来てくれたということなので、討伐を反対する人はいないと思うんです。この前の人たちは、村のしきたりとかは完全に無視して森に入っていこうとしたからあれでしたけど……」

「ああ、やっぱりそういうの、あったんだねぇ」

エトが頷いて言った。

誰しも、自分たちに不利な報告はしない、あるいは削る、あるいは意図的に触れない……よくあることだ。

嘘をついているわけではない。問われないから答えないだけ。

上司や報告を受ける者は、そこを問わなければならないのだが……それは非常に難しい。

結果、依頼主や協力者たちに不満が残ることになる。

世の中は難しいことだらけである。

◆

「おう、帰ったぞ」

お嫁さんのサナも含めて五人で談笑していたところに、ニルスが総会から戻ってきた。

一息ついて、ニルスは説明を始めた。

「結論から言うと、スケルトンの討伐許可は下りた。明日の夜な。で、その前、明日の昼間のうちに、ゴブリンの調査をしようと思う。ゴブリンの方は、実際に見かけたブーランがその場所まで案内してくれる。まあ、そっちは出たとこ勝負だし、もしかしたら見つからない可能性もある。それで、スケルトンの方なんだが……」

ニルスは出された水を一気に呷《あお》って、言葉を続けた。

「お前たちには全部話してもいいという許可が総会で出たから話すが、もちろんこれから話す内容は他言無用だ。いいな？」

「ええ」

「はい」

「分かりました」

エトもアモンも、もちろん涼も頷いた。

「この村はちょっと特殊な村だ。特殊な部分は二つ。一つ目、東の森の奥、最奥には村の守護獣様がおいでになる。俺は、実は見たことが無い。村長とばば様しか会うことはない。だから守護獣様がどんなものなのかは知らないし、実際に今もいるのかどうか……正直分からん」

「守護獣……」

「そういう伝承のある村が時々ありますけど……ニルスの村がそうだったとは……」

アモンは普通に驚き、エトはより専門知識的に驚いている。

（守護獣……なんてファンタジーな！）

涼は、一人ワクワクしていた。

「今日のうちに、村長とばば様が、守護獣様に説明に行くそうだ。ゴブリンの調査とスケルトンの討伐を行うと。で、それもあるために、東の森で血を流すのは避けてほしいと言われたのだが……努力はする、と総会では伝えた」

「スケルトン自体は、血を出しませんしね」

「わ、我々が怪我をしなければ大丈夫、ですよね」

エトとアモンはそれぞれに感想を述べる。

（きっとその守護獣様が、悪神とかに侵食されたり呪いを受けたりして狂ってしまい、僕らに襲い掛かってくるに違いない。そして、その侵食からの解放が新たなミッションになる可能性が高いですね！）

どこかのラノベ的展開を、頭に思い浮かべている涼。

「リョウ、お前何か変なこと考えてないか？」

ニルスの鋭い質問が飛ぶ。

「な、ナニモカンガエテナイデスヨー」

ニルスはジト目で涼を見ている。

「そ、それより、守護獣様が一つ目で、もう一つ、村が特殊な理由があるのでしょう？」

涼は何とか自分への追及を逸らそうと、話題を転換した。

「全く……。もう一つは、祠だ」

「祠？」

反応したのは神官エトであった。

「ああ。だがこれは、ちと説明しにくいから、明日、ばば様が自分で説明すると言っていた。俺もどう説明したらいいのか、さっぱりだからな。悪いが明日まで待ってくれ」

◆

一夜明けて。アバリー村に着いた翌日。

昨晩は、広場でニルス帰還歓迎宴会のようなものが開かれたりはしなかった。

（そういうのが開かれるのが、異世界転生もののお約束なのに……残念ながら王道でも至高でもなかった……）

一人気落ちしていたのは涼だけだ。

別に、涼がお酒が好きだとか、宴会が好きだとかそういうわけではない。ただ単に、物語のお約束として期待しただけ。

涼とはそういう男なのだ。

四人が広場に行くと、村長のブーランが年老いた女性と話をしていた。

「おう来たな。エト、アモン、リョウだったよな。紹介しておく。こっちが、村の相談役ナス様だ。通称、ばば様だ」

ブーランがそう言った瞬間、ナス様、いや、ばば様が手に持った杖をブーランに向かって振った。ブーランは上体を逸らし、スウェーバックで回避する。

「お客人に向かって、ばば様という説明をする奴があるか。バカもんが。すまんなお客人。このブーランといいニルスといい、礼儀をわきまえんもんが多い村でな」

「なぜ俺も……」

なぜか巻き込まれるニルス。

「まあ、とりあえずゴブリンの調査に行こう」

すかさずそう口を挟むブーラン。年長者の小言を、一言でうやむやにする辺り、ブーランは優秀な村長なのかもしれない。


その場所は、村の外縁から十五分ほど歩いた場所であった。

「けっこう近い場所だな」

ニルスが村の方角を見て言った。

「ああ。子供たちもこの辺まで遊びに来ることがあるからな。いちおう、見かけた後は近付くのを禁止にしたが……どこにでも決まりを破る子供はいるからな……」

村長ブーランはニルスを見ながら言う。

「いや、そりゃ、昔は俺もそういうことをしていたこともあった……可能性はある……かもしれない……気がしないでもない……」

「間違いなくしてたぞ」

誤魔化しきれないニルスと追い打ちで断言するブーラン。

「やっぱりニルスは昔から……」

涼が胸の前で腕を組み、頷きながらしみじみと呟いた……いや、呟くと言うには大きい声であった。まるで本人に聞かせようとしているかのような。

「やっぱりってなんだ、やっぱりって。しかも昔から、ってことは今でもそう、みたいに聞こえるだろうが」

それを聞いてクスクス笑うエトと、苦笑するアモン。

誰も、「今はそんなことないですよ～」とは言ってくれなかった。

実際、今のニルスは決まりを破ることなどほとんどないのだが、そこはやはりイメージが、というところであろうか。

村長ブーランが見かけた場所から、さらに十五分ほど歩いた場所。

そこから、急にゴブリンのものと思われる足跡が増えていた。

「これは……まさか」

エトが最悪の想定を思い浮かべる。その想定はエトだけではなく、ニルスも同様であった。

「ゴブリンの巣……あるいは村ができている可能性があるな」

ゴブリンが二十体ほどで棲みついている場合は巣、それを超える規模で棲みついている場合は村、という分け方をするのが、冒険者としては一般的であった。

ニルスがそこまで言ったところで、涼が顔を上げた。

「どうしたリョウ」

「ニルス……十匹を超えるゴブリンが、こちらに向かってきます。五分後に遭遇します」

そういうと、涼は南の方を指さした。

「凄い索敵能力だな。なら……一匹だけ残して他は全部狩る」

ニルスがすぐに指示を出す。

「生かした奴の後を追って、巣を見つけて、そのまま叩くと」

涼が確認する。

「ああ。本当は、きちんと調べて、人を揃えてからの方がいいんだろうが……奴らが来ているのなら仕方ない」

「おいニルス、十四匹だぞ。大丈夫か?」

一匹や二匹なら問題ないが、数は力だ。こちらの五人の、倍の数が近付いてきているとなると、ブーランとしては不安になる。

「リョウがいるから大丈夫だ。リョウ、足止めを頼む。方法は任せる」

「了解」

(ここは新作のお試しを……ククク)

心の中で邪悪な笑みを浮かべる涼。

「リョウさんが……」

「何か企んでいる笑いだね」

涼は心の中で笑ったつもりであったが、表情にも出ていた。

それを見て、アモンとエトがそう呟いた。

隠しごとは、できないものである……。


五分後、森の奥から十四匹のゴブリンが出てきた。

少し開けた場所に十四匹全部が出たところで、涼はイメージして、心の中で唱える。

(〈アイスバインド10〉)

唱えると、ゴブリンの両手両足に水の紐が絡みつき、瞬時に凍って、動きを縛った。

「いくぞ、アモン」

「はい!」

動けなくなったゴブリンを見て、ニルスとアモンが飛び出し、一匹ずつとどめを刺していく。

八匹まで倒したところで、涼はあえて、一匹のゴブリンの〈アイスバインド〉を解いた。当然、解かれたゴブリンは、来た方向に一目散に逃げ出す。決して知能の高くないゴブリン……わざと逃がされた可能性など考えられまい。

九匹にとどめを刺し終え、村長ブーランと十号室の四人は、逃がしたゴブリンの後を追った。

ノーダメージで、鮮やかに九匹を倒したその手並みに、ブーランは心底驚いていた。

そして、それを成したのが、小さい頃から見てきたニルスと、その仲間であることに感慨深い思いも抱いていたのであった。


走ること十分。

五人の視線の先に、小高い丘が見えてきた。

「あの先ですね」

「表に出ているのが十四。それと洞窟らしきものがあります。洞窟内に何匹いるかは不明です」

「分かった。とりあえず、表にいる奴らを、先にさっきと同じ方法で倒しておこう。なんとも行き当たりばったりな方法だがな……」

ニルスが顔をしかめながら言う。

（全く……こんな方法、リョウがいなかったら絶対取れない方法だな。ほんっと、水属性の魔法使いって凄いんだな）

多少の誤解をはらみつつも、四人は連続戦闘に意識を切り替える。


（〈アイスバインド10〉）

再びのニルスとアモンによる一方的な蹂躙《じゅうりん》。

ニルスがちょうど十四目を倒したところで、洞窟の中から三匹のゴブリンが出てくるのが見えた。

（〈アイスバインド3〉）

出てきた三匹も、すぐに氷の鎖に縛られて身動きができなくなり、ニルスとアモンにとどめを刺される。

その中にはゴブリンアーチャーもいたのだが、全く関係なかった。

そして、ついに現れる大物。

その気配は、涼だけでなく、十号室全員が気付いた。

「何かでかいのがくるぞ。アモン気を付けろ」

「はい！」

ニルスとアモンが、改めて剣を構える。

出てきたのは……。

「ゴブリンジェネラルだと……」

ニルスの呟きは、想定外故であった。

ルンの街で起きた大海嘯では、このジェネラルが三体現れた。

だが、本来ジェネラルなど、そうそう滅多に現れるものではない。こういう人里近くに作られるゴブリンの巣、あるいは村で見つかるのは、せいぜいがアーチャー。百歩譲ってもメイジまでだ。

ゴブリンジェネラルは、その下のゴブリンメイジらと違って、段違いに個体の戦闘能力が高い。B級冒険者が、一対一でようやく制することができる……それほどに強い。

E級のニルス、F級のアモンではまず勝つことは不可能な相手。

……普通であれば。

「〈アイスバインド〉」

涼の声が響き渡り、今までのゴブリン同様に、ジェネラルすらも氷の鎖に囚われる。

当然ジェネラルは、そんな鎖など引きちぎろうとするが……手も足も全く動かない。

しかも、地面に仰向けに寝転ばされているジェネラル。倒してくださいと言っているようなものであった。

「え？　あれ？」

ニルスが素っ頓狂な声を出す。

「ニルス、とどめを刺さないんですか？」

「あ、ああ……刺す」

そういうと、ニルスは転がされたジェネラルに近付き、首を刎ねた。

こうして、アバリー村に迫っていた危機の一つは、取り除かれたのであった。

「犠牲も無く倒せてよかったですね。ジェネラルの魔石も手に入りましたし。しかもかなり濃い色ですよ。昔からあの辺に居座っていたんですかね」

「お、おう」

涼は嬉しそうに言った。

なんとなく、若干、ほんの少しだけ納得しがたいという表情を浮かべながら、ニルスは村への道を歩いている。

エトとアモンはジェネラルの魔石が手に入ったことが、素直に嬉しいらしく……。

「ジェジェジェジェネラル　ゴブジェネラル♪」

「み～んなまとめて　ゴブジェネラル♪」

なぜか、即興の歌を二人で歌いながら歩いている。

「ニルスたちって、凄いんだな……」

ブーランが呟いた感嘆のセリフは、四人の耳には届かなかった。

守護獣

村の広場には、多くの村人が集まっていた。

「村長、ニルス！　どうだった？」

「無事、ゴブリンを全滅させたぞ」

「おぉ～！」

村長ブーランが告げると、歓声が上がった。

「すげえじぇねえか、ニルス！」

「あんたたちも、よくやってくれたねぇ」

「ほら、イノシシ肉の山賊焼きだよ、お食べよ」

ひとしきり上がった歓声が収まると、村人が、四人の周りに集まってきて肩を叩いて感謝したり、食べ物をくれたりした。

「いや、待て、酒はダメだ。まだ夜のスケルトンがある」

「あぁ……」

勢い込んで、酒まで持ってきた村人を、ブーランは目ざとく見つけて止める。

変則的ながら、広場でみんなでお昼ご飯、といった様相を呈していた。

「ブーランよ」

「ああ、ばば様。ゴブリンは討伐されましたよ」

「うむ、聞いたわい。ようやった。であるなら、午後の早いうちに守護獣様のところに四人を連れていった方がよかろう。守護獣様が話したがっておられたじゃろう？」

「そうでした……四人には伝えておきます。お昼を食べたら行きましょう」

そんな会話が、涼の耳には聞こえてきていた。

（守護獣様謁見イベント！　呪いに侵食された守護獣様とのバトルになる可能性も……）

涼の顔は我知らず、うっすら笑っていた。

「またリョウが、何か不穏なことを企てているんじゃ……」

「リョウさん、よからぬ感じですね」

ニルスがものすごく嫌そうな顔をしながら、アモンの方はいつものように微笑みながら、涼を見て言う。

その時、エトは、ばば様を見ていた。

正確には、ばば様が杖に付けている飾り紐と根付を。

（あれって……確か大地母神様の……）

エトは記憶を探りながら考え込むのであった。


守護獣がいるという場所は、東の森に入って、さらに一時間ほど歩いたところにあった。

「この東の森は、奥の方には村人も入ってはいけないことになっている。もっとも、悪ガキだったニルスは、何度も入っていっては、俺とばば様に怒られたがな」

「やっぱり！」

「なんでやっぱりなんだよ！」

村長ブーランの説明に納得する涼。そして、納得されるのが納得できないニルス。


「ばば……いえナス様、その根付は……」

エトは、何度も逡巡した末、ついにばば様に話しかけることにした。

「ばばでよいわい。もう、わしのことをナスなどと呼ぶのは守護獣様くらいじゃ。で、根付……ああ、この杖に付けとるやつか。光の神官なら分かるであろう？」

ばば様は杖を少し掲げて、直径五センチほどの石の彫刻をエトから見やすくした。

「はい。大地母神様の紋章かと」

「うむ、よく勉強しておるな。光の神殿では、まだその辺りも教えておるのか……」

「大地母神？」

涼が呟いた疑問は、エトにもばば様にも聞こえたようであった。

「そうじゃ。今ではもう、ほとんど残っておらん……。じゃが、この村の代々の長老は、大地母神を信仰してきたのじゃ」

「私たちが信仰している光の女神様と大地母神様は、それぞれ七神の一柱として祀られていた神様たちなんだ。ただ、長い時間の中で、いろいろなことがあったんだよ……」

「今では神殿、神官というと、無条件に、光の女神の神殿、光の女神の神官となってしまうのじゃ。他の六神は落ちぶれたのじゃよ」

自嘲気味に、だが少し寂しげに、ばば様は言うのであった。

そこには、悔しいとか悲しいという雰囲気はなく、どちらかというと諦めに近いように涼には見えた。

「信仰などというものは人に押し付けられるものではない。もし消えてなくなってしまうのであれば、それはそれで、この世界の理《ことわり》であろうさ」

透徹《とうてつ》した……その言葉が、今のばば様にはしっくりくる。

そこで、涼はふと疑問を持った。

「ばば様も……つまり大地母神を信仰している方も、光属性の魔法は使えるのですか？」

そう、光属性の魔法……つまり回復系の魔法は神官の専売特許であるが、それは光の女神の神官だけなのか、それとも、他の神の神官などでも使えるのか……それが涼が抱いた疑問であった。

「光属性の魔法？」

「はい。傷の回復とかそういうやつです」

「うむ、使えるぞ。じゃが、光の神官たちが使うものとは違うわい。エト、と言ったか？　光の神官は詠唱をするであろう？」

「え？　ええ、もちろんです」

ばば様から想定外の質問を受けたエトは、驚いた様子で答えた。

「大地母神に仕える者たちは、詠唱はせぬ。というより、元々詠唱などというものは無かったのじゃ。いつの頃からか、詠唱などというものが当然のようにはびこるようになってしまったのよ」

「……はい？　……え？」

先ほどの質問以上に、エトが驚いている。というより、固まっている。

エトが固まる光景というのは、リーヒャ関連以外では滅多にないことなので、涼にとっては非常に興味深い事象だ。

そんな、表情が固まったまま歩き続けるエトを引き連れ、一行は、ようやく目的地の守護獣が棲む森の奥の洞窟に到着したのだった。

◆

守護獣。

土地に棲みついた人外の生物。

そこに住む人々とは、様々な形で共生関係を築くことが多い。だから守護獣と呼ばれる。基本的に、街のような人の多い場所にはおらず、山や森など自然豊かな場所に棲みつく。

また、その存在が公にされることは少なく、関わりを持っている村人たちだけが知っている場合がほとんどである。そのため、どれほどの数の守護獣が存在し、どのような種類の守護獣が棲みつき、どんな関係性を人々との間に築いているのかは、よく分かっていない。

「守護獣様、ナスにございます。ブーラン並びに、討伐を行います四人を連れてまいりました」

洞窟の外から、ばば様ことナスが中に向かって丁寧に呼びかけた。

その声で、フリーズしたまま歩き続けていたエトが再起動する。それを横目に見て、涼はホッとした。

もし、涼が想定したように、守護獣様が何か悪しきものに侵食されていたら、いきなりの戦闘になる。そうなると、エトがすぐに動けないのは致命的だからだ。

だが……。

「うむ、ご苦労であるな」

洞窟の中からゆっくり出てきたのは……。

「フェンリル……」

エトが呟いたのが、涼にも聞こえた。

体長は三メートル程であろうか。全身が銀色の狼。

その狼の足元はおぼつかなく、かなり体力を失っているのが分かる。しかし、その視線はしっかりしており、紡ぐ言葉も明瞭だ。

(侵食はされていなかったらしい……。くっ……イベント発生せず)

涼が悔しそうな顔を一瞬だけ浮かべたのを、ニルスもアモンも見ていた。

そして同時に頷く。やはり、何かよからぬことを考えていた……と。

「ふむ、光の神官か。神官がおるなら、あやつらの数に押されることはあるまい。さて、我は正確にはフェンリルではないが……まあ、似たようなものじゃな」

そう言うと、守護獣様は小さく笑った。

「光の神官、剣士が二人……そして……」

守護獣様は、涼を正面からしっかりと見つめて言葉を続けた。

「我が名はンクゥースィンと申す。そこな水の魔法使いよ、そなたの名はなんと申す?」

「涼です」

名前を問われた涼は、少し驚きつつも答えた。

だが、横にいたばば様と村長ブーランの驚きは、少しなどというものではなかった。

「守護獣様がお名前を……」

守護獣様が名乗ったことに驚いていた。そんなことは、これまで一度も無かった。

実際、ばば様もブーランも、守護獣様の名前が「ンクゥースィン」だということを、今初めて知ったのだから。

「人には発音しにくい名前ゆえな。これまであえて触れなかったのじゃ。じゃが、そこな魔法使い……リョウと言ったか。リョウには伝えねばならぬ。伝えぬのは不義理じゃ」

「不義理?」

涼が首を傾げながら問い返す。

「うむ。なんと言えばいいのかのう……我は、妖精の親戚みたいなものじゃ。そういうものにとって、お主は……そう、近くにいると、とても心地よいのじゃよ」

涼にはよく分からない内容であった。

涼の剣の師匠は、デュラハンの外見をした水の妖精王である。

その妖精王から、剣とローブを貰った。そのローブを見て、エルフのセーラは「妖精王に好かれている」と言った。そして、目の前の妖精の親戚みたいな守護獣様は、涼の近くにいると心地よいと言う。

これらを総合すると、涼は妖精には好かれるらしい……。もっとも、妖精がなんなのかよく分からないのであるが。

（ルンの街に戻ったらセーラに聞いてみよう。エルフは、半妖精みたいなものって言ってたから、きっといろいろ教えてくれるに違いない）

「心地よいのであれば……えっと、ありがとうございます？」

何か答えが違う気はする。

涼がそういうと、守護獣様は大笑いした。

「感謝するのは我の方じゃ。お主のおかげで、寿命が千年伸びたようじゃしな。実は、もうあと十年程で寿命が尽きるところじゃったが……ナスも面白い者を連れてきたのぉ」

「なんと……」

ばば様は言葉を失っている。

あと十年で寿命が尽きそうだったというのも衝撃だが、それが、涼を連れてきたことで千年も伸びたというのはさらに衝撃的であった。

「リョウって凄いんだな……」

「僕自身には、多分、なんの恩恵もないのですけどね……」

ニルスが感心し、涼は首を振りながら困惑した表情のままであった。

自分が来ただけで寿命が千年も伸びるとか……守護獣ってのは、本当に人外のモノだということは理解できた気がした。

「さて、そこでお主らの討伐じゃが……前回の者たちは勝手に始めてしまったからのぉ、いろいろと大変なことになったようじゃ」

狼の顔ではあるが、守護獣様が困った感じを抱いたのは、十号室の四人にもなんとなく分かった。

「気付いたらスケルトンたちと戦闘になっておりまして……森を血で穢してしまいました。申し訳ございません」

村長ブーランが、守護獣様に謝った。

「ふむ、それは仕方ない面もあろう……生き死にが懸かっておるでな。とはいえ……あの弱い三十体にすら手こずるようでは、どちらにしても討伐はできなかったであろうよ」

守護獣様はため息のように、少しだけ息を吐き出した。

（二十体から増えてる……。まあ、その言い方だと……弱い三十体というのはスケルトンだろうけど……それ以外にも、もっと強いのがいるってことだよね）

涼は守護獣様の言葉を分析する。

「スケルトン三十体以外にも、討伐対象がいるということでしょうか？」

涼の疑問そのものずばりを、ニルスが尋ねた。さすがはパーティーリーダー。

「強いのが一体おる。同じ系統なのじゃが大きいな。人の間で、あれをなんと呼んでおるのか我は知らぬが。その強い一体は、祠の中、入り口付近に捕らえておる……弱い三十体を倒したら、そやつを解き放つから、倒すがよい」

「守護獣様が捕らえておいでに……」

守護獣様の説明に、ばば様が感動して驚いた。

「うむ。祠の霊力では縛れぬようでな。我の残りの力を使って捕らえておったのじゃが……最近、異常に力が必要になって、我の寿命も大分削られてしまったのじゃよ」

そういうと、守護獣様はまた大笑いした。

自分の寿命を笑えるというのは大物だからか、それとも長き時を生きる……ように見える存在だからか。

守護獣様は、洞窟から動くことができないということなので、それ以外の一行が祠の前に来ていた。

「あれは祠というより、『隠された神殿』の規模ですね……」

エトがばば様に言う。

「ふむ……その辺りの定義は知らぬが……村では、代々祠と呼んでおった。ただ、ぽつぽつと半年ほど前にスケルトンが現れるようになってな。祭儀も村で行うために、ずっと閉じられたままの祠じゃったが……それ以来、近付くこともできずに遠巻きに見ておるしか……。しかも守護獣様が仰るには、祠の中にはもっと強いものもおるとか。一体何が起きておるのかの」

そう言うと、ばば様は大きなため息をついた。

「エト、隠された神殿ってなんですか？」

涼は疑問に思ったので、素直に質問することにした。

「隠された神殿というのは、光の神殿においてもいくつかあるのですが、扉の奥に祭壇が備え付けられているものです。神官さえいれば、すぐに儀式を行うこともできるような……そういうものです。祠の場合は、祭壇と呼べるほどの大きいものは備え付けられていません。扉も小さいし。いつ頃、なんのために作られたのかは、もう知識が散逸して伝わっていないらしいのですが、古いものですと千年以上前に作られたものもあるとか……」

エトの説明は、涼には非常に興味深いものであった。

ばば様にも聞かせるためか、いつも以上に丁寧な言葉づかいだ。

「わしが知る限りにおいて、祠の扉は開かれたことはないからのぉ。中がどうなっておるのかは、今生きておる者じゃと、誰も知らぬのじゃ」

そう言うと、ばば様は小さく首を振った。


「以前、守護獣様が仰っていたことがある。守護獣様がいらっしゃる洞窟は、どこからか力が流れ込んできておるらしくてな。それで、力の衰えた守護獣様は、あの洞窟に棲みつかれたらしいのじゃが……その力の流れてくる元は、この祠かもしれんと」

「それはあり得ることですね。隠された神殿は、地脈というか大地から湧き出る力の集まる場所に作られた、という説があります。もし、ここがそうであるのなら、隠された神殿に集まった力が、あの洞窟に流れ込んでいるのかもしれませんね」

エトは考えながら自説を披露した。

◆

スケルトンとの戦闘に入る前に、十号室の四人は、綿密な打ち合わせを行っていた。

「強くて大きい奴、が問題かな。スケルトン系でありうるとしたら、スケルトンジェネラル、スケルトンキング、そしてスケルトンアーク。他は、例えば熊の死体がスケルトンになったりした場合は大きいけど……

その辺は普通のスケルトンと対処方法は一緒なので考えなくていいでしょう」

「エト、その中で一番厄介なのはどれだ？」

「アークです。アークには一切の魔法が効きません」

（一切の魔法が効かない……最近、どこかで聞いたようなフレーズ……）

ニルスとエトの問答を聞いて、涼は記憶をたどる。

だが、デビルのことは思い出せなかった。

（まあ、いっか）

「そもそも、スケルトン系には斬撃が効きにくいので、剣での攻撃は……」

「そうか。俺もアモンも剣しか持っていないのだが……」

エトの説明にアモンが考え込む。

「エト、ハンマーで殴るってのはどうなの？」

「ええ、そういうのが一番効果的ですね」

涼が、ラノベ的知識から提案すると、それは正解だったらしくエトが大きく頷く。

「なら大丈夫。僕が足を止めるので、ニルスとアモンには、外からおっきなハンマーで殴ってもらいましょう」

「外から？」

「おっきなハンマー？」

涼が自信満々に言うと、ニルスとアモンが首を傾げた。


「では、まず祠の前のスケルトンを一掃します」

そう言うと、エトは小さな声で詠唱に入った。

「不浄なりし魂を　我はここに願う　今御心の元に還さん　その罪が許されんことを」

最後のトリガーワードを唱えると、エトが視界に捉えた三十体のスケルトンが、次々と蒸発していく。〈ターンアンデッド〉

（不浄なりし魂を、今御心の元に還さん、って、カッコいい詠唱！　作った人は、中二病に違いないね！）

涼が心の中で失礼なことを考えている間に、スケルトンの最後の一体が空へと消え去った。

E級冒険者のエトにとっては、〈ターンアンデッド〉もかなりの魔力を使うのか。それとも三十体まとめて送ったからであろうか？　片膝をついて息を整えている。

「大丈夫ですか、エト」

そういうと、涼は美味しい水を満たした氷コップをエトに渡した。

こういう時の一杯の水というのは、何物にも代えがたいのだ。人間の体とは不思議なものである。

「ありがとう、大丈夫」

エトは水を一息で飲み干し答えた。

その間に、ニルス、アモンは祠の扉に近付き準備している。

いよいよ扉を開ける。

守護獣様が捕らえているので、『大きくて強いスケルトン』がいきなり飛び出てくることはないだろうが、それでも二人は慎重に扉を開けていく。長らく閉められたままの扉にしては、簡単に開いたと言えるだろう……前衛剣士二人がかりとはいえ。

扉が開け放たれ、舞っていた埃が落ち着くと、中が見えた。

二メートルを超える一体のスケルトンが立っている。


「スケルトンアーク……」

「魔法が効かない厄介なやつか！」

エトが言い、ニルスが確認をする。

ニルスとアモンは扉から離れて剣を構えた。

「〈アイスクリエイト　ハンマー〉」

涼が唱えると、ニルスとアモンが構えた剣を覆うように、氷のハンマーが生成される。

「うおっ。けっこうでかいな。リョウ、これで叩けってことだよな」

「一発一発が重そうです」

ニルスとアモンが、振りかぶったりスイングしたりと、使い勝手を調べている。

「ええ。広場まで来たら足を止めますので、そいつでガンガン叩いて耐久を削ってください」

「分かった」

「はい」

ニルスとアモンは、涼が指定した広場を囲むように立った。

「〈アイスウォール３〉」

扉から広場まで、氷の壁で囲われた道を作る。これで、いきなりルートを外れて襲ってきても大丈夫。

「では、守護獣様に放してもらいますね。〈アイスフラワー〉」

花火が、ファイアーフラワーと呼ばれるのに対抗しての命名だ。

涼が掲げた右掌から、空中に、キラキラと輝く雪の塊が打ち上がる。かなりの高さに打ち上がると、雪の塊は大きく弾けた。

中心から広がるダイヤモンドダストが西日を浴びて、驚くほど輝く。さらに、二段、三段と弾け、煌《きら》めきながら降り注いだ。

一行は、討伐の途中であることも忘れ目を奪われる。

「綺麗じゃのぉ」

ばば様の呟きは、とても小さいものであったが、涼の耳までも届いた。

「さあ、アークが来ますよ」

涼が大きな声をあげる。

それによって、一行の意識は討伐に引き戻された。

「いつでも来い！」

ニルスの声が合図となったわけではないのだろうが……ちょうど、守護獣様の術が解けたのだろう、スケルトンアークが動き出した。

アンデッドは、生者を憎む。

その理由は定かではないが、生者に惹かれ、生者を殺し、自分たちと同じ呪われたものへと誘おうとする。

アークも、扉を出て一行に向かって歩き始める。そのままゆっくりと進み、広場まで出てくると……正面に張られた〈アイスウォール〉にぶつかり、行く手を阻まれた。

「〈アイスバーン〉」

魔法が効かないとはいえ、〈アイスウォール〉にしろ〈アイスバーン〉にしろ、アークそのものを対象にしなければいいだけの話だ。

物理的な現象からは逃れられない。

そう、たとえば氷の上は滑る、といったような。

スケルトンアークは、〈アイスバーン〉の上で盛大に滑り、転んだ。何度も立ち上がろうとするが、上手くいかない。

「〈アイスウォール解除〉さあ、ニルス、アモン」

「おう！　アモン、いくぜ」

「はい！」

ニルスとアモンが、転んだアークとの間を詰める。

そして……思い切り振りかぶって、涼特製アイスハンマーをアークに叩きつけた。

ガキン。

「かてぇな」

「はい。でも少しですがダメージは与えているみたいです」

ニルスとアモンが確認し合う。

「よし。このまま続けるぞ」

「はい！」

叩く、叩く、叩く。

起き上がれないアークに対して、二人が叩き続ける。

〈アイスバーン〉は半径二メートル強、ハンマーの長さは三メートル……飛び道具、ならびに遠距離攻撃魔法のないアーク相手に、ノーダメージで叩き続けることができる。

ただし、E級のニルスとF級のアモンであるため、一撃が与えるダメージは決して多くはない。倒しきるには、かなりな時間がかかるのは、仕方のないことであった。

極少とはいえダメージを受け続けながら、アークは四つん這いになった。立ち上がることを諦め、四つん這いで移動しようというのだ。

「まあ、そうするよね。でも、同じなんだよ。君が立っているのは、特製氷だから。めっちゃ滑るよ」

涼の言葉通り、四つん這いになっても、アークは進むことができなかった。

〈アイスバーン〉の上で滑り続けた。

そもそも、氷の上はなぜ滑るのか？

氷の表面に水が張るから……ではない。氷表面の融けた水は関係なく、滑る。

熱力学的なお話ではないのだ。

もちろん、水があると、余計に滑りやすくはなるのだが。

水分子$\mathrm{H}^2\mathrm{O}$、この水分子同士がくっつくのは、水素結合という分子間相互作用による。

こちらの水素Hがお隣の酸素Oと水素結合、もういっこの水素Hが別のお隣の酸素Oと水素結合、こちらの酸素Oが別のお隣の水素H、さらに別のお隣の水素Hと水素結合。

この、「四つの水素結合の状態……つまり水分子五つ」でワンセット、が、最もよくある氷の状態だ。

最もよくある、ということはそれが一番安定した状態、安定した形であるということでもある。

氷は、温度が低くなれば低くなるほど硬くなる。

逆に言うと、同じ氷であっても、温度が高くなると弱い水素結合のものが増えてくる。

氷の表面……つまり、水や空気と接しているところには、水素結合三つや二つの水分子が、多く存在する。

そして、この「水素結合二つの水分子」、つまり「水分子三個からなる水分子」が、滑る原因なのである。

この、「水素結合四つの水分子」が、水素結合四つの氷表面を動き回り、ベアリングのボールのような役割を果たしている。

フローリングの床に、パチンコ玉やビー玉を大量にこぼしたとしよう……その上を靴やスリッパで歩くのはおそらく無理であろう？

フローリングの床が水素結合四つの水分子、パチンコ玉やビー玉が水素結合二つの水分子であると考えれば、近いイメージなのかもしれない。

そして、涼が〈アイスバーン〉で生成した氷の床は、この特性を利用している。

ロンドの森で、散々、分子レベルでの結合をやってきたからこそできるのだ。

水分子三個をくっつけた、「水素結合二つの水分子」を多めに……それでいて、爪先やかかとを氷に打ち込んで移動する、などということができないような硬さの氷。この両立は、魔法と科学の知識がある涼にしかできないのかもしれない。

とにかく、そんな〈アイスバーン〉の上では、四つん這いになっても、アークは前に進むことができず、ニルスとアモンに叩かれ続けた。

ついにアークが四つん這いから腹這いに移行する。

「二足歩行から四足歩行、最後は腹這い……正しく、接触面積を増やして摩擦係数を上げようとしていますが、同じです。あなたは進むことも、もちろんジャンプすることもできません」

開始から十五分以上、ニルスとアモンは休むことなくアークを叩き続けている。

最近は、特に持久力に力を入れて訓練を積んでいるとはいえ、傍から見ても疲労を感じているのは分かった。

(どうしてもとなったら、僕が代わろうかと思っていたのですが……)

涼は叩き役を自分が交代することも考えていたのだが、それは杞憂《きゆう》に終わりそうだ。

「そろそろ終わりだろ!」

そう言いながらニルスが叩いた瞬間……。

バキンッ。

音を立てて、叩かれたアークの首の骨が割れ、眼窩《がんか》に光っていた赤い光が消えていった。ようやく、スケルトンアークを倒したのである。

「やっと、か……」

「疲れた……」

ニルスとアモンが尻もちをついた。

ニルスは、腰の水筒から水を浴びるように飲み、アモンは尻もちをついた後、そのまま後ろに倒れて大の字に寝転んだ。

スケルトンなどアンデッド系は、魔石を残さない。

そのため、これだけ苦労したスケルトンアークからも、魔石を手に入れることはできなかった。

「わ、分かっていたとはいえ……なんかつれえな」

「はい……」

涼が、魔石を落とさなかったことを報告すると、ニルスとアモンはうなだれながら、そう言った。

「みんな、ようやってくれた」

戦闘中、後衛の更に後ろから見守っていたばば様が、ブーランを伴って出てきた。

「祠に入ってみてもよいかのぉ」

「動くものはいないようです」

ばば様の確認に、涼が答える。

それを聞くと、ばば様はブーランを従えて祠に入って行った。その後を、エトと涼もついて入る。ニルスとアモンは、もちろん外で休んだまま。

祠の中は、学校にある二十五メートルプールほどの広さであった。正面奥には、祭壇と思われるものがある。それなりの広さでありながら、他には何もない空間。

「祭壇……だけ?」

「基本的に、隠された神殿にあるのは、祭壇だけらしいので……」

涼の呟きに、エトが囁くように答えた。

祭壇には、一メートルほどの高さの女性の像と、ひびが入って一部欠けた黒い水晶のような玉があった。

(あの玉って……)

涼は見た記憶があった。

ルンのダンジョンの四十層から三十九層に上がる階段のところにあった、あの玉に似ている。大きさはこちらの方が小さく、しかも欠けているが……。

「欠けておるか……」

欠けた玉を見て、ばば様は呟いた。

「ばば様、これはいったい……」

ブーランが玉を見て、ばば様に問いかける。

「わしも正確には知らぬが……先代の巫女様より聞いたことがある。かつて祠には光り輝く玉があった。じゃが、ある時、その玉は黒く濁り、しばらくすると割れたと。おそらくこの黒い玉のことであろう……」

「かつては光り輝いていた……」

ばば様の説明を聞いて、ブーランは呟きながら、黒く割れた玉を見た。

「祠は、今まで通り閉める。わしの力ではどうにもならぬからな。次の世代の巫女らに託すわい」

「次の世代の巫女?」

涼は、ばば様の方を向いて尋ねた。

「お主らも会ったであろう?　ニルスの弟ニロイの嫁

をしておるサナはその筆頭候補じゃ。他にも同じくらいの年齢の者たちに、巫女の素質が出ておる。本人たちが望めばじゃが、わし一人であったこの世代よりは、はるかに強い巫女の世代となるであろう。そうすれば、村での祭儀だけではなく、この祠も使うようになるかもしれん」

ばば様は嬉しそうに答えた。

「後は、ゴブリンたちがおったという洞窟じゃな。守護獣様の洞窟同様に、ここからの力が湧き出しておるのかもしれんな」

「なるほど。それはあり得ますね」

ばば様の推論を、エトは頷いて肯定した。

「この村は、昔から何度もゴブリンたちに襲われておっての……」

ばば様はそう言うと、ちらりと祠の外にいるニルスを見た。

(もしかして、ニルスの両親がいないのって……)

涼は、ばば様の視線からそう思ったが、口に出すのは控えた。そういうのは、第三者が勝手に踏み込んでいいものではない。

涼自身、地球で、両親を亡くしているし。

ばば様の言葉は続いている。

「今まではは本拠地をみつけられんかったのじゃが、お主らが討伐してくれた洞窟がそれなのかもしれん。その洞窟に、我が術で封印の塚を作れば、地上に漏れ出ることはないじゃろう。明日にでもブーランに連れていってもらうわい」

ばば様の中で、昔からいろいろ抱えていたらしい懸案が今日だけでいくつか解決したらしい……。これまでになく嬉しそうなばば様であった。

◆

ルンの街を出立して五日後、十号室の四人は、無事、依頼を達成して再びルンの街に戻ってきた。

帰りの道中も特に何事もなく……。

四人がルンの街に入ったのは夕方だった。当然、冒険者ギルドはごった返す時間帯……。

「これは……いつも以上に混んでないか？」

「うん、混んでるね……」

「困りました……」

ニルス、エト、アモンは、いつも以上に混むギルドを扉から覗きこんで、ため息をついた。

「先に、お風呂に入りに行きましょう」

待つのも時間がもったいないな、そう四人で話し合っていた時に、涼が提案した。

「そうするか」


ルンの街には、かなりの数の公衆浴場がある。冒険者ギルドの近くにも、四人の行きつけの浴場があった。

その大浴場の中で。

「そろそろなんだよな……」

「うん、そろそろだね」

ニルスとアモンが、意味深な会話を交わしている。

「分かっていますよ、ニルス。花街のミランダちゃんに、ついに告白するんですよね」

「ちげーよ。誰だよ、ミランダちゃんって」

涼渾身の推理は、ハズレた。

「俺もエトも、冒険者登録から三百日が近付いてきているって話だ」

冒険者登録から三百日以内は、ギルド宿舎に住むことができる。だがそれを過ぎると、宿舎を出ていかなければならないのだ。

「ああ……そういうことですか」

涼は小さくため息をつきながら頷いた。

楽しい時間は、終わりに近付いていたのだ。

涼も、いろいろと考えてはいた。

（これは、計画を早める必要があるのかもしれない）

「なあ、リョウ、アモン。俺とエトは、宿舎を出たら家を買うか借りようと思っているんだ。そこで……お前たちも一緒に住まないか？」

その誘いを聞いて、アモンは絶句した。

アモンも涼も、まだこの先、半年以上は宿舎で生活することはできる。だが、少なくともアモンはニルス、エトとパーティーを組んでいるため、一緒に生活するメリットは大きいであろう。

アモンも、それはすぐに理解できた。

「ぜひ、入れてください」

アモンは、一も二も無く答える。

「おお、そうか！」

ニルスは大きく頷くと、アモンの肩を力いっぱい叩いた。

エトは嬉しそうに笑った。

「リョウは……？」

「うん、ごめん。僕は別に家を買うよ。魔法と錬金術の実験をするのに、広い土地が必要だからね」

ニルスの問いかけに、涼は少し寂しそうに答えた。

「ああ……そうか……」

ニルスも寂しそうに答えたが、強引に何度も誘ったりはしなかった。そうなりそうだということを、薄々感じていたのかもしれない。

エトも寂しそうではあるが、微笑んで言った。

「でも、今回みたいに難しい依頼の時は、手伝ってね」

「ええ、もちろん」

その夜、十号室の四人は、ギルド食堂で遅くまで語り合った。

今回の依頼のこと、これまでのこと、そしてこれからのこと。

青い目の者たち

十号室の四人が、アバリー村の依頼を終え、ルンの街に戻ってきた翌日午後。

冒険者ギルドマスター、ヒュー・マクグラスは領主館に来ていた。

領主への報告を終え、そのまま騎士団長執務室に向かう。執務室前には、いつも通り、二人の騎士団員が立っていた。

「ネヴィル殿に会いたいのだが、いらっしゃるかな？」

「はい、おいでになります」

そう言うと、扉をノックした。

「冒険者ギルドマスター、ヒュー・マクグラス殿がお見えです」

「通せ」

中から、渋い男性の声が聞こえる。

ヒューは執務室の中に入った。中は、二十畳ほどの広さに、かなり大きめの執務机と応接セット、あとは酒瓶の並んだ戸棚があるだけのシンプルな内装。

ルン辺境伯領騎士団長ネヴィル・ブラックは、大柄な体躯を執務椅子に沈め、何やら書き物をしていた。

「すまん、ちょっとそこに座って待っててくれ。すぐに書き終わる」

それだけ言うと、また集中して書き始めた。いつものことなので、ヒューは全く気にせずに座って待った。

三分ほど待ったところで、書き終えたらしく、騎士団長ネヴィルは席を立ち、戸棚から酒瓶と二つのグラスを取り出し、ヒューの向かいに座った。

そして二人でグラスを傾けながら、いくつかの打ち合わせを行う。

「ネヴィル、例の魔石の件、本当にもう一個追加でいいのか？」

ヒューは、まず懸案となっているものから確認に入った。

例の魔石とは、もちろん涼とアベルがギルドに持ち込んだ、ワイバーンの魔石のことだ。一個はすでに領主が買い取ったのであるし、当初はヒューも、領主の買い取りは一個だけだろうと思っていたのであるが……。

「ああ、もう一個追加だ。別に、俺が使うわけじゃないしな。最初の魔石を見た『工房』の連中が、どうしてもと泣きついてきたからだ。自分たちの給料を下げて買い取りに回してくれてもいい、とまで言われたらさすがにな……」

そう言うとネヴィルは苦笑して続けた。

「あれほどの出物は、もう、この先しばらくないだろう？　完璧な大きさ、濃さ、そしてなんといっても風の魔石というのが、条件に合致している」

「例の……船か」

一際小さい声で、ヒューが確認する。

「そう、その船だ。一生かけてどころか、親子二代にわたって開発している連中を見ていると、まあ、無理してでも買い取ってやりたくなるんだよ。もちろん、領主様も積極的に賛成なさってくださったからな。というわけで、前回と同じくらいのやつ、六億フロリンで買い取る」

「承知した」


打ち合わせるべき内容がほぼ終わり、ヒューが立ち上がろうとした時、騎士団長ネヴィルは意外な名前を出した。

「ヒュー、お前のとこのリョウって冒険者、あれは何者だ？」

まず、ネヴィルが涼の名前を出したことにヒューは驚いた。涼と騎士団に接点があるとは思えなかったからだ。

「なんでリョウの名前を知っているんだ？」

「質問に質問で答えるなよ」

そう言うと、ネヴィルは笑って続けた。

「いや、リョウは最近、よくうちの演習場に来てるからな。それで名前を知っている」

「リョウが騎士団演習場？　そんなところで何をしているんだ……」

「そりゃお前、演習場でやることつったら、模擬戦だろ？」

ネヴィルのその答えを聞いて、ヒューは戦慄した。

涼は、ダンジョンに単騎特攻し、魔王子を倒したような男だ。模擬戦で、設備を壊した可能性は……？

だが、もう一つ思い出したことがあった。そういえば以前、馬車の中で、模擬戦をしているみたいな話を涼から聞いた……。

「まさか設備を壊したとか……」

「いや心配するな、そんなことはない。うちの演習場は、常時起動型の魔法障壁もあるからな」

「じゃあ、一体……」

「うん……それがな……」

ネヴィルは少し言いにくそうに言葉を止めた。これは、竹を割ったような性格のネヴィルからすれば、非常に珍しい。

「実は、セーラ殿と模擬戦をしている」

「……へ？」

　ネヴィルの想定外の言葉に、ヒューは間抜けな声を出した。

（リョウがセーラと模擬戦？　いや、そりゃセーラは冒険者だし、リョウも冒険者だから……模擬戦しても問題ないのだが、なんで二人が知り合いなんだ？　しかもギルドの訓練場じゃなくて、騎士団演習場で模擬戦？　確かにネヴィルが言う通り、魔法障壁があるからやりやすいのか……？）

　ヒューの頭の中ではいろいろな内容がごちゃ混ぜになっていたが、口を突いて出てきた言葉は、およそそれらとは関係のない言葉であった。

「セーラには『殿』をつけるのに、俺やリョウは呼び捨てかよ」

「当たり前だろ。セーラ殿は、この領主館の権力者だ。領主様を除けば、最高権力者だと言ってもいい。それに、俺はまだセーラ殿だが、騎士団員たちは全員セーラ様だぞ」

　そういうと、ネヴィルは楽しそうに笑った。

「まあ、そんなセーラ殿と、リョウは互角に近い模擬戦を繰り広げるんだよ、これが。俺も見たことがあるが、あれはすげーな。騎士団員たちが見入るのも理解できる。もっとも、何が起きているのか、半分くらいは理解できないレベルだが」

　模擬戦の光景を思い浮かべながら、ネヴィルは笑いながら言う。

「うちの騎士団員も、指南役のセーラ殿に稽古をつけてもらっているが、『風装』すら使ってもらえないからな……。純粋な剣技だけで天と地ほどの開きがある以上、仕方ないが。全力を出す相手がいないセーラ殿を見ていて、不憫だなと思っていたから……」

「お前がセーラの相手をすればいいだろう」

「馬鹿言うな。俺なんか足元にも及ばんよ。そうだ、たまには英雄マクグラス殿が、セーラ殿の相手をするのはどうだ？　いけるんじゃないか？」

　騎士団長ネヴィルが煽る。

「馬鹿野郎。腕を怪我して引退した俺が、どうにかできるわけないだろうが。というか、現役時代でも『風装』を発動したセーラに勝てる気はしねぇ……」

そこまで言って、ヒューはふと思い至った。

「セーラの魔法が凄いってのは、聞いてはいたが……リョウ並みに凄いってことか？」

「ん？　セーラ殿の魔法は俺も見たことないが？」

「あれ？」

二人の会話は、かみ合っていないようだ。

「模擬戦って、魔法じゃないのか？」

「セーラ殿とリョウの模擬戦は、剣での模擬戦だぞ？」

「……は？」

再び、ヒューは間の抜けた声を出した。

そして、一呼吸おいてから、ヒューは言葉を絞り出す。

「リョウは……魔法使いなんだが……」

「……は？」

今度は、ネヴィルが間の抜けた声を出した。

しばらく、二人の間を沈黙が支配する。

そして、ようやく口を開いたのはネヴィルであった。

「……まあ、なんだ、二人の模擬戦は、騎士団員たちにいい刺激を与えてくれてるようなので、これからもぜひ続いてほしい、ってのをお前に伝えたかっただけだ……」

「ああ……了解した」

余計なことを考えるのを、二人は放棄したのだった。


ヒューは、騎士団長執務室を辞し馬車に戻る途中、とても嬉しそうな様子のセーラと出会った。

「やあ、セーラ」

「久しぶりだな、マスター・マクグラス。ネヴィル殿との打ち合わせか」

「ああ。そういえば今聞いたのだが、リョウと模擬戦をしているとか？」

「うむ。領主様の許可はとってあるぞ？」

セーラは首を傾げながら答える。

「いや、もちろん文句があるとかではない。ネヴィルも、騎士団員たちのいい刺激になっていると言っていた」

「そうか！　それは良かった」

そう言うと、セーラは微笑んだ。

ヒューも一人の男だ。男にとってセーラの笑顔は、非常に強烈だ……。

だが、その劣情に負けて押し倒そうとし、肩を砕かれた領主の孫アルフォンソ・スピナゾーラのことを思い出して、必死に視線をセーラの笑顔から剝がす。

「マスター・マクグラスも、本気で模擬戦をしたくなったら来るといい。演習場には優秀な神官もいるから、多少の怪我は治るからな」

そう言うと、セーラは去っていった。

「いや……ちょっと俺は足を踏み入れたくない……」

ヒューの呟きは、誰の耳にも届かなかった……。

◆

十号室の四人が、アバリー村の依頼を終え、ルンの街に戻ってきた翌日のお昼。涼は、久しぶりに『飽食亭』でセーラと、カレーを食べた。そして、セーラは領主館に帰り、涼は黄金の波亭に向かう。

（アベルにはいくつか貸しがあったはずです。例えばダンジョンで一週間分奢ってくれると約束した晩御飯……まだ一回も奢ってもらってないし。そうそう、ウィットナッシュでアベルの顔を立てて、あの火魔法使いを氷漬けにするのを止めたわけだし。うん、これはなんとしても手伝ってもらわないといけませんね！）

時間は午後二時。

黄金の波亭で昼食を食べていた人々も、ほとんどいなくなっていた。そんな中に、食堂の椅子に座って本を読んでいるB級剣士が一人。

受付で呼び出してもらおうかと思っていた涼にしてみれば、なんとも都合のいい展開だ。

「アベル、貸しているものを返してもらいに来ました」

「んお？　なんだリョウか。驚かすなよ。っていうか、貸しているものって……何か借りてたか？」

「ダンジョンで、僕に一週間くらい晩御飯を奢ってやると約束してくれました」

「！」

素で忘れていたらしいアベル。

「も、もももももちろん忘れていたわけじゃないぞ。リョウが忙しそうだったから、声をかけるタイミ

ングを失っていただけだぞ。ホントだぞ」

「はぁ……」

アベルの言い訳を聞いて、涼はわざとらしくため息をついた。

そしてアベルの向かいに座った。

「一週間分の晩御飯の替わりに、手伝ってほしいことがあるんです」

「え……な、何かな？　そっちの方が大変そうな気がするのだけど……」

涼の申し出に、戦々恐々といった感じでアベルは問い返す。

「実は、うちのルームメイトのニルスとエトが、冒険者登録してから三百日が近付いてきて、近々宿舎を出ることになったんです。それで、家を買うことにしたらしいんですが、それにアモンもついて宿舎を出ると。だから、僕もそのタイミングで宿舎を出て、一人暮らしをしようと思いまして……」

「リョウは、三人と一緒には住まないのか？」

「ええ。魔法とか錬金術の実験をたくさんしたいので、広い庭のある家に住みたいんです」

「もしかして、例の魔石のお金、いくらか入ってきたか？」

涼の言葉に、アベルは思い出したように言った。

「今朝確認したら、二個目が売れたっぽい金額が入ってましたよ」

「なるほど。一個はすぐに領主館が買い取ったから、さらにどこかに売れたわけか……。ギルマスは、さすがやり手だな」

アベルは何度も頷いた。

「それで、家を探すのにアベルに手伝ってもらおうと思って、今日は来たんですよ」

「そうか。そういうことなら任せろ」

なんといっても、アベルはルンの街の顔役だ。

冒険者の中での圧倒的な人気は当然として、数少ないB級冒険者として、街の人間にもよく知られている。

そんな人物にサポートしてもらえば、騙されることも少ないだろうし、そもそもアベルが紹介してくれる不動産屋なら信頼できるであろうと思ってやってきたのであるが……。

「土地や建物は、冒険者ギルドでも取り扱っているぞ？」

冒険者ギルドには不動産部門もあるらしい……。

結局、二人は冒険者ギルドに移動することになった。

「まさかギルドでも取り扱っているなんて……」

「ギルド独占取り扱いの物件すらあるらしいからな。まあ、空き家の売買や賃貸物件は、現実問題として冒険者が買ったり借りたりすることが多いんだ。多分、宿舎に入っていられるのを三百日までにしているのも、その辺が関係してるんじゃないかな」

「汚い！　大人って汚い！」

アベルのありそうな推論に、涼は何度も首を振りながら言うのであった。

「あ、でも借りたりとか買ったりとかしないで、アベルたちみたいに、宿に居座ってるパーティーもいますよね」

「居座るって……ちゃんと正規の料金は払っているんだが。まあ、こう言っちゃなんだが、B級でそれなりに高い報酬を手にしているからこそできるとも言える」

現代地球で、高級ホテルの最上階に住みついていた社長たちみたいなものだろう……。涼は勝手にそう推測した。

掃除洗濯などをすべて宿側がやってくれるし、飲み物や軽食の類も注文すればすぐに部屋に持ってきてくれるとなれば……確かに快適な生活を送ることはできそうだ。

そう、お金さえあれば！

「リョウも宿に住めば……って、実験とかするから庭の広い家が必要って言ったっけ……」

「ええ。こういう場合の定番として、ある程度のお金を出せば、古い貴族の屋敷とか、呪われた貴族の屋敷みたいなのを格安で購入できます……そんな展開があると思うのですよ」

「なんだよ、定番とか展開って……」

涼は、ラノベ的王道展開への期待を言葉にしたが、アベルには通じていないようだ。まあ、当然であろう。

「リョウ、言いにくいが、それはないと思うぞ……」

「え？」

「申し訳ございません。たとえアベルさんのご紹介でも、貴族の屋敷は、貴族位を持つ方しかご購入いただけません」

「え……」

「まあ、そういうことだ」

冒険者ギルド不動産部門の部門長リプレート自らが応対してくれたのだが……涼に突き付けられた現実は、悲劇的なものであった。

「じゃあ、僕の広い庭は……」

「いや、まだリョウの広い庭じゃないだろ。リプレートさん、リョウが必要としている家は、とにかく庭の広い家なんだ。魔法や錬金術の実験をするための。こいつは金持ちだから、ある程度までの出費は大丈夫だ」

そこまで言う必要があるのか、つけ込まれるんじゃないか、と涼は思った。

「アベル、それは……」

「大丈夫だ。リプレートさんはギルド一、真面目な職員さんだ。必要な情報を全部伝えた方が、本当にお前に合った物件を見つけてくれるぞ」

人気者であるアベルにそこまで言われて、部門長リプレートも意気に感じたようである。

嬉しそうに大きく頷いて言った。

「なるほど。しかし……今、手元にある物件の中には、リョウさんの条件に合うものはないですね……。どうでしょう、一日だけ待ってもらえませんか？　うちに集まってきていない物件、あるいは新しく出たばかりの物件など、市中の不動産屋に当たって、集めてきますので。明日の午後、もう一度来ていただくわけにはいかないでしょうか？」

そう言った部門長リプレートの顔は、真面目一徹、その仕事にプライドを持つ男の顔であった。

そんな顔をする男の頼みを、涼が断るわけがない。

「はい。よろしくお願いします」

◆

「三時ですか……アベルに奢ってもらう晩御飯には、まだ少し早いですね」

「俺が奢るの前提かよ……。家探しを手伝うのでチャラとか言ってた気が……」

「僕は、ウィットナッシュの海岸で、アベルの顔を立てて、あの『爆炎の魔法使い』を殺さないであげたのに……。それについての貸し借りは……」

「ああ、ああ、分かったよ。そうだったな、あの時はありがとうな！　ほれ、おやつを奢ってやるから、どこでも好きな店に連れていけ」

半ば諦めた顔で、アベルは涼に言うのだった。

「好きな店と言われても……おやつが美味しい店とか知らないんですよね。アベルは、どこかいいお店知りませんか？」

「だったら、すぐそこにケーキとコーヒーが美味い店がある。そこにするか」

「コーヒー！」

涼は、『ファイ』に来て初めて、「コーヒー」という単語を聞いた。いや、もちろん、「コーヒーメーカー」は知っているが……。

「リョウは、コーヒーを知っているのか？」

「悪魔のように黒く、地獄のように熱く、天使のように純粋で、そして恋のように甘い、あの飲み物ですよね？」

「途中よく分からん単語がいっぱいあったが、多分それだ。黒い飲み物な」

タレーランの有名な言葉も、アベルにかかると「黒い飲み物」という一言になってしまうその現実に、涼は打ちのめされた。


「このメニューは、一体……」

二人が入った店は、『カフェ・ド・ショコラ　ルン店』。ただし、店名にショコラとつくにもかかわらず、チョコレートを使ったケーキは無い。

無いのだが……。

「モンブラン、イチゴのショートケーキ、リンドーのタルト……」

「俺はイチゴのショートケーキだな。コーヒーはブルーマウンテンにしよう」

「コーヒーも……ブルーマウンテン？　コナ？　マン

デリンとは……」

涼はメニューを見ながら、心の中で首を振った。

(なんですか、この既視感は……。これは転生者がどうこうというレベルじゃないでしょう……)

「お決まりになりましたでしょうか?」

素敵なお姉さんが注文を聞きに来た。

「俺はイチゴのショートケーキとブルーマウンテンのセットで」

「ぼ、僕は……モンブランとコナで」

注文を聞くと、お姉さんは去っていった。

「リョウは、ケーキも知っているのか? ロンドの森にはなかっただろうに……」

「こ、故郷にあったので……」

「そうか……」


出てきたケーキもコナコーヒーも、とても美味しかった。現代日本でカフェを開いても、問題なくやっていけそうなほどの完成度。

ただ、コナコーヒーは……地球にいた頃に飲みふけっていたハワイコナではなかった。名前だけ適当につけたのだろうと、涼は勝手に判断した。

ただし味は……。

「驚くほど美味しかった……」

「だろう? ギルドと目と鼻の先なんだが、ここ、美味いんだよ」

「絶対、リーヒャ辺りが連れてきてくれたんでしょう?」

「ギクッ」

図星だったようだ。

「まあ、美味しかったのでいいんですけどね」

「リョウも、デートで使えばいいじゃないか。セーラ辺りと」

何かを探るようなセリフとアベルの表情。

「セーラとは、そういうのじゃないですよ」

「いつの間にか呼び捨て……」

「僕がアベルのことを呼び捨てにしてるのを見て、自分のことも呼び捨てにしろと……。やむを得ない妥協の産物です」

そういうと、涼は小さく首を振った。

「セーラはリョウの先生って言ってたが……そもそも、なんで二人が知り合いなんだ？　お前ら接点とかないだろ。セーラってギルドにも顔を出すことないし、騎士団の指南役だし……」

「北図書館でいろいろ教えてもらったんですよ」

「なるほど、図書館か」

涼の説明に、ようやく長年の疑問が解けた、という顔をしたアベル。実際には、一週間程度でしかなかったのだが。

「あと、最近は剣の稽古をつけてもらっています。騎士団に稽古をつける前とかに」

「セーラと剣での、模擬戦……？」

「ええ。めちゃくちゃ強いですね。全敗中です」

そういうと、涼は屈託なく笑った。

まだ、負けて悔しがると言うレベルにまで接近できていない証拠。それほどに、セーラとの間には、圧倒的な強さの違いがあると感じていた。

「あの『風装』というやつは凄いです。セーラの風魔法は完璧ですね。全てのスピードが速くなる。元々の剣技が超絶技巧な上に、『風装』で速さと重さが加わると、恐ろしく厄介です」

「セーラ、『風装』使ってるのか？」

「ええ。そう言ってるじゃないですか。アベル、ちゃんと人の話を聞かないとダメですよ？」

そういうと、涼は残っていたコーヒーを飲み干した。

（いやいや、『風装』使用時のセーラと戦えるとか、何か間違ってるだろ……。『風装』無しでも、俺はようやく互角……いや互角に戦えるか？　正直自信がない……。リョウって魔法使いのはずなんだが、なんでそこまで剣技を磨くんだ……一体どこを目指しているんだ……）

どこを目指しているのか……それは、涼自身も分かっていない……。

「そもそも、ギルドの近くにこんなお店があるなんて知りませんでした」

「ここは……ルンの街に出店してきたのは確か去年だな。王都では老舗のカフェだ。確か四十年くらいの歴史があったはず……」

　アベルが思い出しながら答えた。

（どう考えても、このケーキとコーヒーのセットなんて、転生者のアイデア……味の再現も完璧となればアイデアだけではなくて、製造にも関わっている……。僕が『ファイ』に来るわずか二十年前に転生者が来ていた？　いやいや、そんなわけない。だってミカエル（仮名）は「実に久しぶりの訪問者なのですよ、あなたは」と、あの白い世界で、そう言って僕を迎えたのだから。あんな天使みたいな存在が、二十年程度を「実に久しぶり」とは言わないよね？）

　いくら考えても、涼には整合性のある答えを見つけることはできなかった。

　そして次のアベルの質問で、転生者についての思考は打ち切られた。

「リョウ、ウィットナッシュでのことなんだが……」

「はい？」

「『爆炎の魔法使い』、帝国のオスカーを殺そうとしたよな。リョウがあのままやってれば、殺したんだよな、きっと。あれは、どこまで本気だったんだ？」

「ああ……あれは、まあ売り言葉に買い言葉ですよ？　アベルには、僕とあいつとは、それほど差があるように見えましたか？」

　涼はケーキの、最後の一欠片を食べながら答えた。

　ついにオスカーのことは『あいつ』呼ばわりに。

「ああ、そう見えた」

「でも実は、それほどの差は無かったと思います。あの時は、あいつの攻撃、僕の防御という状態だったので、全て迎撃してみせて力の差があるように見えたかもしれませんが……逆の立場になって僕の攻撃、あいつの防御になったとしても、簡単にはその防御を突破することはできなかったんじゃないかな、と思っていますよ」

　涼は、あの時のことを思い出しながら答えた。

　水属性魔法は、防御に向いている。例えば〈アイスウォール〉など、最強にして最硬の防御魔法に違いないとすら思っている。

　もちろん、それでもたまに破られるが。

「それに、僕の属性が水で、あいつの属性が火だったのも、関係するでしょう。火を打ち消すのは水でしょう？　どんな火事でも、大量の水があれば消せます。多分そういった、相性の問題もあったのだと思います」

涼は思い出しながら言葉を継いだ。

「魔法の生成スピードというか構築スピードというか……それは驚くほど速かったですよね、あいつ。なので、こちらが攻撃を仕掛けても、迎撃されてしまう可能性が高い、と思うんです」

「なんでそれなのに煽ったんだ？」

「気が立っていたんでしょう。お祭りで気分が高揚していた可能性もあります」

「うん、リョウが危ない奴というのはよく分かった」

「アベルに比べれば僕なんてまだまだ……」

「なんで俺なんだよ！」

「そうだ、リョウ」

「なんですか？　ハッ……まさか今さら……お金がないからこのケーキセットを奢れとか、そんなのダメですからね！」

「言わねーよ！」

アベルはそう言うと、一つため息をついて、言葉を続けた。

「それどころか、引き受けてくれたら、ケーキセットをもう一個食べていいぞ」

「受けます！　今度はイチゴのショートケーキにしましょうかね」

「……内容聞かないで引き受けるなよ」

アベルは呆れていた。

「僕はアベルを信用しているんです。アベルが、酷すぎる依頼を持ってくるはずはないと」

「……ただ、一秒でも早く、二個目のケーキを食べたいだけじゃないのか」

最後の、アベルの呟きは涼には聞こえなかった。

そうして、二人はケーキセットをおかわりした。

肉体労働者である冒険者の男性には、ケーキセット一つでは足りない……それは事実だったので、アベルもおかわり。

　まあ、ケーキセットでお腹を満たそうという考え方が間違っている気もするのだが……。

「で、依頼内容はなんですか？　内容によっては引き受けられませんよ？」

「二個目のケーキを食べておいて、そんなのが通るわけないだろうが。ちょっと、この後、付き合ってほしいんだ」

「この後？　この前も、そんなこと言って見回りに出たら、アベルの人気の無さを痛感したんじゃなかったでしたっけ？　またアベルの傷口をえぐることになるんじゃ……」

「あれって、俺の人気に関係なしに、連合の冒険者がどうこうって話だったろ？　実は今回も、あれに少し関係するかもしれん。不審者がたむろっている建物があるらしくて、そこに捜索をかけるんだ」

「アベル、そういうのは、衛兵の人たちに任せた方がいいですよ？　彼らにしてみれば、余計なお世話なんじゃ……」

　異世界転生ものによくある、勝手に首を突っ込んで街の悪い人たちを排除してしまう転生者たちのパターンを、涼は思い浮かべて、小さく首を振った。

「もちろん、ニムルっていう、知り合いの衛兵隊長に助力を頼まれたからだぞ」

「衛兵のニムルって、僕らがルンの街に着いた時に、門の衛兵をやってた人ですよね。アベルの帰還を喜んでくれた」

「そんなの、よく覚えてたな……」

　あの時は、普通の衛兵に見えたのだが、衛兵隊長だったらしい。偉ぶらない隊長というのは、なかなか素晴らしいと、涼の中でニムルの評価は上がっていた。

「西門の近くで、夕方ということしか聞いていないんだ。だから、今から衛兵詰所に行って確認するぞ」

「こき使われる憐れな水属性魔法使い……」

「ケーキ食べただろうが！」

◆

　衛兵詰所には、完全武装の衛兵が整列していた。

「おお、アベル、いいところに！　ちょうど今、黄金の波亭に呼びに行かせたところだったんだ」

詰所に着くと、ニムル隊長がアベルを見つけて声をかけた。

「ニムル、捜索は夕方じゃなかったのか？」

「予定ではそうだったんだが、さっき偵察から連絡が来て、今なら全員が隠れ家に揃っているそうなんだ。どうせなら一網打尽にしたい。だから、予定を繰り上げることになった」

「なるほど。まあ、それは好都合だ。手を貸す。あと、こっちの魔法使いのリョウも手伝ってくれる。強力な戦力になるはずだから、当てにしていいぞ」

「おお、そりゃ助かる。ん？　リョウって、アベルを助けてくれたやつだよな。あの時、アベルと一緒に帰ってきた。そうか、助力感謝する」

「いえいえ」

ニムルはそう言うと、手を差し出し、ニムルと涼は握手した。

「それでニムル。今回の奴らって、結局なんなんだ？」

「ああ、さっき、ようやく確証が取れたんだが、連合の間諜だ」

「連合……」

アベルはそう呟いた。何かが引っ掛かっているらしいのは、涼にはその表情で分かった。そして、涼も引っ掛かっていた。

（この前捕まえた四人も、連合の……まともな冒険者じゃなくて、潜り込んだ人たちだったよね……。これはいったい？）

涼とアベル二人を含めた襲撃隊二十人は、急いで移動し、西門にほど近い、大きいが古い工房跡を取り囲んだ。

ずっと見張り続けていた偵察隊から報告を受ける。

「十人、全員います」

偵察隊の報告に頷くニムル隊長。

「我々は正面から行く。ジョシュ、四人連れて裏へ回れ。アベルとリョウも裏に回って、逃げる奴がいたら捕まえてくれ。怪我させるのは構わんが、殺さないようにしてくれるとありがたい」

荒っぽい逮捕も問題ないらしい……。悪いことはするもんじゃありません。

アベル、涼、ジョシュと四人の部下が裏へ回って三十秒後、表の入口から破壊音が聞こえた。入口扉を、なんらかの方法で壊したのだろう。

屋内で飛び交う怒号が、外にまで聞こえてきた。

そのすぐ後であった。裏口から、数人の影が飛び出てくる。飛び出てくるが……。

「ぐあっ」

氷の床で、滑って転んだ。それを手早く、衛兵隊四人が紐で縛っていく。

「〈アイシクルランス〉」

涼は、二階の窓から飛び出した男の足に、氷の槍をぶち当て、バランスを崩させた。涼の目の前の地面に落ちて気絶する。

すぐ目の前に落ちてきたので、涼も、いちおう持たされていた紐で、見よう見まねで、後ろ手に縛ろうとしていた。

だが……、パリンッ。

少し離れた窓から、さらに二人が飛び出してきた。そして、西門の方へ走って逃げる。

「追います！」

ジョシュはそう叫ぶと、追いかけ始めた。

「おい、待て……くそ、俺も追う。リョウ、ここは任せた」

アベルもそう言うと、逃げた二人の男、ジョシュの後を追って、走り出した。

え……あの……とか言いながら、紐で縛り続ける涼と、四人の部下たちは取り残された……。

それは、あまりにも突然で、衝撃的な光景だった。

アベルがしばらく走り、三人を追って角を曲がった瞬間、その光景が飛び込んできた。

先の方で、三人の体が燃え上がったのだ。

「四人目か？　〈コルスカーレ〉」

アベルの耳に、そんな言葉が僅かに聞こえた。

抜剣一閃。

アベルは剣を抜きざま、飛んできたものを斬り落とす。

それは、火属性の攻撃魔法。だが、今まで見たこともないほどの輝きを放つ、炎の塊。

「なんだ、こいつは……」

決して、魔法に精通しているわけではないアベルですら、普通ではないと認識できる攻撃魔法。涼を連れてこなかったことを、後悔した。

だが、後悔した時間は一瞬。

後悔すら許されない。

アベルが認識した時には、剣を構えた男が、すでに目の前にいた！

カキンッ、カキンッ、カキンッ。

男の三連撃を受ける。

そして直感に従い、バックステップで距離をとる。

その瞬間。

「〈ラピス〉」

男の前に四つの石の槍が発生し、アベルに向かって発射された。

右足への攻撃はよけ、腹への攻撃は剣の柄で叩き落し、胸への攻撃は剣の腹で受け、頭への攻撃は頭を傾けてかわす。

前に出ながら。

相手が攻撃した瞬間こそが、反撃の好機。

飛び込み、一気に間合いを侵略し、低い姿勢から逆袈裟に切り上げる。

「チッ」

思わず舌打ちしたのはアベル。

剣が届いたのが、皮膚だけであったのが、感触で分かったのだ。他にも、何か道具を切ったようだが……。

体を両断する踏み込みだったことを考えると、完全にかわされたと言ってもいい。

だが……。

「探査器が……。貴様……」

男の表情は怒りに満ちていた。胸ポケットに入れていた道具が斬られ、壊れている。

男は、薄い紫色の髪の隙間から見える青い目で、アベルを睨みつけた。

「もういい。消えろ！」

そんな、怒りに満ちた言葉を吐き出し、紫の男は唱える。

「〈ヴィネアグラッチェス〉」

「〈アイスウォール10層〉」

男の前に現れる、無数の氷のつらら。

全面を圧するほどのそれらは……、氷の壁によってすべて阻まれた。

「なに？」

紫の男は辺りを見回すが、焦げた三つの死体と、目の前の剣士以外は誰もいない。少なくとも、見える範囲には。つまり、すぐそばにある角の向こう側……。

「〈コルスカーレ〉」

鮮やかに輝く三つの炎の塊が、男から発射され、角を曲がっていった。

「〈アイシクルランス6〉」

角の向こうから聞こえる声……アベルの知った声……。

アベルは知っている。涼は、カウンターが好きだと。

相手の攻撃に合わせて、自らの攻撃を放つ。あるいは、あえて相手に攻撃させておいて、それを潰して攻撃し返す……。

魔の山でのハーピークイーンへも、ダンジョン四十層の魔王子へも……。

炎の塊は三つ、だが氷の槍は六と言った……。ということは、おそらくこの紫の男に対しても……。

そう考えた瞬間、アベルの体は動いていた。

カキンッ。

アベルの打ち込みを、紫の男はその剣で受ける。

「ぐはっ」

その背中に、三本の氷の槍が突き刺さ……らずに割れた。

だが、威力を消すことはできずに、男は吹き飛び、転がる。

そのタイミングで、角の向こうから涼が走ってきた。

「アベル、無事ですか！」

〈パッシブソナー〉を使って一帯を探りながらの戦闘で、アベルも生きているというのは分かってはいても、実際に見てみなければ不安なのは当然だ。

「おう、大丈夫だ」

紫髪の男が放った石の槍をよけた際、顔に来たのはぎりぎりでかわしたため、左頬が切り裂かれている。

もちろん、命に別条はない。

「あいつはいったい……」

「〈アイスウォール10層パッケージ〉」

涼が唱え、氷の壁が二人を包んだ瞬間、炎の雨が降り注いだ。

「〈アイスウォール10層パッケージ〉」

涼が、氷の壁を張りなおさなければいけないほどの威力。

たっぷり一分間、降り続き……止んだ時には、紫髪の男はすでにいなかった……。


「逃げたか……」

「今の、炎の雨は別の誰かの魔法みたいでしたけど……その人が連れ去ったんですかね」

視覚ではなく、〈パッシブソナー〉という、空気中の水蒸気を通して状況を掴んでいた涼は、起きた出来事をある程度は理解していた。

とはいえ……、何かは分からない。

「あれ……人ではないですよね？」

悪魔のように角や尻尾があるわけではなかった。デビルや魔王子のように、異形のモノというわけでもなかった。

見た目は、完全に人。

ただ、紫の髪の人。しかも目が……。

「目が青く光る人とか、俺は聞いたことがない」

アベルがそう言い、涼も同意して頷いた。そして、言葉を続けた。

「ルンの街も物騒ですね……」

「いや、あんな奴ら、普通はいないだろ……」

◆

翌日。午前中、涼は、セーラと北図書館で調べものをした後、お昼を『飽食亭』で食べ、アベルと約束した一時に冒険者ギルドに着いた。

アベルは既に来ており、どこかで見たことのあるちびっ子と受付の近くで話し込んでいる。ギルドに入ってきた涼に気付いたのは、アベルよりもそのちびっ子の方であった。

涼が自分以外で唯一知る水属性の魔法使い、宮廷魔法団のナタリー。

アベルは涼が入ってきたことに気付くと、ナタリーに挨拶をして涼の所に来た。

「リョウ、時間通りだな」

「ナタリーはいいの？」

ナタリーは二人に頭を下げると、ギルドを出ていった。

「王都から俺宛の手紙が届いて、それを持ってきてくれたんだ」

「イラリオン、だっけ？」

以前、ナタリーがアベルに持ってきた手紙は、王都のイラリオンという人物からの手紙だったことを涼は覚えていた。

「変なところだけ覚えてるな」

アベルは苦笑すると、イラリオンからの手紙らしいものを胸にしまった。

「アベル、昨日は大丈夫でしたか？」

「ん？　あの紫の髪の奴か？　別にあの後は襲ってこなかったぞ？」

「いえ、怪我したのを、リーヒャに怒られなかったかと」

「ああ……それは、ものすげー怒られた……」

アベルは顔をしかめて、小さく首を振る。かなり怒られたようだが……左頬の傷は、完全に消えている。さすがリーヒャの回復魔法は凄いと、涼は心の中で頷いた。

「アベルさん、リョウさん、お待ちしておりました」

アベルと涼が不動産部門に入ると、部門長のリプレートが立ち上がって挨拶した。そのまま応接セットに通される。

「ご希望に添える物件が、一軒だけ見つかりましたが……」

三人にお茶が出されると、さっそくリプレートが切り出したが、その言葉は歯切れが悪かった。

「完璧に条件に適合する物件ではない、ということですね」

　こういう言い方で切り出す場合、大枠は合格点だが、細かい部分に問題がある場合が多い。

「はい。問題点というのは、場所です」

「場所？」

　二人が異口同音に尋ねる。

「はい。ご紹介する物件は、街の外にございます」

「！」

　さすがにこれには、涼もアベルも驚いた。

　涼は、庭の広さや周りの家など、いろいろ妥協する必要もあるだろうとは思っていたのだが……それでもまさか街の外の家を紹介されるというのは想定外だった。

　以前、ロンドの森からこのルンの街に初めてやってきた時、アベルと一緒に、小高い丘の上からルンの街を一望した。

　育った小麦の、黄金の海の中に鎮座するルンの街。その周り、黄金の海の中には、結構な数の家が建っていたのを覚えている。

　農業に従事している者たちが、街中から街の外に移り住んだと。その行き来もあって、ルンの街は夜でも城門が閉められることはないと。

「その、ご紹介いただける家というのは、農家の方の家ですか？」

「はい。私も、昨日見てまいりましたが、場所が街の外という点以外は、自信を持ってお勧めできる物件です」

　涼の問いに、部門長リプレートはしっかりと頷いて答えた。

「では、とりあえず見に行きましょう」

　涼がそういうと、リプレートもアベルも立ち上がった。

「ギルドの、箱馬車の使用を申請してありますので、表でお待ちくださ い」

　リプレートはそういうと、ギルド本館の裏手にある車庫に向かった。

「ギルドの箱馬車とかあるんですね」

「ああ、確か三台くらいあるはずだ。通称ギルド馬車。一台は、領主館との行き来に、ギルマスが使っていることが多いが。今回みたいに、ギルド職員が必要と判断した場合に使用許可が下りる。冒険者に貸し出されることはないからな」

「残念です」

アベルは、涼が考えていたことを、先に否定した。

三人がギルド馬車に乗り込むと、馬車は大通りを北に向かって走り出した。以前、領主館からの帰りに、ヒューに乗せてもらった馬車……あれだった。

しばらく走ると、ルンの街の中央、すなわちダンジョン入口の二重防壁広場に着く。そこを右折し、東大通りを東へ、つまり東門の方向へと向かっていった。

この辺りは、涼も勝手知ったる場所。なぜならば、行きつけの店『飽食亭』が近くにあるからだ。

物件が、東門に近いというのは、涼の中では高ポイントである。同じ街の外でも、南門や西門に比べれば、はるかにありがたい。

馬車は、東門で簡単な手続きがあった。

アベルと涼のギルドカードと、リプレートと御者のギルド職員カードの確認。だが、その辺りの確認は一人数秒で終わるため、ほとんどストレスは無い。


東門を出て、五分ほどで目的地に到着。

家の前に着けられた馬車から降りた涼がまず目にしたのは、広い前庭だった。

かなり遠くに、庭の端を示す木の柵が見える。庭は、縦四百メートル、横四百メートルほど……サッカーコートが楽に三面入るほどの広さ。

そして振り返ると、家が建っている。

典型的な農家の家……ではない気がするのだが。

「農家って、こんな家なんですか？」

建物自体は平屋。だが、横幅がかなり広い。

中央に玄関があるのだが、それは両開きの立派な扉。その中央の扉以外にも、見えているだけで二つの扉……入口がある。

窓と思われるものもいくつかあるが、現在は鎧戸が閉められている。その辺りは、ロンドの森の涼の家を思い出させた。

「こちらは、農家ですが、かなり裕福なお宅だったようです。一人息子さんが、王都で技術者として認められ貴族に取り立てられたとかで、ご両親も王都に呼ば

れたのですね。その際に、このお宅と農地を売りに出されたということです」

「技術者から貴族とは、かなり優秀な人材だな」

部門長リプレートの説明に、アベルが大きく頷きながら言った。

「あちこち点在していた農地の方は、他の農家の方々が買われたそうなのですが、このお宅とそれに付属していたこの前庭、これが一年近く買い手がついていないのだそうです」

「一年放置にしては、草とか綺麗に刈り取られていますね」

涼は、前庭も納屋の横辺りも、綺麗に刈られていることに気付いた。

「ああ、それは多分、E級・F級依頼で空き家の手入れがあるから、それじゃないか」

アベルが答える。

「それが、ここの物件はギルドへの依頼は無かったのです。そのために、ギルドの不動産部門でも未チェックでした。申し訳なく思っております」

部門長リプレートは涼に頭を下げた。最初にアベルと涼が不動産部門に行った際に、この物件が登録されていなかった件を謝った。ギルドに空き家手入れの依頼が来れば、当然不動産部門はチェックしているはずだからだ。

「ん？　だがこんなに綺麗なのは……ああ、おやっさんとこの清掃会社か」

「はい。シュミットハウゼン殿の会社が、管理を手掛けておいでの物件でした」

アベルの気付きを肯定するリプレート。

「その清掃会社ってのは、元冒険者の方がやっているとかいうやつ？」

「おう、それだ。リョウも知ってるのか。顔は怖いが善い人だ。清掃関係で頼みたいことがあったら使うといい。冒険者には割引してくれるらしいぞ」

涼が知っているのは、初めて宿舎に行った際に、受付嬢ニーナが教えてくれたから。宿舎の掃除は、元冒険者の清掃会社が行っていると。

一通り、中を見て回る三人。

すぐにでも住めそうなほどに、清掃が行き届いている。

最初に見えた中央扉以外の扉も、普通に家の中と外を繋ぐ扉であった。物の出し入れをするのに、中央扉だけでは不便なためについているのかもしれない。

ある種の勝手口であろう。

同様に、家の裏側にも二カ所の勝手口がついており、広い家だが出入りはしやすそうだ。

リビング、食堂、厨房、いくつかの寝室、さらにいくつかの大きめの物置部屋、しまいには農家なのに書斎らしき部屋まである……。

「これは豪農というやつですね」

涼は、そう呟いた。

その家の中でも驚いたのは、厨房の調理台だ。御影《みかげ》石《いし》でできていると思われる黒い巨大な調理台であり、料理をする者にとっては非常に使いやすいであろう調理台。

この家で、誰が最も権力を握っていたかを如実に表す設備であった。


一通り回って……。

だが、涼は気付いた。

気付いてしまった。

「お風呂が……ない……」

それは、顔に「絶望」と刻まれた彫刻。

「た、確かに……。もしやリョウさんは、お風呂が必要な……」

「はい……」

絶望に打ちひしがれた涼を見て、自分の手落ちに気付いた部門長リプレートの顔にも、絶望が刻まれた。

そう、絶望は伝染する。

「自分で作るしかないんじゃないかぁ?」

アベルだけは適当であった。

だが、その適当なアベルの一言が、涼を復活させる。

「そうか！　自分で作ればいいんですよね！　リプレートさん、家の改造って何か許可をとらないといけないのですか?」

「ああ、いや、それが必要ないんですよ。それも、この物件がお勧めな理由でして。街の中ですと、関係各所から許可を取り付けないといけないのです……自宅の壁の修理をするのですら許可が必要なのですよ。ですが、ここのような街の外ですと、街道にさえ手を付けなければ、好きなようにできます。お風呂場をつけるのももちろん可能です。必要なら、大工などの手配もうちの方でできます」

涼の問いに、リプレートは答え、顔を覆っていた絶望もどこかに消え去っていた。

「よかった。で、こちらのお宅のお値段なのですが……？」

「はい、物件、手続きにかかる費用など全て含めまして、五千万フロリンでいかがでしょうか。端数は勉強させていただきました」

「買います」

涼は即決した。

涼にとっては、街の外であることは特に問題ない。冒険者ギルドで依頼を毎日受ける、などという模範的な冒険者の活動など、そもそも行っていないから。

『飽食亭』を含め、東門の近くには、庶民的な、だが標準以上の美味しい店が数多くあるということを、涼は知っている。

また、北図書館にも、さらに北にある領主館にも、今まで住んでいた宿舎からより、むしろ近くなるのもポイントが高い。

そして何より、この広い庭。

ロンドの森の結界内以上の広さ。さすがにこれほどの広さの庭がついてくるとは予想外であった。お風呂が無かったのは残念であるが、作れば問題ない。

これほどの好条件の物件を断る理由は、涼には無かった。

◆

紫の髪の男と、紫の髪の女が馬車に揺られていた。

「全く……。どうしたら、『異常値』探しに来て、三人の人間を殺し、さらに二人の人間と戦闘とかになるのよ」

紫の髪の女が、小さくため息をついて言った。

「私のせいじゃないぞ。探査器を動かしていたら、突然三人の男がこちらに向かってきたんだ。姿を見られた以上、殺すしかあるまい」

紫の髪の男が、特に感情を出すことなく淡々と語る。

「で、その探査器も壊されちゃったんでしょ？　一度タワーに戻らなきゃいけないじゃない」

「あの剣士と魔法使いは、次に会ったら……借りは返す」

紫の女の言葉に、紫の男が、初めて感情を見せて答えた。

「借り、返せるの？」

「『制限』された状態では無理だ……あの二人は、人間にしては驚くほど戦闘能力が高かった。だが、次は……」

紫の男の続けての呟きは、隣にいた紫の女にすら辛うじて聞こえる大きさ。

「一段階だけでも制限を解けば、二人まとめてでも問題ない」

「単なる逆恨みな気がするけど……まあ、好きにすれば？」

肩を竦めて言葉を続けた。

「異常値の原因は特定できなかったけど、この街はもういいわ。新しい探査器を受け取ったら、別の場所を探査しましょう。お城が落ちるのは避けたいからね」

◆

ルンの街のはるか北方。

「将軍、例の件に関して、ご報告が」

「どうした？」

「報告いたします。王国ルンの街に潜入していたガミンガム小隊が、ルンの街から離脱しました」

「離脱だと？」

将軍と呼ばれた男は、顔をしかめて先を促す。

「衛兵に捕らえられ牢に入れられたものの、脱獄したとのことです。そのため、このまま街を離脱すると」

「捕らえられた？　なんたる失態……」

将軍は、額に手を当て、小さく首を振って続けた。

「新たに誰かを回せ。今、潜入している領地は……」

「ルン辺境伯領を除けば、ホープ侯爵領、シュールズベリー公爵領、フリットウィック公爵領、それと王都です」

「南部は壊滅か……」

「はっ。やはり、南部のハインライン侯爵は……」

報告をする副官も、苦渋の表情となっている。

「よい。ハインライン侯は捨て置け。あそこは仕方がない、藪蛇《やぶへび》になっては困る。だからこそ、同じ南部のルン辺境伯はなんとかせよ」

「かしこまりました」

副官は一礼し、退室した。

残された将軍は呟く。

「なんとしても間に合わせねば……」

エピローグ

そこは、白い世界。

ミカエル（仮名）は、今日もいくつかの世界の管理を行っている。

手元には、いつもの石板《タブレット》。

「ついに、例のオスカー・ルスカ……『爆炎の魔法使い』とぶつかりましたか……。いやはや、水と火がぶつかり……今回は、前哨戦でしたので、ほとんど被害はありませんでしたね。よかったです。ただ、この……先に見えるお二人の激突は、かなりのものですが……。三原涼さんも、本当に数奇な運命を辿りますね……。転生者というだけでも、いろいろとあるわけですが……はてさて、いったいどうなるのか」

そこまで呟くと、ミカエル（仮名）は、さらに石板を動かして未来予測を見る。

「おっと、それ以外にもこれはまた……いやはや、やはり修羅の道ですね。普通は、ただ転生者というだけで、これほど大変なことに巻き込まれるわけではないのですが……平穏無事とはほど遠い世界に生きることになる……。三原涼さん、無事に生き抜くことができればいいのですが……」

外伝　火属性の魔法使いⅡ

再会

オスカーが消えて、二年が経った。

コーンは、あの後、冒険者になった。当初の予定より少し早かったが、マシュー領とその周辺がきな臭くなり、一家が移住することになったのが引き金となり、そのタイミングで、コーンは独立し冒険者への道を歩み始めた。

結局、マシュー領は周辺国家との抗争に巻き込まれ、最終的に『連合』の支配地域となる。

最近、その連合の支配地域において、ある噂が広がっていた。

それは、盗賊狩り。

盗賊など、民にとっても国にとっても、百害あって一利なしであるから、それを狩ってくれる存在があるのなら、喜ばしいことだ。喜ばしいことなのだが……普通、そう簡単にはいかない。

そもそも、正規の守備兵や騎士団が探しても見つけられない盗賊たちを、その盗賊狩りは見つけ出して、倒している……まず、そこで普通ではない。

さらに、その盗賊狩りは、集団ではなく、一人だと……。

さすがに、一人で盗賊狩りをしているなどというのは、多くの者たちが信じなかったが、盗賊狩りの存在そのものは、ここ半年で間違いないであろうと言われていた。

狩られた盗賊の半分が焼かれ、半分が剣で斬られていたと言われている。そのことから、まず間違いなく、火属性の魔法使いが盗賊狩りの中にはいるであろう。

そして、盗賊狩りの連中は、盗賊に深い恨みを持つ者たちであろうと。

そんな話を聞くたびに、コーンの脳裏に、一人の少年の姿が浮かんだ。今では、十二歳となったはずのその少年は、火属性の魔法使いであり、盗賊に深い恨みを持つ者でもある……。

かつては、燃えるような赤い髪であったが、コーンの前からいなくなった時には、真っ白になっていた。

その少年、オスカーがどうなったのか……コーンは気になりつつも、今はまず自分のことでいっぱいいっぱいであった。だから、実はオスカーがコーン同様に、連合の冒険者ギルドに登録していることは知らなかったし、一部では話題になっていることも、また知らなかった。


「おい、なんだその態度は！」

「馬鹿、やめろ」

知り合いが、生意気に見える白髪の少年の肩を掴んだのを、慌てて止める冒険者。そして、冒険者は白髪の少年に謝った。

「悪いなオスカー。こいつ、街に来たばっかりでな。許してやってくれ」

謝られたオスカーは、口を開かず一つ頷くと、そのままギルドの外に出て行った。

後に残った二人。

「お前、ガキに低姿勢すぎだろ。あんなやつ、ガツンと言ってやれば……」

「あのままだと、お前の右腕、オスカーに斬り飛ばされていたんだぞ！」

「え……」

オスカーの肩を掴んだ男は、絶句し、思わず自分の右腕を見た。

「オスカーには手を出すな。このギルドの不文律だ。手を出さなければ何も問題はねぇ。きちんと礼儀を通せば依頼を手伝ってもくれるし、剣の腕も申し分ねぇ。金への執着もないから、正規の報酬を渡せばトラブることもない。だから、オスカーには手を出すな」

◆

ここはフリントの街。連合の中心からすると、辺境に近いが、それだけに魔物討伐系や盗賊討伐系の依頼はかなり多い。フリントは、この一帯ではかなり大きな街であり、冒険者ギルドに登録している冒険者の数も多い。冒険者が活動するのには、非常に適した街であった。

　そんなフリントの街の冒険者ギルドにおいて、オスカーはよく知られた存在となっていた。

　基本的に一人、つまりソロで活動する。だが、なじみの冒険者に頼まれれば手伝うこともある。ランクはE級であるが、これは連合の冒険者ギルドの規定で、十八歳の成人にならないと、D級以上に上がることができないからだ。もちろん、未成年の間に稼いだポイントや功績は、成人後に考慮されるため、決して無駄にはならない。

　もっとも、オスカーにとっては、そんなことはどうでもよかった。彼が冒険者ギルドに所属しているのは、食い扶持を稼ぐため。それと、盗賊の情報を手に入れるためだったのだから。

　冒険者ギルドには、盗賊討伐依頼が来ることがある。また、盗賊情報収集依頼が来ることもある。つまり、冒険者ギルドは、盗賊関連の情報がかなり集まってくる場所なのだ。実際、冒険者ギルドが手に入れた情報を領主や国に上げ、騎士団による大規模な盗賊討伐が行われたりする。

　盗賊討伐依頼で対応できない規模であれば、騎士団が出るしかないのは道理だ。


　その日、オスカーの耳に新たな盗賊の情報が入って来たのは、偶然であった。夕食を、ギルド食堂で食べていた時に、後ろの席の連中が話していたのが聞こえてきた。

「しっかし、集めた情報が、盗賊団『黒キツネ』だったとは驚いたな」

「ああ。盗賊の連中の中でも、かなり慎重な動きをするからな。これまでも噂にはよく上がっていたが、実態は全然掴めていなかったそうだし」

「まさか、放棄されたジョスタ砦とは……」

「しかも数カ月おきに移るからな……慎重な奴らだぜ」

「討伐するのかな？」

「するだろうが……騎士団だろう。二十人弱の盗賊は……普段ならうちのギルドもいけるだろうが、今はB級もC級も出払っているだろう？　まあ、その間に逃げないことを祈るだけだ」

そこまで聞くと、オスカーはお代をテーブルに置き、食堂を出た。

向かった先は、もちろん放棄されたジョスタ砦であった。

◆

夜だというのに、ジョスタ砦には、全く光が見えなかった。確かに、誰かいるようには見えないであろう。だが、頭から「そこには誰かがいるはずだ」と決めつけて見てみれば、いくつかの違和感を覚える。

もちろん、外から見える位置に歩哨など立ってはいない。歩哨が立っていれば、確かに誰かが近付いてきた時に発見が早まるであろう。だがそれは、敵に、砦に誰かがいると知らせることにもなる。

諸刃の剣。

砦に居座っていると言われる『黒キツネ』は、誰もいないと思わせる方を選んだ。それはもちろん、「砦にいる」と知っている者からすれば、接近が容易になるのではあるが。


「そろそろ、ここも潮時か」

砦の中で、『黒キツネ』のリーダー、バランは呟いた。

ここというのが、砦であったのか、それとも黒キツネそのものであったのか……。

会議室に使っているこの部屋には、バランを含めて幹部五人がいる。バラン以外、思い思いに酒を飲んでいた。隣の部屋が、一般の団員の詰所であり、十人以上が詰めている。詰めているはずなのだが……バランはふと気付いた。

「やけに静かじゃないか？」

そう思い、立ち上がった瞬間、詰所から繋がる扉が開き、一人の少年が入ってきた。

「なんだ、お前？」

言った男は、その瞬間、燃えた。

さらに、もう一人……声をあげることもできずに燃えた。

ご丁寧に、真っ先に喉元、声帯から燃やし、叫び声をあげることすらできないようにしている。とても芸が細かい。

さらに、燃やされた結果を見届けることなく、少年は別の男の懐に飛び込み、剣を一閃。喉を斬られた男は、やはり声をあげることなく、喉からヒューヒューと空気が漏れるかのような音を奏でながら倒れた。そして、少年は、間髪を容れずに四人目の胸に剣を突き刺していた。

そこまで、五秒もかかっていない。凄まじい手練れ……。

立ち上がったまま、全く動けなかったバランは、そこでようやく、少年の髪が真っ白であることに気付いた。戦闘では、全く必要のない情報なのであるが、人間は本当に追い詰められると、現実から目を逸らしたくなるものかもしれない。

白髪の少年は、剣を払って血を飛ばすと、バランの方を向いて言った。

「『黒キツネ』のリーダーだな?」

その問いに、バランは答えられなかった。

ごまかして逃げようと思ったとか、そういうことではない。単純に、圧倒されて言葉を話すことができなかったのだ。

「リーダーじゃないのか？　そうじゃないなら殺す」

ことここに至って、ようやくバランは状況を把握できた。そして、急いで口を開く。

「待て、リーダーだ。リーダーのバランだ」

バランがそう言うと、白髪の少年は一つ頷いた。

「お前に質問がある。質問はただ一つ。ポーシュとボスコナはどこにいる」

「……は？」

白髪の少年は問うたのだが、バランの答えは間の抜けたものであった。

「知らないようだな。なら死ね」

「待て！　ボスコナは分からんが、ポーシュは、『闇夜の狼』のポーシュか？」

「知らん」

問答無用で殺そうとしたオスカーに、なんとか知っている情報を伝えるバラン。だが、オスカーは盗賊団の名前は知らなかった。

「いや、知らんって……ああ、そうだ、ボスコナとい
うのもいる。こう、頬に大きな傷がある……」

そう言いながら、バランは、右手の人差し指で、右頬を上から下に引き下ろす。

「ああ、そいつだ」

その瞬間だけ、白髪の少年の激した感情が周囲に溢れだしたかのように、バランを悪寒が襲った。

だが、今は吐いている場合じゃない。自分の命が懸かっているのだから。

「『闇夜の狼』は、今、放棄されたニュスター砦にいる」

「確かか？」

「確かだ。なぜなら、俺は明日にでもここを引き払って、ニュスター砦に入ろうと思って調べさせたからな。そしたら、先客がいた。それが、ポーシュの『闇夜の狼』だったからだ」

「なるほど……」

そう呟くと、白髪の少年は少し考え込んだ。バランの情報を吟味したらしい。

「なあ、頼む、命だけは助けてくれ。あんたに必要な情報はやっただろう？」

バランは、床に跪いて助けを乞うた。

「いいだろう。命だけは助けてやろう。〈炎獄〉」

白髪の少年がバックステップして、そう唱えると、バランを囲んで炎の壁が現れた。とても薄く、向こう側も見えるが、間違いなく、白い炎が揺蕩《たゆた》っている。

「その炎の檻は、四日待てば消える。俺が奴らを殺すまで、そこで大人しくしていれば、命は助かる。だが、強引に出ようとすれば、死ぬからな」

「お、おう……分かった」

バランはそう言うと、何度も頷いた。少なくとも、すぐに殺されはしないらしいと分かったからだ。時間さえ稼げれば、なんとでもやりようはある……そう考えた。目の前の少年は、四日待てば消えると言ってはいるが……部下たちを、情け容赦なく殺した奴の言う言葉を信じるなど無理な話だ。

バランの目から、その思考をほぼ正確に読み取ったオスカーであったが、特に何も言わずに身を翻し、部屋を出て行った。その足で、『闇夜の狼』がいるとい

うニュスター砦に向かった。

たっぷり、三時間以上たってから、バランは動き始めた。腰に隠し持っていた投げナイフを取り出すと、炎の壁に向かって投げる。

シュッ。

ナイフは、何の抵抗も無く炎の壁を通り抜け、向かいの壁に突き立った。ナイフにも炎にも、特になんの変化もないようだ。

「なんだ？　この炎ははったりか？」

そう言うと、バランは一気に炎の壁を走り抜けた。何かにぶつかり弾き返されたりすることもなく、走り抜けることができた。

「はっ。なんだよ、はったりか、楽勝じゃねえか」

そう言った瞬間、炎の壁は崩れ、バランに襲いかかった。

「ぎゃぁあぁぁぁぁあ」

炎に焼かれ叫ぶバラン。だが、声はすぐに消えた。

後には、真っ黒な灰だけが散らばっていた。


その日、盗賊団『闇夜の狼』はついていなかった。下調べをして襲った村は、午前中に貴族が、備蓄していた食糧を持っていった後であった。……結果、手に入れた物はあまりにも少なかった。しかも、捨て鉢になった村人らが死ぬ気で、そして怒りに満ちて襲ってきたため、『闇夜の狼』にも死者が出たのだ。村を襲って死者が出たなど、数年ぶりのことだ。

リーダーであるポーシュは、苦虫を噛み潰した表情を浮かべていた。

（クソッ、クソッ、クソッ！　なんてついてない。今回の襲撃で、しばらく大人しくしていようと思ったのに……こんな量じゃ、またすぐに襲わなきゃならんだろうが……）

見るからに不機嫌なポーシュには、仲間の誰も声をかけない。こういう時のポーシュに声をかけていいことなど何もない。それは盗賊団の人間も分かっていた。……いや、簡単に制裁される、こういう暴力組織の構成員の方が、普通の民よりも空気を読む能力に長けているのかもしれない。それは、自分の命そのものに直結することだから。

不機嫌なポーシュは無言のまま、ただ一人、一番奥の自分の部屋に入っていった。

他の団員たちは、広間で肉を食らい、酒を飲み、憂さを晴らす。余計なことは考えない。難しいことを考えるのはリーダーに任せる。

こんな、辺境の盗賊団においても、組織が抱える問題は如実に表れる。行動すべてを決めねばならないトップの苦悩と、言われたことをやっていればいい下の行動。

トップに立ったことのない人間が、絶対に理解できないその決定的な違い。悲しい話だ。

そんな盗賊たちの様子をひそかに観察する影が一つ。盗賊たちの帰宅をつぶさに観察していたのは、もちろんオスカー。

全てを観察し、オスカーは歓喜と失望の両方を味わっていた。

歓喜は、リーダーを確認できたこと。ポーシュと呼ばれていたあの男……。中肉中背で、それほど身体的な特徴はないのだが、それだけに、なぜか顔は印象に残っていた。盗賊にしては非常に理知的な顔の造形。

盗賊なんて、粗野で暴力的な人生を送ってきたからであろうか、見るからに馬鹿そうな顔が多い……オスカーはそう思っている。偏見ではあるのだが……人生が顔を作る、という格言からすれば、ある意味正しい……。

そんな中にあって、ポーシュという男は、理知的と言える顔。だから、オスカーの印象に残っていた。

砦に戻ってきた時、そのポーシュが、先頭で馬に乗っていた。それを確認できたための歓喜。

失望は、ボスコナを確認できなかったこと。堂々たる体躯に、あまりにも特徴的な右頬の傷。二十人近い盗賊団の中にあっても、決して見逃すはずがない男……だが、戻ってきた中にはいなかった。

もちろん、その前に砦に残っていたなどということもない……誰も残っていなかったのだから。つまり、ボスコナは、なんらかの理由で、現在この盗賊団を離れているということだ。それを確認したための失望。

（仕方ない）

オスカーは切り替えることにした。今日で全てを終えることができれば、それはそれでよかったのだが……。

「まずは一人……」

オスカーは小さく呟いた。

◆

これからのことに悩んでいたポーシュが、砦の中で起きた変化に気付いたのは、臭いがきっかけであった。

「なんだ、この焼けた臭いは……」

肉が焼ける臭いなのだが……これまで嗅いできた、どんな動物や魔物の焼ける臭いよりも、嫌な臭い。こんな臭い、嗅いだこともない……いや、あった。

「人が焼ける臭いか！」

村を襲撃し、家に閉じこもった人間たちを、家ごと焼いたことがある。それも何度も。その時の臭いにそっくりだ。

「なぜそれがここで……」

そこで、ポーシュの脳裏に一つの情報が閃いた。

「盗賊狩り……狩られた盗賊の半分が焼かれ、半分が剣で斬られていたとか……。まずい！」

だが、それにしてはおかしい。いくら、考えごとをしていたとはいえ、部下たちがいるのは扉を挟んですぐ隣の広間。盗賊狩りのような集団が襲ってきたら、さすがにポーシュも気付くはず。

とはいえ、考えるのは後だ。

隣の広間には、入口とは別の隠し通路的な出口がある。だが、ポーシュが今いる、この部屋にはない。構造上、作れなかったのだ。

「窓から出るか？」

部下を助けよう、などという思考は欠片もない。ないのだが、その部下たちと盗賊狩りがいるはずの広間からは、全く音が聞こえてこない。

それはさすがに不審に思う。扉に耳を当てて音を聞いてみるが、やはり何も聞こえない。

だがその時、突然、広間から声が聞こえた。

「ポーシュ、奥にいるんだろ。出てこい」

それは、若い声。若いというより、幼いと言うべきか？　この場に、幼い声はなんとも不自然だ。とはいえ、自分がいることがばれているのなら、窓の外への脱出も想定されているだろう。

やむを得ん！

ポーシュは扉を開け、広間に入った。広間は、あちこち炭化し、煙が上がっているように見える。そして、七つの焼け焦げた死体……死体だったと思われる炭と化した物体と、九つの剣で切り裂かれた死体が転がっていた。

そして、ただ一人佇む背の低い人物。

「子供？」

ポーシュは、思わずそう呟いた。

身長は一五〇センチほどであろうか……動きやすそうな革鎧をつけ、右手には標準よりわずかに短めの剣を握っている。

だが、何よりも目立つのは、その白髪であった。顔《かお》貌《かたち》は十代前半なのだが、その、まだ幼いと呼べる顔と白髪のアンバランスさが際立っていた。

「お前が一人で……いや、愚問だな」

ポーシュは、『盗賊狩り』について流れる噂の中で、別の噂を思い出していた。

「一人で盗賊狩りをしている可能性……噂は事実だったと」

実際、斬り捨てられた部下たちを見る限り、かなりの剣の腕だ。この部下たちでは、剣を合わせることすらできなかっただろう、それほどの腕であることは、その切り口から推察できた。

だが……。

「どうせ、俺の命をとるんだろう？　多くの恨みを買ってきたからな、仕方がない」

そういうと、ポーシュは剣を抜いた。

「その前に一つ聞きたい。ボスコナはどこだ？」

オスカーはそう問うた。その問いに、ポーシュはニヤリと笑って答える。

「ははっ。ボスコナも殺したいのか。まあ、あいつもかなりの恨みを買ってるもんな。だが、その質問に答える気はないね。知りたきゃ、剣で聞いてみな」

ポーシュはそう言って挑発した。

もちろん、それは対峙するオスカーを甘く見たり、馬鹿にしたりしてではない。それどころか、こう言っておけば自分を殺すような剣は振るえないだろう、という計算である。

殺さずに倒す……これは、相当な実力差がないとできない。なぜなら、基本的に、剣という武器は相手を殺すための物だから。そして、完全に息の根を止めないと、反撃されてしまうから。

ポーシュは、駆け引きも、今までオスカーが倒してきた盗賊たちとは違っていた。

オスカーが飛び込み、剣戟が始まる。

ポーシュが、今までの盗賊たちと違うのは、駆け引きだけではなかった。剣の腕も、全く違っていた。

オスカーが攻め、ポーシュが受ける。

オスカーは、とても十二歳とは思えない剣士であった。はっきり言って、大人と比べても強い……騎士団に所属したとしても、間違いなくトップクラスであったろう、わずか十二歳なのに。

だが、どうしても剣筋が荒い。そして、駆け引きも得意ではない。それは、若いのだから仕方がないのだ。剣だけの話ではなく、何においても、若さとはそういうものだ。

もちろん、シュク村のご隠居様の所にいた時に騎士団での稽古をこなし、冒険者になってからも、大人を相手に剣術の訓練をこなしながら、正規の盗賊討伐などで実戦経験も積んだ。だが、本当に命の懸かった場面で、一流の剣士を相手に、虚実織り交ぜての剣戟の経験は少なかった。

それは、まだ十二歳だからというわけではなく、大人の冒険者であっても、そんな経験をしないまま冒険者人生を終える者は多い。オスカーは、わずか十二歳にして、そんな経験をしていた……目の前の相手と。

オスカーが攻めてはいるが、どちらかと言えば劣勢だ。それは、オスカー自身が一番自覚している。

（攻撃すると見せて攻撃せず、守ると見せて攻撃をし……やりにくい！）

騎士団の中にも、フェイントを織り交ぜる者はけっこういたが、ポーシュのフェイントは、その完成度が圧倒的に高い。

虚実を見分けられないため、攻撃に見えるものを全て避けるしかない。そうなると、オスカーの攻撃の手が緩む。そして、そのタイミングで、休まれている気がしていた。ポーシュは、スタミナ管理でもオスカーの上を行っている。

オスカーが攻めているはずなのに、実は攻守拮抗している……オスカーの頭の中では、正直、何がなんだか分からなくなっていた。

剣の技術で互角、経験で上回られ、冷静さにおいても相手が上……上級の剣士が見れば、明らかにオスカーはジリ貧状態。

だが……。

変化は、すでに表れていた。

ほんの僅かな剣閃のブレ、ほんの僅かな反応速度の低下、ほんの僅かな……頭痛。

ポーシュは、剣戟の途中から、頭痛を覚えていた。

それは、最初はたいしたものではなかったが、今ではかなりひどい。ひどくなるにつれ、吐き気すらも感じはじめている……。

それは、どう考えても普通ではない。

「毒か……？」

ポーシュがそう考えたのは当然だったろう。だが、相手の剣は、かすってもいない。もし、剣に毒が塗ってあったとしても影響はないはずだ。飲み物や食べ物に毒が混ぜられて……いや、ポーシュは、砦に戻ってから、何も口にしていない。

原因不明のまま、ポーシュは戦い続けた。

理由が何であろうと、負ければ殺される。……すぐには殺さないだろうが、いずれは殺される。そう考えていたため、ポーシュは剣を振るい続けた。

めまいに襲われ、さらに時間ごとにひどくなる頭痛と吐き気。集中力も低下していたが、それでもポーシュは剣を振るい続けた。

しかし、ついに……。

握力が足りなくなり、剣を弾き飛ばされる。その瞬間、体を支えることもできなくなり、片膝をついた。

「くそったれが」

そう言ったポーシュの言葉も、弱々しい。こんな状況であるにもかかわらず、眠気すらも襲ってくる……。

「いったい、何しやがった」

ポーシュは片膝をついた状態から、オスカーを睨んだ。

睨まれたオスカーは、何も言わない。ただ、呼吸を整えていた。

そして、口を開いた。

「ボスコナはどこだ」

「くそが。俺の質問に答えやがれ」

言葉こそ、荒くれ者の言葉だが、本当に弱々しいものになっていた。

そんなポーシュを見るオスカーの目は、憎悪に満ちている。剣を振るっている間は、そんな目ではなかった。意識して、冷静さを保っていたのだ。だが、事ここに至って、ついに、その感情を露わにすることができる状況となった。

「ポーシュ、お前は、煙を吸いすぎたんだ」

「は？　煙？」

確かに、部屋には焼かれて炭化した部下たちから薄い煙が上がり、それ以外にも焼けた木製の椅子や机が転がっている。

その煙？

「小さい頃、工房で、窓を開け忘れて気持ち悪くなったことがある。炭の煙が原因だと師匠から教わった」

一酸化炭素中毒。現代地球の知識があれば、そう言ったかもしれない。

もちろん、オスカーにもポーシュにも、そんな知識はないが。

「はっ。煙か……。で、なんでお前は平気なんだ」

そう、同じ空気がこもる広間にいて、ポーシュはこんな状態であるにもかかわらず、オスカーは平気に見える。

「俺は火属性の魔法使いだ。火から出る煙も扱える」

「ほんとかよ……」

ポーシュは、盗賊団のリーダーであり、知識の吸収もそれなりに積極的に行っていたため、魔法に関しての知識も決して少なくない。だが、そんなポーシュにしてからが、火属性の魔法使いは煙も扱えるなどという話は、聞いたこともなかった。しかしながら、目の前の白髪の魔法使いは、煙を扱えると言う……そして、二人の置かれた状態の差が、その言葉が嘘ではないことを証明していた。

「くそが……」

ポーシュは、完全に負けを認めた。

「ボスコナはどこにいる」

オスカーは質問を繰り返した。

ポーシュは、何も答えない。

だが、次の瞬間、右腕に鋭い痛みが走った。自分の右腕を見る。肘から先が無くなり、血が噴き出していた。

「うぎゃ……」

悲鳴もあげられなくなっていた。

オスカーの剣で、右腕を斬り飛ばされたのだ。頭痛と、吐き気に、さらに右腕の痛みが重なる。ただし、痛みによって眠気は無くなった……もちろん、なんの慰めにもならないのだが。

「分かった、言う」

ポーシュは、ついにそう言った。もう、冷静に考えることなどできなくなっていた。人は、限界状態に至ると、冷静な思考などできなくなるのかもしれない。

「ボスコナは、帝国に行った」

「帝国？」

あまりと言えばあまりな言葉に、オスカーは思わず言葉を繰り返した。

「帝国は実力主義の国だ。奴の剣の腕は元々異常だった。さらに、あの剣を手に入れてから、一層磨きがかかった。だから、剣で、表の世界で成り上がるために帝国に行きやがったのさ」

「剣……」

「ああ。昔、どこかの村を襲った時に手に入れた剣だ。女の首を斬って、血を浴びていたら旦那がその剣を持って襲い掛かってきた。その剣だな」

ポーシュは、弱々しい言葉でありながら、そんな説明をした。その言葉の間に、目の前の白髪の魔法使いの表情が、憎悪を通り越して無表情になったことには気付かなかった。

そして、白髪の魔法使いは、こう言った。

「その剣は、父さんの剣だ」

「え……」

その瞬間、ポーシュの首が、落ちた。

◆

ジョスタ砦とニュスター砦で死体が見つかったのは、三日後であった。元々、ジョスタ砦に盗賊団が潜んでいることは、冒険者ギルドから騎士団に伝えられ、討伐隊が送られる予定になっていたのだが、先遣隊が、既に何者かによって盗賊団が壊滅させられているという情報を掴んできていた。

ニュスター砦の方は、領内の廃砦全てを調査する段階で発見された。放棄されたジョスタ砦に盗賊団が潜んでいたために、他の放棄された砦にもいるのではないか……安易ではあるが、ありそうなことであり、実際にいた。ただし、ニュスター砦の方も、何者かに襲撃された後であったが。

盗賊団は、悪だ。

そのため、彼らが襲撃され、殺されていたからといって、誰も同情はしない。それどころか、騎士団などはあからさまに喜んだ。そして、誰が襲撃したかは調査しなかった。この後も、盗賊を狩り続けてほしいと思ったからだ。

だが、ある日を境に、盗賊狩りは現れなくなった。

その情報は、特に、盗賊の間を回るのが早かった。自分たちの命を脅かす存在、ある意味、天敵に関することなのであるから、当然と言えば当然なのだろう。

盗賊の誰かに返り討ちにあったとか、別の国に移動したとか、あるいはその功績から貴族に取り立てられ引退したなど、多くの噂が流れた。

もちろん、その中のどれが正解かなど、誰にも分からない……。

帝国への移動の間、オスカーは考えていた。火属性魔法の使い勝手の悪さについてだ。

相手を殺すためであれば、まさに一撃必殺なのだが……それゆえ、逆に、ただ無力化したい場合には、使いにくい。焼き殺してしまう。

ならば、体の一部だけに炎を浴びせればいいのではないか、そう考えたのだが、おそらく皮膚を焼くだけで、相手の動きを止めることはできない。皮膚を焼くのではなく、骨と肉を貫くか切断せねばならない。そうしなければ、向かってくる相手を止められない。

オスカーは、そんなことをずっと考えながら、そしていろいろ試しながら、帝国へと向かったのだった。

帝国へ

かつて地球に、エンペドクレスという人がいた。紀元前五世紀の古代ギリシア。哲学者であり、医者であり、詩人であり、政治家でもあり……しかも名家の出身であった。

彼は、万物の根源は、土、水、空気、火の四つであると唱えた。

言うまでもなく、それはある意味正しい。

光と闇の属性を除けば、四つの属性魔法が土、水、風（空気）、火であることがその証左であろう。

エンペドクレスのこの四つの元素を元に、ある物理学者はこう言った。

「土は固体、水は液体、風は気体、そして火はプラズマを表しているとも言える」

なんぞや？

水（H_2O）を例にとって考えてみよう。

水の固体は『氷』で、H_2Oがいくつも水素結合をして、しっかりくっついている。

水の液体は『水』で、H_2Oがいくつか水素結合しているが、それなりに動き回っている。

水の気体は『水蒸気』で、H_2Oがかなり自由に動き回っている。

そして、第四の状態とも言えるプラズマ……これはH_2Oが『解離』して、水分子H_2Oから水素原子Hや酸素分子Oに分かれ、さらに『電離』した状態……。

プラズマとは？　最も単純な原子とも言える水素原子で、プラズマについて見ていこう。

原子は、中心に＋の電荷を持った原子核があり、その周りを－の電荷を持った電子が回っている。水素原子の場合、中心にある原子核は、＋の電荷を持つ陽子が一個。その周りを回る－の電荷を持つ電子も一個。

＋が一個、－も一個ということで、水素原子は、普通の状態なら＋でも－でもない状態なわけだ。

だが、プラズマになると、この陽子と電子が離れる。電子が離れるから、電離という。

難しい？　そんなことはないですね。だって、中学校の理科で習ったもんね？　中学校の理科では、イオンという言い方で習ったはず。

＋の電荷を持つ陽子が陽イオン、－の電荷を持つ電子が陰イオン、両方まとめてイオン。

固体↓液体↓気体と、だんだん小さくなっていき、原子自体も分かれてさらに小さくなる……それがプラズマであり、気体の次の状態と言われる所以だ。


なぜ、わざわざ、長々とそんな説明をしてきたかというと……試行錯誤を繰り返したオスカーの火属性魔法が、ついにプラズマを扱うまでに至ったからだ。もちろん、オスカーはプラズマなど知らないし、それどころかそんな概念すら知らない。彼の中では、「とっても熱い火」という認識。

正確に言うと、火そのものは、プラズマではない。燃焼と呼ばれる現象だと言える。

オスカーは、普通の火であれば、自在に扱い、自在に飛ばせるが、プラズマ状態の火は、まだ自在に飛ばすまでには至っていない。

そうは言っても、オスカーの火属性魔法が、さらに上の段階に達したのは事実であった。

宇宙の九十九パーセント以上の物質は、プラズマ状態で存在していると言われている。つまり、全宇宙レベルで見れば、とてもありふれたものなのだ。だが、オスカーらが暮らす『ファイ』の、この惑星上においては……正直、そうありふれているようには思えない……。

プラズマの例としてよく言われるのは、雷である。

だから、「プラズマ？　何それ？　どんな形？」と思ったら、雷を思い浮かべてみるといい。


連合から帝国への移動において、オスカーは、間違いなく火属性の魔法使いとしての力が数段上がった。

人は、成長するために、思索の時を必要とするのかもしれない。自身と向き合い、周りと対峙し……。そして、それを成すには、ある程度の心の余裕が必要となる。


ご隠居様の死から二年。その間、オスカーの心には余裕など欠片も無かった。常に、復讐することしか心にはなかった。

だが、倒すべき二人のうち、一人は倒した。もう一人の情報も得たし、外見的にも、かなり目立つ人物。

そして、現在の自分よりもはるかに強いため、もっと力をつけなければ倒せない……今は、まだ対峙できる相手ではない。

だから、焦りはなくなっていた。


もちろん、時々、夢に見る。

その後は、自分を焼き尽くすかのような激情の炎に身を焦がす気持ちになる。だが、オスカーは、決してそれが嫌いではなかった。なぜなら、自分の身を焼き尽くすかのような激情の炎の後、自分の火属性魔法の威力が上がることを経験によって知ったから。

理由は分からない。分からないが、それはどうでもよかった。その事実が大切であり、その事実を受け入れるだけだから。

◆

オスカーは、十四歳となり、帝国で冒険者としての活動を行っていた。帝国南東部の大貴族モールグルント公爵が都を置く、ヘムレーベンの冒険者ギルドに所属している。

オスカーは、二つの砦で盗賊団を壊滅させてから、半年以上の時間をかけて、ヘムレーベンまで移動してきた。その間、特に火属性の魔法をいろいろと試しながら。お金は、盗賊団が貯め込んでいた現金と宝石類を手に入れていたため、問題は無かった……。

その移動の間に、肉や骨を貫く火属性攻撃魔法を、ようやく自分のものにしていた。驚くほどの明るさを持つ火であるが、できる限り細くしており、標的からすれば点のまま接近してくるため、認識しづらいようだ。魔物相手でも、ほとんど避けられることはなかった。

ただ、未だに、飛ばせるのは一本ずつである……。

それは、いわゆるプラズマなのだが、オスカーはもちろん、未だ中央諸国にはそんな概念がないため、「真っ白い火」とか「すごく輝く火」くらいで、周りの人間は認識している。

オスカー自身は、〈ピアッシングファイア〉と名付けていた。

ヘムレーベンで冒険者活動をしつつ、魔法を磨き、そして剣の腕を磨いて、そろそろ一年が経とうとしている。

オスカーは、D級冒険者になっていた。連合では、十八歳の成人にならないとD級以上には上がれないが、帝国ではそうではない。

国をまたいで、冒険者と呼ばれる者たちはおり、冒険者ギルドと呼ばれるものは各国に存在するが、国ごとに細かな規定は違っている。

また、所在地の国との結びつきも非常に強く、他国の冒険者ギルドとの交流というものはほとんど存在していない。中央諸国における冒険者と冒険者ギルドは、そういうものであった。


「あ、オスカー、いいところに！」

何か手頃な依頼がないか、冒険者ギルドに見にきたところで、オスカーは声をかけられた。声をかけてきたのは、C級パーティー『乱射乱撃』のリーダー、エルマー。後ろには、五人のパーティーメンバーが付いてきている。

オスカーは、ちょこんと頭を下げる。

「もし、依頼探しで来たのなら、うちのを手伝う気はないか？　魔物の討伐依頼なんだ」

そう言うと、エルマーは依頼書をオスカーに見せた。

「……ウォータイガーの討伐依頼？」

「おう。虎の魔物だ。村人が襲われたそうでな。ちょうど今、受けたところだ。緊急依頼並みということで、移動もギルドが馬車を出すし、報酬もいい。倒した奴から採れる素材も、討伐者が好きにしていいらしいからな。ウォータイガーは、牙だけでもかなり高額で売れる。オスカーが入ってくれれば、いつも通り、報酬は七分割。ウォータイガーの後ろ脚を、〈ピアッシングファイア〉だっけ、あの白い火で貫いて足止めしてほしいんだ。どうだ?」

オスカーは少しだけ考えて、頷いて答えた。

「いいですよ」

「よっしゃ!」

思わずそう言い、小さくガッツポーズをしたのは、パーティーメンバーの双剣士ザシャであった。他の四人も嬉しそうである。オスカーの腕を、六人とも知っているからだ。

オスカーは、基本的にソロで活動している。その方が、時間を自由に使えるから。だが、たまに、こうして助っ人を頼まれることがある。まともなパーティーもあれば、そうでないパーティーもある……ヘムレーベンに本拠を置くパーティーは数百もあるのだから、当然と言えば当然なのであろうが。

その中で、『乱射乱撃』は、かなりまともなパーティーであった。リーダーの剣士エルマーを筆頭に、双剣士、治癒師、斥候、二人の弓士という六人で構成されている。

何より、エルマーが偉ぶらない、偏見のない男であった。オスカーは、その年齢、白髪、にこりともしない表情、口数も決して多くはない……など、どう見ても愛嬌のある少年ではない。そのため、オスカーを嫌う冒険者もいる。好きでも嫌いでもない、という者が一番多いのだろうが……そういう者たちは、もめごとを見ても助けたりはしない。

とはいえ、ちょっかいを出されて素直に従うオスカーではない……オスカーに叩きのめされた者は、十や二十ではきかない……。

そんな、オスカーを好意的に見る、数少ないパーティーが、今回の『乱射乱撃』だ。

好かれようが嫌われようがどうでもいい……そう見えるし、基本的にそう思っているオスカーではあるが、それでも好かれて嫌な気持ちになることはない。だから、『乱射乱撃』との仕事は、決して嫌いではなかった。

ギルドが準備した馬車は八人乗りという、かなり大きめの馬車だ。

普通のパーティーであれば、剣士や盾使いなどは体格のいい者が多いため、馬車の中は狭く感じることもあるのだが、『乱射乱撃』とオスカーは、七人でありながらそれなりに広さの余裕を感じられた。

剣士エルマー自身が、スピード重視の決して大きくない体。双剣士ザシャも、スピードと手数で圧倒する者が多い双剣士の例に漏れず、決して大きくない体。治癒師ミサルトも、多くの者が抱く治癒師のイメージに漏れず、中肉中背よりも少し細身で、穏やかな雰囲気の男性。斥候アンも、斥候だから当然というべきか、身軽さが身上であり、体も小さい女性。弓士のユッシとラッシは双子姉妹で、どちらも女性として標準程度。

つまり、六人とも大きくない。

オスカーは、まだ十四歳、身長一六〇センチ程度で、剣を毎日振るっていることもあり、筋肉はそれなりについているのだが、決して大きいというほどではない。

この七人であれば、八人乗り馬車でも余裕があるのは当然であった。

「目的の村まで、馬車で四時間だ。とりあえず、これ、食べておこうぜ」

七人は馬車に乗り、目的の村に向かった。馬車には、乗り込む前にギルドからの差し入れということで、軽食が運び込まれていた。なんとも、至れり尽くせりだ。

「はい、オスカー、あ～ん」

「こら。私の方がいいよ、はい、あ～ん」

双子の弓士姉妹に挟まれ、左右から軽食のサンドウィッチを食べさせられようとしているオスカー……。

「いえ、自分で食べられますから」

「いや～ん、いけず～」

「もう！　照れ屋さんなんだから」

オスカーが断り、ユッシもラッシも残念そうにサンドウィッチをひっこめる。

それを見て苦笑する剣士エルマー。かわいそうな者を見る目の双剣士ザシャ。ニコニコと微笑んでいる治癒師ミサルト。そして、小さく首を振る斥候アン。

にこりともしないオスカーであるが、顔貌は非常に整っている。そのため、これは『乱射乱撃』にオスカーが加わった時の、よくある光景であった。


『乱射乱撃』とオスカーの一行は、村人に案内され、高台に上がっていた。

「あの、洞穴の入口に……」

村人が指をさした先は、高台から百メートル以上離れた、窪地の洞穴。その洞穴の前を、討伐対象が歩き回っていた。

「けっこう大きいな」

「四メートル以上はあるんじゃ……」

「ウォータイガーって、三メートルでも大きい方よね？」

剣士エルマーが呟き、弓士の双子ユッシとラッシが向き合って確認しあう。

「でかいってことは、一撃の威力もでかいってことだ。当たらないようにしねえとな」

双剣士ザシャは両腕を組んで、眉根を寄せながらそう言った。ウォータイガーは魔法を放たないが、前脚の一撃は破壊的であり、特に鎧など簡単に切り裂くその爪は厄介である。治癒師ミサルトと斥候アン、そしてオスカーは何も言わずにウォータイガーを見ていた。

そんな一行を見ながら、リーダーのエルマーが号令をかけた。

「よし、手はず通り、風下から接近するぞ」

一行は頷き、風下から窪地に接近していった。


一行とウォータイガーの距離は六十メートル程にまで近付いていた。予定としては、オスカーの〈ピアッシングファイア〉が届く四十メートルまで、気付かれないように近付いて先手を取るはずであったが……。

「気付かれた！」

臭わなくとも、音は伝わる。空気の振動、あるいは地面の振動……。

ウォータイガーは一行に気付くと、間髪を容れずに一行に向かって走った。体からは戦意が溢れ、目には残酷な意思が現れている。村人を襲い、人の味を知ってしまったのか……あるいは、人を殺すことを楽しいと思ったのか……。どちらにしろ、一行を敵とみなしているのは明らかであった。地を駆けるその速度は相当に速い……しかし。

「〈ピアッシングファイア〉」

オスカーの魔法も速い。発動も、そして弾速も。

唱えた次の瞬間には、ウォータイガーの左後ろ脚を貫いていた。

「グギャァ」

ウォータイガーは小さく悲鳴をあげ、明らかに驚きの表情を浮かべていた。

「よし、いくぞ!」

剣士エルマーはそう言うと、双剣士ザシャと共に近接戦を挑もうと走り出そうとした。

だが……。

「待った!」

オスカーが鋭く叫ぶ。そしてすぐに唱える。

「〈障壁〉」

物理障壁と魔法障壁が瞬時に、前方に展開される。

展開した瞬間。

カシュッ。

〈障壁〉に、何かがぶつかった音がした。

「え?」

「なに?」

「〈エアスラッシュ〉ですかね」

双子弓士ユッシとラッシが驚き、治癒師ミサルトが答える。

「馬鹿な! ウォータイガーは魔法など使えんぞ!」

双剣士ザシャが思わず叫ぶ。

そう、ウォータイガーは魔法を使えない。気を付けるべきは、その機動性と、前脚ならびに噛みつきによる攻撃。それだけのはずなのだ……。

カシュッ。カシュッ。

だが、さらに不可視の風属性と思われる攻撃魔法が一行を襲う。全て、オスカーの〈障壁〉によって防がれているとはいえ、一行の表情は暗い。

理解できない、そしてあり得ない状況が目の前で生じれば、人は誰でも暗い表情となるものだ。少なくとも、明るくはならないであろう……一部の変わった者たちを除いて。

「つまり、あいつは、ウォータイガーではない……」

「考えられるのは、エンペラータイガー」

斥候アンがぼそりと呟くと、オスカーを除く全員の視線がアンに集まった。

「マジか……」

剣士エルマーの声は、絶望に満ちていた。

エンペラータイガー。

ウォータイガーの上位種であり、驚くほど強力な魔物。空の悪夢がワイバーンなら、地上の悪夢がエンペラータイガー……そういう対比をされることがあるくらい、厄介で、そして少数で挑むには絶望的な魔物。

ワイバーンを討伐する場合、C級以上の冒険者二十人以上が必要とされる。エンペラータイガーの場合には、そういった規定あるいは定石のようなものはない。

なぜなら、どれだけ人数を集めようが、討伐は不可能だからだ。そのスピード、パワー、そして風属性魔法……全てが、人間と比べて圧倒的にハイレベルな魔物。

「どうしても討伐したいのであれば、A級パーティーを準備しろ」

……エンペラータイガーを討伐する場合に言われる言葉だ。

もちろん、A級パーティーがいない状況でエンペラータイガーを討伐した事例はある。ただし、B級冒険者を含む、十人以上が死亡した……。

それほど恐ろしく強力な魔物。

現状、目の前のウォータイガー改めエンペラータイガーは、〈エアスラッシュ〉を放ち続け、それをオスカーが〈障壁〉で防ぎ続けている。だが、一行に、攻撃オプションは無い。

剣士エルマーは、小さな声を絞り出した。

「撤退しよう」

それは、やむを得ない判断であった。オスカーの〈障壁〉で防ぎ続けているとはいえ、いつまで持つかは分からない。そして、攻撃する手段は無い。

唯一の明るい材料は、オスカーの〈ピアッシングファイア〉によって、エンペラータイガーは後ろ足を怪我し、機動力を削がれているという点であろう。

これなら逃げきれるはずだ。そこまで判断しての、「撤退しよう」であった。

その時、一瞬、エンペラータイガーの攻撃が止んだ。

そして……。

「なんか……生えたように見えるよ……」

「虎に翼……」

双子の弓士がそう指摘した通り、エンペラータイガーの背中に、一対の翼らしきものが生えたように見える。

風属性の魔法で編まれた〈風翼〉であるが、一行はそんなことは知らない。知らないが、それが翼であることは直感で理解した。

その瞬間、エンペラータイガーが消えた。

オスカーは、瞬間的に〈障壁〉の出力を上げ、今まで以上に分厚い壁にする。同時に、そこに衝撃がぶつかり、〈障壁〉が切り裂かれる。

「くっ。〈障壁〉」

切り裂かれた〈障壁〉を放棄し、新たな〈障壁〉を張る。新たな〈障壁〉に、衝撃だけ残して、何者かが離れた気配をオスカーは感じた。

不可視の突撃、爪による切り裂き、さらに不可視の撤退。見えたのは、障壁にぶつかった一瞬だけ……。

守ったのがオスカーでなかったら、その瞬間、一行は全員、爪によって切り裂かれていたに違いない。

そう理解すると、『乱射乱撃』の面々の背中を、冷や汗が滴《したた》り落ちた。

「強い……」

思わずそう呟いたのは、剣士エルマーだったが、双剣士ザシャも同じ感想を抱いていた。それは、圧倒的な攻撃を見せたエンペラータイガーに対してであると同時に、それを防ぎ切ったオスカーに対しての称賛でもある。

「撤退は、無理」

斥候アンが、ぼそりと呟く。それに同意して、双剣士ザシャと治癒師ミサルトが頷く。

「確かに。やむを得ん、戦うぞ!」

エルマーが、そう宣言し、全員が頷いた。

「オーソドックスに、いく。オスカー、〈障壁〉の大きさは？」

「横幅三メートル、高さ三メートル」

「分かった。オスカーが奴の突撃を受け止めたら、俺が〈障壁〉の右から、ザシャが左から飛び出して、奴を側面から攻撃する。もし、奴が退いたらユッシとラッシが弓で追撃を」

エルマーが指示を出し、ザシャ、ユッシ、ラッシが頷く。

そして……。

「来た」

エンペラータイガーが不可視の突撃を行う。不可視とはいえ、オスカーの〈障壁〉に激突した瞬間は見える。

ガキンッ。

〈障壁〉で受け止めた瞬間、エルマーとザシャが飛び出し、エンペラータイガーに側面から攻撃を加えた。

だが、間髪を容れずにエンペラータイガーは後退して、二人の攻撃をかわす。

それに対して、想定通りにユッシとラッシが〈障壁〉の横に躍り出て、矢による追撃を行う。

矢を放った瞬間、エンペラータイガーから不可視の風属性攻撃〈エアスラッシュ〉が発射され、二人を同時に襲う。

カウンターアタック。

攻撃した瞬間が、最も無防備になるのは何においても当たり前だ。そのことを、エンペラータイガーは知っているかのように、二人に対して遠距離攻撃を放ってきた。

だが、当然、エンペラータイガーが知っているように、C級パーティー『乱射乱撃』のメンバーも、そのことは知っている。

カキンッ。カキンッ。

ユッシへの〈エアスラッシュ〉は剣士エルマーが、ラッシへの〈エアスラッシュ〉は双剣士ザシャが切り裂いた。

これは、はっきり言って簡単なことではない。まず、〈エアスラッシュ〉は不可視の攻撃魔法だ。不可視のものを捉えること自体が、人間には難しい。〈エアスラッシュ〉のような、高速な攻撃魔法であれば、視界に映る、僅かな景色の歪みから判断するしかない。

その上、魔法を剣で斬るという行為自体の難しさがある。やみくもに剣を振るっただけでは、魔法は斬れない。

例えば、火そのものに水をかけても火が消えないのと同じように、現象そのものに干渉しても意味は無い。だが、火が発生する元になっている木や布などに水をかければどうなるだろうか？　そう、火は消える。

同様に、原因、元になっている物そのものに、直接働きかけることによって、現象である魔法を消し去ることが可能となる。物理的攻撃の場合は。

これが、自分の魔法を相手の魔法にぶつけての対消滅となると、また話は変わってくるのだが……それはまた別の機会に。

どちらにしろ、エルマーとザシャの示した剣の技量は、さすがC級と言えるものだった。

「なんつータイミングで〈エアスラッシュ〉を放ってくるんだよ、あいつ」

「賢さも兼ね備えているということか」

双剣士ザシャがぼやき、剣士エルマーも頷きながら答えた。

「結局、放った矢……」

「かわされた……」

ユッシとラッシもしょぼんとした表情で、そう報告した。

「あれ？　アンは？」

エルマーは、斥候アンがいないことに気付いた。

「グギャアアアアア」

左足の時に続き、再び、エンペラータイガーの悲鳴が響いた。見ると、左目に短剣が突き立っている。

「おぉ……」

双剣士ザシャの口から思わず漏れる声。その声に合わせたかのように、斥候アンが戻ってきた。

「短剣、投げてきた」

アンはぼそりと、呟くように報告した。斥候らしく、気配を消して接近し、双子の矢に紛れさせて、投げナイフを目に向けて投げたのだ。

当然、かなりの距離に近付かなければ、エンペラータイガーの目に突き立つほどの威力にはならない。

その危険性を考えると、近接戦を主戦場とする剣士エルマーですら、冷や汗が止まらなかった。

視界に映っていても意識に入らない……人間であればよく経験することであるが、斥候が相手であれば、エンペラータイガーすらもあり得ることらしい。

「よ、よくやった」

エルマーはなんとか声にした。実際にこなした工程を考えると、恐ろしくリスクの高い行動であるが、一行が手に入れた利益は限りなく大きい。視界を半分奪ったのだから。

だが、同時に、怒りは頂点に達したようである。

「グゥオオオオオオオ」

エンペラータイガーの怒りの咆哮《ほうこう》が辺りに響き渡る。

「キレたな」

「ここからが本番?」

「ここからが本番」

双剣士ザシャが言い、双子姉妹が確認し合う。

そして……。

カンッ。ザシュッ。

不可視の飛び込みから、間髪を容れずに鋭い爪での一撃を繰り出し始めたエンペラータイガー。負担が最も大きいのは、当然、全ての攻撃を受け続けるオスカーだ。最初に比べて、相当に魔力を込めて硬度を上げた〈障壁〉を展開しているが、それでも爪による攻撃に対しては一撃しかもたない。

オスカーの〈障壁〉は、現段階ですでに、中央諸国の魔法使いたちが使う〈物理障壁〉、〈魔法障壁〉と比べて、異常な硬さであり、異常に長い持続時間を誇る。だが、そんなオスカーの〈障壁〉すら切り裂く爪……それは、恐るべき鋭さと言えよう。

そんなエンペラータイガーが、距離をとったまま、しばらく溜めた。それは、今までにない行動。当然、この後には、今までにない何かをしてくる。

(だが、何をしてくる?)

これまで、〈エアスラッシュ〉、不可視の突撃、爪とあらゆる攻撃を受けてきたオスカーであるが、この先の攻撃は読めなかった。

C級以上の冒険者と比べて、唯一、オスカーに足りないのは経験。と言ってしまえば簡単であるが、経験を積んだ『乱射乱撃』の面々も、この先の展開は読めていないのだから仕方ない。

「これは……経験がある感覚……」

オスカーは呟く。

いつか、どこかで経験した感じがする何か……そんな空気感……空気?

「〈ピアッシングファイア〉か!」

空を見上げる。

反射的な行動であった。

左手で前方への障壁を維持したまま、右手を空に掲げ〈ピアッシングファイア〉を放つ。練り込みが甘く、いつものように極細ではないが、とにかく発射速度重視で放つ!

ジュギュゥアッ。

オスカーの放った〈ピアッシングファイア〉が、空中で何かにぶつかり破裂した。

「え……雷?」

「ぶつかった……」

双子姉妹の呟き。

驚くべきことに、エンペラータイガーは雷を落としたのだ。

オスカーが感じ取った、経験したことのある空気感は、プラズマが発生する感じだった。空気中の酸素などが電離し、プラズマ化したその感覚……。

〈ピアッシングファイア〉という、プラズマを放つことができるようになったオスカーなればこそ、気付けたと言えるだろう。

だが……それで終わりではなかった。

そう、空からの攻撃、落雷は囮。

エンペラータイガーは、不可視の突撃を敢行する。

しかし、相手はオスカー。何度も受けてきた攻撃、そのタイミングはすでに見切っていた。

自分も、エンペラータイガーに向かって突っ込む。

ガキンッ。

オスカーが突っ込んでくるのは想定外だったのであろう。爪を振り下ろす前に、エンペラータイガーと〈障壁〉がぶつかる。

オスカーは、ぶつかった瞬間、〈障壁〉を手放す。

右手には〈ピアッシングファイア〉を放った直後に抜いた、いつもの剣。

正面から〈障壁〉にぶつかったエンペラータイガーに対して、自分の右足を軸に、時計と反対方向に四分の三回転、そこから左足を軸に二分の一回転……合計四五〇度。

すると、エンペラータイガーの左側面につく。左後ろ足を怪我し、左目が見えない、左側面に。

オスカーは回転した勢いのまま、エンペラータイガーの左耳に剣を突き刺した。

「ッ！」

エンペラータイガーは声にならない悲鳴を上げようとして、それすらかなわず……わずかに痙攣して、どさりと地に臥した。

「剣技：零旋……？」

剣士エルマーの呟き。

エルマーは、C級冒険者の剣士だ。だが、そんな彼も『剣技』は未だ使えない。せいぜい、『闘技』の完全貫通が使えるだけ。

もちろん、それだけでも凄いことだ。C級冒険者の剣士でも、闘技を全く使えない剣士の方がはるかに多いのだから。

だが、目の前の少年は、闘技のさらに上級とも言え、しかも剣士専用と言われる剣技を使った……？

「いえ、剣技とか闘技とか、そういうのではありません」

だがオスカーは、首を振りながら否定した。

「普通に、避けて、勢いつけて突き刺しただけです。左目が潰れていたから成功しました」

さすがのオスカーも、自分の残存魔力があまりないことを感じ取っていた。硬度を上げた〈障壁〉の連続展開は、想像以上に魔力の消費が激しかったらしい。

「どちらにしろ、俺ら、助かったんだよな……」

「ええ」

双剣士ザシャが誰ともなく確認し、斥候アンが小さく頷いた。

こうして、『乱射乱撃』とオスカーは、なんとかエンペラータイガーを討伐したのだった。

◆

討伐したエンペラータイガーの牙、頭部、皮、足、爪などを馬車の屋根の上に載せ、一行が所属するヘムレーベンの冒険者ギルドに到着したのは、宵《よい》の口とも言うべき時間帯であった。この時間ともなると、冒険者たちの報告はあらかた終了し、ギルドの受付は閑散としているのが常なのであるが……。

「なんだ、こりゃ……」

「人が多い……」

「何かあったね……」

双剣士ザシャが呆れた声を出し、双子姉妹がそれぞれ呟いた。

受付のある広間も、隣の団欒《だんらん》室も、冒険者でごった返している。だが、受付そのものには人は群がってはいない。各々で、何か情報交換、あるいは深刻な表情で雑談……そんな感じだ。

それを見て取ると、剣士エルマーは受付へと歩いて行った。

「こんばんは、エルマーさん」

「やあ、スーシェ。今朝請け負った、ウォータイガー討伐の件なんだが……」

「あ、はい……これですね、緊急依頼扱いの」

受付嬢スーシェは、書類を見つけると、手早く目を通し、緊急依頼扱いであることを確認した。

「ああ、それなんだが……実はウォータイガーではなく、エンペラータイガーだった」

「え……」

剣士エルマーの報告に、受付嬢スーシェはさすがに固まった。

ギルドの手違い……に固まったわけではない。緊急依頼扱いということは、情報が確定せず、初期情報と違うこともあり得るという意味も含んでいる。そのために、報酬にしろ様々な手配にしろ、優遇されるのだ。

スーシェが固まったのは、エンペラータイガーの希少性と、討伐の難しさを、ギルド受付嬢として理解していたから。

だが、さすがは受付嬢。数瞬で復活した。

「皆さん、お怪我は？　すぐに討伐隊の組織をギルドマスターに……」

「ああ、いやいや、怪我もしてないし、なんとか討伐できた」

「え……」

エルマーの苦笑しながらの報告に、再度固まるスーシェ。だが、先ほどよりも復帰は早かった。

「それは……おめでとうございます」

「ありがとう。で、皮とか牙とか、エンペラータイガーの各部位はかなり高値で売れるだろう？　滅多に出物としてないから。それらは裏の鑑定所に回しておくよ。それより……」

そこでエルマーは周囲を一度見まわしてから、続けた。

「この喧騒は、いったい何があった？」

その時には、エルマーだけではなく、『乱射乱撃』全員とオスカーが、スーシェ嬢の近くに来て、理由を聞こうとしていた。

「はい。本日午後、連合が、王国に宣戦を布告したのです」

「マジか……」

そう呟いたのは双剣士ザシャであったが、誰しもが同じ感想を抱いたはずだ。

「大国同士の戦争が、起きます」

後に、中央諸国において『大戦』と呼ばれる戦争が、起きようとしていた。

あとがき

お久しぶりです。久宝　忠です。

このたび、「水属性の魔法使い　第一部　中央諸国編Ⅱ」をお手に取っていただき、ありがとうございます。


第二巻では、涼たちが拠点たるルンの街を出て、港町ウィットナッシュへ行きます。少しずつ、涼の世界が広がっていく様子が現れてきているかなと思います。WEB版では、開港祭の記述は三日目までしかありませんでした。ですが、この書籍版で四日目と五日目が追加されました……なんとなくですが、後々出てきそうなキャラが、けっこう追加されたのではないかなと思います。

エピソードそのものも、WEB版にはない、新しいものが追加されました。この「将軍」や「青い目」は、第三巻以降も関わってきます。つまり……この第二巻を境に、WEB版とは離れていく部分があると。そういう事になるかと思います。

実は、書いている本人も、詳細がどう変化するのか理解していません。

キャラクターの設定をきっちり固め、背景世界の枠組みを作る……そうすると、キャラクターが勝手に動き、話し始めます。私はそれを、記述するだけです。いちおうの全体の流れは、最初に考えるのですが、それを軽く飛び越えていかれることもあります……作者泣かせとはこの事でしょうか。

ですが、そうやってキャラクターたちが動き出して作り上げた結果は、私が当初考えていたものよりも確実に面白いものになります。そして、数十万字先で、さらに面白い展開を見せてくれたりするのです……おそるべし、キャラクター！

外伝「火属性の魔法使い」も、第一巻の続きが載っています。この外伝は、書籍版のみで公開されている物語で、他では読めません。全四十話のうち、第一巻で第一話から第八話まで、この第二巻で第九話から第十六話分が収録されています。さらに次の第三巻で、第十七話以降が……。

この第二巻も、第一巻に引き続いて約二十三万字弱となりました。多いですね！　文庫本二冊以上の内容量となっております。お得です！　……多分。

イラストは、第一巻同様ノキト先生です。ノキト先生のイラストは、私の周りでも、物語の雰囲気と凄く合っていると大好評なのです。さすがです！　涼のゆる〜い感じと、アベルのまたか〜な感じが絶妙！

第一巻が三月十日に発売されて三か月。出版社を含め、多くの方の協力の下に、読者の皆様にこの第二巻をお届けできた事を、嬉しく思っております。

これからも、応援よろしくお願いいたします。

コミカライズ一話試し読み

漫画——墨天業
原作——久宝 忠
キャラクター原案——ノキト

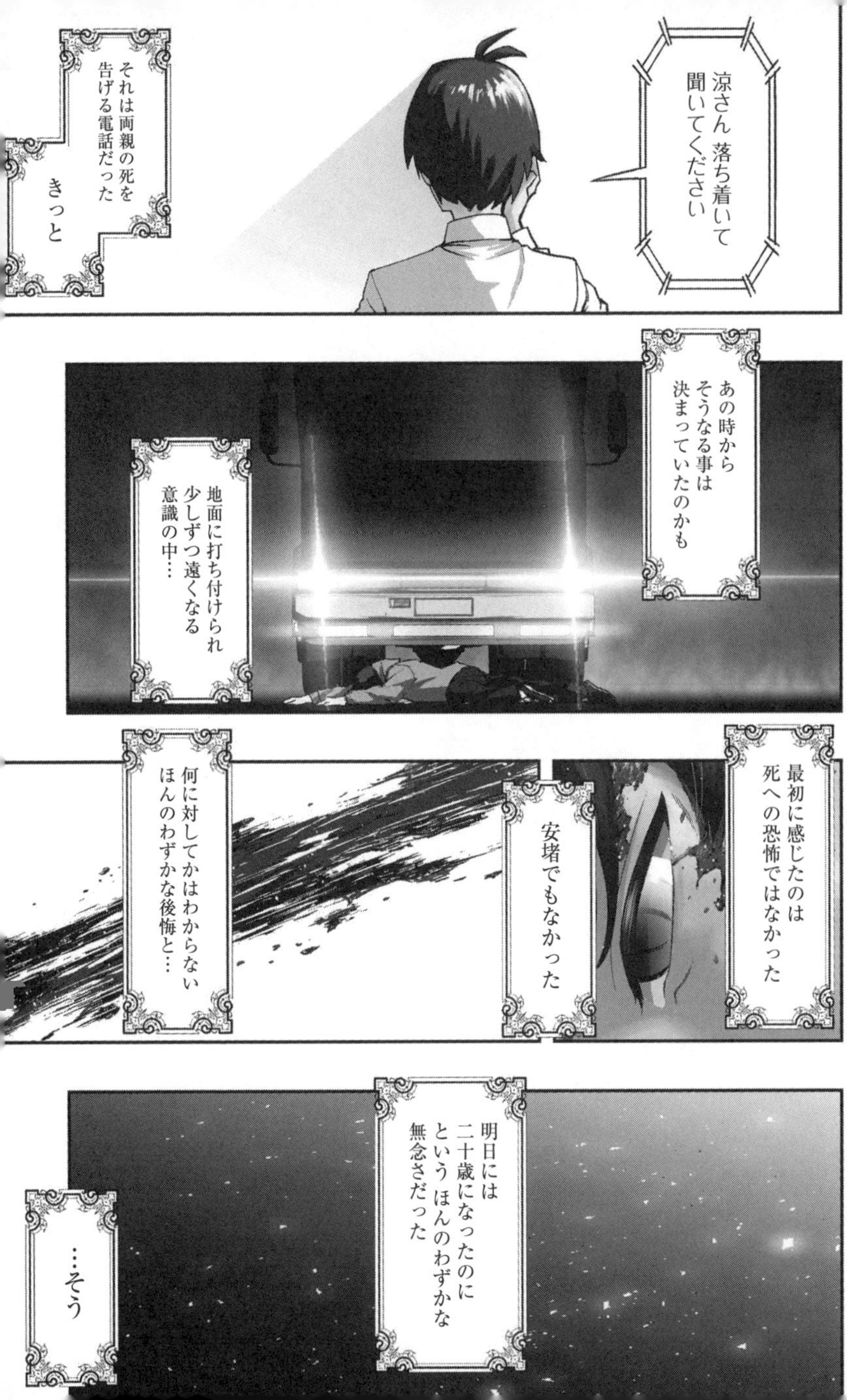
涼さん 落ち着いて聞いてください
それは両親の死を告げる電話だった
きっと
あの時からそうなる事は決まっていたのかも
地面に打ち付けられ少しずつ遠くなる意識の中…
最初に感じたのは死への恐怖ではなかった
安堵でもなかった
何に対してかはわからないほんのわずかな後悔と…
明日には二十歳になったのにというほんのわずかな無念さだった
…そう

ほんのわずか…
コチラに来てからは
それどころではなくて…

〝魔法〟という
新しい楽しみも
さることながら

女性と剣を交える事になったり…

そうでないモノと
戦ったり…

どちらかというと
そっちのほうが多いかも…
しれないけど…
とにかく
細かい事はおいおい
話そうと思うけれど

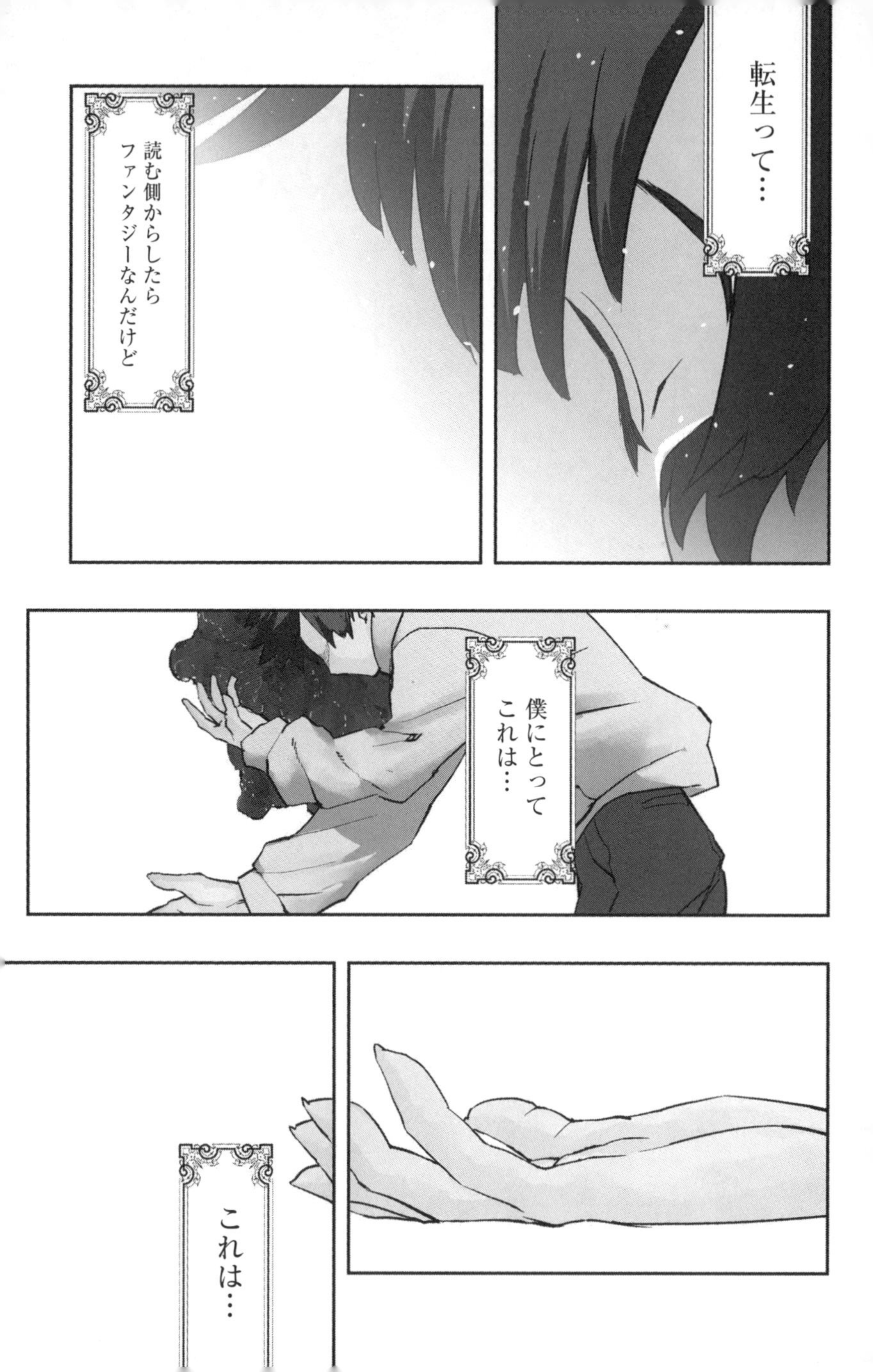
転生って…
読む側からしたらファンタジーなんだけど
僕にとってこれは…
これは…

コミカライズ
キャラクターデザイン公開!!

【アベル】
B級冒険者の剣士。涼が転生してから初めて会った人間。涼へのツッコミ担当。
【三原涼】
主人公。水魔法の才能と不老の特性を与えられて転生する。いつもマイペース。

にて **連載開始!!**

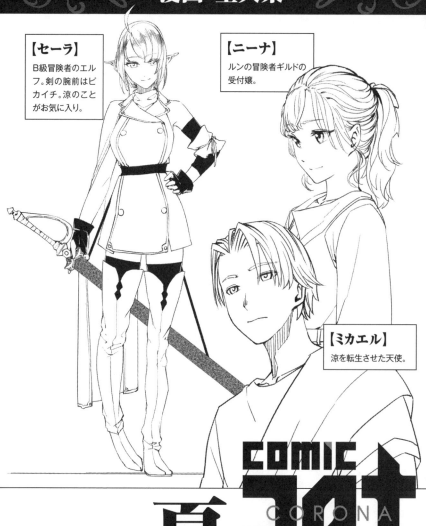

いや 他に考えることがあるだろ…
王室のご飯が食べられるんですか⁉
護衛仕事《バイト》を邪魔するなら暗殺教団も返り討ちです！

水属性の魔法使い
第一部　中央諸国編Ⅲ
公国で請けた依頼は――王子の影武者!?
涼が国々の争乱の渦中へ飛び込む第3巻!
第3巻
2021年
冬
発売予定
!!!
4巻も
制作決定
!!!

バルカは
亡き主・カルロスのかたきを
討つ気はないのか？

INFORMATION

第⑥巻2021年7月20日発売！

I was reincarnated as a poor farmer in a different world,
so I decided to make bricks to build a castle.

✤ フォンターナ王国建国への一歩が始まる第6巻！ ✤

水属性の魔法使い　第一部　中央諸国編Ⅱ

2021年7月1日　第1刷発行

著　者　久宝 忠

発行者　本田武市

発行所　TOブックス
〒150-0002
東京都渋谷区渋谷三丁目1番1号　PMO渋谷Ⅱ　11階
TEL 0120-933-772（営業フリーダイヤル）
FAX 050-3156-0508

印刷・製本　中央精版印刷株式会社

ISBN978-4-86699-225-9